U0856984

风雨塔虎城

李艳明 著

天津出版传媒集团
天津人民出版社

图书在版编目（CIP）数据

风雨塔虎城 / 李艳明著. -- 天津 : 天津人民出版社，2018.3

ISBN 978-7-201-12798-9

Ⅰ.①风… Ⅱ.①李… Ⅲ.①长篇小说－中国－当代 Ⅳ.①I247.5

中国版本图书馆CIP数据核字（2018）第026255号

风雨塔虎城

FENGYU TAHUCHENG

李艳明 著

出　　版　天津人民出版社
出 版 人　黄　沛
地　　址　天津市和平区西康路35号康岳大厦
邮政编码　300051
网　　址　http://www.tjrmcbs.com
电子邮箱　tjrmcbs@126.com

责任编辑　张　凯
封面设计　凉　日

制版印刷　三河市同力彩印有限公司
经　　销　新华书店
开　　本　710×1000毫米　1/16
印　　张　19.25
字　　数　320.5千字
版次印次　2018年3月第1版　2018年3月第1次印刷
定　　价　62.80元

目　录

第一章　塔虎城情势告急

一九四八年春，塞外东北，微风拂面，阳光暖人。

美丽富饶的郭尔罗斯前旗境内，一片欣欣向荣景象。嫩江像一条翡翠链子，弯弯曲曲地镶嵌在郭尔罗斯前旗大草原上。

东北野战军十七师一二六团一营官兵，正沿着一条乡间小路向南挺进。

队伍前面是四个骑马的军人。骑白马的是营长兼教导员王克南，年龄二十八九岁的样子，他高个头，宽肩膀，面孔微白，戴一副黑框眼镜，腰间半旧不新的手枪套里，插着一支乌黑的美式转轮手枪。骑在黑马身上的，是副营长孙志山，年龄三十岁上下，身材不高不矮，身体略瘦，皮肤微黑，肩上斜挎着一支驳壳枪。王克南身后是小战士赵虎，另一个叫张庆山。官兵们习惯地称张庆山为“猪倌”。赵虎和张庆山的年龄相当，都是十八九岁的样子。赵虎是王克南的通讯员，张庆山则是孙志山的通讯员，二人的前胸几乎被一排硕大的皮质子弹袋盖住了，肩上背着令人眼红的美式冲锋枪，五颗木把手榴弹整齐地插在身后的帆布包里。

前面地形起伏跌宕，远远看去，山梨树棵棵都顶了一头白雪。团团白雪中又透出点点粉红，那是枝头布满了花朵的山杏树。

部队已进入郭尔罗斯前旗王府镇以南的丘陵地带。

王克南在马背上环顾了一下地形，又看了看手表，然后做出判断：“大哥，咱们马上就要走出郭尔罗斯前旗地界了。”

从王克南直接称呼孙副营长为大哥，就不难看出二人的关系。

听了王克南的话后，一旁的孙志山点点头，接着又吧嗒了一阵嘴，似乎很遗憾地说："克南，咱们这次任务实在是太紧了。要不，非到郭尔罗斯前旗的塔虎城不可，一是欣赏一下有着八百多年历史的塔虎城风貌，二是看一看咱们的一连长宏业。宏业去塔虎城任职快半年了，音信全无，我还真有点想他啊。"

王克南看了看孙志山，也无不遗憾地说："可不是嘛？人家都说来到郭尔罗斯前旗，不看塔虎城就算白来郭尔罗斯前旗了，更何况一连长宏业还在那里。"

听王克南这么一说，孙志山的表情忽然就变得严肃起来，他说："克南，也不知宏业这个塔虎城的区长兼区小队长干得咋样了？"

看了看孙志山，王克南竟然长出一口气，随后叹道："郭尔罗斯前旗刚解放不久，全旗百废待兴，社会需要稳定，塔虎城区的军政负责人可不好当啊。大哥，你还别说，这次咱们一营打农安和哈拉海，少了一连长宏业还真有些棘手呢。一连长宏业可是咱们一营的一员猛将啊！"

孙志山突然冒出来一个想法，他向王克南建议道："克南，有个想法在我心里都很长时间了，一直也没对你说。咱们一营打完农安和哈拉海后，一定会打长春。大仗、恶仗还在后面呢，我看咱俩不如一起去找吕团长，请求把宏业调回来。"

王克南摇头："大哥，你跟吕团长的时间比我长，吕团长的脾气你又不是不知道，一连长宏业不圆满完成任务，吕团长是不会让他归队的。我看，咱俩还是趁早打消了调一连长宏业归队的念头吧！"

孙志山不出声了，半天后，他才点了一下头，觉得王克南说的在理。

前面地形更加复杂，丘陵上树木茂密，杂草纵横。方圆一二十里根本看不见村落。王克南这时看了看手表，又抬头看了看天，随即命令道："天不早了，部队得加快行军速度，天黑前必须到达农安地界。明天凌晨对农安和哈拉海守敌发起强攻，务必在最短的时间内解决农安和哈拉海境内的国民党军。给长春的守敌一个下马威。"

身后的赵虎很快就把命令传达下去，部队立即加快了行军速度。此时，队伍内再没有一个人说话了，只有骤急的脚步声。

就在这时，队伍的后面，传来一阵急促的马蹄声，伴随着一股烟尘，团部的通信员张学快马加鞭赶到了王克南面前。

张学的突然来到，让王克南和孙志山同时都预感到，团部一定是又有什么新的命令。

果不出二人所料，张学刚一勒住马，就大声说：“王营长，团部紧急命令。吕团长命令你只带通讯员赵虎同志，立即返回团部接受新任务。部队由孙副营长带队继续前进，原有任务不变。”

常言道，临阵不换将。吕团长不到万不得已的情况，是不会调王克南走的。

王克南脸色变得更加严肃了。此时此刻，王克南还能说什么？军人以服从命令为天职，王克南和孙志山心里自然都十分清楚。

孙志山用老大哥的口气说：“克南，这个节骨眼上，吕团长急着调你走，看来任务一定很重要，你千万要保重啊！另外，敌情越是复杂越要注意安全。我和一营官兵都等着你胜利归来。”

王克南是被孙志山引领上革命道路的，从他当兵那天起就和孙志山在一起，算起来，已有七年多了。二人有着深厚的战友情和兄弟情。如今就要分开了，还真有些舍不得。没办法，军令如山！

“孙大哥保重！”王克南在马背上向孙志山敬了一个军礼。之后，王克南又把目光投向孙志山身后的张庆山，嘱咐道：“猪倌儿，好好保护孙副营长！孙副营长有半点危险，我拿你是问！”

“是！请营长放心！”张庆山声音洪亮地回答，同时向王克南敬了一个军礼。

“大哥，我们走了！”王克南、张学、赵虎调转马头向北奔去。

孙志山面色凝重地和张庆山转向北方，目送王克南三人离去。烟尘飞扬，王克南三人马背上的身影，渐渐消失在地平线中。

四周松柏参天，极目无穷的楼阁亭台，一座独门独院的青砖碧瓦古建筑，彰显了院子主人的显赫身份。这就是郭尔罗斯前旗有名的王爷府。王爷府建筑的样式和布局，完全是仿照北京王府建的，郭尔罗斯前旗王爷府始建于光绪三十四年（1908年），一直是哲里木盟和郭尔罗斯前旗经济、政治、文化的中心。

王爷府两扇共镶着九九八十一颗圆头铜钉的红漆大门向内打开着。大门口，两名全副武装的哨兵，像两尊雕像似的一动不动站在大门两侧。也许是听见了马蹄声，院内走出两名战士，和王克南打完招呼后，牵走了王克南等人的战马。门口的哨兵抬手向王克南敬礼，王克南一边还礼一边快步迈进了院子。一进院，王克南就听见东西厢房不时传来“滴滴答答”的电报接收声。

团部的高参谋手里拿着一份刚拟好的电报稿从团指挥部出来，正好和王克南迎面相遇。

高参谋看见王克南先是敬了一个礼，然后又面带笑容地说：“王营长过来了？吕团长在团部都等你半天了，快点儿过去吧！”

“好的，我这就过去见团长。”王克南还礼说。

团指挥部的门敞开着，室内只有吕绍刚团长一个人。吕绍刚身材魁梧，一张国字脸，浓眉大眼，鼻梁挺直，四十出头的他此时正右手握着红蓝铅笔，对着墙上的地图沉思。吕团长的注意力太集中了，竟丝毫没有察觉王克南三人已经来到了团指挥部的门口。

“报告团长，一二六团一营营长王克南奉命来到！”

听见王克南的报告声，吕团长转过身来，原本肃穆的表情有了些许笑容。

“来，克南。你们俩也过来。”吕团长又向张学和赵虎招了招手。

王克南三人进屋后，吕团长示意三人坐下，然后拿起水壶就亲自倒水。张学见状，急忙过去接吕团长手中的水壶，却被吕团长拦住了。吕团长一边倒水一边说：“小张啊，你以后不能跟我了。”吕团长说到这里，又把话头停住了。

吕团长这句没头没脑的话，一下子让张学愣住了，他有点猜不透吕团长的心思，看看王克南和赵虎，表情一下子变得有些茫然了。

王克南这时也在琢磨着吕团长刚才说过的话，很快王克南就明白吕团长话中的意思。一路着急忙慌地向团部赶，王克南的嗓子早就渴了，可他双手接过吕团长递过来的杯子后却根本没有喝水，而是双眼却紧盯着吕团长。他在急切地盼望吕团长下达任务。

“克南，着急了吧？是不是想知道给你的是什么任务？”吕团长猜出了王克南的心思，盯着王克南问。

“是的，团长！你就下命令吧！”王克南放下杯子，立正回答。

“团部决定派你带张学同志和赵虎同志，去郭尔罗斯前旗的塔虎城区工作。”吕团长的话很简短，但目光中却充满了坚定。

“一连长宏业和小刘现在不是在塔虎城吗？”王克南问了一句。

“一连长张宏业和小刘被土匪杀害了。”吕团长沉重地低下头说，表情显得十分痛苦。

“什么？一连长宏业和小刘牺牲了？这是什么时候的事？”王克南瞪大了眼睛，有些不相信地问。

“前天傍晚，一连长张宏业和小刘下乡检查备耕生产工作，回塔虎城的途中被土匪杀害了。郭尔罗斯前旗旗委和旗政府人手不够，一时难以派军地两用干部去塔虎城区任职，所以要求咱们部队再派一名军事干部去塔虎城区工作。团部经过慎重考虑，认为你是最佳人选。因为你有文化，又有单兵作战经验，况且在黑龙江又剿过匪。”吕团长打住了话头，他说话时，眼睛一直也没有离开王克南的脸。看来，吕团长是把全部希望都寄托到王克南的身上了。

“团长，我接受任务。等我到了塔虎城后，一定为一连长宏业和小刘报仇！”王克南攥紧了拳头，双眼冒出了仇恨的火焰。他恨不得马上就赶到塔虎城，亲手为一连长张宏业和小刘报仇。

看着报仇心切的王克南，吕团长的内心又有些担忧了。他再次开口说话时，故意放缓了说话速度，叮嘱道：“塔虎城周边有两股土匪，一股在四十家子山，另一股在查干湖的西山。你到了塔虎城先不要有太大的行动。土匪在暗处，你在明处，千万别再吃一连长张宏业同志那样的亏。凡事都要做好充分的准备再行动，要依靠人民群众。另外，一定要防止土匪的偷袭。”

王克南点点头，他也觉得自己刚才是有些急躁了。稳住情绪后，王克南又扫视了一眼墙上的地图，补充说：“团长，你说的有道理，塔虎城区的地形比较复杂，不利于大部队作战，只能用小股部队以智取胜。”

吕团长听了王克南的话后，露出了满意的笑容。

“团长，你就给我派兵吧？我一定要彻底消灭塔虎城周边的土匪！”王克南恳求说。

吕团长摇摇头，态度坚定地说：“不行，我手里现在根本无兵可派。你们一营扫清农安和哈拉海的国民党军后，将和全团一起配合兄弟部队，对长春守敌实行包围态势。你到了塔虎城，先把塔虎城区小队的民兵武装发展起来。记住，在塔虎城的剿匪战场上，你王克南只能给我用地方武装打土匪。”

“团长，我明白了。扩充塔虎城区小队需要武器弹药。团部能不能派人给我送一些武器弹药过去？”

“可以，孙志山打下农安和哈拉海后，一定会缴获不少武器弹药，我派人给你送一些过去。放心，三天之内一定给你送到。不过，你要力争一年内把塔虎城区周边的土匪彻底肃清。只要肃清了土匪，不管咱们团在哪，你们三个人就立即归队。克南，你去塔虎城任职的职务是塔虎城区区长兼区小队长。职务降了，你不会介意吧？”

“职务高低都是干革命，我服从组织安排。”关键时刻，王克南体现了一个共产党员的本色和高风亮节。

吕团长一直绷着的脸，终于有了笑容。看来，吕团长对王克南的回答还是很满意的。王克南经过战火的历练，在过去的战争岁月中，曾多次临危受命，孤军作战，最终都圆满出色地完成了上级交给的任务。这次也是同样，吕团长一定是没有看错人。他对自己的爱将还是很期待的。王克南将在塔虎城再一次创造奇迹。

“团长，任务已经明确了，我们三个人什么时候出发？”王克南有些急不可待地问。

吕团长拍拍王克南的肩膀，说：“午后出发，你们争取明天早晨赶到塔虎城。走，咱们先去吃饭。”

“是！”

王克南立正敬礼。

吕团长抬手还礼。

吕团长如释重负般长出了一口气，团指挥部的气氛和先前相比，一下子变得轻松了。

“当，当，当。”王府院内的钟楼传来了钟声，往日听钟声，有一种沧桑甚至苍凉的感觉，可今天就不一样了，这声音听起来悠扬悦耳，催人奋进。

吃过午饭，为了早一点赶到塔虎城，王克南没有顾得上休息，就告别了吕团长，带着嘱托和张学、赵虎踏上了前往塔虎城之路。上了官道，战马一声声嘶鸣，蹄后扬起缕缕尘烟，箭一般向北驰去。

红日渐渐西沉，仙境般的美景展现在三人眼前。不远处，一马平川，绿草如茵，一些奇形怪状的老黄榆树散布其间，王克南三人犹如走入了童话般的世界里。

此时，天空洁净，万里无云。北望四十家子山，夕阳之下的四十家子山脉延绵不绝，层峦叠嶂，山顶云飞雾绕，神秘莫测。

王克南勒住战马，在马背上挺起身舒展了一下筋骨，看着眼前的景色，王克南赞道：“郭尔罗斯前旗真是个好地方！竟然有如此美景，真是名不虚传啊！”

赵虎指着四十家子山，兴奋地说：“营长，看来四十家子山离这不远了。是不是过了四十家子山，就快到塔虎城了?”

王克南跳下马去，看着赵虎笑道：“你别高兴得太早，四十家子山看起来很近，要走起来的话，少说也有七八十里的路呢！”

张学惊叹：“我的天啊，还有那么远啊！”

王克南指着前面一片平坦的草地说：“你们俩没在山区呆过，不知道山是看着近走起来远。好了，休息一下，咱们吃点儿东西。顺便让马也啃点儿青草。”

赵虎把三匹马牵到了一片牧草茂盛的地方，任由三匹马自由自在地去吃草。

一只孵卵的野鸡也许恋窝，赵虎一脚下去差点踩上它，肥大笨重的野鸡起飞时，把赵虎吓了一跳。随后，赵虎又兴奋地叫道：“野鸡蛋！营长，这回咱们有野鸡蛋吃了！”

赵虎这一喊，张学也赶过去了，张学弯腰刚要去捡野鸡蛋，被王克南叫住了。

“别动野鸡蛋！千万别动！”王克南挥了挥手。

王克南这一嗓子，让赵虎和张学都愣住了，二人不解地回头望着王克南。

王克南走过来，解释说；“你们俩记住，大自然不仅是人类的，也是小动物们的。去年我看了郭尔罗斯前旗县志，据史料记载，塔虎城区和查干湖周边，各种野生动物有几百种。咱们今后要学会和动物和平共处，绝不能干伤害小动物的事。”

“人和动物和平共处？营长，那就是说，以后连狼都不能打了？”赵虎挠起了头，似乎很不理解王克南的话。

王克南笑道：“对呀，只有这样才能保持自然界的生态平衡呀！”

“营长，啥叫生态平衡？”张学也不解地问。

“你们俩没念过书，一时半会儿和你们说不清。等打完了仗，我看你们俩有必要去学校念书了。等你们有了知识，就明白什么是生态平衡了。”王克南说完，带着赵虎和张学向前走去。好客的草地舒展开巨大的胸怀，迎接着三个人的到来。

西方天际的太阳更大更红，正慢慢地滚落下去。草地上，三个人的影子被悠然地拉长了。天气立马变得有些凉爽起来，然而空气却很新鲜。有股淡淡的清香味在三个人的身前身后绕来绕去，当这股清香味钻入鼻孔时，感觉就像刚刚吃过一个脆梨，让人觉得清凉舒坦。

吃过干粮后，王克南身体向后一仰，顺势躺在了草地上。白天被炙热的太阳烘烤过的大地，此时正升腾着一股股热气。王克南感觉后背受过伤的地方舒服极了。

夜幕悄悄降临。西南天空上出现了第一颗星，这颗星很亮，很大，似乎距地球也很近。王克南盯着这颗星陷入了沉思：离开野战部队，到塔虎城地区去工作，这对自己来说，是一个既复杂又陌生的任务。剿匪虽不同于往日作战，但也会有流血牺牲。王克南感到摆在自己面前的是一项十分艰巨的任务！

好在有人民群众做后盾，王克南的心坦然多了，也有了必胜的信心。

天完全黑了下来，四野万籁俱寂，徐徐而来的微风不断带来一丝丝凉气。让人感觉精神了许多。三个人收拾好行装，骑上马继续向前赶路。

路变得越来越难走，三个人时而下马时而上马，在夜色中艰难地走了大半宿，总算来到四十家子山的山脚下。此时，夜幕沉重，星光惨淡，山风吹来，山谷回响，回响的山风中不时还伴有各种野兽的号叫声，听起来有些瘆人。

战马竖起耳朵昂起头，前蹄刨地，变得有些狂躁不安起来。之后，三匹马又不约而同地打起了响鼻。三个人拽紧了各自手中的缰绳。

抬首望去，夜幕笼罩下的四十家子山，像一座巨大的天然屏障挡在了面前。找了半天，根本没有上山的路，三个人只好牵着马，沿着灌木丛中的羊肠小路向东摸索着绕去。前面的路弯弯曲曲，也不知什么时候能找到出山口。

三个人的功夫总算没有白费。三个小时后，在四十家子山的最东端，找到了北去塔虎城的路口，出山口东面就是新庙山。

四十家子山与新庙山像两条巨龙，头对着头，龙首处高高崛起，形成了名副其实的“南北门户”的咽喉要道。这里自古以来都是兵家必争之地。两条龙首处，有历代遗留下来的石塞烟隧，日伪时期构筑的钢筋水泥炮楼。

“快，跟上！”前面的王克南压低了声音。

王克南三个人牵着马，很小心地走过龙口。

赵虎回头暗暗惊叫道：“我的天呀！这要在龙首处架上两挺机枪，就是千军万马也休想过来！”

东方的天际出现了一丝曙光，隐约听得见远处村庄的鸡叫声。天就要亮时，王克南三人才进入塔虎城地界。穿过黑松林后，向北望去，塔虎城的轮廓已依稀可见。

东面嫩江方向吹过来的微风夹杂着水汽打在脸上，让三个人顿觉心旷神怡。浑身的疲惫一下子荡然无存。

战马似乎也懂得主人的意图，自觉加快了步伐。前方道路很平坦，也变得好走了！

“咯噔，咯噔”清脆的马蹄声传出很远很远。附近村庄里传来的狗叫鸡鸣的声音，变得越来越清晰。

一轮红日，从东方的云海中喷薄而出，新的一天开始了。

离塔虎城越来越近。不知为什么，王克南的心跳不由得加快了，他隐约觉得自己今后的命运，很可能和塔虎城有些分不开了。莫非自己今生与塔虎城有缘？王克南正在浮想间，听到了塔虎城护城河潺潺的流水声，流水声清澈悦耳，极近又极远。仿佛天籁之音。

塔虎城呈正方形，周长五千多米。城墙全部为土筑，并分层夯实。城墙高六米，基础宽二十五米。四面城墙的正中各有一门。东门外的地势较低，向东不到一里地就是著名的嫩江。每个城门都设有半圆形的“瓮城”，门的两侧是高出城墙半米多的垛口。城墙的四角设有角楼，呈圆形，高出城墙四米半，并稍凸城墙内外。站在角楼上，就可以环顾左右两侧的城墙，与垛口互相照应，仅为一箭之地。

王克南在马背上赞道：“塔虎城名不虚传，建得太完美了，整个防御系统设计得简直天衣无缝。这些都是古代劳动人民智慧的结晶啊！”

“营长，你看，塔虎城城门口有人。估计是接应咱们的地方同志。”赵虎眼尖地叫道，伸手向前方的塔虎城城门指去。

王克南抬眼向塔虎城城门方向望去，果然看见五六个人影在城门口晃动。

等待在塔虎城城门口的人，是郭尔罗斯前旗旗委书记兼旗长巴图巴根、塔虎城区副区长兼区小队副队长白玉柱和几位民兵骨干。

看着远道而来的王克南、张学、赵虎，巴图巴根和白玉柱等热情地迎了上去。王克南跳下马，紧走几步上前与巴图巴根和白玉柱等握手。

王克南和巴图巴根是老相识了，去年巴图巴根向十七师送过新兵，还是王克南出面接待的巴图巴根。

“可把你们盼来了！这回我们塔虎城区小队有主心骨了。”白玉柱还没有等巴图巴根介绍，就既兴奋又激动地拉住了王克南的手。相互问候过后，白玉柱前面带路，众人一边说话一边向塔虎城内走去。进了城，看见不远处有一座青砖大院，院内有十余间青砖瓦房。

王克南指着大院，好奇地问：“这个大院也是古建筑吗？”

白玉柱摇头说：“这是当年侵华日军留下的，这里是日军的粮站。咱们塔虎城区物产丰富，小日本鬼子在这里没少掠夺咱们的粮食和水产品。”

“清朝末年，日本人勾结官府，想廉价购买塔虎城草原和查干湖。三家子村的陶克陶胡率众发动了抗垦大起义，一举粉碎了日本人企图霸占塔虎城草原和查干湖的阴谋。”巴图巴根插话说。

王克南双眼一亮，兴奋地问：“塔虎城真是英雄辈出的地方，陶克陶胡就是民间传说的陶老爷吧？”

“王营长说的一点没错，我们这一带的农牧民，现在仍然管陶克陶胡叫陶老爷。”白玉柱快言快语地说。

“三家子村，还有陶克陶胡的后人吗？”王克南继续刨根问底地问白玉柱。

白玉柱双手一摊，很遗憾地说：“没了，只剩下陶老爷的远支亲属了。陶老爷的后人现在居住在乌兰巴托。”

赵虎上前，靠近王克南，问：“营长，岳飞当年就是在这里围困的金兀术？”

张学也抢着说：“听说塔虎城每天半夜都有神驴为金兵运粮呢！”

看着赵虎和张学一副认真的样子，众人禁不住都笑了。

白玉柱对张学和赵虎说：“塔虎城的民间故事实在是太多了，有‘八宝琉璃井’的传说，‘金兀术斩子过江’的传说，‘塔虎城金银圆宝’的传说等。”

张学仍旧追问道：“塔虎城神驴为金兵运粮的事，原来也是传说啊？”

王克南笑过后，认真地说：“这就是民间传说，其实岳飞还没有渡黄河，就被宋高宗和秦桧用十二道金牌召回，最后血染风波亭，留下了千古遗恨。你们俩仔细分析一下，孙副营长将要攻打的目标农安，就是金朝的重镇黄龙府，如果岳飞真到了塔虎城，那么金朝不就灭亡了吗？”

巴图巴根赞道：“王营长不仅会带兵打仗，而且还精通历史啊？”

“我在哈尔滨上大学时学的就是历史，尤其对东北的历史还是略知一二的。”王克南有些不好意思地笑了笑。

说话间，众人已来到塔虎城区政府的大门口了。看着门口两侧“塔虎城区人民政府”和“塔虎城区人民武装小队”的牌子，巴图巴根笑道：“王营长，让你一个堂堂野战军的营长，来塔虎城区当区长兼区小队长，实在是太委屈你了。”

王克南摆了摆手：“不，不，旗长，你说哪去了？革命者永远服从组织的安排。只谈贡献大小，不论职务高低。”

进入塔虎城区政府办公室，看见北墙正中挂着毛主席和朱总司令的画像。地中间摆放着一张粗腿厚面未上油漆的长条大桌子，几只长条板凳摆放桌子四周。桌子上方的房梁上吊着一盏马灯。墙角放着一个白茬木制卷柜，这些恐怕就是塔虎城区政府的全部家当了。

王克南刚坐下就不顾旅途劳累，问道："一连长张宏业和小刘是在什么地方牺牲的？又是怎么牺牲的？"

屋内很静，王克南的问话仿佛使屋内的空气都变得有些凝固了，气氛也随之沉重起来。

好半天，白玉柱表情痛苦而悲伤地低下头，说："三天前，宏业要去粮店村检查春耕生产，我当时急着去大赉镇办事，就没和宏业一同去粮店。我说给他派几个民兵和他一同过去，被他拒绝了。宏业说春耕生产这么忙，去那么多人干啥？自己和小刘去就可以了。谁知回来路过粮店村北洼子时，被土匪打了黑枪。唉，这都怨我呀！我要是给宏业派几个民兵过去，也许就没这事了。"

白玉柱双手抓着头发，泪水夺眶而出。区长张宏业和战士小刘的牺牲，对白玉柱的打击太大了，同时又让他感到有些内疚。白玉柱这位蒙古硬汉的内心仿佛在滴血。他，对土匪充满了无比憎恨，更无法抑制住情感上的打击。

张宏业和小刘牺牲后，白玉柱无时无刻不在想着报仇！这回，王克南他们三人来了，他报仇的愿望就更加强烈了。

王克南伸出手，轻轻拍了一下白玉柱的肩，沉声道："白副区长，不要太难过，不要悲伤，土匪欠下的血债，一定要用血来还！"

一旁的赵虎和张学早已攥紧了拳头，双眼喷出了愤怒之火。

"好人，好人呐，张区长可是个好人啊！可怜小刘还是个不满十八岁的孩子呀！这些可恶的土匪，一定会得到报应，都会不得好死啊！"

说话声来自门口。王克南顺着声音望去，一个四十多岁的男人，手里拎着水壶从外面进了屋。只见，这人中等身材，腰板硬挺，不胖也不瘦，脸长稍黑，腰间扎着一条雪白的围巾。一看就是一个精明、利索、能干的人。

白玉柱擦去脸上的泪水，赶紧向王克南介绍："王营长，这是区政府做饭的刘师傅。"

刘师傅听白玉柱这么一介绍，立马微笑着向王克南点了点头。之后，他上前一一给围坐在桌前的众人倒水。

“白副队长，没我的事我就出去了，我在厨房候着，需要我时就喊一声，保证随叫随到。千万别和我客气，我就是为你们服务的。”刘师傅又向王克南点点头，很知趣地退了出去。他一直倒退到门口，才挺直身子转身出去。

看着刘师傅的背影，王克南陷入了沉思之中。刘师傅刚才挺直身子的一刹那，身上似乎有一种军人作风。即便不是军人，刘师傅那也是见过世面的人。

“刘师傅，准备早饭吧，王营长他们走了一晚上的路，还没吃早饭呢。他们也一定饿了。”白玉柱冲刘师傅的背影喊了一句。同时也打断了王克南的沉思。

“好的，我马上就做饭，半个小时之内，保证王营长他们能吃上饭。”刘师傅答应着走向厨房。厨房内，紧接着就传来了一阵“唰唰”熟练的切菜声。

太阳升起，满院子洒满了余晖，万道金光射进屋内。

王克南摘下眼镜，擦了擦戴上后，说：“我动身时，吕团长指示，让咱们立即组建并壮大民兵队伍，增强塔虎城区小队的武装实力，争取一年内全部肃清塔虎城周边的土匪，让人民群众过上安稳的日子。东北野战军下半年就要解放东北的各大城市，目前，咱们首先要稳定郭尔罗斯前旗的大好局势，同时大力发展生产。”

“好，旗委旗政府也是这个意思。”巴图巴根对王克南的话给予了充分的肯定。巴图巴根又把目光投向白玉柱，说：“白副区长，你来介绍一下塔虎城区的情况吧！”

“我先说说塔虎城区的匪况。塔虎城区主要有两股土匪在活动，一股是西山的崔作鹏，此人外号‘崔大牙’，崔大牙手下有匪徒一百六十多号人，听说崔大牙去年不知从哪又收了一个军师，外号‘小诸葛’，一肚子的坏水。崔大牙粮草比较充足……”

“崔大牙哪来那么多粮食？”张学忍不住插话问。

“崔大牙和马六子合伙抢过小日本鬼子的粮站。事先崔大牙答应事成后，和马六子五五分成，可他欺负马六子人少，只给了马六子两成，为此，双方发生了火拼，马六子吃了大亏，死了三个人，从此二人结下了死仇，不再往来。”

“白副队长，马六子盘踞在什么地方？他又有多少人？”赵虎问。

“马六子的老巢在四十家子山，那里山高林密，找马六子很难。马六子人少，只有四五十人，可他们人人都有马，非常便于流窜。这伙匪徒常常是来无影去无踪。马六子打劫村子时，咱们区小队得到信后，每次去都会扑空，就是因为马六子他们有马，来得快，撤得也快。”白玉柱话锋一转，接着说道，“野战军首长建议壮大民兵队伍是绝对正确的，我白玉柱非常拥护，但实不相瞒，目前塔虎城区小队缺少的是武器和弹药，这是个亟待解决的问题啊。”

“白副队长，这你就不必担心了，吕团长答应给咱们一批武器和弹药，估计三天之内就会派人送到塔虎城来。”王克南的话打消了困扰白玉柱心头多时的忧虑。

“太好了！这批武器和弹药来得正是时候！有了这些武器，崔大牙和马六子他们就是兔子尾巴——长不了！”白玉柱很高兴，双眼迸射出兴奋的光芒，他的心里也异常敞亮，对未来更是充满了希望。

王克南把目光投向巴图巴根。巴图巴根猛地抽了几口烟，烟锅内燃烧着的烟丝一闪一闪地发出红光，并发出滋滋的声响。巴图巴根很快就抽完了这袋烟，磕去烟灰，把烟袋放在桌子上，不紧不慢地做了最后的补充：“我提个建议。这不，王区长来了么，你们塔虎城区要尽快把学校建起来。至于老师的人选嘛，你们先在塔虎城的周边各村找一找，看看有没有合适的人选，如果实在没有，我就帮你们想办法从郭尔罗斯前旗调一位老师过来。”

“旗长，老师我们这里有啊。我看，八郎村老郭的外甥女月梅就行！”听说要成立学校，白玉柱的情绪一下又高涨起来。

王克南看了一眼身旁的白玉柱，笑道：“白副区长，我刚刚来塔虎城，人生地不熟的，成立学校和请老师的事就麻烦你多费心了。”

“王营长，没啥说的。我说的老师人选月梅，是咱们塔虎城区文化水平最高的，日后你要是见到她，保你满意！”白玉柱回答了王克南，也打了包票。之后，白玉柱又提出了一个建议，“旗长、王营长，我看学校就设在八郎村吧。这样四周的村子都能够上，孩子们上学也方便些。”

“言之有理。来时的路上，我看到八郎村的地理位置了，那里选址作为学校是最好不过了。”王克南点了一下头，表示赞同白玉柱的建议。

巴图巴根笑眯眯地对白玉柱说：“玉柱同志，你看，之前我也管王克南同志叫了半天王营长。打今儿个起，咱们不能管王克南同志叫营长了，他的职务是塔虎城区区长兼区小队长，你们俩的工作关系是上下级关系。”

白玉柱看了一眼王克南，不好意思地笑了。

王克南笑道：“没关系，只要对工作有利，怎么称呼我都可以。在部队上，我一直都叫我们孙副营长大哥。”

屋内的气氛由最初的压抑已变得轻松快活起来，由于大家对未来都充满了希望，你一言我一语，似有唠不完的嗑。

就在这时，一位大个子民兵手握一杆破旧的长枪，满头大汗地跑进屋报告：“不好了，不好了。”

白玉柱站起身，安慰道：“祥子，别着急，什么事你慢慢说。”

祥子用衣袖擦去头上的汗水，稳住情绪说：“四十家子村进土匪了！是马六子那伙匪徒！”

一大清早就听见土匪进村的消息，围坐在大桌子前的人都不约而同站了起来，表情也变得有些严肃了，所有人的目光都投向了王克南。

王克南此时此刻意识到了塔虎城区时局的严重性和复杂性。他一下子明白了吕团长为什么点名让他来塔虎城了。王克南不愧是野战军指挥员，他的目光扫视了一下在座的各位，果断地说：“有马的同志和我立即去四十家子村，没马的同志留下看守区政府！”

巴图巴根手一挥：“一切听王区长指挥，出发！”

众人紧张而有秩序地向外迅速走去，为了减少群众的损失，众人要在第一时间里赶到四十家子村。

刘师傅追出门外，手中挥舞着饭勺子，喊道：“白副区长，饭好了，王区长他们不吃饭了？”

一只脚已经插进马镫正准备上马的白玉柱，回头大声说：“你这个老刘，都啥时候了？还有心思吃饭？饭先放在锅里热着，一会儿回来再说吧！”

听白玉柱这么一说，刘师傅不出声了，看着一匹匹先后冲出区政府大院的战马，刘师傅一脸无奈地摇摇头，又叹了一口气，自语：“唉，干革命也真不容易，连饭都吃不上，真是的。”

出了区政府大院，心急如焚的王克南始终打马冲在最前面，他也是第一个骑马冲出塔虎城的人。

正南方向的天空出现了几只黑影，向塔虎城方向快速移动。黑影从空中经过王克南头顶时，王克南抬头看了一眼，原来是几只鸽子。

一路上打马加鞭，等王克南一行人赶到四十家子村时，还是晚了一步，土匪早已撤走了。本来就不大的四十家子村，被土匪洗劫后显得有些狼藉。王克南四处看去，只见路边坐着一位白发大娘正在哭泣。

白发大娘见王克南等人走过来，哭着说：“该死的马六子，抢走了我家的谷种，这叫我拿什么种地啊？”

性情耿直的蒙古汉子白玉柱听说马六子抢了群众的谷种，气得涨红了脸，大骂道：“马六子真是疯了，连谷种都抢！等他落到我白玉柱手里，非活剥了他的皮不可！这伙可恶的土匪！”

巴图巴根扶起地上的白发大娘，承诺道：“大娘您放心，人民政府会想办法叫您种上谷子的。”

群众越聚越多，这时王克南大声说道：“乡亲们，我是新来的塔虎城区长，我叫王克南。上级首长派我从野战部队来塔虎城，就是专门来打土匪的！请乡亲们放心，共产党说到做到，我们一定会消灭土匪和一切反动派，给乡亲们一个和平安稳的世界，让乡亲们过上幸福的日子！”

白玉柱紧接着说：“乡亲们，大家都说一说，看看自己都损失了什么？”

“我家的苞米种子被抢了！”

“我家的土豆被抢走了！”

“白副区长，土匪抢走了我家的一头一百多斤的猪！”

这时，四十家子村的南女老少都来了，上百双眼睛盯住了巴图巴根、王克南和白玉柱。

群众家里余粮不多，被土匪抢走的几乎都是种子，眼下又是春耕生产的关口，巴图巴根、王克南和白玉柱，都感到事态有些严重。面对四十家子村男女老少上百双充满期待的眼睛，白玉柱这位蒙古族汉子更显得有些急躁。

“马上就要播种了，没有种子可不行啊！地要种不上，秋后就会闹粮荒。旗长你看这可咋办啊？”白玉柱拍了拍手，用焦急的目光盯住了巴图巴根。

巴图巴根沉思半天，说：“我现在就回旗里，旗里的干部和家属就是不吃不喝，也要从牙缝里把种子省出来！说啥也得让人民群众种上地。”

“旗长，一定要快呀！没几天就要播种了，到时节气可不等人啊！”白玉柱在一旁急得直搓手跺脚。

“王区长，塔虎城这边就交给你和玉柱了，我回旗里想办法搞种子，三天之内力争搞到尽可能多的种子，你们听我的信吧！”巴图巴根又简单向王克南交代了一下，便上马和旗大队的两位民兵直接返回郭尔罗斯前旗了。

夜幕降临，今夜无风，天空繁星点点，天河犹如一条银带横贯在东西向的苍穹，一直延展到天际边。一颗又大又亮的流星拖着长长的尾巴匆匆划破夜空，接着就消失在了深不可测的苍穹。

塔虎城内显得更加异常安静。忽然，东江湾方向传来了几声蛙叫。这些青蛙是冬眠后刚刚苏醒过来的，最初的叫声只有几只，声音也有些憨闷，可叫过一阵后，声音就变得清脆起来，渐渐地青蛙的数量也多起来。东江湾变得更加热闹异常了。几只夜游的鹰隼也行动起来，在空中长时间悬停寻找着各自所需的猎物。

月亮冲破地平线，从江面的薄雾中渐渐脱离升起，夜色变得有些朦朦胧胧，半明半暗。塔虎城的安静与东江湾的蛙叫声，给这朦胧的夜色增添了一道独特的夜景。

塔虎城内。

区政府房梁上的马灯，把屋内照个通亮。

王克南在灯下亲手整理着一连长张宏业的一些遗物。王克南心情有些沉重地打开一个发旧的草绿色帆布包，包内居然有一个笔记本和一支笔。一连长张宏业有笔记本和笔，这让王克南有些纳闷了。一连长张宏业是个大老粗，根本不识字，整个一二六团都知道。可他这个笔记本究竟是干什么用的呢？王克南带着种种疑问，从包里拿出了一连长张宏业遗留下来的笔记本，慢慢打了开来。张学和赵虎也一左一右凑到王克南身旁，盯住了王克南手中的笔记本。王克南很小心地从头一直翻到尾，笔记本中一个字也没有，而笔记本开篇的几页纸却少了几页。很显然这几页纸是人为扯掉的。扯掉笔记本纸的人会是谁呢？是一连长张宏业自己吗？如果不是一连长张宏业，那么扯掉笔记本纸页的人又会是谁呢？这人是不是和张宏业连长的牺牲有关？王克南的脑海中产生了一连串的疑问。

张学和赵虎在一旁也眉头紧锁，内心不停地揣测着。正当三人百思而不得其解时，王克南意外地有了新的发现。王克南手中拿着笔记本，在灯下不同角度来回地观看。侧光下，王克南发现笔记本的纸上留有笔划过的痕迹。划痕是扯掉的那页纸，由于用笔过猛印出来的。笔痕不在侧光下是根本看不出来的。

一连长张宏业不会写字，用笔过猛这是有可能的，但王克南又看不出来纸上的痕迹究竟是什么图案。于是他把笔记本递给了身边的张学。

“张学，你看看，这个图案像什么？”

张学歪着脑袋反复看了半天，最后肯定地说：“看不出来是什么，反正不像是字。”

“不是字就对了，一连长和我一样，他不识字也根本不会写字啊。”赵虎挠了挠头说。

王克南抱着双臂，开始在屋内来回踱步，走着走着，王克南猛地停住了脚步，他抬头眉毛一扬，说：“一连长这个笔记本里有文章！”

“有文章？”张学和赵虎不约而同地反问。

王克南十分肯定地说：“一连长宏业不识字，可他粗中有细。我认为，一连长张宏业一定是发现了敌人的什么秘密，敌人才对他下了毒手。”

张学瞪大眼睛惊叫：“区长，按你的推测，塔虎城区一定有潜伏的敌特！”

赵虎一拍手，恍然道：“对呀，要不山里的敌人怎么会知道一连长和刘小宝的行踪呢？”

“只有潜伏在塔虎城区的敌特，才能掌握一连长和小刘的行踪啊。”王克南更加肯定地说。

“区长，咱们下一步怎么办？”张学禁不住问道。

“咱们只是推测塔虎城区有潜伏的敌特，塔虎城区到底有没有敌特还需要时间和证据来证明。现在除了白副区长外，暂时不要向外说出咱们的推测，以免打草惊蛇。我估计，潜伏在塔虎城内的敌特，可能就在我们内部，看来，以后的对敌斗争会很复杂啊。”王克南走过来，站到桌子前沉思良久，突然眉毛一扬，用拳头打向桌面，十分自信地说：“不过，消灭马六子一伙匪徒的机会还是来了！这回一定要彻底拔掉塔虎城南门的钉子！”

听王克南说消灭马六子一伙匪徒的机会来了，张学和赵虎双眼顿时兴奋起来，二人紧紧地盯着王克南，急切地等待着王克南下达作战计划。但王克南并没有急着说出作战计划，而是心平气和地问：“你们俩注意到没有？马六子一伙匪徒专抢粮食，而且连种子都抢，这说明了什么问题？”

“马六子没粮了！”张学和赵虎几乎异口同声地回答。

王克南点点头：“对，马六子没粮了。”

随后，王克南布置了一个大胆而又周密的诱敌计划。这个计划，立刻令张学和赵虎显得十分兴奋，二人摩拳擦掌准备大干一场。塔虎城剿匪第一仗，一定要打得漂亮。让人民群众扬眉吐气，让土匪胆战心惊。

东方天际的几缕轻云被初升的太阳染成了橘黄色。从气象上来看，今天一定又是风和日丽的好天气。

王克南带着张学和赵虎，在塔虎城下的护城河边绕城跑步，尽管出早操的只有他们三个人，可王克南的号子喊得还是极认真。军人，就应该有军人的样子，就应该遵守条例按时出早操。王克南觉得这些是自己今天或未来职业军人生涯当中不可缺失的一部分。

王克南很喜欢军人这一职业，哪怕为此付出生命，他都愿意。

刘师傅听见屋外传来了整齐的脚步声，就知道一定是王克南他们三个人回来了。

刘师傅走出屋，站在门口热情地招呼："饭好了，火候正是时候。王区长，你们三个快进屋趁热吃饭吧。"

"好的，刘师傅你也忙活一早晨了，辛苦了。"王克南挥了一下手，既打招呼又客气地回答道。

刘师傅有些受宠若惊，随即点头哈腰地说："哪里哪里，王区长啊，烧火做饭是我的职责，就像你们保卫新生政权、保卫人民一样，都是职责所在啊。当然，我一个厨师是无法和你们相比的。你们干的都是大事！"

刘师傅真不愧是专业厨师，干活就是麻利，转身的工夫就从厨房端出一大碗土豆炖白菜和一盘金黄金黄的玉米面饼。

王克南看着桌子上的饭菜，赞道："刘师傅厨艺不错，饭菜色香味俱全，一看就令人有了食欲感。"

"没啥好吃的，赶紧趁热吃吧！玉米面发得不是太好，饼子干巴，我怕你们口渴，还烫了点儿水饭，我这就去厨房端水饭。"刘师傅很快又端来了水饭，"王区长，我去厨房忙了，有事就叫我一声，我就是为你们服务的，别不好意思叫我。在区政府，你们谁都可以支使我。"

刘师傅的话，让人听起来心里很舒服。

"刘师傅吃没吃呢？没吃就和我们一块吃吧！"王克南站起身去让刘师傅。

"不啦，王区长，我早晨在家吃过了。再说了，白副区长也交代过，我只负责做饭，不能在区政府吃饭，这个规矩可不能打破呀。"刘师傅笑容可掬地拒绝了王克南善意的邀请。

王克南坐下，咬了一口玉米面饼，又问："刘师傅家都有啥人啊？"

已经走到门口的刘师傅听见王克南的问话，又退回来坐到板凳上，深深地低下头，半天才说："实不相瞒，我现在是一个人吃饱全家不饿。唉，年轻时也说上人了。可那年她和不满周岁的儿子，被小日本鬼子飞机扔的炸弹给炸死了！"

"哎呀，刘师傅，我说到你的伤心处了！日本帝国主义对中华民族的伤害太深了，看来家家都有一本血泪账啊！”王克南感叹道。

刘师傅用衣袖擦去眼角的泪水，又微笑道：“这回好了，小日本鬼子被赶跑了，郭尔罗斯前旗也解放了，咱们人民也当家做主了，好日子真的来到了。只是我那短命的妻儿没有福啊！”

见刘师傅感叹不已，王克南赶紧又换了一个话题：“刘师傅，以后家里春耕忙的话，你可以不必收拾碗筷。剩下的活我们来干。”

“王区长，这可不行，我分内的活怎么能麻烦你们呢？再说了，你们都有工作在身。”刘师傅连连摆手和摇头。

王克南向刘师傅投去了赞叹的目光！

王克南很喜欢刘师傅这样性格的人。等消灭了塔虎城区的土匪后，如果条件允许的话，王克南很想把刘师傅带回野战部队去。

白玉柱吃过早饭，按照往常的习惯他应该抽一支纸烟，可今天就不一样了，白玉柱嘴巴一抹，嘴里还嚼着饭就着急忙慌地向外走。

“栓柱他爹，你不说今天不去塔虎城了吗？还出去这么早啊！”白玉柱的妻子其木格有些不解地问。

白玉柱边向外走边说：“不去塔虎城了，可我今天有很多事要做。第一件事去请前院的月梅当老师，第二件事找人收拾教室。媳妇，告诉你一个好消息，咱们穷人也要有自己的学校啦，栓柱他们都可以去上学了。哈哈……”

白玉柱走到门口，回过头去，冲妻子其木格嘿嘿又一笑，那天真快乐的样子如同孩子一般。

其木格不再问什么了，脸上却洋溢着一种喜悦的笑容。大概丈夫白玉柱说成立学校的事感染了她。自从白玉柱当了塔虎城区政府的副区长后，家里家外的活就很少干过，所有的活都由其木格一个人包揽了。这位任劳任怨的普通农家妇女，从来没有抱怨过白玉柱什么。有这样的好妻子支持自己的工作，白玉柱心存感激也很满足，他也时常向人夸耀自己的妻子虽没什么文化，却是一位知书达理的人。

白玉柱走出了自家的院子，就直接去了前院老郭的家。老郭的家在八郎村的东南角，距白玉柱家不远，是一个普普通通的农家院落，院内三间土坯房看来有些年头了。

老郭的外甥女郭月梅，今年二十五岁，一头齐耳式的短发，生得白白净净，黑葡萄似的大眼睛闪烁着光芒，是一位颇有文化水平的新时代女性。月梅的未婚夫抗日战争时期就参加了革命队伍，但至今生死不明，杳无音信。尽管月梅的舅舅和舅妈曾不止一次地劝过月梅不要再苦苦等下去了，可执着的月梅一直相信自己的未婚夫还活在世上。月梅早已决定，等东北全境解放后，她就回到黑龙江佳木斯老家，去寻找自己的未婚夫。月梅时刻都在期盼着能够和只拜了一半堂的未婚夫再次重逢。

为了抄近路，白玉柱很熟练地就打开了老郭家后院的角门，关好角门，白玉柱大步流星地走进院去。

前院，月梅的舅舅老郭正在扫院子。看见白玉柱来了，老郭停了手中的活冲白玉柱笑道："他哥过来了？这么早一定是有事吧？"

从老郭的问话中，就不难看出白玉柱和老郭家的关系来。

白玉柱先是憨憨地一笑，随后就直截了当地问："大叔，我是来找月梅的，月梅她在家吗？"

"在，和她舅妈在里屋呢。"老郭放下扫帚和白玉柱一起向房门口走去。

月梅听见外屋白玉柱和舅舅的说话声，就拎着笤帚从里屋出来了。

"白大哥，你找我？"月梅站在门口笑着问。

白玉柱点了一下头。月梅的舅妈腰扎着围巾，从厨房出来说："小梅，别管顾着在外面说话，快把你白大哥让到屋里坐呀？"

"都不是外人，还那么客气干啥？"白玉柱说着，也不管其他人，他自己先迈进了屋。

到了里屋，白玉柱刚坐到炕沿边，老郭弯腰就把烟笸箩从炕里拽过来递向白玉柱。白玉柱正低头卷烟，老郭就问："他大哥，听说塔虎城又来了一位新区长？"

"是。王区长是从野战部队调来的，他和牺牲的宏业区长来自同一个部队。"白玉柱把卷好的纸烟叼到了嘴上。

听白玉柱说塔虎城来的新区长姓王，又来自野战部队，月梅不禁眼前一亮。月梅面部表情上的细微变化，只是一闪而过。随后她就一脸平静地问："白大哥，新区长叫啥名？咱们在塔虎城区住着，咋也得知道区长叫啥名啊，是不是呀？白大哥！"

白玉柱鼻孔喷出两股烟雾，不紧不慢地答道："新上任的区长叫王克南，他是十七师一二六团一营营长兼教导员。人家到塔虎城来当区长，可是自愿降了职的呀。"

月梅惊叫道："哎呀，这个王区长来塔虎城可真是大材小用啊！看来，我又得重新认识和评价共产党了。国民党的官儿都脑袋削个尖地想着当大官儿，共产党的官儿还有自愿降职的。古今中外真没听说过！就冲这一点，咱们穷人跟共产党走肯定没错！"

白玉柱大拇指和食指掐着纸烟，眯着眼睛说："是啊，人家王区长可是一个文武双全的人才。其实，王区长来塔虎城的目的，就是要消灭塔虎城区的土匪。我估计，等塔虎城周边的土匪被消灭干净，王区长就会离开塔虎城回到野战部队去。"

从白玉柱的话中，月梅觉得王克南区长和她的未婚夫并没有对上号。虽然心中仅存的那一点幻想破灭了，但月梅的心里还是很敞亮的，塔虎城区的土匪很快就会被消灭了，塔虎城区不久将会是一个干净安稳的世界。月梅何尝又不盼着这一天呢，然而，她心目中更期待着东北全境解放，乃至全国解放，那时她和未婚夫可能就会见面团聚了。

月梅相信一定会有这么一天！当然，目前她暂时还需要继续等待下去，至于要等到什么时候，月梅自己也不知道。而等待也是痛苦的，甚至要承受情感与心灵双重折磨的代价。月梅很爱她的未婚夫，哪怕用一生的时间去等待她都愿意。

白玉柱看着沉思中的月梅欲言又止。

老郭一旁笑道："他大哥，你不是找小梅有事吗？"

听舅舅这么一说，月梅才回过神来，她尴尬地冲白玉柱笑了笑。之后，月梅的脸忽地红了。月梅红着脸发笑的样子很美，犹如东山梁上盛开的桃花。

白玉柱猛吸几口烟，扔掉烟头开口说："月梅，咱们塔虎城小学成立了，大哥是来请你当教师的，你不会不答应吧？”

月梅先是一愣，让自己当塔虎城小学的教师，真是没想到！她谦虚地说：“白大哥，当老师我当然愿意，可我怕干不好，会辜负了区政府和你的一片好心。”

白玉柱见月梅没有拒绝自己的请求，就进一步地说：“月梅，你要相信自己，你一定能当好老师的。再说了，咱塔虎城区的十里八乡，识文断字的也就是你了。至于你的报酬吗，我和王区长也商量好了，秋后给你五石粮食，如果年景好的话，再给你加两石。”

“白大哥，报酬都是小事，我真的怕自己干不好。”月梅再次谦虚地说。

白玉柱知道月梅不是干不了，只不过谦虚罢了，看来自己必须要拿出点态度了。

白玉柱故意板着脸，有些生气地说：“月梅啊，今天大哥就把话撂这里了，塔虎城小学的老师就是你了，你干也得干，不干也得干！平时一口一个大哥叫着，关键时候就不支持大哥工作啦？我告诉你月梅，请你当老师，我可是在旗长和王区长面前夸下了海口，你可别让大哥的面子掉在地上啊！”

月梅的舅妈见白玉柱说话的口气变了，急忙圆场说：“他大哥，我看这事行。小梅整天和小孩子们在一起还能舒心些。要不一闲下来想起王克，就在家偷偷地抹眼泪。”

月梅的脸腾地再次红了，她看了一眼舅妈，不好意思地说：“舅妈，说啥呢？”

“你白大哥又不是外人。小梅呀，你今年都二十五岁了，还要等到啥时成家呀？”月梅的舅妈向白玉柱唠叨起月梅的对象来。说句实在话，月梅的舅舅和舅妈这两年还真为月梅的婚事发过不少愁。每当见到熟人，月梅的舅妈就会把月梅的婚事挂在嘴边，唠叨个没完没了。

“月梅，大哥也知道你心中早就有人了，可你的对象是抗日战争时期参加的革命。大哥今天说一句不好听的话，战场上子弹不可长眼睛，说不准你的对象早就牺牲了。依我看，你就别再等下去了，赶明个儿，大哥给你物色一个对象人选，你不是喜欢军人吗？我就给你介绍一个军人，你看怎么样？”白玉柱也跟着月梅的舅妈劝起月梅来。

听白玉柱这么一说，月梅陷入了迷惘中，半天后，她悲凄的双眼滚下了泪珠。

“月梅，不要难过，等忙过这阵子，大哥肯定给你介绍一个好对象，保证各方面都让你满意。不过正事可别忘了，明天你就去上班，学校地址就是张家老私塾那院。”白玉柱见月梅流了泪，又赶紧把话拉回来了。

月梅擦去眼泪，自信地回答：“白大哥你放心，我一定把学生教好！”

白玉柱笑道：“这就对了嘛！大哥是不会看错人的，你当孩子们的老师一定行。”

白玉柱高高兴兴地从后角门来，又满心欢喜地从后角门出去了。老师的人选定下来了，总算去除了白玉柱的一块心病。剩下来的事，该找几个区小队的民兵骨干收拾一下校舍了。

王克南在区政府的大门口向执勤的民兵交代了一番，就带着张学和赵虎骑马离开了塔虎城。三人直接去了塔虎城城西的小树林，小树林内安葬的是前几天牺牲的一连长张宏业和战士刘小宝。

王克南三人下马，进入小树林来到张宏业和刘小宝的坟前，面对崭新的坟土和墓碑，王克南三人不觉悲从中起。一阵凉风刮过，天空飘来一片黑灰色的云，悬在王克南的头顶。小树林内原本春光无限的气象霎时黯然消逝，给人以萧索苍凉之感。王克南的心情极为复杂，不觉潸然泪下。

战友的音容笑貌再次浮现在王克南的眼前：异常惨烈的战斗正在进行中，阵地炮火横飞，硝烟四起。王克南弯着腰顺着战壕来到一连阵地。满脸血污的张宏业瞪大眼睛，沙哑着嗓子大喊：“营长，这里很危险，你咋来了呢？”

王克南还没有回答张宏业的话，一发炮弹就呼啸着从天而降，王克南一把摁倒了身边的张宏业，并趴在了张宏业的身上。炮弹炸起的泥土雨点般地落在王克南的身上。

抖去身上的泥土，王克南大声说：“我来接替你指挥战斗，你快回团部去接受新任务。”

“营长，仗打到这份上，你让我撤，还不如毙了我！”张宏业有些不情愿地说。

“人在阵地在，你在我在都一样！这是咱们一营的规矩。快走，这是团长的命令！”王克南大声道。

张宏业靠近王克南问：“营长，能透露下团部给我的是什么任务吗？”

“团长派你去郭尔罗斯前期塔虎城区任区长，同时执行剿匪任务。在陌生的环境下，你一定要学会保护自己！”王克南说出了团部给张宏业的任务，并嘱咐道。

“请营长放心，我一定会胜利完成任务！你就等着我胜利归来吧！”张宏业向王克南敬了一个军礼。

王克南还礼后，上前和张宏业紧紧抱在一起。之后，张宏业的身影很快就消失在了硝烟和炮火之中……

几只鸽子从王克南头顶上方向西山飞去。

凉风停住了，天空那片黑灰色的云也悄然飘走了。大地又恢复了明亮。

王克南擦去眼泪，脸色恢复了平静，继之而来的是从容庄肃，无半点颓唐自弃之色。王克南此刻已把满心的悲愤，化作了一种无穷的力量。一种不可遏制的军人求胜欲望再次占据了他的心头。他暗中告诫自己，要保持冷静，绝对不能冲动，一定要选择有利的时机，为张宏业和刘小宝报仇！

白玉柱带领着十几个民兵，经过大半天紧张而愉快的劳动，将学校教室收拾得多少有了点儿眉目。高启祥和于四辈二人用白膏泥调成涂料后，用自制的刷子刷着墙壁。

白玉柱和刘友善用土坯码成垛再搭上木板，课桌和板凳就算完成了。

白玉柱坐在木板上，装作学生的样子坐了一会儿。他冲其他人笑道：“效果不错，就是简陋点儿。等以后咱们有了钱，一定要建一个大一点儿的教室，让孩子们心情舒畅地在教室里学习。”

正在糊窗户纸的王兴富，回头冲白玉柱开着玩笑：“白副区长，别说，你的样子还真有点儿像小学生。”

“我真想当一回小学生。旧社会咱们穷人念不起书，如今新社会赶上好时候，可惜岁数又大了。”白玉柱虽有遗憾，但又认真地说，“孩子们能坐在教室里消停地念书，我也就满足了。”

屋外忽然传来马嘶声。

糊窗户纸的王兴富兴奋地叫道：“是王区长。王区长他们来了！”

白玉柱满面笑容地迎出去，又把王克南三人引领进了教室。

王克南进了教室四处看看，赞道：“白副区长行啊，收拾得不错！还真有点儿学校的样子！这不快完活了吗？”

王克南又向另外几个民兵说：“同志们辛苦了！”

“应该的，都是为人民服务嘛。”高启祥非常谦虚地说。

白玉柱问：“王区长，你们三个从哪过来呀？”

“去城西了，看一看一连长和小刘。”王克南回答。

听说王克南去看一连长了，白玉柱立即就把头低下了，眼神也变得有些凝重起来。

看见白玉柱低下了头，王克南知道白玉柱一定是又陷入了自责之中。

为了缓和一下气氛，王克南换了一个话题：“白副区长，老师的人选定下来了吧？咋没看见郭老师呢？”

“啊，月梅在家忙着编教材呢。王区长你想认识她呀？走，我带你去月梅家！月梅家就在村子东头，反正马上就要完活了。我带你去她家坐坐。”白玉柱盯着王克南的脸，很认真地说。

其实，白玉柱这么急着带王克南去月梅家另有目的。他今天早晨不是答应给月梅介绍对象了吗？当然，让王克南成为月梅对象的人选，这也是白玉柱的一厢情愿。王克南刚来塔虎城，一年以后是要回野战部队的，估计他在塔虎城是不会考虑个人终身大事的。

王克南摇摇头：“白副区长，今天就这么着吧？以后有机会再认识郭老师也不迟。我来塔虎城之前，吕团长答应武器弹药三天就到，两天快过去了，我估计今天下午该到了。我一会儿回塔虎城等着接收武器弹药。对了，白副区长，又有多少人报名参加区小队了？”

“有三十多人吧，加上原有的骨干民兵，现在实际人数是八十人。”

“好，咱们塔虎城区小队眼下得大量招兵买马呀。不过，同时也要大大加强练兵。等咱们区小队兵强马壮时，就找机会收拾土匪！”说完王克南看着众人哈哈大笑。

“那是一定的，我看离这一天不远了。”白玉柱补充说。

“白副区长，我早晨出早操看见东江湾草甸子的土质不错呀。”王克南临走时，忽然想起了一件事。

白玉柱凑过去，笑呵呵地问：“王区长，你就说你到底啥意思吧？”

“趁现在还没有春耕播种，我想动员民兵在东江湾开点儿地，白副区长你看这事怎么样？”王克南说出了自己的想法，同时也在征求白玉柱的意见。

王克南的想法正好和白玉柱不谋而合。

白玉柱眼睛一亮，兴奋地叫道：“好啊，我也想过，正要和你说这事呢。等到秋天粮食下来时，留够区政府用的，多余的咱们就上交国家。王区长，你就说啥时动手开荒吧？只要你定个时间，我组织人就可以开始干了！”

王克南想了想，说：“明天早晨通知各村的民兵到塔虎城集合，发完枪后就开往东江湾开荒。白副区长，你看行吗？”

“好，我同意。下午我就把明天去东江湾开荒的决定逐村传达下去。”白玉柱完全赞同王克南的建议。

“行，行，白副区长，你就看着办吧。马上要种地了，反正开荒生产越早越好。”王克南点头道。

白玉柱原来以为自己是个急性子的人，还担心配合不好新区长的工作。没承想野战部队来的王克南办起事来也是个雷厉风行的人，此举正和自己的心意。其实，王克南还有一个长处，那就是稳中求胜。王克南刚来塔虎城，白玉柱当然还不是十分了解王克南。

西山，一个黑暗的山洞内，洞顶和洞壁上吊着几盏大油灯，一边冒烟一边“滋滋”地响着，忽明忽暗的灯火像鬼火一样摇曳跳动。此时洞内空气污浊，并散发着一股股难闻的恶臭味。

穿着国民党军服的匪首崔大牙，脸像一只黑泥盆底，又圆又大，两只小而圆的眼睛似乎有仇，相互不肯买账地拉开了很宽的距离。冷眼一看，他好像没有脖子，一颗圆咕隆咚的大脑袋就直接长在了肩膀上边。大蒜头鼻子青中发紫，像一只没熟透的西红柿，两只鼻孔朝前，大概长错了位置，两撮黑毛从鼻孔中一直探到外面，鼻子下面是嘴唇外翻的方形巨嘴，方形巨嘴内的两排牙齿，像随意摞起的两排又黑又黄的古城砖。身体肥胖的崔大牙，像个绿皮西瓜似的陷在宽大的虎皮椅内。他打了个哈欠，睁开圆圆的雀蒙眼，几滴眼泪就从小而圆的眼睛里成双排队地挤了出来，他的大烟瘾犯了。崔大牙故意干咳了几声，匪徒们就知道他们的崔司令一定又有什么话要说了。于是，匪徒们一个个伸长脖子，竖起耳朵，专等着他们的崔司令发话了。

果然，崔大牙瓮声瓮气地说：“弟兄们，塔虎城的黑鹰今天早晨又来信了，说共产党又派了一个能文能武的营长来塔虎城当区长了。听说共产党的这个营长还挺狂，扬言要在一年内消灭咱们。不过他也是门缝里看人——把人看扁了。谁都知道，咱们弟兄眼下不比过去了，咱们现在跟了老蒋，也算是国军的人了。那么，共产党就是咱们的头号敌人。不过，塔虎城的共产党头目咱们还摸不清他的底细。如果真像民间传说的那样神，咱们弟兄们往后的日子就是被窝里打拳——有劲使不上喽。”

“司令，还像上次那样派个弟兄把塔虎城共产党的头儿干掉，不就完事了么？”

“干掉一个连长又来一个营长，共产党派来的头儿，真是一个比一个官儿大呀！”

“再干掉这个营长，谁知还会不会再来一个团长啊？哈哈……”

众土匪一阵大喊大叫，洞内空气更加污浊，并伴随着阵阵难闻的酒气。

洞口出现了一丝亮光，一闪，一个身影从外面挤进洞来。

洞口边一个土匪高声喊道：“司令，参谋长回来了！”

被土匪称为参谋长的人，还没有走到崔大牙身前，崔大牙就站起身，迫不及待地问："怎么样？参谋长，你不听我老崔的话，结果狗舔锅底——碰一鼻子灰吧？"

这个所谓的参谋长，是土匪的二头目，名叫梁化宇，人送外号"小诸葛"。他身材不高不矮，不胖不瘦，一身便装非常合体。面孔微白，一副金边眼镜卡在通天鼻梁上，到也有些人模人样的。

"小诸葛"听了崔大牙的责问，表情十分尴尬。好在洞内光线黑暗，没人看得清他脸上的表情。

半天，"小诸葛"才开口说："司令，马六子现在是搭戏台卖大枣——好大的谱，但他早晚有求咱们的那一天。他没粮了！不过从大局考虑，咱们还要和他情报共享，塔虎城的黑鹰也是这么指示的。"

崔大牙听"小诸葛"这么一说，扑通一声坐在虎皮椅子上了，虎皮椅先是发出一声闷响，然后又发出一阵吱吱的响声。这声音就像一群老鼠在打架。

洞内又变得鸦雀无声了。

崔大牙觉得他的话还没有说完，"咔嚓、咔嚓"挠了半天头皮，说："我看马六子是官老爷捡大粪——有福不会享。眼下他没粮了，还甩钢条，那就让他喝西北风活着去吧！我当年和马六子火拼过，打死了马六子三个人，他这是记下我仇了。参谋长你告诉他，从今往后就让他马六子巴儿狗蹲墙头——硬装坐地虎去吧！可有一点，你别忘记告诉他，马六子归顺咱们，是赶早不赶晚，别等耗子掉火坑——毛干爪净时来找我。好了，咱们就不提马六子这个王八犊子了。参谋长，塔虎城又来了共产党的一个营长，你这人是簸箕里的蚂蚁——条条道道多，想想咋办吧？"

还没等"小诸葛"说话，就有土匪叫喊："杀进塔虎城，干掉共产党的头儿！"

"司令，参谋长，可不能让共产党在塔虎城站住脚啊！"

面对洞内的混乱场面，气急败坏的崔大牙大叫一声，使劲一跺脚道："一个个地都别关门骂皇帝——装家里横。都给我装一会儿哑巴，听一听参谋长的高见。"

崔大牙这一嗓子果然好使，土匪们像被掐住脖子的鸭子立马都不出声了。

“小诸葛”见崔大牙给足了他面子，就拿出了国军参谋长的派头来。他清了清嗓子，用手扶了一下眼镜，然后煞有介事地说：“崔司令，我塔虎城地下反共救国军的弟兄们，共产党这次派一个读过书的营长来塔虎城当区长，我看是来者不善。咱们暂时不要轻举妄动。孙子兵法云，知己知彼，百战不殆……”

“小诸葛”话一出口，就遭到崔大牙的强烈反对：“参谋长，你咋成了才出窝的麻雀——翅膀不硬了呢？我看你是长共产党的志气，灭自己的威风。咱们现在好歹也是老蒋的人，让城里的国军知道咱们这么熊包，岂不是踩着高跷演戏——半截不是人吗？”

“小诸葛”见崔大牙不乐意了，急忙赔着笑脸说：“司令别急呀。话不说不透，理不辩不明，你先听我把话说完。”

崔大牙不出声了，闭上眼睛做出了洗耳恭听的样子来。可脸抽巴得却比死了爹娘还要难看。

“小诸葛”真是闹了个自讨没趣，他扫了一眼众土匪，却还要继续装下去，就故意放缓了说话速度：“塔虎城南有查干湖，东临嫩江，又有贯穿长白的小公路。水上和陆地交通十分便利发达。我估计，下一步塔虎城的共产党肯定要恢复塔虎城火车站的通车。铁路、公路、水路的运输可成相互依托之势。东北长春白城一带这盘棋可就活了，以点带线，以线带面，共产党这步棋实在是太妙了！”

一听“小诸葛”这么说，众土匪们完全没有了先前的那种气势，一个个低下头，哭丧着脸都不出声了。

崔大牙睁开眼，一脸无奈地问：“参谋长，照你这么说，咱们是坏肚子吃巴豆——没招了？”

“小诸葛”哈哈大笑，随后腰板一挺，说：“司令，共产党有千条妙计，咱们也有一定之规。这回咱们该是程咬金的武艺——要他三板斧了。”

“小诸葛”一得意，也整出来一句歇后语。他靠近崔大牙，弯下腰把嘴巴贴在崔大牙光秃秃的大脑袋旁，一番嘀咕，听得崔大牙鼻子眼睛都快要笑到一块儿了。

“真有你的！参谋长啊，参谋长，连我老崔都没看出来，你真是白糖包砒霜——毒在里面啊！”

“小诸葛”得意地一摆手，道：“司令，你说错了，我这叫胸口捅一刀——有心眼儿。”

“哈哈。”

“哈哈。”

“哈哈，参谋长，刚才你还说什么不能轻举妄动，好像没招了似的。这一会儿，又什么孙子兵法云，整得云山雾罩的，放屁的功夫，你就孙猴子学艺——来招了。”

崔大牙和“小诸葛”两颗脑袋凑到一起，大声狂笑起来。一场阴谋就此开始。

王克南三人刚进区政府，就听见屋外传来汽车马达声。

“一定是送武器的车来了！”王克南回头向窗外看去。

一辆美式卡车正缓缓地开进院来。车停稳后，一个军人从副驾驶的位置上首先跳下。这名身体清瘦的军人王克南认识，他是团部的参谋高川。

王克南几步就迈出屋去，上前和高川握手：“一路辛苦了！”

“王营长好！”

张学和赵虎一起走过来，举手向高川敬礼。

高川还过礼后，从上衣口袋里拿出武器弹药的清单递给王克南。

高川道：“捷克式便携轻机枪两挺，美式冲锋枪二十支，步枪五十支，手榴弹十五箱，子弹十万五千发，王营长，这回够用了吧？”

“够用了，够用了，回去代我向吕团长问好。谢谢团长支持我们的工作。”王克南对吕团长给的武器十分满意，他认为这批武器弹药来得也是时候。

两个执勤的民兵过来和张学赵虎一起向仓库内搬运武器。

高川指着陆续搬下来的武器，说：“这些武器都是孙副营长打农安和哈拉海缴获的。”

“打农安和哈拉海顺利吗？我们一营有没有伤亡？”王克南急忙追问。

“战斗还算顺利，孙副营长和你事先制定的闪电战术发挥了很大作用。敌人一个营全部被歼，另外一个团全部缴械投降，一营仅牺牲两人，孙副营长和通讯员张庆山负伤，但伤势都不太重。”高川回答。

王克南长出一口气，悬着的心总算放下来了，但他也为牺牲的那两个战友感到惋惜和心痛。

春天的塔虎城之夜，与以往的季节是不同的。由于塔虎城的护城河直通嫩江，整座古城完全被潮湿的雾霭笼罩着，雾气的浓度又完全取决于风力的大小。今夜微风，雾气此消彼长。稚嫩的树叶被雾气打湿后，变得硬挺。有风吹过，树叶就窸窸窣窣地响起来。

灯下的王克南拿出几张毛边纸，几番对折后，开始用匕首裁起了纸。张学和赵虎不知王克南裁纸是何用意，就一起过来看着王克南裁纸。

王克南抬头说：“别看着呀？动手裁纸，就像我这样子。纸张大小要和我的一致。”

张学和赵虎很快就裁好了纸，王克南接过裁好的纸码放整齐后，拿锥子扎眼穿线订起了本子。

赵虎问：“区长，订这么多本子干什么？”

王克南又抬起头，非常认真地说：“给你们俩用啊。”

赵虎笑道：“区长真会开玩笑，我们俩比一连长没强多少，一个大字不识，还用什么本子呀？”

“从明天开始你们俩去学校上学，就不要跟着我了。别等革命胜利了再闹个睁眼瞎，啥都干不了。”王克南表明了自己的用意。

“那绝对不行，我们俩走了，谁来保护你？”赵虎瞪大了眼睛，也有些急了。

张学附和道：“赵虎说得对，吕团长派我俩随你来塔虎城是来保护你的，怎么能去上学呢？咱们刚来塔虎城工作还没展开，你要是出啥危险，我俩怎么向吕团长交代呀？”

“对，不行我俩就去找吕团长评评理。”赵虎简直是在用威胁的口气向王克南说话。

王克南一瞪双眼，说：“你们俩少拿吕团长来压我。将在外君命有所不受。我让你们俩去上学，其实也是在执行一项特殊的任务。”

“什么任务？”赵虎靠近王克南问。

王克南表情严肃地说：“保护学校和师生的安全，这项任务是极其重要的，你们俩懂吗？”

张学和赵虎见王克南说得极认真，便一句话也不说了。

王克南站起身，大声命令道：“张学、赵虎，我说的话你们俩能做到吗？”

“能，保证完成任务！”张学和赵虎立正回答。

王克南露出了满意的笑容。

睡觉前，王克南向张学和赵虎又嘱咐道：“上学你俩就不用骑马了，把马留给老乡种地。在学校不要搞特殊化，多注意革命军人形象，多替老师排排忧解解难，遇事要冷静处之。”

“区长，这话你都说好几遍了。”赵虎也许和王克南在一起相处的时间长了，所以说起话来也有些随便，无拘无束的。

白玉柱今天起得特别早，天还未放亮，他就叫妻子其木格做好了饭。

白玉柱来到炕沿边，弯下腰，把脸贴在儿子栓柱的脸上，轻轻叫道：“小懒虫，饭好了，起来吃饭喽。”

睡梦中醒来的栓柱，坐起揉揉眼睛，埋怨道：“爸，这才几点呀，就叫我吃饭？”

白玉柱提醒栓柱说：“今天是你上学的第一天，早点儿到学校，好帮你月梅姨干点儿啥呀。你说是不是呀？”

“哎呀，我咋把上学的事给忘了？爸，你这都叫晚了。我月梅姨说了，让我好好干，将来选我当班长，我得好好表现表现呀！”小栓柱急忙起来穿衣服。

“这才像我的儿子呢！儿子好好表现，别让爸失望。争取当上大班长！”白玉柱笑着轻轻拍了小栓柱一下。

张学和赵虎吃完早饭和王克南打过招呼，就背着书包高高兴兴地离开了区政府。

刘师傅看着张学和赵虎离去的身影，有些不解地问："王区长，小张和小赵两个小同志这一大清早全副武装地背着书包干啥去了？"

王克南笑着解释："我让他们俩去上学了，将来革命胜利了他们俩所学的知识也能派上用场。"

"上学是好事，可小张和小赵怎么还带着枪啊？"刘师傅有些不解地问。

"刘师傅，你想想，万一土匪来学校搞破坏呢？他们俩带上枪不正可以保护学校吗？"王克南原以为自己这么一解释，刘师傅就明白了，没承想刘师傅张大了嘴巴，那样子就像傻了一样。

王克南看着刘师傅的样子，小声问道："刘师傅，刘师傅你想啥呢？"

刘师傅突然回过神来，急忙解释道："新社会是好，看着小张和小赵两个人乐乐呵呵地去上学，我就想起了我的童年。那时家里穷，我只上了仨月学就赶上父亲去世了，为给父亲发丧欠下了一大笔债，我只好辍学去给地主放猪。整整三年啊，我才还完这笔债。还完债，家中日子过得还是紧巴，哪还有钱去念书啊？"刘师傅用衣袖擦去眼角的泪水，又换成了笑脸，不好意思地说，"王区长，今天我动感情了，让你见笑了。唉，我是不愿意提起自己的过去啊，一提起自己的过去就都是眼泪。"

王克南摆摆手，语重心长地说："只有不忘旧社会的苦，才会知道新社会的甜！今后咱们一定要珍惜来之不易的好日子。我相信，只要咱们坚持不懈，塔虎城区就一定能成为一片红色区域。你说呢，刘师傅？"

"那是那是，我到啥时候都忘不了共产党啊！共产党就是老百姓的大救星啊！"刘师傅情形更加激动，似乎有些抑制不住自己。

王克南很理解刘师傅，像刘师傅这样经历过苦难岁月的人，又何止千万个？所以共产党人一定要打倒一切反动派，建立一个新中国，让普天下的劳苦大众都过上幸福的日子。一想到这些，王克南感觉自己仍然是任重而道远！

白玉柱甩着两只手一脸喜庆的神情向塔虎城走去。快到护城河边时，白玉柱遇上了从区政府做完饭回家的刘师傅。刘师傅和白玉柱相反，一脸忧虑的表情只顾低头向前走去，根本没看见对面过来的白玉柱。

“老刘，啥事啊？看把你愁的。”白玉柱的话把刘师傅吓了一大跳。

“是白副区长啊！我当是谁呢？昨晚梦见死去的老婆和孩子了，今早醒来心里一直堵得慌。看见小张和小赵去上学，我在王区长面前刚刚还哭了一通鼻子。”刘师傅解释自己心里不痛快的原因。

白玉柱劝道：“老刘，你都这么大岁数的人了，啥事别老装在心里。想开点儿，不要总去想过去那些不顺心的事。”

刘师傅先是苦笑了一下，后又摇摇头：“白副区长，你是劝了我表劝不了里儿啊。今天看见小张和小赵去上学，我就想起了我那短命的儿啊。”

刘师傅说着掉了几滴眼泪，但他又急忙擦去换了一个话题，说：“白副区长，你看半天一直说我的事了。你大清早忙忙叨叨的还一脸的喜庆，一定又是有什么好消息了吧？”

白玉柱像个孩子似的嘿嘿一笑，说：“老刘，还别说，真让你猜对了。今天早晨天刚放亮，旗长派来送信的人就到了我家，说旗里给咱们筹集到了三千斤谷种和四千斤玉米种，叫咱们快点儿派人去旗里运种子呢。”

刘师傅听了眼前一亮，一脸兴奋地说：“好消息，真是一件令人振奋的好消息呀！白副区长，我就不耽搁你了。你还有正事要办，正好王区长在区政府呢，你快过去把这个好消息告诉王区长吧，好让他也高兴高兴。”

白玉柱和刘师傅在护城河边分的手，白玉柱乐乐呵呵地进了塔虎城。走着走着，白玉柱忽听见身后逐渐远去的刘师傅竟然唱起了二人转《大西厢》：“一轮明月呀照西厢，二八佳人巧梳妆。三请张生来赴宴，四顾无人跳粉墙。五更夫人知道了，六花板拷打莺莺审问红娘。七夕胆大佳期会，八宝亭前将夜香……”

刘师傅的《大西厢》唱得真不错，但也把白玉柱给唱愣住了，白玉柱回头看看刘师傅的身影，自语道：“这个老刘怎么回事？刚才还愁眉苦脸呢，现在怎么还唱起了《大西厢》，真是让人琢磨不透。”

白玉柱摇摇头，加快脚步进入了塔虎城，他要把旗里传来的好消息告诉王克南。有了这批种子，再也不担心四十家子村的群众种不上地了。白玉柱的心里此时比蜜还要甜，连走路也变得更加轻快了许多。白玉柱个子小，每走一步，身子就向上一蹿，斜挎着的驳壳枪，就配合着步伐拍打着他的腰和臀部。

王克南独自坐在桌子前，看着摆放在桌子上的地图，陷入了沉思之中。

白玉柱不管不顾地一脚闯进门来，站在王克南身后兴奋地说："哈哈，老王，旗长来信了，让咱们去旗里运种子呢！你看看，赶早不赶晚呀，我已经叫车了，一会儿祥子、四辈、王兴富、刘友善他们四个人就过来。今天去旗里运种子就由我亲自带队了，你看怎么样？"

白玉柱一高兴，直接管王克南叫起老王来。白玉柱这样称呼，反倒让王克南觉得彼此间的关系更近了一步。此时，白玉柱已走向前，正用期待的眼神看着王克南。

王克南慢慢站起身，双手叉腰，似乎并不着急："咱们先不忙去旗里运种子。老白你说，去旗里运种子走哪条路比较好呢？"

"当然走长白小公路要好一点了。你们来时走的是二龙口吧？"

王克南没出声，只是点点头。

白玉柱继续说："二龙口那条路，去旗里路是近了不少，可骑马走个单人还行，马车就不好走了。不过话说回来，咱们运种子的马车至少三辆，走长白小公路实在是太显眼了，我怕土匪半路劫车啊。"

听了白玉柱的话后，王克南却眼前一亮，他一拍桌子说："好，就走长白小公路了！今天先不去运种子，把明天去旗里运种子的消息立即散布出去。"

"今天不去？车都安排完了，一会儿祥子他们几个就过来了。就算今天不去旗里运种子，那也不应该把明天去旗里运种子的消息说出去呀？老王，你这样做，不等于给土匪上赶着报信吗？"白玉柱瞪大眼睛说。

王克南仰头哈哈大笑，笑过后说："对呀，土匪知道咱们明天去旗里运种子的消息才好呢！我还真怕土匪们不知道呢！"

白玉柱不出声了，他眼珠子转动半天，终于明白了王克南的意思，白玉柱随后手拍脑门，叹息道："哎呀，哎呀，瞧我这脑袋笨死了，真是笨死了！游击队就是不如野战军啊！老王，原来你是想引蛇出洞啊？是不是想打马六子的伏击？"

王克南伸出一根手指，放到嘴边晃动了几下，小声道："小点儿声，这个计划只限你、我、张学、赵虎咱们四人知道。"

白玉柱双手一拍，沉声道："得令，明白！马六子，我看你还能张狂到什么时候？你的死期到了！"

王克南和白玉柱二人会心地大笑起来。这时，三辆马车和一些扛着工具的民兵陆续进了区政府大院。

王克南看看白玉柱，说："集合民兵，发枪！"

白玉柱心领神会地说："发完枪向东江湾开拔，开荒生产！"

"来几个人，去仓库把装枪的箱子抬到外面去。"白玉柱站在门口一挥手，祥子等人应声去了仓库，把几只装有枪支弹药的木箱，抬出来放到了区政府办公室门口。

两挺机枪发给了祥子和四辈。白玉柱笑道："你们俩身高力大，又会使用机枪，今后在剿匪的战斗中可不能让我和王区长失望啊？"

祥子抚摸着机枪，说："白副区长，你就放心吧！机枪在我和四辈的手中肯定能发挥最大的作用！我们俩也会用心去爱护机枪，不行的话，晚上我就搂着机枪睡觉了。"

祥子的话，引得众人一阵哈哈大笑。

民兵王兴富道："别以为你们有了机枪就了不起，我们也不是白给的，谁英雄谁好汉，今后咱就剿匪战场上比比看，大家说是不是啊？"

"对！"民兵们大喊，情绪十分高涨。

二十五支冲锋枪发给了比较年轻的民兵。

年龄偏大的刘友善得到了一支步枪，不高兴地说："白副区长，为什么不发给我冲锋枪？冲锋枪灵巧好用能打连发，谁不喜欢啊？"

白玉柱指着刘友善，不客气地说："老刘，谁都可以发冲锋枪，就你不行！"

刘友善眨了眨眼睛，脸红脖子粗地说："怎么我就不行呢？难道我刘友善是后娘养的？”

“你是猎户出身枪法又准，必要时还要充当咱们的狙击手，这就是不给你发冲锋枪的原因。老刘，你明白我的意思了吗？”白玉柱解释道。

“原来是这么回事啊？是我理解错了，我以为你白副区长拿我当下眼皮对待呢。闹了半天，原来白副区长是看重我高抬我呀！”刘友善挠挠头，不好意思地冲白玉柱嘿嘿一笑，不再说话了，走到一旁摆弄他的步枪去了。

王克南见枪已发完，就大声说道：“同志们，领到冲锋枪的你也别高兴，领到步枪的你也别埋怨啥。在野战部队，战士们使用的武器也不是统一的，冲锋枪和步枪各有各的长处。为什么给年轻的同志发冲锋枪呢？因为冲锋枪射击时后坐力比较大，年轻的同志手臂有力，比较容易控制住冲锋枪。还有一点，冲锋枪有一个缺点，连续使用枪管发热后会出现卡壳故障。年轻的同志手比较灵活，排除故障快，这也是把冲锋枪发给年轻同志的原因。步枪的特点适于单兵隐蔽作战，步枪打击目标时的命中率远远要比冲锋枪精确，步枪有防尘罩，有利于保养，连续使用也不会出现机械故障。当年，日本鬼子已经研究出来了冲锋枪，为什么在中国战场却没有使用，而是依然用步枪呢？他们就是看中了步枪射程远、命中率高、不出现机械故障的优势。好，在这里我就不多说啥了。白副区长，你说两句吧？”

“同志们，刚才王区长把冲锋枪和步枪的长处短处也都说了，大家一定要把这些要领记在心里。这些东西可都是王区长长期在战斗中总结出来的宝贵经验啊！今天，咱们塔虎城小学如期开学了，枪也发到手里了，剩下的就是一个字，干！目标：东江湾！开拔！”

第二章　梁化宇暗设毒计

塔虎小学开课了。

二三十个不同年龄的孩子们坐在教室内，张学和赵虎坐在最后一排。两支冲锋枪就挂在二人身后的土墙上。

黑板上写着十个大字：解放了，人民当家做主了。

梳着短发，面孔白净，着装朴素的郭月梅老师和学生们一起念道：“解——放——了，人——民——当——家——做——主——了。”

下课的钟声响了，郭老师喊了一声下课，学生们蜂拥般跑出了教室。

张学和赵虎转身从墙上摘下冲锋枪，紧跟着出去了。

张学向跑出去的同学大喊：“同学们，不要乱跑，咱们都去操场上玩。”

郭月梅看着张学和赵虎远去的背影，情不自禁地露出了满意的微笑。有了张学和赵虎两个学生，郭月梅有了不少安全感。她开始佩服起了塔虎城新来的王区长。塔虎城区有了这样一位好区长，对于百姓来说真是一件幸事。郭月梅唯一遗憾的，是自己还不认识塔虎城新来的王区长。想到这些，郭月梅的脸忽地红了，她又感觉心里很乱，郭月梅的心半天才平静下来。塔虎城新来的王区长和自己的未婚夫并未对上号，尽管他们都是军人，可月梅越发想念起自己的未婚夫来，那个和她只拜了一半堂的王克。她低着头向教员室走去。

前面似乎有一个黑影，郭月梅一抬头吓了一跳。原来敲钟的老刘头儿正站在教员室门口，看着操场上玩耍的学生们。郭月梅差点就撞上他。

老刘头儿手指着操场上玩耍的学生们笑道：“月梅你看，孩子们玩得多开心。”

月梅看了一眼操场方向，说：“有了张学和赵虎，我省心多了！刘大爷我进屋歇一会儿，顺便备备下一节的课。”

老刘头儿见月梅进了教室，手拎着敲钟槌也进了自己的房间。

张学和赵虎带领同学在玩老鹰捉小鸡的游戏。张学身后跟着一串同学，赵虎蒙着眼睛来回地抓张学身后的同学，张学伸出双臂护着同学。同学们跟在张学的身后不停地躲闪。操场上不断传出学生们的欢笑声。

一个黑衣人猫着腰顺着房子的墙根一溜小跑来到了教室门口。他鬼头鬼脑地四处张望了一会儿，随后像老鼠一样一闪身钻进了教室。这一幕正好被张学看见了。

张学警惕地对赵虎说：“赵虎，你看好同学，有人进教室了，我过去看看是什么情况。”

张学话音未落，一个箭步已窜出很远。

“你千万要小心！”赵虎扯去蒙在眼睛上的布条，冲着张学的背影大声嘱咐道。

“我知道，放心吧！”远去的张学答应道。

张学来到教室前，他隐蔽在窗前的墙垛旁边隔窗向教室内看去。教室内的黑衣人从怀里掏出一个纸包，把一种白色粉末状的东西倒进了水桶。这一切做完后，黑衣人阴险地笑了。

“啊，投毒！”外面的张学不禁暗叫一声。黑衣人正得意时，张学端着冲锋枪冲进屋，大喝一声：“不许动，举起手来！”

黑衣人一惊，同时抬了一下头。目光正好和张学相遇，张学看清了黑衣人的样子。此人长着一副大长脸，尖尖的下颌，塌鼻梁，三角眼，两只耳朵长得像风扇。简直比《西游记》里面的六耳猕猴还要难看。

“举起手来！”张学再次大声命令道。张学很想活捉黑衣人，所以就没有贸然开枪。

突然，黑衣人平地而起，一个后空翻窜出了后窗。一心想活捉黑衣人的张学，根本没料到黑衣人会有这么一手。张学先一脚踹倒了水桶，然后也跟着跳到了窗外。黑衣人已跑出四五十米远。情急之下，张学端起冲锋枪就是一个点射。“嗒嗒”子弹打到黑衣人脚下溅起一股尘烟。黑衣人一边拔枪还击一边没命地向西面逃窜。

操场上的赵虎听见枪声，本能地大喊一声：“快趴下！快趴下！”

同学们纷纷趴在了操场上。

赵虎端起冲锋枪，瞪大双眼不停地注视着四周的动静。一听见枪响，赵虎心里就惦记张学的安危，可他又不敢贸然离开操场，生怕中了敌人的调虎离山计。

郭月梅和敲钟的老刘头儿听见枪声也跑出了屋子，二人站在院内四处观看。

黑衣人跑到院墙边，身手敏捷地翻出了院墙。

等张学跳出院墙时，黑衣人已进入了小树林。张学从树的缝隙中隐约地看见了前面黑衣人的身影。他端起枪又是一个点射。黑衣人身边的树枝和树叶被张学的子弹打折，纷纷落到了地上。黑衣人无心恋战，胡乱地向后面的张学打了几枪。跑出小树林牵过拴在树上的马，翻身上马一溜狂奔，向西山方向没命地逃窜。追到小树林外的张学，只能站在原地无可奈何地望马兴叹了。

没有抓到黑衣人，张学十分懊恼，他倒拎着枪返回学校院内，正好和郭月梅老师相遇。

“张学同学，刚才哪里打枪？”郭月梅喘着粗气问。

张学看见郭老师的脸变白了，说话的语气也变了。

“郭老师，你别害怕。刚才有敌人来教室投毒，已被我赶跑。”张学愤愤地说。

听说有人来学校投毒，郭月梅吓得哆嗦起来，一时竟然不知所措。

张学看郭老师害怕了，又安慰道：“郭老师，学校有我和赵虎今后你就啥也别怕。敌人如果再来搞破坏，就绝不能便宜了他。”

有了张学这一番话，郭月梅的心里多少踏实了些，但她手按胸口，仍然喘着粗气说：“可吓死我了！张学同学，要是没有你，今天我真不知道该咋办！”

赵虎从操场跑过来，大声地问：“张学，发生了什么情况？”

张学把刚才向郭老师说的话，又如此这般地向赵虎说了一遍。没有抓到土匪，赵虎也感觉有些遗憾，他吧嗒了一阵嘴。

张学最后补充道："土匪虽然跑了，但我看清了他的长相。"

赵虎有些后怕地说："还是咱们王区长想得周到啊，要不然今天学校非出大事不可。"

"王区长真有远见！对敌情估计得真准！"缓过神来的郭月梅也佩服起没见过面的区长王克南来。

张学叹了一口气，双手一摊说："我当时只顾抓活的了，如果进屋就开枪，他还有个跑啊。唉，这都怪我！我太大意了！也低估了敌人。"

春天中午的阳光暖暖的，就连风也是柔柔的。

春意盎然的嫩江江畔，不时传来阵阵欢声笑语。开荒的区小队民兵们中午谁都没有回家，为了多开垦一些地，大家在开荒现场吃起了自备的干粮，这让区长王克南很不好意思。

白玉柱快言快语地解释："为了多开一些荒地，我通知大家自带干粮了，事先也没告诉老刘。一下子做这么多人的饭，也够老刘忙活的，还不如自己带饭省事。老王，中午你也别回去了，你嫂子早把你的那份也带出来了。"

白玉柱拿过一个粗布包，顺手向上一举。白玉柱在叫王克南过来吃饭。

蓝天下，区小队的民兵们三五成群坐在一起吃起了午饭。

王克南见开荒的民兵有许多人自己不认识，就边吃饭边问白玉柱："区小队的民兵同志，有多少是新来的？"

白玉柱回答："有二十人是新来的，剩下的基本都是老队员了。像祥子、四辈、友善大哥和王兴富他们几个，抗战时就参加了民兵组织，可以说是名副其实的老民兵了。"

王克南又问："有多少人参加过战斗？"

白玉柱回答："除了新来的二十人其余的人都参加过。去年，我带领区小队还参加过解放南岗子的战斗呢。"

"是吗？南岗子那场战斗我听说了，只知道是地方武装打下来的，原来南岗子就是咱们塔虎城区小队打下来的。真了不起！”王克南喜出望外地叫道。

通过聊天，王克南基本了解了区小队民兵们的实底了，对于明天的部署，他在心中也有了安排。马六子只有四五十人，虽然他们人人都有马，但如果设伏的话，以区小队的八十人对付马六子四五十人还是绰绰有余的。现在最关键的是如何引诱马六子上钩。明天去旗里运种子的消息已经散布出去了，当然，还不能大张旗鼓地去散布这个消息，因为这样潜伏在塔虎城区的敌特就会看出破绽来。实施这个诱敌计划就和钓鱼一样，首先一定要有足够的耐心。投下诱饵让鱼咬钩不说，还不能让鱼跑了。对塔虎城第一场剿匪战斗，王克南必须要有足够的把握。打胜仗，对于塔虎城区的人民群众来说，那是一种鼓舞；打胜仗，对于塔虎城区的土匪来说，那是一种震慑。

白玉柱见大家都吃完饭了，就大声说：“原地休息二十分钟。”

王克南觉得白玉柱是一个很好的带兵人。白玉柱这样的性格，王克南很喜欢。如果白玉柱愿意，王克南归队时是很想带白玉柱走的。当然，这些只是王克南自己的想法。以后的时间还长着呢，王克南会把自己的想法告诉白玉柱的。

白玉柱点燃了一支纸烟，喷出一口烟雾，他的四周便散发出一股浓浓的烟草味来。

望着开垦出来的黑土地，白玉柱笑眯眯地说：“秋后咱们粮多了要是能烧点儿酒，那就更好了！到时，小酒盅一捏，小日子就别提有多滋润了！”

王克南转向白玉柱，问：“老白，听说塔虎城区的特产‘塔虎城小烧’很有名啊？”

白玉柱听王克南这么一问，立刻美滋滋，自豪地说：“那当然了，塔虎城的小烧、查干湖的胖头鱼、粮店的小米，是咱们塔虎城区的三大特产啊！尤其是‘塔虎城小烧’，过去可是贡酒啊！普通人很难喝到啊！”

四辈一旁插话说：“‘塔虎城小烧’好喝，全仗那口千年老井啊！”

“是吗？那口老井还有？”王克南惊喜地问。

四辈脖子一歪，认真地回答：“咋没有呢？那口井就在塔虎城村。”

王克南想了想说：“好，等过一阵子农闲时，咱们就把酒厂建起来，未雨绸缪。等秋后粮食下来，酒厂就开始烧酒。咱们塔虎城区蒙古族群众比较多，没酒怎么行呢？老白，你说是不是啊？”

王克南的这番话虽然是对白玉柱说的，但坐在白玉柱身旁的四辈，双眼早就乐得眯成了一条缝，四辈对酒厂恢复和重建很感兴趣，对秋后烧酒也很期待。

白玉柱指着四辈，对王克南说：“四辈家，祖上六七代人都在烧锅上干过。烧酒技术绝对是一流的。”

王克南一拍手，说：“老白，今天就定下来了，将来咱们塔虎城酒厂的厂长就是四辈了。四辈，我说秋后烧酒的愿望能不能实现啊？”

四辈自信地笑道：“能，一定能。在共产党的领导下，没有啥实现不了的愿望，就怕你想不到啊！”

“说得好！”王克南哈哈大笑。

嫩江江畔再次响起欢声笑语。

刘师傅做完饭，左等右等也不见王克南回来。最后他等回来的是张学和赵虎。

“小张，王区长干啥去了？我来时，连门口的执勤民兵也不见了。这究竟是咋回事啊？”刘师傅一脸不解地问。

“准是去东江湾开荒去了。”张学猜测道。

“是怎么回事啊？王区长和白副区长怎么突然想起开荒了呢？”刘师傅问完话，不等张学和赵虎回答，他转身就进了厨房，不大一会儿，刘师傅就把饭菜端上来了。

刘师傅笑了笑，说：“今天吃饭人少。都这个点儿了，估计王区长不能回来了。”

张学和赵虎吃饭，刘师傅坐在一边看着。看着看着，刘师傅就来话了。

“今天是学校开学第一天，一切还挺顺利吧？”刘师傅眨了眨眼问。

“刘师傅，可别提了。一切反动派真是亡我之心不死啊。开学第一天，就有土匪来学校捣乱。我要不急着抓活的，就一梭子把他定到那里了。不过，我看清了那人一副大马猴子般的长相！”张学抢先比比画画地说。

“哎呀，哎呀，多悬啊，看看，你俩要不在学校，今天学校就出大事了。”刘师傅惊叫道。

“刘师傅，你放心，今后土匪再敢来捣乱就绝不能便宜他了。保证让土匪有来无回！”张学十分自信地说。

刘师傅点头：“那是，有你们俩在学校，谁都放心。”

“王区长说了，保护学校和学生们的安全是我和张学的责任。我们俩一定要完成好这个任务！”赵虎强调道。

听了赵虎的话后，刘师傅把目光转向一边，他深邃的目光一下变得有些暗淡了，半天后刘师傅的脸又恢复了平静。他一句话也不说，就转身去了厨房。

“唉！”

张学和赵虎听到了厨房内刘师傅的叹气声，刘师傅似有难言之隐。

马六子的老巢乱哄哄一片，简直成了一锅粥。

所有的土匪都来找马六子抱怨没饭吃了。饥饿使整个土匪窝焦躁不安起来。

“大当家的，拿个主意吧？兄弟们都饿了两天了，这可咋办呀？”

“不行，就去西山投老崔吧？总比在这饿死强。”

“是呀，咱们还是投老崔去吧？”

“老崔投了国军，人家现在是兵强马壮。要吃有吃，要喝有喝。再看看咱们，就算是王八想喝西北风，连个风向都找不到。”

听说有人提出要去西山投崔大牙，马六子像被马蜂蜇了一样，一蹦老高地大叫：“放屁！投老崔？人家还不把咱当下眼皮对待？还能有咱爷们儿的好啊！可别忘了，他崔作鹏还欠咱们几条人命呢？从现在起谁也别和我提投老崔的事，谁再提我毙了谁，到时可别怪我手狠！反正我现在火都蹿头顶了！”

听了马六子的一番话，土匪们都蔫了。半天，才有一个土匪嘟囔：“不投老崔也行，不过，咱也得有饭吃才行啊。”

马六子山羊胡子一翘，抬着脸一咬牙说：“再杀一匹马，熬过了今天再说。老天饿不死瞎家雀儿，我就不信，老崔他们能吃香喝辣，就没有咱们爷们儿的活路啦？”

暮色渐合。塔虎城内很静。

喜欢独自思考问题的王克南，坐在区政府办公室的大桌子旁又陷入了沉思。

学校开学第一天就有土匪来学校投毒，土匪行动得好快啊。看来，塔虎城区一定有潜伏的敌特。不然，山里的土匪咋这么快就知道了学校开学的消息了呢？如此看来，之前自己的判断是正确的。现在塔虎城区的土匪，并不是一盘散沙，土匪的每次行动都是有针对性的，并事先都策划好了。这次，虽然张学和赵虎挫败了土匪的阴谋，但学校的安全只能加强不能放松。现在有迹象表明，塔虎城区的土匪不再像过去那样是单纯的打家劫舍了。有一种看不见的政治势力夹在其中。要想在短时间内肃清塔虎城区的土匪，还真有些难啊。潜伏在塔虎城区的敌特会是谁呢？可以肯定的是这个人绝不是一般的土匪，有可能是训练有素的国民党特务。塔虎城区的土匪，肯定和国民党臭味相投搅在一起了。土匪说不定早就被国民党收编了。

王克南这时，又想到了张宏业和刘小宝，二人的牺牲也一定和潜伏在塔虎城的敌特有关。可令王克南百思而不得其解的是，潜伏在塔虎城区的敌特又是通过什么方式向山里的土匪传递情报的呢？

目前，塔虎城区的整个形式十分复杂，王克南清醒地知道，敌我双方的营垒中是敌中无我，我中有敌。任何一点疏忽和误判，都会导致致命的错误和难以挽回的影响。在这种情况下，王克南不得不要求自己遇到敌情时，一定要做到判断要准、行动要稳、打击要狠。这三种招数，王克南在黑龙江剿匪时常常发挥作用。

白玉柱、张学、赵虎三人鱼贯进了屋。

白玉柱首先推开里屋的门，说：“老王，你可真会省啊？黑灯瞎火的连个灯都不点。”

说话间，白玉柱从怀里掏出火柴站在凳子上，点燃了挂在房梁上的马灯。屋内很快就由黑暗转为明亮了。

王克南眉毛一扬，沉声说：“咱们现在开个会，研究一下明天伏击马六子的具体行动方案。”

夜已很深，和先前相比窗外不再是万籁寂静的景象。蛙虫的鸣叫声此起彼伏，夜游的鹰隼也来凑热闹，长啸声传出去很远很远。

八郎村，独处西屋的月梅却无法入睡，每当夜深人静的时候，月梅都是这个样子。她又想起了和自己已经拜了一半堂的未婚夫王克。七年了，整整七年的生死离别，月梅经历的实在是太多了。这七年里，曾经让月梅流过太多太多忧伤和思念的泪水。她深深地爱着自己的未婚夫王克，可是战争让她失去了美好的东西，而她留下的却是这难于忘怀的、淌血的记忆！

月梅又觉得时间很会捉弄人，当你迫切地期待着什么时，它总是故意过得异常缓慢，但快乐的时光又总会匆匆离去。无论你怎么努力也总是留不住它。眼看日子一天天过去，月梅感到逝去的不仅是时光，还有自己生命中的一部分！不过，月梅又暗自庆幸，在这七年痛苦的煎熬和等待之中，自己已经从当初的幼稚逐渐变得成熟了。只是这其中，她流过多少心酸的眼泪，恐怕自己也记不清了。她付出的代价实在是太大了！

“薄雾浓云愁永昼，瑞脑消金兽。佳节又重阳，玉枕纱厨，半夜凉初透。东篱把酒黄昏后，有暗香盈袖。莫道不销魂，帘卷西风，人比黄花瘦。”

月梅又想起了宋朝词人李清照的这首词。月梅也只能用它来诉说心中对王克的思念了。月梅心乱如麻，今夜她无法入睡。

一轮红日渐渐升起，天空一丝风也没有，只有几朵淡淡的白云镶在没有褶皱的蓝天上。看来，今天又是一个好天气。

白玉柱带着三辆马车和四位区小队民兵离开了塔虎城区政府。押车的区小队民兵是资历比较老的刘友善和王兴富。

王克南把白玉柱等人一直送到区政府的大门外。

王克南嘱咐：“路上一定要小心，争取早去早回。遇事别慌。”

白玉柱拍了一下胸脯，信心十足地说：“放心吧，我一定把种子一粒不少全部运回来。老王，你就等着我们胜利归来吧！”

刘师傅弯着腰，从院内一溜小跑地奔过来。他站在王克南身边，眉飞色舞地说：“王区长，这可真是救命的种子啊。这些种子真不知道能救活多少人的生命呢？这得感谢共产党啊！”

王克南看了刘师傅一眼，不由得哈哈大笑。王克南双手叉腰对刘师傅说道：“刘师傅，你可能还不完全了解我们共产党人，我们共产党人就是要急人民之所急，想人民之所想啊！我们党的宗旨就是，让普天下的劳苦大众都能过上好日子！有了这批种子，老百姓就不愁种不上地了！”

刘师傅不住地点头，连连说道：“那是，那是，生活在新社会里的人就是幸福啊。我也是有所体验，真是觉得越活越有劲！”

随着清脆的鞭响，三辆马车欢快地向塔虎城的南门奔去。悦耳的马铃声随着马车响了一路。

坐在头车的白玉柱抑制不住内心的喜悦，他放开喉咙，用蒙语唱道：“三月里呀，草青青，哥哥我呀，要当兵。四月里呀，柳絮飞，哥哥我呀，打土匪。咱们翻身农民呀，永远跟党走，新社会里呀，当家做了主。”

刘师傅指着远去的马车，笑道：“这个白玉柱，整天像弥勒佛一般，不管啥时候永远都这么乐呵。”

王克南笑了笑，转过身对张学和赵虎说：“走吧，咱们也该去东江湾了。同志们都在那等着咱们呢。以后的星期天，不上学时，你们俩都要参加劳动。”

“是。”张学和赵虎大声回答。

刘师傅仿佛余兴未尽，比比画画地说：“你们走了，我也开始准备中午饭。王区长，十二点开饭怎么样？”

“可以，刘师傅，最好带点水过去。昨天区小队的同志们自己带的饭，我都相当不好意思了。今天不管好饭赖饭，一定要让开荒的同志们吃饱。”王克南又嘱咐道。

“好的，知道了。王区长，你就放心吧！”刘师傅又一溜小跑地进了区政府的大院。

不知为什么，今天刘师傅兴奋异常，就连走路也变得轻快了。王克南恰恰相反，他的内心平静如水，让人难于窥视他心中的一切。

马六子为了粮食真是伤透了脑筋，昨晚他又彻夜未睡。再搞不到粮食，山寨就面临散伙的可能。可眼下正是苦春头，青黄不接的季节，出去抢粮又抢不到多少。况且各村又有区小队的民兵们在巡逻，抢不到粮食不说没准还会搭上性命。

马六子来到屋外，他看什么都不顺眼。冲四周又喊又骂地吵吵了一通，根本没人理他，土匪们看见他都像躲瘟神似的绕道过去了。

这时，去庙东村碰运气抢粮的八个土匪只回来六个，看见回来的六个土匪垂头丧气的样子，马六子就知道他的那两个弟兄一定是去见阎王了。

一名土匪哭丧着脸正要像马六子报告情况，马六子伸出手摆了几下，连连说："下去吧，下去吧。我知道了。"

六个土匪走后，马六子又冲厨房大叫："今天再杀一匹马，听见没有？"

"知道了，大当家的。"厨房内传来一个人有气无力的声音。

马六子在外面折腾累了，回到房间坐在椅子上一声不吭。他实在是没辙了，不知上哪能搞到粮食。天天杀马度日，长久了也不是个办法。投老崔虽是一个好办法，可马六子又不认可。老崔派来的使者"小诸葛"劝马六子，眼光要放远一点儿。然而，马六子就是榆木疙瘩脑袋，死活不开窍。

正当马六子愁眉不展时，一个小土匪跑进屋递上一张纸条，上写：塔虎城共军，旗里运粮，押车四人，马车三辆。

马六子看完纸条，仰天大笑道："天不灭我，天不灭我！老天爷终于给咱爷们儿生存的机会了！哈哈，这回不用愁了，粮食自己送上门来了。无论如何一定要把这三车粮食劫下来，有了粮我马六子在塔虎城区就是天王老子。"

小土匪跑到外面，连蹦带跳地喊："有粮了，有粮了！"

马六子的山寨顿时骚动起来。但也应了乐极生悲那句老话，一张无形的大网就要罩到马六子一伙人的头上了！这布网人就是塔虎城的王克南！

刘师傅挑着担子，一路晃晃悠悠地来到东江湾，看着新开垦出的黑土地，刘师傅不禁暗暗称奇。人的力量真是伟大，人可以改造世界，同时也创造了世界。这是哪位大哲学家说的？刘师傅记不清了，但他觉得那个哲学家说的一点儿不错。王克南这伙人，就是创造奇迹的人。

刘师傅抬眼望去，王克南率领区小队的民兵们此时正在地的另一头热火朝天地忙碌着。参加劳动的民兵们情绪十分高涨，都沉浸在劳动所带来的快乐之中，不断有爽朗的笑声传来。

“大家加把劲呀，争取吃饭前把这块荒地拿下。”

“那是肯定的，大家都是这么想的呀。哈哈……”

“前面的快点儿呀，不然我可刨到你的脚后跟啦！”

“大家谁也别争，这块荒地是我的啦！”

刘师傅知道，活儿这玩意儿谁干累谁，没有人天生就愿意干活，只有对生活充满憧憬、对未来充满希望的人，才能体会出劳动所带来的乐趣。

见此情景，刘师傅仿佛也被感染了一般，他放下担子向地另一头的王克南挥了挥手中的毛巾：“王区长，别干了。饭来了，快过来趁热吃饭吧。”

张学笑道：“区长，刘师傅在地头等着急了，叫咱们过去吃饭呢。”

王克南放下手中的工具，拍了两下手，说：“同志们，都别干了。走，吃饭去。”

刘师傅点燃一支纸烟，眯缝着眼睛吐出几口烟雾，看着归来吃饭的王克南说：“王区长，这两天你们可没少出活啊？”

“是呀，同志们都说了，新社会里干啥都有劲，因为是给自己干活。”王克南又笑了笑，说，“刘师傅辛苦了，这么远还让你挑着担子来送饭。真不好意思。”

刘师傅谦虚地说：“王区长说啥呢？做饭送饭是我的职责所在，不都是应该的嘛！跟你们比我差远了，你们都是无私奉献，而我是有报酬的。同样生活在新社会我惭愧呀！”刘师傅又不好意思地摇了摇头。

刘师傅回头向其他人招手说：“快趁热吃饭，没啥好吃的，主食是窝窝头，菜是炒土豆片和白菜片，另外还有热汤。”

“刘师傅，饭菜真丰盛啊。香，真香！”张学打开木制的饭桶说。

太阳一升到中天似乎就不动了，柔柔的光线射在背上，让人觉得暖暖的。王克南后背负过伤的地方，先前干活时还感觉隐隐作痛，这一会儿，温水一样的阳光泼在身上，让他觉得舒服极了。

有几个最先吃完饭的年轻民兵围坐在张学和赵虎身旁，摆弄着自己心爱的冲锋枪，同时向二人请教枪械使用中的常见问题。

张学拿过冲锋枪说："懒人使不了冲锋枪，冲锋枪要经常擦油和保养。打仗时，不要图一时痛快一味地打连发，这样容易造成冲锋枪发热使枪管变红。"

赵虎在一旁说："枪管发热变红，子弹就会射不出去，还容易炸膛呢。"

刘师傅抽完了烟，把碗筷收到一起挑起担子走了。走了大约二十米，刘师傅停住脚步，回头问："王区长，区政府的岗哨撤了，我走了区政府没人咋办啊？"

"刘师傅，你把门锁上不就完事了吗？反正我们有钥匙。"张学抢先回答，他又转向王克南说，"这个刘师傅啊，有时精明透顶，有时又是一根筋脑袋不转磨。"

白玉柱见张学提到了刘师傅，就问："你们知道刘师傅年轻时是干什么的吗？"

"不知道。"张学摇头。

白玉柱笑道："是唱蹦蹦戏的。"

赵虎插话问："啥是蹦蹦戏？"

白玉柱嘿嘿笑道："就是东北二人转。你没看见老刘有时乐乐呵呵，有时愁眉苦脸吗？这就是唱蹦蹦戏人的一大特点。"

张学拍着脑门，恍然道："哦，刘师傅是演员啊？怪不得他二人转唱得那么好呢，我都听见刘师傅唱好几次二人转了。"

春天的天气像娃娃的脸，真是变化无常，开始吃饭时，还是满天的灿烂阳光。半个时辰不到，天空就跑起浮云来。一团一团灰白色的云从头顶匆匆而过，那样子有点儿像过大兵。云还没有飘到天边，不知为什么就整块整块地挤压在一起，一摞一摞地形成了一个大大的棉花堆。

吃完午饭的区小队民兵们，趁着天凉快又憋足了劲大干一番，脚下的黑土地不断地扩大。有人说，照这样的速度干下去，天黑之前再开个两三垧地绝对没问题。

然而，王克南这时首先停止了劳动，他看了一眼手表，时间正好是一点半。

“同志们，停止劳动，紧急集合！”王克南放下镢头，突然大声命令道。

王克南的命令下达得实在有些突然，除了张学和赵虎事先有准备外，其他人根本一脸蒙圈。看着王克南一脸肃穆的表情，大家都预感到可能会有特别的事发生。

特别的时间，特别的地点，去执行一项特别的任务，这更符合王克南的作风。

王克南面对列好队的区小队民兵们大声宣布道：“同志们，现在有一项新的任务需要大家去执行。那就是顺着江边秘密前往葫芦口，打马六子的伏击。今天的伏击战是咱们区小队剿匪的第一仗，埋伏时，大家要注意隐蔽沉住气，等马六子一伙匪徒进了伏击圈时，以我枪声为令再动手。”

王克南的话很简短，区小队的民兵们都明白了，王区长一定是利用去旗里运种子为诱饵引马六子上钩，然后在葫芦口打马六子的埋伏。集合之前，王区长还一心投入开荒生产劳动中，根本没看出王区长要采取重大行动的样子，不愧是野战军指挥员，真有大将风度！所有的区小队民兵们都从内心里佩服起王克南来。

此时的王克南心里早已是跃跃欲试了，他渴望胜利，渴望战胜对手，这是他一贯的军人作风和信念！想战胜对手，一定要先了解对手。今天消灭马六子，王克南还是有一定把握的，因为这个诱敌计划他已设计得天衣无缝。只有拔掉塔虎区南端的这颗钉子，才能确保长白小公路的畅通和人民群众的生命安全。今天是时候了！塔虎城区南端的匪患必须肃清！

四十分钟的紧急行军，终于到达了伏击地——葫芦口。王克南把区小队民兵分成两拨，埋伏在葫芦口两侧的山头上。两边山头各配了一挺机枪。然后命令张学和赵虎，待马六子一伙匪徒全部进入伏击圈后，截断马六子的退路。马六子如果要向南逃窜，白玉柱他们正好可以堵住马六子的去路。

一切已准备就绪，只等马六子一伙匪徒自投罗网了。

下午三点，白玉柱带着运种子的马车，风尘仆仆地回来了。

马六子派出去探风的土匪，在一棵大树上看见了从南面回来的运种子的马车。

土匪滑下大树，撒腿就向山寨跑去。

在山寨等待的马六子，盼运种子的车回来简直是望眼欲穿！每一分每一秒，马六子都觉得过得太缓慢。马六子孤注一掷，把全部的身家性命和希望都寄托在了这三车种子上了。

出去探风的土匪腾腾腾跑进屋，还没等他说话，马六子就迫不及待地问："什么情况？可看见塔虎城共党运种子的车了？"

"看见了，看见了，大当家的，满满的三马车种子啊。离咱这里已不足三里路了。领头的又是矬子白蒙古，一点儿防备都没有，还唱歌穷开心呢。"探风的土匪眉飞色舞地说。

马六子的双眼像饿狼一样放出了光，他拔出手枪，也不知哪来的劲头，一下子蹦到桌子上，举着手中的手枪，扯着嗓子喊："弟兄们，赶紧抄家伙呀。喘气的，有一个算一个，做饭的没枪就是拎着火叉子也都给我上。今天就是拼了血本，也要把这三车种子抢回来！大家都记住了，待一会儿看见白蒙古都给我往死里打。别忘了白蒙古去年还打死咱们两个弟兄呢，还有庙东村死的那两个弟兄的账，今天也算在白蒙古的头上。这回咱们和白蒙古是新账老账一起算！"

"大当家的，打白蒙古的埋伏吗？"有土匪问。

"打啥埋伏？白蒙古算上车老板一共才五个人。咱们骑马出其不意地冲过去，打他白蒙古一个措手不及。"抢种子心切的马六子，等得有些不耐烦了。

众土匪从马厩里牵出马，上马后一阵狂奔向葫芦口方向而去。这回，马六子算是全体出动了，就连做饭和把门的都被拉出来了。

白玉柱带着三辆马车，距葫芦口还不到半里路时，按照王克南的事先吩咐故意放慢了前行的速度，以此来引诱马六子一伙匪徒上钩。

为稳妥起见，马六子特意派出快马前去侦查，很快就有了消息。

回来报信的土匪说："大当家的，塔虎城白蒙古的运种子车离咱这里剩下不到半里路程了。他们好像一点儿防备都没有，只有两个穷鬼民兵搂着枪，还四仰八叉地躺在袋子上睡大觉呢。"

马六子狂喜，随即高喊："弟兄们，冲啊！立功者有赏！后退者杀！吃饱了饭，好去屯里找老丈人啊！”

土匪们听马六子这么一喊，纷纷打马向前冲去，很怕有啥好事落下自己。一时间，人喊马嘶好不热闹。

过分得意而使行为变形时，往往会招来意外的祸祟。昏了头的马六子，无疑把他的弟兄带进了死路——他们很快就进入了伏击圈。

王克南看准时机，大喊一声：“打！狠狠地打！”同时王克南的枪也响了。

原本寂静的葫芦口顿时枪声大作。马六子刚一愣神张开嘴要喊什么，还没喊出声来面门就中了一枪。他扔掉手枪，两只手在空中一阵乱抓，仰面朝天从马屁股后面摔了下去。那匹马见一团黑乎乎的东西掉下来。惊得长啸一声，前蹄高高竖起，“嗖”的往前蹿了出去。放开四蹄，背着鞍子落荒而逃。

剩下的土匪见中了埋伏，急忙调转马头，打马后撤。不料，退路已被张学和赵虎的两支冲锋枪封死了。后退的土匪们挤在一起，人慌马乱，落马者又有多人自相践踏而死。此时的土匪们只有挨打的份，根本无力还手。

白玉柱从南面跑过来，挥舞着双臂，连声高喊：“同志们，手头都准点儿呀，可千万别打马，这些马都给我留着，这可全都是好马啊！”

情急之中的白玉柱站在山坡掏出手枪连连射击，又有几名土匪中弹落马。

王克南大喊：“缴枪不杀！放下武器，可饶不死！”

“缴枪不杀！”埋伏在葫芦口两侧的民兵们大喊。

土匪们像中了邪一样，没把王克南的话当回事，跳下马仍然在伏击圈内胡乱地奔跑。

白玉柱冲王克南大喊：“老王，别对他们客气。他们这叫天堂有路偏不走，地狱无门自来投。全部送他们去西天！”

白玉柱觉得手枪不过瘾，就抢过旁边的一把冲锋枪，对着土匪密集的地方就是一阵突突。

这一场伏击战打得真是漂亮！前后仅二十分钟，马六子一伙就全部报销了。

塔虎城区小队无一人伤亡，王克南在塔虎城区的剿匪战场上，首创了一个奇迹！

一向喜欢马的白玉柱，望着山沟里散落的几十匹马，乐得嘴都合不拢了。

“哈哈，老王，这回咱们塔虎城区小队可以成立一支骑兵连了。有了这些马，今后行动就方便多了。”白玉柱兴奋得像个孩子。

“是啊，没承想这一仗打得这么痛快。咱们区小队的同志们还行，没有一个怯场的。不过，这一仗也看出来土匪们个个都是亡命徒。咱们都交代政策了，马六子这伙人就是宁死也不投降。老白，咱们回塔虎城一定要好好总结一下这次的战斗！”王克南转过身去大声说，“同志们，天快黑了，抓紧打扫战场，把战利品装上车。回塔虎城！”

太阳快落山了，刘师傅做好饭多时了也不见王克南回来。也许是惦记白玉柱和运种子的车的缘故，刘师傅已悄悄登上城墙几次了，手搭凉棚向南瞭望，结果是什么也没看见。

站在院中，刘师傅眉头紧皱，心中顿时又升起了万缕思绪。

即使白玉柱和运种子的车没回来，东江湾开荒的王克南他们也该回来了呀！这究竟是咋回事呢？刘师傅真是百思而不得其解。正当刘师傅做着各种猜想时，忽听得院外传来人喊马嘶声。刘师傅诧异的目光中，看见运种子的三辆马车已陆续进了院。紧接着张学和赵虎等骑着高头大马也进了院。

看见马车上的战利品和满院的马匹。刘师傅的脸都白了，表情也变得呆傻了。白玉柱冲刘师傅嘿嘿一笑，刘师傅这才回过神来。

刘师傅上前一把抓住白玉柱的手，急忙问：“白副区长，你们都把我搞懵了，这到底是咋回事啊？”

白玉柱先是哈哈大笑，然后神采飞扬地说：“老刘，你绝对没想到吧？王区长用种子做诱饵引马六子上钩，马六子一伙全部被消灭了。这回塔虎城区南面的钉子被彻底拔掉了！”

刘师傅眼睛眨了几下，嘴唇微微动了几下，忽然情形激动地振臂大呼：“共产党万岁！革命者胜利万岁！”

区小队的民兵们也一起相应欢呼。古老的塔虎城内顿时沸腾了。

张学一觉醒来，发现王克南的床铺是空的，张学赶紧推醒了身旁的赵虎。赵虎翻身爬起，二人迅速穿好衣服走出宿舍。刘师傅站在厨房门口，用下颌指了指东屋。赵虎推开门，看见王克南独自一人坐在大桌子前正伏案疾书。

赵虎悬着的心总算放了下来。

“区长，今天还出早操吗？”赵虎问了一句。

王克南停下笔，抬起头回答：“今天就不出早操了。一会儿，你们俩抓紧时间吃饭，之后就去东江湾参加开荒生产去吧！”

赵虎答应了一声，转身刚要离去，又被王克南叫住了。

“对了，你们俩顺便把昨天缴获的战马也赶到东江湾的草甸子上去放一放。告诉开荒的同志们，我和白副区长头午不能参加开荒生产了。我在区政府给首长写报告，白副区长去四十家子村送种子。”

八郎村。老郭一大早拿起粪筐和粪叉就出去了。一袋烟的工夫还不到，老郭又回来了。进屋的老郭一脸喜庆，口中还哼着跑了调的歌曲：“解放区的天是明朗的天，解放区的人民好喜欢。民主政府爱人民呀，共产党的恩情说不完……”

老郭这位朴实的庄稼人，从未唱过歌，今天一大早就唱起了歌，在外甥女月梅看来，也实属罕见。

正在备课的月梅回过头去冲进屋的舅舅笑道：“舅舅，你一大早就唱歌，有啥喜事啊？”

“是喜事，天大的喜事。昨天下午，塔虎城新来的王区长和你白大哥，带领区小队的民兵把马六子一伙的老窝给端了。光马就缴获几十匹呀。我刚才听你白大嫂说，这个王区长现在还是个单身呢，我看王区长和你很合适。等种完了地，我就托你白大嫂给你说媒。”

舅舅的话一开始时还让月梅很高兴，可后面的话却让月梅丝毫也高兴不起来了。她的眉宇间立马添了些许淡淡的忧伤。

月梅低下头，小声地说：“舅舅，你别让我白大嫂问人家了。在没有得到王克死活的消息之前，我不想考虑终身大事。”

舅母见月梅仍然那么固执，就劝道："小梅，我和你舅舅知道你心中一直装着王克，可七八年都过去了，王克是死是活连个信都没有。说一句不好听的话，他也许早就死在战场上了。"

听了舅母的话，月梅的眼泪像断线的珠子一样滚落下来。

屋内原本快活的气氛一下变得有些凝重了。舅母叹了一口气，她很后悔，一大清早又让月梅哭了一通。

老郭一旁暗暗发誓，今后在外甥女面前，永远不再提王克这个名字。

塔虎城区政府办公室，只有王克南一个人。

白玉柱带着祥子、四辈、刘友善、王兴富四个人进了屋。白玉柱要去四十家子村去送种子。白玉柱认为，既然种子已经运回来了，就应该在第一时间，把党的温暖送给四十家子村受损失的群众。白玉柱的想法和王克南不谋而合，二人相视一笑。白玉柱又决定，王克南留在区政府继续写报告。他和祥子等人去四十家子村发放种子。

王克南一直把白玉柱他们送到区政府的大门外，看着远去的白玉柱，王克南自语："老白，等我归队时，我一定要把你也拉到野战军里去。"

其实，白玉柱也是军人出身。当年，白玉柱本是赫赫有名的蒙古骑兵团的一名战士，在一次战斗中身负重伤，就留在了塔虎城区的八郎村。可白玉柱这些光荣历史，王克南并不知道，因为白玉柱不是一个喜欢张扬的人。

送走了白玉柱，王克南趴在桌子上刚写几个字，塔虎城区邮电局的投递员小廖就来了。寒暄了几句后，小廖把一封信交给了王克南。

小廖走后，王克南拿起信封看了看，他一眼就认出这封信是十七师副师长吕绍刚邮来的。王克南打开信封，信的内容如下。

克南同志：

见字如面，近来工作还顺利吧？塔虎城区政府的其他同志都好吧？塔虎城区的局势也很稳定吧？

我近来很忙，尤其当了十七师副师长后，就总觉得时间都不是我的了。目前，咱们东北野战军的五个师已对长春守敌实行初步包围态势。咱们十七师负责包围的是范家屯的国民党新七师，新七师是国民党的新编师，清一色的美式装备。

毛主席说过，决定战争胜利的因素是人不是武器。这一点，我深信不疑。想必克南同志你也有同感吧，但新七师有一个骑兵营，对咱们威胁还是很大的。为了有效地对抗新七师的骑兵营，我打算一个月内在咱们十七师也组建一个骑兵营。今天来信不为别的，只因你们塔虎城区不仅是半农半牧的地区，而且还是蒙汉民族混居地，那里一定有不少好马吧？望你尽最大限度，给我搞到十匹好马。当然，我会付钱的。

听说张学和赵虎上学了，我很高兴，这说明你很有战略眼光，你不但看着现在，还想着未来，你真不愧是我军出色的基层指挥员。可我还是要批评你，你的大本营空虚，很容易让敌人钻了空子，你这样做是很危险的，希望你随时都要注意安全！尤其要防止敌人偷袭。

孙副营长打农安时，俘虏了敌人的一名情报处长，据该俘虏交代，有一名国民党军统汉江特训班毕业、代号为“黑鹰”的特务，就潜伏在塔虎城区。此人的任务是负责向土匪传递情报。克南同志，你一定要把安全放在第一位，争取早日把潜伏在塔虎城区的敌特揪出来，肃清塔虎城区的土匪。

最后，祝你工作顺利！早日归队！

握手！革命的敬礼！

吕绍刚

一九四八年四月八日

看完吕副师长的来信，王克南心中禁不住暗暗发笑。吕副师长的官越当越大，人倒还越来越谨慎了。这封不足一千字的信，居然有两三处提醒王克南一定要注意安全。马六子全部被歼灭，对西山的土匪来说也绝对是一个震慑，西山的崔大牙一伙还敢来塔虎城捣乱吗?

王克南刚刚写完报告，白玉柱回来了。放在桌子上的饭菜，王克南没有动。刘师傅没在厨房，估计又去东江湾送饭去了，区政府只有王克南一人，所以屋内显得很静。

王克南看见白玉柱，惊讶地问：“回来了？咋这么快？”

白玉柱笑着回答：“到了四十家子村，有不少群众主动帮忙发放种子，能不快吗？”

王克南又指着桌子上的饭菜，对白玉柱说：“没吃饭吧？一起吃。祥子他们四个人呢？”

“我让他们直接去东江湾了，明天有雨啊，今天加把劲多开点荒。马呢？我咋没看见马？”白玉柱抓起筷子说。

“我让张学和赵虎把马顺便赶到东江湾放去了。”王克南坐在桌子前，顺手也拿起了碗筷。

王克南咬了一口玉米面饼，说：“这些马，咱们可能留不住了。”

“咋说呢？”白玉柱瞪大眼睛问。

王克南顺手把吕副师长的来信递给了白玉柱。

白玉柱摇头：“我不识字，你就直说吧，吕副师长来信究竟是啥意思？”

王克南遗憾地说：“吕副师长向咱们要马呢。”

还没有等王克南说清吕副师长要马的原因，一向喜欢马的白玉柱就表态说：“没啥说的，小家服从大家嘛，把马都给吕副师长吧！正好鞍子马镫都有，连马也不用训了。”

王克南感叹道：“我最了解吕副师长的为人了，他不到万不得已的情况下，是不会向咱们地方上张口求援的。野战部队缺少的就是骑兵，和敌人的骑兵作战，咱们步兵不占优势，长征时红四方面军就吃了马家军骑兵的亏啊。”

一轮明月挂在天空，王克南站在塔虎城的城墙上向西望去，远处的西山山脉在夜色中依稀可见。

今天马六子一伙匪徒被消灭了，下一步该解决崔作鹏了。面对茫茫的夜色，王克南又开始了新的思考。

赵虎没有登上城墙，只是默默地站在城墙下看着王克南。每当王克南思考问题时，赵虎都是站在一边从不去打搅王克南。

城墙上的王克南心中涌起万缕思绪：眼下整个东北的局势越来明朗了，战争胜利的天平已完全倾向我方。东北的城市只剩下长春、四平、锦州三座城市没有解放了。估计用不上一年，这三座城市就会解放。一旦东北全境解放，东北野战军就会挥师入关，剑指北平和天津。王克南感觉肩上的担子更重了，他真正感到了前所未有的压力。只有尽快消灭崔作鹏一伙匪徒，自己才能早日归队。如果晚了，大部队就会南下，那时自己就有可能真被留在塔虎城了。

王克南热爱部队，喜欢部队的生活，也无时无刻不想着早一天归队！

查干湖昨夜还月影遥遥风平浪静，天亮时，从西南方向的天际边漫过来大片大片灰黑色的云层。转眼之间，乌云又沉到了湖面，一下撩起白白的雨雾，把天和湖搅得有些混沌了，分不清哪是天，哪是湖。紧接着起风了，西南风掀起的开花大浪一个接着一个地拍打着湖岸，白色的泡沫在湖岸边形成千堆白雪，景象非常壮观。

一道道耀眼的闪电一直连到湖面，隆隆的雷声一阵紧似一阵，像是远处奔驰而来的千军万马。云层变得越来越黑越来越低低，仿佛就压在人的头顶一般。

大青山依然孤傲挺拔地屹立在天地间，似乎在等待着暴风骤雨的洗礼！

白玉柱早早地就来到了区政府，进屋时间不长，外面就下起了大雨。白玉柱看着窗外的瓢泼大雨，兴奋地说："这场雨来得真是时候啊！"

下午，这场及时的春雨停了。雨后的天空蓝得可爱。被雨水洗过的小草，变得更绿更嫩。空中有徐徐凉风吹来，地面不起一点灰尘，空气像被过滤了一般。吸一口，沁人心田，回味无穷。区政府大门口的几棵柳树枝变得柔软了，枝条上的绿实在是有些浓得过分，几乎就要流淌下来一般，嫩绿的叶子透出的是——精神。

西山，崔作鹏的匪窝出奇的静，出奇的阴冷，犹如墓地一般。一股山风钻进洞来，一盏燃烧着的大油灯忽地就灭了，山洞内顿时暗淡下来。

一个土匪站在凳子上，反复几次才把油灯点着。土匪刚跳下凳子，油灯又被山风吹灭了。土匪只好再次登上凳子去点油灯。山风好像故意和土匪过不去似的，总共把油灯吹灭了三次。

一种不祥的预感笼罩在洞内，土匪们不禁面面相觑。

昨天下午，马六子一伙几十号的人马眨眼工夫就没了，崔马二人虽有过节，但崔大牙不免也有一种兔死狐悲的感觉。不知为什么，崔大牙忽然感到了前所未有的恐惧，他很担心马六子的命运会在他的身上上演。

沉默许久，崔大牙又挠了挠光头，往日瓮声瓮气的狂妄没有了。他沙哑着嗓子，有气无力地说："眼下，塔虎城区完全成了共产党的天下了。老蒋的几十万国军整天躲在城市里啥也不干，简直成了缩头乌龟一样。我看老蒋的国军是车道沟里的泥鳅——翻不起大浪了。"

看见崔大牙心烦意乱的样子，"小诸葛"走过来干咳了几声，然后劝道："司令，别灰心。咱们可不像马六子那样好对付。依我之见，共产党目前不会派大部队过来，因为城里的几十万国军正牵制他们呢。就凭塔虎城那些土得掉渣的泥腿子，能奈何了咱们？退一步说，万一无路可走那天，咱们可以去湖西，那里有千顷大草原，更有利于和共产党的军队周旋。"

"一切也只能这样了。参谋长，往后咱们的日子恐怕是瘸子爬楼梯——步步难喽。"崔大牙自暴自弃地说，之后闭上了他那双死羊眼。几秒钟过后，崔大牙突然睁开眼睛抓起一个茶杯，"啪"的一声摔在地上，似乎有些愤愤不平地说："想当年，我老崔过的也是吃香喝辣的神仙日子。共产党来塔虎城之后，我老崔让人拿捏得成了打猎无枪——干瞪眼。"

"小诸葛"在原地转了几个圈子，停住脚步说："司令，风水总有轮流转的那天，咱们还是耐心等待时机吧！"

崔大牙一甩袖子，把眼珠子一瞪，歪着头很不乐意地说："等！等！等到啥时是个头啊？真是狗屎做钢鞭——文(闻)不能文（闻），武（舞）不能武（舞）。"

面对崔大牙的质问，"小诸葛"一时也没话说了。目前，国民党军队在东北战场节节败退，这是不争的事实。国民党东北不保是早晚的事，“小诸葛”更是心如明镜似的，所以他说话也没了底气。一切只能当一天和尚撞一天钟了。

午后气温回升得比较快，太阳正使出浑身解数烘烤着大地。地表升腾起的热浪，扑到人的脸上，让人感到既潮湿又闷热。

嫩江江畔却完全是另外一番景象，这里的空气格外清新，微风拂面，野花芬芳，阵阵香气沁人心田。

王克南今天难得空闲，此时正一个人漫步在江边的羊肠小道上。面对弯曲流淌的嫩江和春光无限的草原，王克南的内心就像江水一样翻腾不息。他停住脚步，把目光从江面慢慢移开，投向远方，久久地望着正北方向。

微微清风撩起了王克南记忆的帷幕，在泪眼蒙眬和揪心的期待中，王克南再次回顾了那些历历在目的往事：

哈尔滨的标志性建筑索菲亚大教堂，连日来隐藏在阴云与雾霾之中。天和地变成灰蒙蒙一片，不禁让人联想到世界末日的场景。

宿舍内，青年学生王克和他的同学梁化宇正商量着什么。一名教师匆匆地进了教室，气喘吁吁地说：“王克、化宇，你们快走！日本宪兵队抓你们俩来了。”

王克和梁化宇四目相视，一时愕然。

原来昨天晚上，王克和梁化宇在哈尔滨东方大剧院刺杀了日本关东军大佐藤田刚。王克和梁化宇原以为二人计划设计得天衣无缝，没承想日本宪兵队这么快就知道了消息，而且又这么快来学校抓人了。

思想单纯的梁化宇，转身从行李底下拿出手枪，怒道：“克子，和小日本拼了！”说着，梁化宇就要往外冲。

王克一把拉住梁化宇，劝道：“化宇，不能做无谓的牺牲，‘留得青山在不愁没柴烧’。”

老师在一旁也劝道：“王克说得对，先保住命要紧，你们俩的书看来是不能再念了，赶快走吧！走得越远越好。”

在老师的劝说下，王克和梁化宇简单地整理了各自的东西后，就随老师去了学校的后门，看门的老头儿早已把后门打开来了。

老师挥挥手："快走，快走，你们俩快离开哈尔滨，走得越远越好。"

出了学校的后门，王克和梁化宇不敢走大路，二人走小路穿胡同，在一个僻静的路口准备分手了。

王克："化宇，你去哪？"

梁化宇："我去南方参加国军打小日本。你呢？"

王克："暂时先回老家躲一躲，避避风头再说。"

梁华宇："也好。克子，看见我父母，就说我去打日本鬼子去了。再见！"

王克："好的，你多保重！再见！"

王克和梁化宇紧紧抱在一起，然后各奔前程。

与梁化宇分手后，王克拎着柳条箱，脚步匆匆地进入了一条幽深的小巷。小巷内行人寥寥，十分冷清。突然，王克的身后传来一声女孩子的惊叫。这声音听起来是那么绝望和凄惨。王克回过头去，看见一个鬼子军官正在追赶一名女学生。日本鬼子的兽行激怒了王克，他决定给日本鬼子点颜色看看。王克顺手捡起地上的一块板砖，躲在墙角处。女学生跑到王克身边时，一头摔倒在地。鬼子军官狞笑着向女学生扑去。

躲在墙角处的王克一个箭步跨过去，举起手中的板砖狠狠地砸向鬼子军官的头部。毫无防备的鬼子军官一声没吭就栽倒在地。一心致鬼子军官于死地的王克，又举起手中的板砖向鬼子军官的头部猛砸了几下。鬼子军官倒在血泊中彻底毙命了。王克弯腰摘下鬼子军官腰间的手枪，揣进怀里。从容地拉起瘫在地上的女学生，转身拎起地上的柳条箱撒腿就跑。

跑了许久，王克和女学生来到了北郊外。王克和女学生实在跑不动了，二人各背靠一棵大树，你看我我看你，又喘了好一会儿。待平稳心气后，王克和女学生开始交谈起来。

"大哥，谢谢你救了我。要不，我的一生就被鬼子给毁了。"

"不用谢我，每个有良知的中国人都会这么做的。"

"大哥，你是干什么的？"

“我是行知师范学校的学生，你也是一名学生吧？”

“我是哈尔滨女中的学生，我们学校被鬼子征用了，我在回家的路上遇上了鬼子。大哥，你是哪里人？”

“我是佳木斯的。”

“真巧，我家也是佳木斯的。”

“你叫什么名？”

“我叫王克，你呢？”

“我叫冷月梅。”

真是无巧不成书！王克和女学生冷月梅居然是佳木斯的老乡。有了老乡这层关系，二人的谈话也随便了些。

“大哥，下一步咱们怎么办？”冷月梅不仅把王克当成了大哥，而且还当成了主心骨。

王克思索半天，才说：“现在，咱们不能去哈尔滨车站上车了，市里死了鬼子，估计车站早就戒严了。”

“那怎么办？”冷月梅的脸上有了愁云。

王克自信而果断地说：“咱们现在就顺着铁路的路基向北走，在下一站地上车，估计比较安全。”

听王克这么一说，冷月梅心里有了底。

王克带着冷月梅，沿着铁路的路基向北去往火车的下一站。通往下一站的铁路途经半山区，铁路两侧的山林里不断传来各种野兽的号叫声。第一次走如此险恶夜路的冷月梅有点害怕。好在有王克一同前行，心里多少还有点儿底。王克不断地鼓励她，说自己身上带着缴获来的手枪，万一发生不测可以用来防身。尽管王克这么说，可月梅还是紧紧靠近王克不肯离开半步。二人深一脚浅一脚地足足走了大半夜，终于看见前面车站若隐若现的灯光了。

王克兴奋地说：“妹子，车站离咱们这里不远了，再坚持一会儿咱们就到了。”

二人又走了四五十分钟，终于来到了车站。

这是一个小站，王克和冷月梅绕道来到车站广场。为稳妥起见，王克叮嘱冷月梅在车站外面等他，他先过去看看候车室内有没有日本士兵。王克悄悄来到车站的窗户前，向车站候车室内望去，候车室内旅客稀少，大都坐在长条木椅上闭目养神。候车室内很是安静，并没有发现日本士兵的影子。王克长出一口气，悬着的心这才算放下来。

王克回头向广场上的冷月梅挥了挥手。

冷月梅走过来，仍有些不放心地问道："大哥，怎么样？候车室内没发现日本兵吧？"

王克低声道："没有发现日本兵，咱们赶快进去买票吧。"

进入候车室，王克把柳条箱交给冷月梅，自己就去售票处买票。离列车进站还有两个小时的时间，放松下来的王克和冷月梅依偎着坐在木椅上睡着了。经过大半夜的行走，二人实在太累了。不知过了多久，王克和冷月梅被车站的工作人员叫醒了。车站工作人员说列车马上就要进站了。

王克和冷月梅上车，把随身带的东西放好后，透过车窗向外看去，东方的天际已出现了一丝曙光，半轮红日从云海中探出头来，新的一天开始了。昨晚，王克和冷月梅相识，今天二人相伴一路回家。

冷月梅有了一丝困意，她头靠王克的肩膀香甜地睡去，一路上，二人彼此相拥相依。

辍学在家的王克整天无所事事，他并不知道中国的抗战形势已发生了逆转。这年秋天，王克迎来了他人生之路上的一大喜事，他要结婚了。新娘正是他在哈尔滨从日本鬼子手中救下的中学生冷月梅。

王克的父亲是个木材商，家境很不错。王克又是王家的独子，父母一心想把儿子王克的婚事办得体面风光一些，所以王家大摆酒席宴请宾朋已有三天。

王家的大门口高高地挂起了大红灯笼，柏木大门四周的门框上也系上了红绸子。王家大院充满了喜庆的气氛。

天快黑时，王克家的大门口来了一名抗日义勇军军官和一名小战士，二人挑着担子在大门口向院内张望。

军官喊道："老乡，老乡。院内有人吗？"

王克闻声走出院子。

"老弟，原来你家有喜事啊？恭喜了！"军官笑道，"老弟别害怕。我们是共产党领导的抗日义勇军。奉首长的命令向山里转移，路过贵府，战士们有些口渴，想在贵府打两桶水喝。"

"那你们进来吧。"王克很爽快地就把义勇军军官和小战士让进了院子。

军官问："是老弟办喜事吗？"

王克低头回答："嗯，明天我结婚。"

王克说完这句话，脸红得像门口挂着的灯笼一样：小战士比自己年龄还小都能扛枪打日本鬼子，而自己明天却要结婚了。作为一名中国人，王克感觉无比羞愧。王克是一个受过高等教育的人，他很明白"国家兴亡，匹夫有责"这句话的意思。

管家见王克领进两个当兵带枪的人，急忙过来看个究竟。管家张嘴刚要说什么，王克就向管家摆了摆手。

王克吩咐："刘管家，正好我还要找你呢。立即叫厨房烧一大锅红糖水，再把蒸好的馒头装好，给义勇军大哥带着。"

"好的，少爷。"刘管家答应一声，就奔厨房匆匆而去。

王克怕外面路过大门口的行人看见院内的两名义勇军，为了二人的安全和减少不必要的麻烦，王克关上了自家的大门。

这时，王克和军官站在院内的柳树下唠起了嗑。王克得知，这名军官是一位连长，名叫孙志山。

孙志山向王克分析了目前中国的抗战形势，并对抗战胜利的时间做了大致的推断。同时还阐述了日本必败的原因。王克也是一位热血青年，听了孙志山的这番话顿时热血沸腾，倍受鼓舞，中国的艰苦抗战终于就要看到希望了。王克既高兴又自责。

王克和孙志山谈得很是投机，他大有和孙志山相见恨晚之意！如果早遇见孙志山，说不定王克也会投入抗日的队伍中。孙志山一番朴实的话语让王克茅塞顿开，并对共产党有了新的认识。王克觉得，共产党将来一定是改变中国命运和带领民众走上光明之路的政党。

这时，刘管家过来说："少爷，按您的吩咐，一切都准备好了。"

王克一直把孙志山送出很远，虽然王克和孙志山只是相处了短短的几小时，但是他觉得和孙志山很有缘分。此时，王克感到有些难舍难分了。

孙志山见王克一直跟着他走，就停住脚步，笑道："王老弟，送君千里终有一别，再说了，你家中还有不少事呢。请回吧！祝你新婚愉快！"

"孙大哥，我……我想参加你们义勇军，你们要不要？"王克突然冒出来一句话。

孙志山非常感动，他放下担子走近王克，用他那宽大的手掌拍了拍王克的肩膀，仍然面带笑容地说："王老弟，你明天就要当新郎官了，还参加什么义勇军啊？看得出来，你也是一个有正义感的中国人。你今天的行为让我很感动，我会一直记着你的。祝你新婚幸福，和弟妹白头偕老。再见！"

"孙大哥，再见！"王克心里一阵凄楚，眼泪差点掉下来。

次日清晨，王家宾客满堂，人头攒动，喜气洋洋。由于前来贺喜的宾客们比较多，大厅里无法容纳这么多的人，于是二人的婚礼移到院内露天举行。

主持婚礼的是王克的本家叔叔。王克的叔叔是佳木斯市有名的学者，精通儒家学说，对中国古典文化有较深的研究。

"蝴蝶飞上玉搔头，玉人喜登鸳鸯楼。今朝结下连理枝，早生贵子觅封侯。"贺词念完，王克的叔叔高声道："新郎新娘一拜天地！"

这时，天空突然出现两架日本飞机，飞机径直向王家大院飞来。两架飞机也许看见了院内的人群，一个俯冲下来，对准王家大院就是一阵扫射。

见此情景，王克张开双臂疾呼："快散开，都躲到墙角下去。"

机关枪的弹头雨点般洒向王家大院内，院内的人群一时惊慌失措。来不及躲避的叔叔，当场中弹倒在血泊中。飞机又拉高升空，王克似乎看见了机上日本飞行员狞笑的面孔。

王克扑倒在叔叔身边，哭喊道："叔叔，叔叔，你醒醒啊？"

叔叔在王克的哭喊声中，慢慢睁开眼，他看着飞机面色苍白地说："小克子，你要是我们老王家的小子，就去打日本鬼子为我报仇……"

叔叔的说话声越来越小，最后眼睛一闭，头一歪，停止了呼吸。

“叔叔，叔叔！”王克跪在地上号啕大哭起来。他回头看了一眼已经远去的日本飞机，大吼，“小日本，今天的血债一定要你们用血来还！”

王家哭声一片，喜事变成了丧事。

王家大院内，连夜搭起了一座灵棚，一口红漆柏木大棺材摆放在灵棚内。

王克头系白布，跪在叔叔的棺材前默默地烧纸。想起家中飞来的横祸，王克就灵魂震颤，悲痛万分。仇恨的种子已在王克的内心生根发芽，他要替叔叔报仇雪恨。

“小克子，你要是我们老王家小子，你就去打日本鬼子为我报仇……”叔叔临终时说的话，再次在王克耳边响起。

安葬完叔叔，王克带着从哈尔滨缴获来的那把手枪，告别亲人就要去山里寻找义勇军了。这对王克这位富家子弟来说，将是一条极其艰难的道路。然而，王克投奔义勇军的决心已定，没有什么能阻挡他。

月梅一身素衣，头上戴着一朵白色的野菊花。她偎依在王克身边，她那双黑葡萄似的大眼睛，就如同浸泡过的大红枣一般。月梅一直把王克送到通往山里的路口。

这一路上，王克和月梅很少说话，但彼此在心灵上却是相通的。此时无声胜有声！

王克抬头看看天，落日的余晖已染红了半边天。

天快黑时，王克不想再让月梅送下去了，他停住脚步，伸出双手轻轻抚摸月梅的脸颊，用满怀负疚的心情向着月梅深情地、一字一句地说道：“月梅，别送了，你回去吧！”

月梅哽咽道：“我等你回来。”

王克点头，他双手捧着月梅的脸颊，把自己的前额贴在月梅的前额上，说：“放心，等赶走了小日本儿，我就回来和你重新拜堂成亲！把对你的亏欠全部补上！”

听了王克的话，月梅的眼睛再次湿润了，她咬住嘴唇，极力控制住自己的情绪，此时月梅的内心虽然满含着悲凉与心酸，但在王克面前，她还要故意装出一副平静的样子。因为月梅心里清楚，王克将要走向的是生与死的残酷战争。她绝不能让王克为她再有半点分心。

“哥，你放心地走吧，爸妈这边有我，你就不用惦记了。我对你没啥太多的要求，只求你能够平平安安、完完整整地回来！能够和我再拜一次堂，补办一场婚礼。请你一定要记住刚才对我说过的话！”

王克什么也没说，他紧紧地抱住月梅，二人四目相视良久，愧疚、崇敬、欣慰，一起涌上王克的心头。半晌，王克弯下腰，深深地为月梅鞠了一躬。

月梅淡淡一笑。月梅感觉到她的心在滴血。而王克又何尝不是呢？

王克终于狠下心来，毅然转身，头也不回地向山里大步走去。

月梅向前跑几步，又站在路边，用那盈满泪水的眼睛凝视着王克远去的身影。渐渐地，王克的身影消失在月梅泪眼蒙蒙的视线中。二人从此天各一方。

残阳如血，淹没了世界。风起天边，松涛阵阵，山谷回响。征人远去，相思无限。

因为怕白天遇到日本讨伐队，王克只好晚上在山里寻找义勇军。山路白天都极其难走，更何况夜晚？王克又是一个富家子弟，遇到的困难可想而知。但此时的王克只有一个信念，无论多么艰难，他都一定要找到孙大哥，投身义勇军，为死去的叔叔报仇。

太阳已升起，又是新的一天的开始，万缕阳光从树的缝隙中照进林子。

王克决定休息一个时辰，吃点干粮喝点水，补充消耗了一个晚上的体力。

简单吃过后，王克坐在地上背靠一棵大树准备休息一会儿。温暖的阳光驱走了王克身上的寒气，他有了一丝困意。不知什么时候，王克竟然睡着了，一觉醒来时，已经十点了。王克整理了一下行装，拔腿又向山里纵深方向走去。

又走了三个时辰，前面突然传来一声大喝：“什么人？口令？”紧接着就是拉动枪栓的声音。

“义勇军？一定是孙大哥他们。”王克抑制不住内心的狂喜，一天一晚寻找义勇军，身体上所有的疲惫，也一下子荡然无存了。

王克跑出来，冲着哨兵大喊："我找孙大哥！"

哨兵见王克的穿着打扮像是一个有钱人，便疑惑地举起手中的枪，命令道："不要往前走了，站在原地别动。你找哪个孙大哥？"

王克按哨兵说的站在原地，但仍然一脸兴奋地对哨兵说："我是孙志山大哥刚刚结识的兄弟，前天晚上，你们部队路过佳木斯北郊时，孙大哥和小刘去我家打水，我叫厨房专门给你们烧了一大锅红糖水，另外还给了你们一袋子馒头呢。"

哨兵听王克这么一说，不由得笑了。他冲王克一挥手，亲切地说："老乡，跟我来吧！"

哨兵带着王克七拐八拐，来到一座简易马架子门口。他站在马架子的门口大声说道："报告，有个老乡找孙连长。"

在马架子内正和吕绍刚营长拟定作战计划的孙志山听见哨兵的报告，急忙掀开门帘。

"孙大哥！"王克兴奋地大喊一声，随后就扑了上去，紧紧抱住了孙志山。

"老弟，怎么会是你？"孙志山既惊又喜地问。

"唉，一言难尽啊。"王克痛苦地低下了头。

"老弟，有话屋内说。"孙志山拉着王克的手进了马架子。

吕绍刚笑着向王克先点了一下头。

"营长，这位就是我向你说过的佳木斯市的热血青年王克，我的小老弟。"孙志山向吕营长介绍起了王克。

吕营长走过来，拉住王克的手问："小王，听志山说你刚刚才结的婚。这会儿怎么不好好在家里做新郎官，跑到深山老林里来找我们了？"

王克便把家中这两天发生的事，前前后后详细向吕营长和孙志山说了一遍。

孙志山听了双眼冒火，一拳头砸在简易桌子上，说："小日本又欠咱们中国人民一笔血债！"

吕营长把王克拉到桌子旁坐下，然后又问："小王，你到我们驻地来，有什么打算吗？"

"我要当义勇军打日本鬼子，为我叔叔报仇！"王克南有些急不可待地回答。

吕营长认为王克是一位富家子弟，担心他受不了苦，就意味深长地说：“小王，你投奔义勇军打日本鬼子是一件好事，但当义勇军很苦，有时面对的困难比打日本鬼子不知要难多少倍。”

王克的内心不停地翻腾，吕营长的意思很明白，不就是因为自己是一个富家子弟，怕吃不了苦吗！王克腾地站起身，态度坚定地说：“吕营长，参加义勇军再苦再累，我都不怕。为了表示我的决心，今后我就改名叫王克难！”

孙志山拍拍王克的肩，笑道：“王老弟，你也别叫王克难了，好像你总会遇到困难似的。等小日本战败了，咱们就会走出深山老林向南挺进的。我看，你就叫王克南吧。”

“好，孙大哥，我今后就叫王克南了。”王克又转向吕营长，出乎预料地行了一个标准的军礼，大声说道，“吕营长，你眼中的富家子弟王克没有了，站在你面前的是义勇军战士王克南！我王克南生为义勇军的人，死为义勇军的魂！坚决与小日本鬼子血战到底！”

吕绍刚见王克南有这么大的决心，很是高兴。

“志山，正好你们一连缺一名文书，就让克南同志给你当文书吧。”吕绍刚建议。

“好啊，好啊。”孙志山连连答应，能和王克南在一起，正是他求之不得的事。

吕营长又嘱咐道：“克南同志是一位新战士，志山，你今后一定要多帮帮他，尤其是在生活上，要多帮助克南同志。”

“是，我保证按营长说的去做，请营长放心！”孙志山举手敬礼。

一九四五年，中国人民经过十四年浴血奋战和巨大的付出，终于迎来了抗日战争的全面胜利。

八月十五日，日本天皇向全世界宣布无条件投降。

此时，经过战火的锤炼，已是一连连长的王克南找到吕营长，说：“营长，翻译就不用找了，我懂俄语。”

吕绍刚大喜，真是踏破铁鞋无觅处，得来全不费功夫。

经过三天两夜的急行军，吕绍刚带着他的部队走出了深山老林，指战员们欢呼雀跃，有一种重见天日的感觉。傍晚，部队距佳木斯市越来越近，指战员们已经看见了佳木斯市上空的缕缕炊烟了。

命令传来，部队原地休息，生火做饭。稍事休息后于晚上八点，从佳木斯车站乘火车前往哈尔滨。

王克南正在组织战士们做饭时，吕绍刚和孙志山来了。

吕绍刚说：“克南，前面就是佳木斯了，你离开家乡快四年了，骑马回去看看吧。一小时后准时归队。我们在原地等你。”

“是，营长。”王克南大声回答，并举手敬礼。

王克南一路快马加鞭，很快就赶回了位于佳木斯市的家。然而，哪里还有什么家啊？只见到处都是残垣断壁，焦木成炭，瓦砾成堆，荒草丛生，一片凄凉景象。家早就不在了！父母和未婚妻月梅也不知是死是活。王克南不免一阵悲伤，他又策马来到当年和月梅经常约会的那片白桦林，这里更是荒凉，秋叶铺满了那条林间小路，一阵秋风吹来，落叶飘零。此时，天空长云低压，给人以萧索苍凉的感觉。记忆中的昨日已远去，仿佛如隔世一般，王克不禁悚然于心，凄然泪下。

王克南凄楚地跪在地上，发疯般地大喊道：“爹，娘，月梅，你们在哪儿啊？”

四处阒然无声，只有王克南凄厉的喊声在白桦林中回荡。

半晌，王克南走出桦树林环顾左右，只看见远处一位大娘正蹲在野地里寻找什么。

王克南牵着马走到大娘身边，才发现这位白发大娘正在鼠洞中寻找粮食。

王克南弯下腰去，指着北郊的方向问道：“大娘，北郊的人呢？”

大娘头也不抬，表情木然地回答：“死了，北郊连男带女四五百人都被日本鬼子杀光了。”

王克南头“嗡”的一下就大了，他心中猛地一沉，茫然地站在秋风中，不知所措。王克的耳旁想起了月梅的话：“……我只要求你平平安安、完完整整地回来！能够和我再拜一次堂，补办一场婚礼。”

最后望了一眼家的方向，王克南摘下干粮袋放入大娘的筐里，悄悄离开了。

归队后，孙志山问：“克南，家里人可都好？”

王克南点头：“嗯。”

王克南向孙志山撒了谎。他把悲伤压在了心底，珍藏起那段曾经给他带来快乐的时光，留给自己一个痛苦的记忆。从此，王克南的心里有了一个鲜为人知的痛楚和悲酸的秘密。

几只鸽子从头顶飞过，王克南停止了回忆。此时他的内心有一种说不出来的滋味，是苦是甜？是酸是涩？是忧是悲？王克南自己也不清楚，他只感到愧疚中带着一阵茫然。他感到对不起父母，对不起和自己只拜了一半堂的未婚妻月梅，也许今生今世都无法弥补对未婚妻月梅的亏欠了。如果有来世，王克南一定用十倍的付出去弥补对月梅的亏欠。

王克南的身体打了一个冷战，一丝凉意袭来。他向四周看去，原来天色已经暗淡下来。不知不觉中，王克南站立江边已有几个小时了。这时，他的身后传来一阵骤疾的脚步声，听声音像是两个人的——一定是张学和赵虎来了。王克南猜得一点没错，确实是张学和赵虎。原来，张学和赵虎放学回到区政府没见着王克南，二人惦记王克南的安危，就出来找他，结果一出塔虎城东门，就发现王克南独自一人正站在江边凝思冥想。

王克南转过身，见张学和赵虎急匆匆的样子，笑着问道：“你们俩一定是放心不下我了。今天难得有时间，就一个人出来转转。”

“还笑呢！你知道吗？你一个人出来是很危险的。”张学一副担心的样子，当场埋怨起王克南来。

赵虎也不留情面地说：“王区长，今天我俩得批评你了。以后，再不准你一个人出来，这要是让敌人掌握了你的出行规律，那可是不得了的呀！”

“怎么样？书没白念吧？都知道用脑子了。”王克南双手一甩，故作轻松地说，“走，回塔虎城。”

张学和赵虎这一路上丝毫也高兴不起来。王克南独自一人出来，而且又在江边站了几个小时，是相当危险的。一想起一连长和小刘来，张学和赵虎就有些后怕。在暗处说不定有多少双居心不良的眼睛盯着王克南呢。张学和赵虎二人决定，晚上一定要好好地给区长上一课。不管他愿不愿意，今后决不允许他自己再单独出来。

刘师傅刷完碗筷，又把厨房里里外外收拾了一遍方才回家。

赵虎点燃了马灯，又把马灯灯光调亮。

张学和赵虎四目相视了一下，两个人都绷紧了脸。王克南知道张学和赵虎的用意，就主动诚恳地说道：“我知道今天做得不对，现在我在张学同志和赵虎同志面前保证，今后不会再发生类似的事了。”

赵虎把头扭向一边，生气地说：“检讨得不深刻。”

“鉴于王克南同志目无组织纪律性，私自出行，我和赵虎同志决定，把今天王克南同志的错误行为上报十七师师部。”张学一脸严肃地说。

听张学说要把自己今天的事上报师部，王克南脸色立马变得急躁起来。

“我拜托二位千万不要把我今天的事报告给吕副师长。”

“不想让吕副师长知道也行，今后必须按我们说的去做。决不能违反纪律再搞单边主义了。”赵虎的态度有所缓和。

王克南当即在张学和赵虎面前表示，今后不再搞单边个人主义，一定要按章按条例办事。听了王克南的一番表态，张学和赵虎脸上总算有了笑意。

翌日清晨吃完饭后，张学和赵虎背着书包有说有笑地走出了区政府大院。赵虎歪着脑袋看着张学说：“我猜呀，今天早自习郭老师肯定会检查作业。昨天，郭老师背地里可说了，不完成作业的同学一律撵外面靠墙站着去。哎，你完成作业了吗？”

赵虎的话一下提醒了张学，他一拍脑袋，叫道：“糟了，我的作业本落在宿舍了。不行，我得回去取作业本。”

赵虎笑了笑，说：“瞧你的臭记性，还总说我丢三落四的，你也没比我强多少。这么着吧，我自己先慢慢向学校去，你赶快跑步回去取作业本。”

张学听了赵虎的话，刚要撒腿往回跑，又被赵虎叫住了。

“等一等，把你的枪给我，这样你还能跑得快一些。”

张学摆了摆手，又摇摇头：“不行，没听王区长说吗，战士的枪时刻都不能离手。”

赵虎不耐烦地说；“行，行，你总有说的。快去快回，我慢慢走等你。回来晚了，别说我不等你。今天可是我执勤，说啥也不能去晚了。”

张学撒腿就向区政府方向跑去，这时他看见三个人从塔虎城的西门方向正快步向区政府走来。张学急着回去取作业本，没来得及细想这三个人是谁，干什么的，来区政府又是啥目的。还认为这三个人可能只是塔虎城火车站的人。因为塔虎城火车站出了西门不远就是，三天前塔虎城火车站正式通车了。

张学一路跑进区政府大院，他急三火四地推开区政府的门。正看见王克南一个人坐在桌子前擦枪，桌上摆满了拆开的手枪零件。

看着喘着粗气的张学，王克南回过头问：“不去上学，呼哧带喘的，你咋又回来了？”

“哦，我忘记带作业本了。”张学不好意思地笑了，转身快步进了宿舍。

“怪了，我的作业本呢？”宿舍内传来张学的声音。

王克南大声地说：“刚收拾屋子时，我替你收起来了，我把本子放到你的枕头底下了。”

“哦，找到了。”张学从枕头底下拿出作业本就向外面跑。关外屋门时，张学由于着急又因用力过猛，屋门被反弹开了。

张学大喊一声：“区长，你自己关一下门吧。我上学要不赶趟了。”

“行，你先走吧，待一会儿我自己关。先开着门透透风吧。”王克南口中答应着，继续擦拭手中的枪。

在区政府的大门口，张学遇上了从塔虎城西门来区政府的那三个人。看三个人的穿着打扮，像是村里的老乡。由于赶着去上学，张学也没顾得上询问这三个人的情况。

这时，其中一个人有些自来熟地问："小同志，王区长在吗？我们找他有事。"

"在，他自己一个人在区政府呢。"张学一边回答一边跑。

问话的那个人，听说王克南现在一个人在区政府，脸上不由得露出了惊喜的神色，三个人同时加快了脚步。

张学跑出十几米，突然停住了脚步。他隐约觉得问话的人有些面熟，似乎在什么地方见过。张学的大脑飞快地运转起来。啊！是他！张学顿时惊出了一身冷汗。问话的人不是别人，正是前些日子去学校投毒的"三角眼"。

不好，这三个人是土匪，王区长有危险！张学转身向区政府跑去，等张学跑到区政府大门口时，三个土匪已经进了区政府大院。

区政府的外屋门仍然开着，区政府办公室内王克南正背对着窗户擦枪，院内即将发生的一切，他都一无所知。

为了吸引和拖住三个土匪，让屋内的王克南有足够准备的时间，张学不顾个人安危，站在大门口，故意暴露自己，同时大喊一声："土匪，站住！哪里走？"

三个即将得手的土匪，猛听得身后有人大喝，先是一阵惊慌，随即掏出手枪，纷纷向张学射击。"三角眼"挥手命令小个子土匪冲向屋内去袭击王克南，他和另外一个土匪留下作掩护。张学看见小个子土匪举着手枪，已经跑到了区政府办公室门口了，张学调转枪口，对准小个子土匪就是一个点射，一小个子土匪应声倒地毙命。

"三角眼"和另一个同伴见死了一个同伙，慌忙隐蔽在一截矮墙后面，同时仍不停地向张学射击。

与此同时，赵虎也听见塔虎城内传来的枪声，他把书包往地上一扔，撒腿就向区政府跑去。

白玉柱、祥子、四辈三人正走在去塔虎城的路上，也听见了传来的枪声。

"枪声！哪里打枪？"白玉柱绷紧了神经问道。

祥子和四辈同时回答："好像是区政府。"

“不好，土匪袭击区政府了！这个时间，张学和赵虎一定去上学了。区政府只剩老王一个人，老王有危险！快去区政府！”白玉柱大喊一声，撒腿就跑。

张学与院内的两个土匪形成了对峙态势，然而，张学却不敢贸然开枪了。因为土匪的身后就是区政府的窗户，张学怕自己的子弹误伤屋内的王克南。

王克南一听见枪声，只用几秒钟的功夫就装好了手枪。子弹上膛后，王克南隐蔽在屋内的窗户垛旁，向外观看。见两个土匪正蹲在矮墙下向院外的张学频频射击。王克南从容地举起手中的枪对准矮墙下的一个土匪。枪声响过，矮墙下的土匪后脑流出一股黑血，紧接着跪在地上一动不动了。

“三角眼”见这个同伙也死了，根本无心恋战，他选择了逃跑。见大门已被张学堵住，“三角眼”只好向西跑去，企图翻过西院墙逃跑。张学跑进院内，又是一个点射，子弹打在“三角眼”的脚下，溅起一阵尘土。张学的用意很明显，他不想打死“三角眼”，只想抓活的。“三角眼”这次没有骑马过来，所以即使跳出院墙也跑不了。赵虎回来肯定会堵住“三角眼”的去路的。果然不出张学所料，赵虎的身影出现在了大门口。张学冲大门口的赵虎打了一个手势，赵虎从院外直接就跑向了西墙。

“站住！”张学又一个点射打过去，“三角眼”不但没停住脚步，反而加快了速度。

“三角眼”已经爬上了墙顶。赶到西院墙外的赵虎端起冲锋枪就是一梭子。

听见赵虎的枪响了，张学隔着院墙大喊：“赵虎，留活口，别打死他。”

赵虎的枪口一偏，子弹打到了“三角眼”的大腿上。“妈呀！”“三角眼”惨叫一声从两米高的墙顶大头朝下摔到了墙外，来了一个狗抢屎。这一跤“三角眼”摔得不轻，两颗门牙都摔掉了，他满嘴是血勉强从地上爬起，拖着一条伤腿挣扎着还要跑，翻墙而过赶到院外的张学和赵虎用乌黑的枪口，对准了“三角眼”的脑袋。“三角眼”见无法逃跑，索性一屁股坐到了地上。

张学和赵虎一起把“三角眼”从地上拎起来，押回了区政府大院。

张学和赵虎押着“三角眼”前脚刚进院，白玉柱、祥子、四辈三人后脚就进了区政府的大院。

白玉柱一进院，就急切地大喊：“老王，老王，你怎么样？伤着没有？”

王克南从屋内已经出来，站在门口看着院子的几个人，笑着回答：“老白，刚才好险啊。我正在擦枪，土匪真要是冲进屋内，我就光荣了。这回是张学救了我一命。”

“笑！笑！你还笑呢！我说让民兵来区政府值班，你偏不同意，这回多危险啊？可不能听你的了。从明天起，区政府一定要有专人值班。”白玉柱有些后怕地说。

“我让你偷袭，我让你偷袭。”四辈拽过“三角眼”举手就要打。王克南赶过来，伸手拦住了四辈。

“四辈，他已经成了俘虏，就不要再伤害他了。”王克南伸手制止了四辈的过激行为。王克南又向张学和赵虎一挥手，“把俘虏押到办公室，把他的伤口包扎一下。”

“是。”张学和赵虎把“三角眼”推进了区政府办公室。

土匪“三角眼”被张学和赵虎押进了区政府办公室。“三角眼”整个人浑身不停地颤抖。这一番折腾，“三角眼”的大烟瘾犯了，他瘫在椅子上，一把鼻涕一把泪地流个不停。见“三角眼”的腿伤血流不止，张学和赵虎取来了枪伤药和止血带。张学和赵虎要给“三角眼”的伤口上药和包扎时，“三角眼”竟然不配合，拒绝张学和赵虎为他上药和包扎伤口。

白玉柱一拍桌子，异常恼怒地大吼：“别不知好歹！想死啊？现在还不是时候！”

白玉柱这一嗓子果然好使，一下把“三角眼”镇住了。他看着白玉柱，翻了半天眼皮，最后又抱住自己的肩膀，向椅子上一靠，随即把眼睛闭上了。张学仔细地观察了一下“三角眼”的枪伤，子弹打在“三角眼”的大腿肌肉，形成了贯通伤，所幸没有伤到骨头。

张学：“你的腿伤不要紧，也不致命。一周之内就会好的。”

赵虎：“顶多遭点儿罪，死不了。”

给“三角眼”包扎完伤口，张学见没他和赵虎的事了，就向王克南和白玉柱各打了一声招呼，离开区政府去上学了。

张学和赵虎走后，王克南和白玉柱站在外面商量了半天，二人决定，立即对“三角眼”进行突审，看看能不能从“三角眼”的嘴里掏出一些有价值的东西来。

审讯开始了。王克南和白玉柱坐在桌子前，“三角眼”背靠窗户，坐在地中间的一把椅子上。“三角眼”紧闭双眼，活像冬季查干湖出了水的鲶鱼一样，完全没有了生气。

王克南首先开口说：“我们的政策，你应该知道吧？”

“三角眼”睁开眼，看了王克南一眼，嘎巴了两下嘴没出声，之后又把眼睛闭上了。

看着“三角眼”一副眼满不在乎的样子，白玉柱腾地就火了，他一拍桌子，喝道：“装什么哑巴？问你呐，姓名？”

白玉柱的一声大喝，“三角眼”像触了电一样，整个身子抖了一下，睁开眼傻傻地看着白玉柱。

白玉柱有一声大喝：“姓名？回答我的话！”

“三角眼”有气无力地回答：“张二狗。”

白玉柱忍住了笑，心想：“三角眼”的爹妈咋给他起了这么一个名字？不过，叫张二狗可也对，土匪个个都是牲口，哪有什么好人。

“说吧，谁是黑鹰？”王克南出其不意地问道。

“三角眼”犹如吃了天塌地陷的一惊，抬头看了一眼王克南，王克南正用一种威严的目光盯着他。

“三角眼”不敢和王克南正眼相视，他避开王克南的目光，低下头说：“我不知道。再说了，这事也不是我这种小喽啰应该知道的。”

很显然，“三角眼”是在故意转移话题。王克南和白玉柱的目光对视了一下。

白玉柱接着问：“黑鹰是通过什么方式和你们联系的？”

“三角眼”没有回答白玉柱的话，他干脆闭上眼睛来个一问三不知。完全是一副死猪不怕开水烫的模样。

屋内的审讯出现了僵局，尽管王克南和白玉柱反复交代了政策，“三角眼”还是啥也不说。

刘师傅来了，他看见门口的祥子和四辈，先是眉头一皱，然后和二人开起了玩笑。

“今天是咋啦？区政府有什么重要的事吗？怎么劳驾你们二位哼哈大将站岗放哨？”刘师傅嬉皮笑脸地问，眼睛同时向屋内扫去。

祥子一摆手，凑近刘师傅耳旁，小声说：“刚刚抓了一个来区政府偷袭的土匪，王区长和白副区长正在办公室审着呢。”

“啊，是这么回事啊！”刘师傅一脸不可摸捉的表情，推门进了屋。

刘师傅并没有去厨房，而是直接推门进了办公室。刘师傅看见“三角眼”啥也没说，冲过去拽过“三角眼”，伸手就狠狠地打了他两个大嘴巴。这两个嘴巴打得实在是响，就连屋外站岗的祥子和四辈都听见了。二人手捂着嘴笑了半天。

“三角眼”这回也许被刘师傅打清醒了，当他睁开眼看清站在面前的是怒气冲天的刘师傅时，不由得愣住了。

“叫你们祸害老百姓，今天我非打死你不可！”刘师傅又举起了巴掌。

白玉柱赶过去，拉住刘师傅，说：“老刘，你先出去，我和王区长正审着呢。他罪该当死，自有公论。”

刘师傅揉了揉被硌疼的手掌，斜着眼睛看了一眼“三角眼”，骂骂咧咧地走了。

看着出去的刘师傅，白玉柱对王克南说：“这些年，土匪可把塔虎城周边地区的群众祸害苦了。老刘今天情绪失控也在情理之中。”

“二位区长，我真的是什么也不知道，你们干脆毙了我吧。”一直沉默的“三角眼”突然冒出话来。

白玉柱板着脸说：“知道啥说啥，别以为你死了，啥事就一了百了了。”

王克南心里十分清楚，“三角眼”先是死扛什么也不说，最后又求死，他这么做显然是在保守什么秘密，多半是保护潜伏在塔虎城区的敌特。如此看来，潜伏在塔虎城区的敌特，对西山的崔作鹏一伙来说是多么重要。而这个“三角眼”肯定又是西山土匪的核心人物。

一个多小时过去了，王克南见很难从“三角眼”嘴里掏出什么有价值的东西来，就决定终止对他的审讯。

“老白，今天就这样吧？我看这家伙就是茅坑的石头又臭又硬，先把他关起来，明天一早派人把他送到旗里去。”王克南站起身来。

白玉柱点头：“行，只能这样了。不过，还是便宜了这小子。”

刘师傅这时进屋建议道：“二位区长，他啥也不说，还留着干啥？不如拉东甸子去，枪毙算了。这种人少一个，世界上就少一个祸害。”

王克南拍了一下刘师傅的肩，说：“刘师傅，事情不像你想的那么简单。现在旗里成立了公安局和法院，就让他到那里去接受人民的审判吧！”

“那是，那是。我今天太激动了，王区长见笑了。我就不明白了，土匪怎么这么顽固？”刘师傅点头哈腰地走了。

白玉柱冲外面大喊：“祥子，把土匪押走。”

祥子和四辈闻声进屋，架着“三角眼”出去了。

白玉柱向王克南建议，今晚由区小队的民兵骨干刘友善和王兴富值班看守“三角眼”。明天一早，派祥子和四辈用马车，把“三角眼”送旗里去。

“好，老白，就这么办了。不过，一定要让值班的同志小心，防止土匪劫狱或杀人灭口。”王克南对白玉柱的这番安排，又做了一些补充。

天黑得伸手不见五指，山风一吹，莫日格旗后山的松林，就发出阵阵的涛声。查干湖的风浪，也隐约听得见了，似乎一阵紧似一阵。

匪窟内几盏大油灯在有气无力地燃烧着。燃烧中的松树明子，突然发出“嘎巴，嘎巴”的声响。这突如其来的声响，直惊得土匪们浑身发冷，头皮发木发麻。大小土匪们像雨中的鸭子一样，挤在崔大牙身旁，一个个大眼瞪小眼，谁也不吭声。苦熬傻等了大半夜，也不见“三角眼”几人回来，崔大牙估计“三角眼”等人一定是凶多吉少了。崔大牙长叹一声，身子像泄了气的猪尿泡一样，瘫倒在了椅子上。

再看站在一旁的“小诸葛”耷拉着眼皮，活像霜打了的向日葵，弯着腰失去了往日军师那趾高气扬的精神劲。

塔虎城内，这一夜过得很平静。有王兴富和刘友善值夜班，王克南当然放心，可做事一贯谨慎的王克南，几乎一夜没睡。这一晚，王克南出去巡哨就有六次之多。

天亮时，嚎了整整一晚上的西南风停了。然而却下起了大雾，对面百十来米啥也看不见。雾气中的水汽很大，树上像下雨一样滴下了水滴。被雾水洗过的树叶又绿又嫩，微风吹拂，发硬的树叶就哗啦啦地响起来。

祥子和四辈赶着马车刚一进区政府的大院，正在谈话的王克南和白玉柱就闻声出来了。

祥子看见白玉柱时很是惊讶。只见他把手中的大鞭顺手向车上一扔，跳下车说道："白副区长，行啊！我和四辈都够早的啦，没承想你比我们俩还早。"

"最近不知咋了，有点事儿就睡不着觉。天还没亮我就起来了，在家待不住，就来区政府和王区长唠唠嗑，谈谈工作上的事。"白玉柱抬头，脸冲着初升的太阳打了一个哈欠。

王克南关心地问："你们俩吃没吃早饭？"

"吃过了，我们家里的知道我今天出门，早早就做好了饭。"祥子回答。

见四辈没出声，王克南又转向四辈，问："你呢？"

四辈憨憨地一笑，说："我也吃过了。"

白玉柱问王克南："没啥事的话，就让祥子和四辈走吧？也好早去早回。看这天，雾一时半会儿都不能消，没准下午还有雨呢。"

"行，张学、赵虎你们俩把俘虏押过来。"王克南嘱咐，"路上一定要小心。"

张学和赵虎把"三角眼"从屋内架出来，交给了祥子。祥子只伸出一只手，就像拎小鸡似的把"三角眼"拎上了车。

刘师傅从厨房出来，和王克南并排站在区政府的门口。看着五花大绑的"三角眼"被押上了车，刘师傅抱着臂膀歪着脑袋，对着车上垂头丧气的"三角眼"，嘴角出现了一丝难以琢磨的冷笑来。

祥子吆喝着牲口，马车就“吱嘎吱嘎”地向院外驶去。车后坐着的四辈微微一笑，向王克南等人挥了挥手。

“走了。”祥子回头喊了一声。

待马车出了院子，王克南看了一眼刘师傅，问：“刘师傅，饭好没好呢？”

“没呐，你看我，只顾看热闹了，忘了做饭这码事。不过也快，只剩一把火了。马上就好，马上就好。”刘师傅一拍大腿，转身快速地跑进了厨房。

由于是轻车熟路，祥子赶着马车很快就进入了葫芦口，这时雾气正渐渐散去，但四周仍然有丝丝缕缕的雾气飘在空中。微风吹来，雾气又像青烟一样漂浮不定，在山谷里四处流荡。

想着白玉柱那句话“早去早回”，祥子举起手中的长鞭，口中不停地吆喝着牲口。马儿似乎懂得主人的意图，放开四蹄拉着车辆欢快地向黑松林跑去。

坐在车后面负责警戒任务的四辈，怀抱着步枪，随着马车奔跑发出的“吱嘎、吱嘎”的节奏声，四辈的肩膀就向上一耸一耸的。

前面的黑松林，遮天蔽日绵延数里，不时发出阵阵松涛声。

黑松林地势险要，似乎隐藏着千军万马！

黑松林内的路很窄，只能容下一辆马车通过，马车一进入黑松林，就感觉天阴了一般，树林内又潮又冷，和林外相比完全是两个不同的世界，真的有冰火两重天的感觉。还好，黑松林内的雾气已经散去。一只大花猫头鹰被惊飞了，扑打着翅膀，号叫着飞走了。三匹马竖起耳朵，不停地打着响鼻。

车后的四辈似乎也精神了，他不再像先前那样若无其事地抱着枪了，而是端起了枪、瞪大双眼，警惕地注视着四周的动静。

“吁。”祥子吆喝着牲口，不知为什么，居然停住了马车。

“怎么了？怎么停车了？”车后的四辈心里一沉，随后就警觉地问。

“一根大圆木挡住了去路。”祥子说着，就跳下马车，去搬路边的大圆木。那根大圆木很重，祥子一个人根本没有搬动它。

祥子有些急了，他回头冲马车方向喊道：“四辈，快过来搭把手，这根圆木太粗太重，我一个人搬不动它。”

“车上这家伙咋办？”跳下车的四辈，手指着车上的“三角眼”，有些担忧地说。

“没事，他五花大绑，腿上又有伤，还能飞了呀？”听祥子这么一说，四辈才放心地走过去。

祥子和四辈费了很大劲才把圆木移到路边。二人直起腰，刚喘一口气，就听见树林内响起了一声清脆的枪声。枪声过后，黑松林内又恢复了死寂。

“不好！”祥子一拍大腿，惊叫一声后，就撒腿和四辈向马车跑去。

来到马车前，祥子和四辈才发现“三角眼”头部中弹，已倒在马车上毙命了。

四辈伸出手指，放在“三角眼”的鼻孔处，可“三角眼”的鼻孔只有出气没了进气。

“这分明是杀人灭口啊。”祥子气得大骂起来。

“开枪的人肯定走不多远，祥子，咱俩进林子里看看，能抓住打黑枪的土匪更好，抓不住找点什么证据，回去也好有个交代。”四辈建议道。

根据“三角眼”中弹的位置判断，枪手应该就在西侧的树林内。祥子和四辈决定，把搜索和排查的范围重点定在西侧的树林内。

敌人在暗处，而祥子和四辈则完全暴露在敌人的视线和子弹的有效射程之内。因此，祥子和四辈不得不十分小心。二人端着枪，相互交替掩护，弯着腰在树林内一点点仔细地搜索。时间一分一秒地过去，搜索的范围也在不断扩大。但是，二人一无所获。

“真是奇怪了，就算枪手跑了，地上也应该留有痕迹呀？”四辈满头雾水地说，他又向马车方向看看，目测了一下距离，“再说了，这里距马车的距离正好是步枪的有效射程之内。”

祥子沉思片刻，果断地说：“扩大搜索和排查范围。我就不信了，土匪做事就天衣无缝，一点儿痕迹也没有。”

祥子和四辈又把搜索和排查的范围，向外扩大了五十米。二十分钟后，四辈突然大叫：“快过来，祥子你看！”四辈从草丛中捡起一枚子弹壳。这枚子弹壳非常特别，比一般的步枪子弹壳稍长，是红铜做的，子弹壳底部的引火帽外侧，有一圈字母“HANKOUBINGQI”的字样。子弹壳在四辈手中还散发着余温。

祥子从四辈手中接过子弹壳，用鼻子闻了闻，说：“不错，是刚刚发射过的。这到底是什么枪，能有这么远的射击距离？”

四辈摇头：“不清楚，回塔虎城问问王区长就明白了。”

在黑松林内，搜索和排查了半个多小时，只找到一枚子弹壳，祥子和四辈二人十分沮丧。敌人选择在险恶地段黑松林杀人灭口，自己怎么没想到呢？悔恨、自责、惊疑交织在一起涌上祥子和四辈的心头。今天早晨离开区政府时，王区长还特意嘱咐二人路上一定要小心。没承想还是出了事，真是辜负了王区长的一番嘱托啊。这会儿，祥子和四辈的内心又像打翻了的五味瓶一样，什么滋味都有。

返回区政府的路上，祥子和四辈完全没有了来时的那种势头。好不容易抓到一个俘虏，居然被敌人的同伙给杀了。祥子和四辈很是窝火，更不知回塔虎城如何向王克南和白玉柱二位区长交代。

“唉，都怪我。”

“不，我也有责任。”

中午，王克南、白玉柱、张学、赵虎四人刚吃完饭，刘师傅正在厨房忙碌着时，祥子和四辈赶着马车回来了。

看着马车进了区政府的院，白玉柱惊叫道：“哎呀，祥子他们俩咋回来得这么快呢？是不是路上出什么事了？”

刘师傅闻声赶过来说：“能有啥事？祥子和四辈那么稳当，不会有啥事吧？”

“不对，去旗政府，咋能回来这么早呢？”白玉柱摇头。

王克南、白玉柱、张学、赵虎四人急忙出屋来看个究竟。

祥子和四辈低着头，无精打采地向王克南走来。

王克南见祥子和四辈面容中有些懊恼，眼神里又透露出些许的哀怨，就预感到一定是出事了。

祥子流着泪说：“王区长，白副区长，我们没完成好你们俩交的任务。你们处分我俩吧！”

“究竟出了什么事？走，进屋慢慢说。”王克南把祥子和四辈让进了屋。

进屋后，祥子和四辈就把黑松林发生的事一五一十地说了一遍。

“煮熟的鸭子又飞了，白忙活了。”白玉柱一脸遗憾地坐在了凳子上。他用手掌搓了两下脸，又攥起拳头捶了几下桌子。

听白玉柱这么一说，祥子和四辈只能站在一边唉声叹气。王克南几次叫他们坐下，二人就是不肯坐。

“你们俩看清楚是什么人开的枪了吗？”白玉柱问。

祥子摇头，把从黑松林找到的子弹壳递给了白玉柱。白玉柱看了半天也没有看出个究竟来，他又把子弹壳递给了王克南。

王克南看了看子弹壳底部的字母，说：“这是国民党汉口兵工厂生产的子弹。”

“子弹壳咋这么长呢？”白玉柱不解地问，他也是第一次看见这么奇怪的子弹壳。

“这枚子弹壳可不普通，它是一枚狙击枪子弹壳。这种狙击枪上有个瞄准镜，能命中二三百米外的目标。”王克南又进一步解释道。

四辈恍然道：“怪不得打得那么远呢，这枚子弹壳是距离命中目标八十米外找到的。”

恍然大悟的白玉柱肯定地说：“在粮店村北洼子袭击一连长宏业和小刘的敌人，使用的也是这种狙击步枪，因为当时我们在现场七十米内没有找到步枪子弹壳。”

刘师傅收拾完厨房，向王克南打了一声招呼，就匆匆地离开了区政府。往日刘师傅回家之前，都要去区政府办公室说几句话。今天刘师傅连招呼也没打就这么急着回家，估计家里是有什么要紧的事需要处理。

走到大门外的刘师傅不知为什么，竟然唱起了神调：

“日落西山黑了天，家家户户把门关，喜鹊乌鸦归大树，家贼儿就把房檐钻，十家倒有九家锁，只有一户门未关，敲锣打鼓我请神仙，哎嗨哟……敲锣打鼓我请神仙，左手拿着文王鼓，右手拿着赶神鞭，走一步掂三掂，惊动狐黄的人马下了高山……”

第三章　王克南调整部署

根据目前的形势，王克南决定召开会议研究下一步的工作方案。就在这时，刘友善和王兴富也来了。

王克南表情肃穆地说：“正好你们俩来了，咱们开个会。”

到会的几个人围坐在大桌子旁，等候着王克南的发言。

王克南环顾一下四周，开门见山地说道：“咱们低估了西山的崔作鹏了，崔作鹏不但有情报来源，而且还有执行暗杀任务的杀手。这次祥子和四辈押送俘虏的途中出事，我也有责任。为了摸清西山土匪的活动规律，我建议，从明天开始，在莫日格旗的南山设置一个观察暗哨，严密注视来往西山的所有人员。在没有查清潜伏在塔虎城区的敌特是谁时，在莫日格旗南山设置观察暗哨的事暂不对外公布。白副区长，你看呢？”

“我看可以，其实这个计划我也考虑很久了。塔虎酒厂恢复重建项目，马上就要完工了。四辈就不用去莫日格旗南山的观察暗哨执勤了吧？”

“可以，四辈就留在酒厂待命，为酒厂的生产做前期的准备工作。莫日格旗的南山观察暗哨，就由祥子负责。赶上礼拜天，学校不上学时，张学和赵虎也可以去莫日格旗南山的观察暗哨执勤。不过，张学和赵虎太显眼，对外只能称二人下去蹲点儿帮老百姓干活。千万切记，所有去观察暗哨执勤的人，绝不能把自己的行踪暴露给任何人。也不能对外透露消息，哪怕是自己的家人。还有，学校那边也不能掉以轻心。严防敌人再次来搞破坏。”

坐在王克南和白玉柱中间的张学和赵虎点了点头。其实，王克南不说，张学和赵虎二人心里也十分清楚，他们去学校上学不仅是为了学习，还有一个更重要的任务——那就是保护学校和教职员工及学生们的安全。这是王克南早就定好了的。

莫日格旗南山的观察暗哨定下来后，王克南和白玉柱心里敞亮多了，二人长长地出了一口气。有了这个观察暗哨，就可以掌握崔作鹏一伙匪徒的行动规律，对后续剿匪行动会有很大的帮助。

这时，王克南又想到了一个问题，塔虎城车站已经通车有几天了，每周都有一至两列军火列车通过塔虎城车站。当列车运行到附近的苏家屯铁路转弯处时，速度会减慢，因此那里是危险地段。苏家屯铁路转弯处必须设哨位。王克南要做到未雨绸缪，防患于未然。

王克南看了一眼手表，时针就快要指向一点钟。

“你们俩马上走，别耽误了上课。”王克南怕张学和赵虎上学晚了，就撵起了张学和赵虎。

张学看看白玉柱，白玉柱也用眼光在赶张学和赵虎走，张学和赵虎无奈，只好离开了会议现场。

张学和赵虎走后大约十分钟，会议才结束。王克南扫视了一圈与会者，说：“谁还有要补充的吗？”

四辈张了张嘴，却欲言又止。

四辈表情上的微妙变化，王克南都看在眼里。

王克南笑道：“四辈是不是有啥话要说？”

四辈吞吞吐吐地说：“王区长，白副区长，酒厂完工了，咱们是不是调试一下设备呀？省得正式烧酒时手忙脚乱。”

听了四辈的话，王克南愣了一下，说：“这个我不懂，四辈你就说吧，怎么个调试法？”

“就是用粮食或碎米什么的，先少量的烧点酒。一是看看出酒率和酒的度数，二是检查设备有没有啥毛病。”不善言谈的四辈涨红了脸，说出了自己的想法。

四辈这个建议虽好，但也确实把王克南和白玉柱难住了。眼下正是青黄不接的时节，实在无法搞到粮食。怎么办？王克南和白玉柱同时想到了一个人，那就是郭尔罗斯前旗旗长巴图巴根。想到这里，王克南笑了笑，接着又摇了摇头。因为上次让巴图巴根帮忙搞种子已经够难为他的了，王克南实在不好意思再开这个口。

王克南又问：“四辈，烧酒非得用粮食吗？不能用其他的原料代替吗？”

四辈听了王克南的话笑了。

王克南不好意思地说：“我又说外行话了？”

四辈急忙解释：“没有，实在没有粮食，用地瓜、土豆也可以烧酒。只是地瓜和土豆烧出来的酒，没有粮食烧出来的酒好喝。”

王克南想了半天，最后认真地说：“那还是用粮食烧吧，咱们塔虎城‘小烧’历史悠久，早已声名在外，别把牌子搞砸了。”

听了王克南的一番话，在座的所有人都笑了。可笑归笑，没有原料烧酒大家还是很着急。大伙绞尽了脑汁也没有想出什么好办法来。

白玉柱笑过后，对王克南说：“老王，旗长那边你不好意思张嘴，那就我舍二皮脸去和他说。”

王克南沉思了片刻，说：“我听说旗里的干部和家属们每个月的吃粮都定量。不行的话，咱们就别难为旗长了。”

白玉柱摆摆手，态度坚定地说：“不行，旗长他必须得给咱们搞点儿粮食烧酒，这事就赖上他了！不行也得行！”

看着白玉柱十匹马也拉不回来的犟劲，王克南也不好再阻拦他。其他人虽不出声，但都捂着嘴暗自发笑。

散会后，祥子和四辈考虑到他们俩赶来的三匹马一上午没吃草料了，就急着先回八郎村。

白玉柱也想顺道坐祥子的马车回家，却被王克南叫住了。

原来，王克南是想去塔虎城车站看一看，顺便了解一些铁路方面的情况。和执勤的民兵打了招呼后，王克南和白玉柱边走边唠，向塔虎城的西门走去。塔虎城车站距塔虎城的西门不远，过了护城河不到五十米就是塔虎城车站。

塔虎城车站不是很大，是当年侵华日军修建的，日军修这个小站，主要是为了向外运送粮食和水产品。

小站虽然很老旧，但是站内站外打扫得很干净，门窗重新刷了油漆，给人一种重换天地的感觉。

塔虎城车站的站长刘明月听说王克南和白玉柱来了，急忙跑过来迎接。

“二位区长，哪阵风把你们吹到我们小站来了？”刘站长居然和王克南、白玉柱开起了玩笑。

王克南和刘明月不是很熟，听了刘明月的话后一下子愣住了。

白玉柱向王克南解释道：“刘站长和我论起来，应该是我的小舅子，所以和我闹笑话把你老王也挂上啦。”

“哦。”王克南点了一下头

刘站长打开自己办公室的门，示意王克南和白玉柱进屋。王克南一进屋就看见刘站长办公室的墙壁上挂着一张塔虎城区的铁路示意图。王克南走过去，目不转睛地看起那张铁路示意图来。

王克南用手指着铁路示意图上的一个位置，说：“刘站长，火车经过苏家屯转弯处的时速是多少？”

“咱这条铁路线是小鬼子建的，个别地段的路基有下沉迹象，火车经过苏家屯的弯路时速也就是三十华里。”看来刘站长对业务还是很精通的。

王克南又问：“火车到了苏家屯的转弯处，能不能再提提速呢？”

刘站长摇头，最后又非常肯定地说：“那绝对不行，一是路基倾斜角度不够，二是转弯角度太急，如果再提速的话，容易导致列车倾覆事故。”

听了刘站长的话，王克南当即决定，设在苏家屯的铁路转弯处的岗哨二十四小时都要有人值班。

刘站长很佩服王克南，对王克南这样的安排也非常满意。

“王区长，你可解决了我的难题了。你们也是知道的，咱们塔虎城小站规模小，连我这个站长在内一共才五个人，每次军火列车过来，我都是提心吊胆啊。列车自身安全问题我都不怕，就怕西山的土匪来搞破坏。”刘站长真是高兴得不得了，他站起身又冲王克南和白玉柱连连作揖。

白玉柱一摆手：“你先别谢我，这个问题我根本没想到，要谢你就谢王区长吧！”

王克南笑道：“刘站长真是太客气了，这都是我们工作分内的事。今后咱们要共同努力，保持塔虎城区长期的稳定和发展。”

“是，一定的。”刘明月连连点头。

王克南和白玉柱从车站安排完安保措施回到塔虎城时，天就快要黑了。刘师傅已经把饭做好，此时正坐在区政府办公室的大桌子旁，一边等着王克南一边笑眯眯地看着张学和赵虎写作业。

“哎呀，王区长，白副区长，你们俩回来了？”面对房门的刘师傅第一个先看见了王克南和白玉柱。

王克南说：“刘师傅，还没开饭吧？多拿一双碗筷，今晚白副区长在这吃饭。”

“哎呀，这也没啥准备，也没做啥菜呀？”刘师傅站起身，原地搓了半天手说。

白玉柱摆摆手：“老刘，有啥吃啥，别麻烦了，看你那样难，还不如我回家吃饭去了。”

“好，好，白副区长就是好说话，就依白副区长的。”刘师傅笑着就去了厨房。

刘师傅端上饭菜后，转身又返回了厨房，今晚白玉柱被王克南留下吃饭，绝不是为了吃一顿饭那么简单。二人一定是有什么重要的事要商量。刘师傅主动回避，是不便听见王克南和白玉柱的谈话。

“刘师傅。”王克南叫道。

刘师傅回头答应着：“王区长，还有啥事吗？”

“刘师傅，时间不早了，你也早点回家休息吧。吃完饭后碗筷我们自己收拾。”

“多谢王区长，正巧我家中有点儿事，那我就先走了。”刘师傅乐呵呵地走了。

看着走出屋的刘师傅，白玉柱问：“老王，老刘在这干得还行吧？他这个人你看怎么样？”

王克南眉毛一扬，十分肯定地说“行啊，刘师傅干得很好，人干净利索不说，不多言不多语，又很看事，还不传话。不过……”

正伸出筷子夹菜的白玉柱停住了，他盯住王克南的脸，问：“直说，老刘究竟咋地了？”

王克南笑了笑说：“刘师傅的脾气有些让人琢磨不透，情绪转变也快。有时正大笑，可笑过后，很可能就会掉眼泪。”

白玉柱大笑道：“我当是什么事呢？老王，以前我好像说过，老刘是唱‘蹦蹦戏’出身的，他有这样的脾气秉性太正常了。有哭有笑，这是演员的常事。老刘这样也好，起码心里藏不住事。”

“嗯，老王，你说的也对。”王克南今天似乎有唠不完的嗑，张学和赵虎在厨房刷碗，王克南和白玉柱又回到办公室内，天南地北地唠起来。二人的话头首先从塔虎城谈起，谈了塔虎城的过去，也谈了塔虎城的现在，又谈了塔虎城的未来。

王克南对塔虎城区未来前景的一番描绘，让白玉柱的兴趣劲上来了，白玉柱认为，东江湾沃野千里，可以建一个大型的军垦农场。

王克南到底是历史系的高才生。他认为，塔虎城有八百多年的历史，文化底蕴又很丰厚，将来可以开发旅游项目。

最后，王克南和白玉柱一直认为，目前，要把塔虎城小烧、粮店小米、查干湖胖头鱼，这三样塔虎城区的特产向外推广出去。

白玉柱站起来活动了一下筋骨，意犹未尽地说道：“到那时，咱们的日子就更好过了！”

塔虎城区的前景很乐观，王克南和白玉柱对未来充满了美好的向往。

不知不觉，王克南和白玉柱坐在办公室里又唠了两个小时。白玉柱见天色不早了，站起身就要回家。

王克南也站起来，说：“走，我送送你。”

二人一前一后走出区政府，外面一丝风也没有，天空群星灿烂，塔虎城的夜晚格外幽静。一颗流星拖着长长的尾巴划破夜空，随之消失在了深不可测的苍穹。夜空又多了一道风景。

王克南和白玉柱走着走着，忽听得一阵哗哗的流水声，这声音不是很大，但听得十分真切。王克南抬头看去，原来他和白玉柱已来到了塔虎城的南门口。流水声就来自城外的护城河。

白玉柱觉得王克南今晚的举止有些特别，似乎还有什么话要对他说。

“老王，你是不是有啥心事啊？不妨就说出来吧。”心里装不住事的白玉柱主动问起王克南来。

王克南禁不住大笑，笑过之后，王克南严肃地说：“都说你老白是一个粗人，可啥事还是瞒不住你啊。老白，你也知道，现在前方的部队在战场上虽然节节胜利，但是部队的减员也不少。部队急需补充新兵，有不少地方武装都编入了部队战斗序列。如果有那么一天，咱们塔虎城区小队也编入部队战斗序列，你能同意吗？”

“好啊，能成为一名光荣的革命战士，我们正求之不得呢。”白玉柱说这话时，情绪变得有些激动了。他太想成为一名光荣的革命军人了。

白玉柱愿意带着他组建的塔虎城区小队加入部队战斗序列，王克南感到很高兴，但他也要把塔虎城区小队加入部队后会遇到的一些实际问题，先向白玉柱说明一下。

因此，王克南话锋一转：“可是，塔虎城区小队一旦加入部队战斗序列，等消灭了西山的土匪后，塔虎城区小队就会离开家乡，离开自己的妻儿老小，从此走上战场转战南北，甚至牺牲生命。老白，这些你都考虑过吗？”

“老王，你啥时也学会婆婆妈妈啦？我白玉柱今天晚上在千年古城门口，就向你交个实底，若塔虎城区小队真能加入部队战斗序列，那就一切听从党指挥，为了人民，为了新中国的解放，就是牺牲生命也在所不惜！”白玉柱拍着胸口表示了自己的决心。

“那好，今晚我就给吕副师长写份报告，把我的请求告诉他。我估计，这份报告很快就会批下来。到时候，咱们就能一起穿着军装去打西山的土匪了。”

“这就太好了！我老白真是求之不得啊！咱们塔虎城区小队能穿着军装剿匪，

这是具有重要的历史意义的。”

白玉柱原本是蒙古骑兵团的一名战士，当年受伤后，才被迫留在了塔虎城地方工作。今天晚上，听了王克南这一番话，白玉柱立马又有了重新归队的感觉，心里也觉得异常兴奋。

时间过得真快，野地里的萨日朗花开得正艳，东一簇西一簇，就像燃烧着的火焰。黑土地里的玉米长势更是喜人，玉米叶子硕大硬挺，粗壮的玉米秆已有一人多高。如果近期能有一场透雨的话，塔虎城区的农业就会稳获丰收。

塔虎城小学开学三个半月了，王克南还从来没有去过学校，也没和郭老师见过面。王克南觉得无论是从公还是从私的角度来说，自己都该去学校看看。正好今天没什么大事，早晨张学和赵虎一走，王克南就决定去塔虎城小学看一看。不过，他打算和白玉柱一起去。

白玉柱今天也不知怎么了，到现在还没来。正好刘师傅也没什么事，王克南就和刘师傅在区政府办公室下起了象棋。

棋子走到了决定胜负的关键一步，王克南悔了一步棋，刘师傅说啥也不干了。二人因此争执起来。

王克南像个孩子似的说：“这步棋不算，我没看见，重来。”

刘师傅固执地说：“不行，不行，王区长，你太急于求成了才有了这局面，这能怨谁啊？”

王克南手握棋子，说：“这步棋我真没看见，看见我就赢定了。”

刘师傅或许是和王克南相处时间长了，就不显外地用鼻子哼道：“没到最后的时刻，谁胜谁负还不一定呢？结论不能下得太早，是不是王大区长？”

白玉柱正推门进来，就问：“怎么啦？一进院就听见你们俩吵，别人还以为你们是敌我不同的营垒在打仗呢。我看你们是没事闲的吧？玩一把象棋像打仗似的。瞧瞧，简直就是两个孩子！”

刘师傅回头，先向白玉柱伸了一下舌头，之后笑道：“我们俩就差没动手了，白副区长，你给评评理，王区长下棋看自己要输了，就要悔棋重来。哪有这么干的？”

白玉柱笑道：“哈哈，老刘，别说你呀，老王跟我下象棋，他哪次不玩赖？他就一典型的臭棋篓子，不跟他玩就是了。何必争得脸红脖子粗的。”

刘师傅嘿嘿一笑：“不赢天，也不赢地的，就是消磨时间，解解闷呗。”

王克南抬头看了一眼身边的白玉柱，说：“一会儿，你和我去一趟学校。”说完，王克南仍然继续下棋。

听说要去学校，白玉柱早已等得不耐烦了，他伸出两只手掌，把棋盘中的棋子划拉个稀烂。

“要去学校？赶紧走啊，还磨蹭啥呀？”白玉柱说道。

白玉柱为什么这么急着去学校？他当然另有目的。白玉柱和妻子其木格总想牵线搭桥，让王克南和郭月梅能成为一对革命伴侣。最近一段时间，白玉柱夫妇背地里已经不止一次琢磨着王克南和郭月梅了，他们怎么看这俩人都很般配。白玉柱的妻子暗地里问过郭月梅的舅舅和舅妈，这二位老人也希望自己的外甥女将来能和王克南成为一对夫妻。虽然老郭夫妇没有见过王克南，但是就凭塔虎城区的乡亲们对王克南的好评，老郭夫妇就断定王克南一定是一个很不错的人。白玉柱夫妇的心思，郭月梅也早有耳闻。然而，郭月梅心里始终装着的，是和她只拜了一半堂的未婚夫王克。

临走时，王克南对着墙上的一面小镜子特意整理了一下风纪。

白玉柱在他身后偷偷地笑了，小声说道：“这就对了嘛，小伙子出门必须要打扮利索。”

王克南在镜子里看见了站在身后的白玉柱的诡秘笑容。王克南回头问：“你笑什么？今天我怎么看你都像不怀好意呢？”

白玉柱一本正经地板着脸，双眼望着棚顶说：“你这个人管得有点儿宽，人家笑还不让了？”

王克南整理完风纪，也不管白玉柱，独自一人推门出去了。白玉柱急忙追出门外跟在王克南后面，向区政府大门外走去。王克南还是不理白玉柱，只顾自己大步向前走。白玉柱个子小，紧跑几步追上王克南，用胳膊肘撞了一下他。

白玉柱嬉皮笑脸地说："哎，一会儿到了学校见了月梅，一定要好好表现表现。腰板直溜得精神点儿，千万别让我老白失望啊。"

白玉柱见王克南没理会，就大声问："和你说话呢，听见没有？"

王克南停住脚步，指着白玉柱大声说："老白，你听着，我去学校纯属工作原因，不是去相亲。你这个人啊，总为别人的婚事操心，我真怀疑你是不是月老转世。一会儿，在人家郭老师面前，你一定要给我严肃点儿，别给人家弄得下不来台。"

白玉柱果然板住了脸，也不再笑了。可白玉柱的内心仍然有打算，只要王克南和郭月梅见了面，那就好办了。这真是千载难逢的好时机，都说'路在人走，事在人为'，今天王克南主动提出去学校看看，白玉柱岂能让这个机会白白地错过？

天有不测风云，这话一点不假。白玉柱真的是白欢喜了一场。他和王克南出了塔虎城南门，刚过护城河，迎面遇上了郭尔罗斯前旗旗长巴图巴根。

巴图巴根的意外到来，让王克南去学校的计划泡了汤！

白玉柱虽有遗憾，但他见到巴图巴根还是很高兴的。因为眼尖的白玉柱已经看见巴图巴根身后两挂马车上的麻袋。白玉柱内心里猜测，马车上装着的一定是烧酒的原料。这阵子，酒厂的四辈正为没有原料烧酒而烦恼。这回，巴图巴根把烧酒的原料亲手送上门来，四辈知道这事不知该有多高兴。

白玉柱像个孩子似的张开双臂迎上去，惊喜地大叫："我的大旗长啊，你老人家一大清早就来了，一定有好事啊！怪不得我今天早晨起来，喜鹊就围着我们家房子叫呢！哈哈……"

巴图巴根跳下马，把缰绳递给了白玉柱，上前与王克南握手。

巴图巴根握着王克南的手，却回头对白玉柱说："你白大区长给我写信，叫我无论如何都要给搞一些烧酒的原料，我哪敢不从啊！这不，求爷爷告奶奶似的，总算给你们搞了点儿碎米。白大区长这下满意了吧？"

白玉柱连连点头："满意，相当满意。"

巴图巴根松开王克南的手，走过去拍了一下白玉柱的肩膀，赞道："白玉柱，行啊，我对你真要刮目相看了，居然都会写信了。”

“我自己哪会写什么信啊，都是张学和赵虎帮我写的。”白玉柱嘿嘿一笑说。

王克南再次握住巴图巴根的手，感激地说道：“谢谢旗长对我们工作的支持。”

王克南和巴图巴根并排向塔虎城走，白玉柱则乐颠颠地骑上巴图巴根的马先回了塔虎城。马跑出十几米后，白玉柱勒住马回过头大喊：“旗长，我先回塔虎城，好让老刘安排饭，你老人家劳苦功高，我一定要好好款待你。”

“去吧，去吧。给你点儿碎米就乐成这样，真是狗肚子装不了二两香油。”巴图巴根冲白玉柱扬了扬手。

白玉柱扬鞭打马，那马估计是来塔虎城有些熟了，居然兴奋得长啸一声，箭一般地窜向了塔虎城，身后留下一连串的尘烟。

巴图巴根指着白玉柱的身影说：“这个白玉柱，就像个孩子一样，咋总也长不大呢？克南，你别看白玉柱这样好像没正行，可他打起仗来还真是一个不要命的主呢。当年白玉柱还是一个不满二十岁的小伙子时，有一次在蒙古骑兵团的战斗中，白玉柱用马刀一口气儿就劈过八个小日本鬼子。”

王克南瞪大了眼睛，真没想到白副区长还有这样辉煌的经历啊！而白玉柱对过去的光荣历史却从来没向王克南提过。

“塔虎城区真是藏龙卧虎之地！英雄遍地啊！”王克南由衷地感叹道。

原来，巴图巴根在抗日战争时期，就和白玉柱一起打过游击。巴图巴根和白玉柱二人同属一个民族，彼此都很了解对方的个性，两人感情也很深厚。直到后来白玉柱参加了蒙古骑兵团，巴图巴根才和白玉柱分开。一路向区政府走去，巴图巴根向王克南讲起了白玉柱的不凡经历。王克南开始重新认识和评价白玉柱了。

王克南和巴图巴根一进院就闻到了厨房的饭菜香。二人一进屋，王克南就对刘师傅说：“刘师傅，饭菜好了就端上来，我和旗长急着赶中午的火车去白城老首长那里开会。”

“好嘞，王区长。”刘师傅腰扎一条雪白的围巾，两只手各托一盘菜，随着王克南的话音就一路小跑地过来了。

和巴图巴根一起来的车老板也被白玉柱让到屋内吃饭去了。这个档口，白玉柱和区政府执勤的两个民兵开始动手向仓库搬运马车上的粮食。屋内的王克南见卸车的人手不够用，也出屋帮忙去了。

从仓库里出来的白玉柱见了，挥了挥手说："你可不行，这活不是你这读书人干的。你快消停地待一会儿吧。要是闪了腰崴了脚啥的，我可负不起责任。"

王克南来到马车前，红着脸说："我抗不了麻袋，在车上帮把手总可以吧？"

刘师傅也从屋内跑出来，认真地说："白副区长，我和王区长还顶不上你们一个人吗？"

"不见得。"说着，白玉柱扛起一个麻袋就跑。

等巴图巴根和车老板吃完饭时，马车上的粮食已经卸完了。

巴图巴根站在区政府门口，说："白玉柱，你咋搞的？直接把粮食送酒厂去，不就完事了吗？等酒厂用料时，你们还得费二遍事往酒厂折腾。"

正在兴奋劲上的白玉柱一摆手，道："旗长，一点儿都不费事，酒厂用多少料，我就让四辈来领多少。这点儿粮食可是宝贝，我得手把手摁着，绝不能糟蹋了！"

巴图巴根指着白玉柱，笑道："你呀，真是穷汉得了狗头金。"

巴图巴根的话把所有的人都逗笑了，区政府大院内，一时充满了快活的欢声笑语。

太阳升到半空中，似乎就有些懒了，天不冷不热，让人感觉很舒服。

塔虎城小学的操场上正在上一节别开生面的体育课。张学担任起了临时体育教员，年龄大小不等的学生们，被张学分成了三排，白玉柱的儿子小栓柱站到了第一排的位置。

"一二一，一二一。"张学喊着号子，学生们便随着张学的号子在操场上迈起了正步。

赵虎背着冲锋枪，站在大树下和老师郭月梅谈话，郭月梅似乎对王区长很感兴趣。

郭月梅："虎子，你给王区长当几年警卫员了？"

赵虎："我才给王区长当一年半警卫员。在我之前，王区长牺牲了两个警卫员。"

郭月梅："原来是这样啊。王区长家是哪里的？"

赵虎："是黑龙江那边的……"

"当——当——当——"下课钟声响起，打断了赵虎和郭月梅老师的谈话。

一缕缕炊烟从散布于塔虎城南部的村落升起，炊烟在半空中随风飘去，渐渐地又与嫩江方向飘来的雾气融为一体，使人无法分辨出哪是烟、哪是雾。

天和地已浑然一体，树木、庄稼、房屋、塔虎古城完全被一团灰白色的雾气所笼罩。或许是前一天晚下了一场小雨的缘故，天有了一丝凉意。

月梅今天休息，在屋子里有些待不住，总觉得心里有些压抑，便推开门向村东头的一片杨树林走去。月梅心不静时，总喜欢来这片杨树林待上那么一会儿，这片天地是属于月梅一个人的，她什么时候来都可以。在这里月梅什么都可以想，也可以什么都不想，或哭或笑，都只是她一个人的事。今天杨树林内的景象不同于往日，地面已有黄叶落下，这是秋的信号，天高水瘦的秋季来了。一场冷雨，一场风，一个夏天就这么凋零了。

"又是一番秋意！那雨声在急骤之中，有零落萧疏的况味，连着阴沉的气氲，只是在我灵魂的耳畔私语道：'秋！'我原来无欢的心境，抵御不住那样温婉的浸润，也就开放了春夏间所积受的秋思，和此时外来的怨艾构合，产生一个弱的婴儿——'愁'。"月梅心里默念着诗人徐志摩散文里的句子。当年也是秋季送走了自己的未婚夫，如今秋季又到了，可王克人又在哪呢？月梅倚在一棵树上抬头看天，天已被树疏松的枝条和叶子遮挡，只露出一点点惨白的微光。秋意刚有，却与冬天只剩下了一袋烟的距离。有一片树叶掉落下来，打着旋儿落在了月梅的脚下，勾起了月梅无限的遐想与回忆——她不知那些属于自己的快乐时光到底都去哪了……

王克南把地图铺在桌子上，默默地注视着地图上西山的位置。一旁的白玉柱这时也凑过来，他用手敲击着地图，说："老崔呀，老崔，你西山这块骨头就这么难啃吗？"

王克南用拳头猛地砸向地图，道："就算是一块铁，咱们也要把它熔化掉！"

区政府外面忽听得一阵骤疾的脚步声，"吱"的一声门被推开了，在莫日格旗观察暗哨的祥子回到了区政府。

祥子一进屋，撸了一下被雾气打湿的头发，开始向王克南和白玉柱抱怨："没黑没白地守了半个多月，几个人眼睛都没眨一下，结果连个鬼影都没发现。王区长，莫非敌人识破了咱们的用意？下一步咱们怎么办？"

王克南在屋地来回踱了一阵，然后停住脚步表情肃穆地说："咱们在莫日格旗南山的观察暗哨，是在极其保密的情况下设立的。塔虎城区潜伏的敌特和西山的敌人不可能知道咱们的计划。祥子，你作为观察暗哨的组长，一定要率先沉住气。我就不信了，西山的土匪就算真像说的那样粮草充足，难道他们日常生活中用的油盐酱醋等生活必需品，都是以前早就备好的吗？我认为西山的土匪一定有个活动规律，这就要求咱们观察暗哨的同志一定要有足够的耐性，在静止中捕捉敌人的蛛丝马迹。祥子你记住了，也告诉观察暗哨的所有同志，现在你们就像打猎一样，一个真正的猎人，最大的忌讳就是缺乏耐性，最大的遗憾莫过于等待中的猎物从你的眼皮底下和枪口下逃走。"

白玉柱转身递给祥子一碗白开水，说："老王说的一点没错。被追踪的猎物和被监视的猎物，嗅觉的灵敏度往往都比平时要高，如果你稍微有一些松懈或耐不住性子，猎物就会察觉到你的企图，立马就会逃之夭夭，使你之前的努力都付之东流。"

"王区长，白副区长，我明白了。"祥子在王克南和白玉柱的鼓励和安慰下，又重新打起了精神。作为观察暗哨组长的祥子，必须要有严肃认真的态度。

王克南对他手下的兵要求向来如此，从他带兵那天起就是这样。

夏日不知什么时候已经离去，田野染上了一片金色。玉米就快要成熟了，那沉甸甸的、笑得露出金牙的大玉米穗，似乎在向人们炫耀它们的个性。

这真是一季难得的好收成！今年风调雨顺，塔虎城区农业大丰收已成定局。

王克南站在塔虎城的城墙上遥望嫩江江畔的庄稼，对身边的白玉柱说：“秋收快要到了，区小队的民兵们还是放几天农忙假吧？”

“放农忙假倒是可以，可我担心莫日格旗南山的观察暗哨，祥子他们一旦撤回来，那里可就没人了。”白玉柱担心西山的土匪利用放农忙假的机会出来捣乱。

白玉柱所担心的问题，王克南早就考虑过。因为学校也要放农忙假，王克南打算让张学和赵虎代替祥子他们去观察暗哨执勤。当然，对外只能说，张学和赵虎去下边村屯蹲点儿，帮群众秋收去了。王克南把自己的安排向白玉柱一说，白玉柱的内心不由得暗暗佩服起王克南来。王克南看问题总是比自己看得远，做事又周到又细心，自己能和王克南这样有头脑的人一起搭班子工作，真是一件幸事！

这一晚，对王克南、张学、赵虎来说，也许是来塔虎城以来最忙的一个夜晚了。王克南忙着在油印纸上刻字，张学和赵虎在一边忙着印刷。

油印机是当年小鬼子留下的，设备老旧常出故障，王克南有时还要充当修理工维修设备。看着王克南能熟练地修理油印机，张学和赵虎就纳闷他啥时学的这门手艺。

王克南解释说，自己上大学时，经常和同学躲在学校的地下室里偷印抗日宣传单。维修手艺就是那时候学会的。

王克南放下刻笔走到张学身边，问：“怎么样？清晰吗？这是咱们来塔虎城这么长时间第一次印刷文件，一定要好好印啊。”

王克南要把上次和巴图巴根去白城开会的会议精神形成文件，下发到各村，动员各村确保粮食颗粒归仓。

中午的塔虎城很安静，只有耐不住寂寞的蝈蝈没完没了地、此起彼伏地叫着。本该在晚上才叫的蛐蛐，这时也来凑热闹了。太阳似乎也改变了以往火爆的脾气，倾泻下来的光线变得有些柔和。而地面的暖风却不管不顾地在塔虎城内肆意流窜。

白玉柱早起去了一趟查干湖，这不，此时的他手中拎着一网兜鱼匆匆地回到了区政府。

白玉柱脚刚迈到区政府的外屋门槛，就冲厨房喊："老刘，老刘。"

白玉柱人还未进屋，声音却先进去了。厨房内听不见刘师傅的回答声，倒是把王克南给喊出来了。王克南腰间扎着刘师傅的白围巾，笑容可掬地说："别找刘师傅了，刘师傅让我给放农忙假了。今天是我王师傅主灶。"

白玉柱把手中的网兜，在王克南面前一晃，说："快拿个盆来。"

王克南转身从厨房拿出一个泥瓦盆，放在了白玉柱面前。白玉柱把网兜内的鱼倒进泥瓦盆里。

王克南说："查干湖的鱼生命力真强，不像我老家小溪中的鱼出水就死。"

白玉柱好奇地问："老王，你的家乡不是山区吗？怎么会有鱼啊？"

王克南很认真地说："山里的小溪中有鱼，只不过都是一些小鱼，就连江里也没看见这么大个儿的鲫鱼。"

白玉柱美滋滋地说："你吃吃查干湖的鱼，那才叫鲜香可口呢。"

"老白，你别走了，今天早晨你儿子小栓柱送来几块豆腐，正好中午咱们来个鲫鱼炖豆腐，怎么样？"王克南说着，就向锅内添水，拿起刷帚熟练地刷起锅来。

"好啊，鲫鱼炖豆腐，可是塔虎城这一带的名菜啊！有没有酒？要是能喝上几口咱们自己烧的塔虎城小烧那就更好了。"白玉柱一下子来了精神头。

王克南冲白玉柱笑了。白玉柱从王克南的笑容里，猜测一定是有酒了。

果然不出白玉柱所料，王克南笑道："酒还真有，早晨四辈送来的，我本打算让人捎给吕副师长的。今天，你老白就先尝尝鲜吧。你的愿望满足了，就快点儿动手和我一起做饭吧！"

王克南和白玉柱一正一副二位区长，一阵手忙脚乱，鱼终于下锅了，玉米面饼也贴了上去。

白玉柱蹲在灶坑旁，紧着往灶坑里添烧柴。

王克南问："添那么多烧柴干啥？不浪费烧柴吗？"

白玉柱嘿嘿一笑，说："你这书呆子就不知道了吧？这叫千滚豆腐万滚鱼。大火炖出来的豆腐和鱼才好吃呢。”

“看来，人无论干什么都是干到老学到老啊！我觉得自己的厨艺还不错，没想到又向你老白学了一招。”正说着，忽听得院外传来汽车的马达声。最近一段时间，塔虎城区政府很少来汽车，巴图巴根来塔虎城都是骑马来的。

王克南估计应该是部队上来人了。

想到这，王克南很兴奋，他顾不上洗手就和白玉柱迎了出去。

一辆半新不旧的美式吉普车已稳稳地停在了区政府的大门口。车上下来的是十七师副师长吕绍刚和一二六团副团长孙志山，身后跟着高参谋和几名警卫人员。

“哎呀，是哪阵风把副师长您和孙大哥吹到我们塔虎城来了？”王克南兴奋地跑到吕副师长面前，举起沾满玉米面的手先向吕副师长敬一个军礼。

白玉柱紧接着跑步过来，立正叫道：“首长好！”白玉柱也举手，向吕副师长敬了一个军礼。

吕副师长还礼后，握着白玉柱的手问：“这位就是玉柱同志吧？当年用马刀砍死八个日本鬼子的蒙古族大英雄？”

“首长，那都是过去的事了，还提它干啥？”白玉柱不好意思地笑了。

吕副师长拍拍白玉柱的肩膀，又说：“忘记过去就意味着背叛。克南，这话是谁说的了？”

王克南笑了笑，回答道：“这话是苏联领导人斯大林同志说的。”

王克南靠近吕副师长小声地问：“副师长，你们来塔虎城的目的是？”

吕副师长一瞪眼睛，用手指着王克南，说：“你以为我们是来塔虎城旅游来了？我和孙副团长这是去白城老首长那里开会，正好路过塔虎城。也顺便来找你王区长讨口饭吃。怎么？不欢迎啊？”

“哪里，哪里，欢迎欢迎。”王克南又转向孙志山，伸出沾满玉米面的手，轻轻打了一下孙志山的胸口，羡慕地说：“大哥，行啊！都当了副团长了？”

“这不是你不在，我捡了个漏吗？”孙志山说这话时，脸都红了。看起来，孙志山还是很谦虚的。

“大哥，你怎么又瘦了呢？”王克南问。

孙志山笑了笑说：“我这个人就这样，就算整天吃山珍海味也不会胖。兄弟不必为我担心。”

王克南又转向身后的警卫人员，没有看见猪倌，王克南的心顿时“咯噔”一下。当他从孙志山口中得知猪倌在范家屯遭遇了敌人的冷枪负了伤，目前正在医院养伤，王克南悬着的心才放下来。

吕副师长一行刚刚进入区政府门口，就闻到了浓浓的炖鱼香味。

吕副师长回过头说：“好你个王克南，吃着查干湖的鱼喝着塔虎城小烧，小日子一定过得蛮滋润的吧？你待在塔虎城是不是都把部队忘了？”

王克南立马回答：“副师长你可冤枉死我了，我王克南做梦都想回部队，我想部队上的战友都要想疯了。不信，你问问白副区长？你看我才二十几岁呀？头发都掉这样了。副师长你就可怜可怜我吧，别埋汰我了！你要是不想我在塔虎城，就把我调回部队换别人来吧。”

“王克南，你不把塔虎城区的土匪给我收拾得干净彻底，就别想回部队！”吕副师长脸色一沉，神情也变得严肃了。

“是。”王克南再次立正敬礼。

众人鱼贯进入区政府办公室，围坐在大桌子旁。

白玉柱去厨房烧开水去了，王克南把塔虎城地区的情况向吕副师长做了一下简单的汇报。这时，张学和赵虎放学回来了，二人站在门口敬礼。

“首长好！”张学和赵虎异口同声地叫道。

吕副师长简单问了问张学和赵虎的学习情况，最后嘱咐道：“你们两个可别辜负了王区长的一片心意啊！一定要好好学习，将来革命胜利了也好学有所用。”

“请首长放心，我们一定会好好学习的！”张学和赵虎再次向吕副师长敬礼。

王克南向张学和赵虎挥了一下手，吩咐道：“你们俩去厨房帮帮白副区长，打打下手。”

战友见面似有说不完的话。这时，吕副师长突然话锋一转，向王克南问道：“克南，那个潜伏在塔湖城区的国民党特务黑鹰，揪出来没有？”

“还没有。不过，我已闻到他的气味了，他离我越来越近了。马上就到了我和黑鹰较量的时候了！”

吕副师长最后嘱咐：“克南，越是这个时候，你们越要注意啊！自身的安全要放到首位，张宏业和小刘的悲剧绝不能再次重演。另外，防止敌人狗急跳墙，伤害到人民群众。”

王克南点头：“是，请副师长放心！为防范和打击西山的土匪，我们塔虎城区小队已做好了各种应对措施和作战预案。”

吕副师长点点头，他对王克南的安排还是满意的。接着吕副师长又问：“克南，东北全境马上就要解放了。西山的土匪还在苦苦和你们对峙，知道这是为什么吗？”

王克南回答：“西山的土匪在国民党的利用和操纵下，不甘心失败，对时局还抱有幻想。”

吕副师长摇头：“克南，你只说对了一半，西山的土匪确实对时局抱有幻想。他们梦想国民党军队能够早日反攻收复失地，那样西山的土匪就能全面掌控塔虎城区的天下。塔虎城自古以来，都是兵家必争之地。就目前局势来看，塔虎城这一战略要地对敌我双方来说都很重要，谁拥有了塔虎城，谁就控制了白城和长春一代的交通大动脉，从而也就掌握了战争胜利的主动权。所以当初我大材小用，就把你能文能武的王克南派到塔虎城来了。”

听了吕副师长的一番话，王克南的脸色当即严肃起来，他感到自己肩上的担子更重了。

白玉柱进屋笑了笑，说：“首长，你和克南还要谈多久呀？饭菜都好了，鱼要是糊了锅就不好吃啦。”

吕副师长一挥手，说：“好，玉柱同志，就听你的，咱们吃饭。吃完饭我和志山还得赶路呢。”

白玉柱乐颠乐颠地跑到外屋叫道：“两位大学生，上菜上饭。”

白玉柱带着张学和赵虎把饭菜陆续端上了桌。

王克南从宿舍亲自抱出一坛塔虎城小烧来。起开封口，满屋子都飘荡着酒香。会喝酒和不会喝酒的人都不禁暗暗称奇。王克南抱起酒坛子，给吕副师长、孙志山、白玉柱三人各到了满满一碗，给高参谋和几名警卫和自己则只倒了半碗。

王克南又看了一眼张学和赵虎，说："两个学生就别喝了，你们俩下午还得去学校上课呢。"张学和赵虎点了点头。

吕副师长叫道："今天难得凑到一块，两个大学生就以茶代酒吧。不过，克南的酒碗必须倒满。因为在塔虎城克南是东家啊！"

"好，就听首长的。"听吕副师长这么一说，张学就给赵虎和自己各倒了一碗茶水。

"既然吕副师长发话了，我虽然不胜酒力，但是今天也破例倒满。"王克南端起酒碗说，"我从来不喝酒，但今天吕副师长还有孙大哥、高参谋来了，我就破例喝一点儿。不过，没喝之前，趁头脑清醒，我要向吕副师长提个要求，希望吕副师长能答应我。"

王克南说这些话时表情十分严肃，因此，众人都把目光投向了他，想听听王克南到底要说些啥。可是王克南并没有急着说出自己的要求来，只是把目光投向了吕副师长。他是想先从吕副师长的脸上看看他对自己的态度。

吕副师长把眼睛一瞪，故意板着脸说："你看着我干啥？我就知道，你小子向来不做亏本的买卖。真不愧是商人的后代！今天这顿饭我就知道不能白吃。说吧，你究竟有啥要求？趁着我心情好，没准会答应你的条件。"

王克南眼前一亮，觉得有门，就微微一笑说："我就知道吕副师长有求必应！"

吕副师长一摆手，非常干脆地说："快说你的要求吧，少给我戴高帽。"

"吕副师长，能不能给我调两门大炮过来？只要有了大炮，我敢保证不出五炮，西山的土匪就会乖乖地到山下来投降。"王克南向吕副师长提出这个要求时，脸色仍然是非常严肃认真的。西山易守难攻，如能炮击西山效果是最好不过了。这想法在王克南心里已有很长时间了。今天吕副师长到了塔虎城，王克南觉得机会终于来了。

吕副师长看着王克南，笑眯眯地说："然后，我再给你派过来一个炮兵班是不是啊？"

王克南见吕副师长笑了，就以为吕副师长满足自己的要求了。他看看众人，又冲吕副师长笑道："还是吕副师长关心我！炮兵不用来一个班。吕副师长，你只给我派过来一个会打炮的兵就行，剩下的我出人配合。我们塔虎城区小队的同志个个都是又专又巧，只要有人教，那是一学就会。你给我一名炮兵，将来归队那天我给你带过去一个班的炮兵，不，一个排的炮兵。吕副师长，这样的买卖你划得来。"

白玉柱听了王克南的话后，想笑又忍住了。

谁知吕副师长脸色却出乎预料地变了，他拍了一下桌子，态度坚定地说："不行，别说是两门大炮，就是一门小钢炮也不行！王克南，你小子少给我打歪主意。"

王克南看着吕副师长话锋变了，不由得愣住了。

其他人的目光都盯住了王克南。王克南一头雾水也很尴尬，竟然一时不知所措。不给炮也就算了，吕副师长突然急眼了，这又是为哪般？

"克南，克南，是这样的……"老大哥孙志山见王克南有点下不来台了，就出面圆场，可他一时话又不知该如何说才好。

孙志山涨红了脸，不由得把目光投向了吕副师长。

吕副师长觉得自己对待王克南的态度确实有些过分，待缓和情绪后，又解释道："克南，不是我吕绍刚吝啬啊。现在各兵团各纵队的火炮，正火速调往锦州，我根本没炮给你。当初我派你来塔虎城，让你利用地方武装打土匪，也是没有办法的办法啊。克南，我也知道，你在塔虎城很难，也很苦。"

屋内，出现了一阵沉默。

半天，王克南问："司令员不是说先打长春吗？今年开春咱们一营不是拿下农安和哈拉海了吗？目前咱们十七师不是和公主岭范家屯的国民党新七师正在对峙吗？怎么这会儿司令员又改变主意，想起打锦州了？"

听王克南这么一问，吕副师长表情严肃地说："克南，你跟着我也快七年了，也算是我手下的老兵了。今天在塔虎城我就和你实说了吧，究竟是先打长春还是先打锦州，中央军委和司令员在决策上出现了两个不同的声音。"

听了吕副师长的话后，众人一时惊愕。屋内静得一点声音也没有，大家都屏住呼吸，揣测着吕副师长的话，更想知道事情的缘由。

王克南又问：“吕副师长，对先打长春还是先打锦州，那政委和参谋长，又是啥意见啊？”

“政委和参谋长的看法，基本上和中央军委是一致的。司令员决定先打长春，并向中央军委以个人名义发去了一封电报。政委知道司令员给中央军委发了先打长春的电报，非常生气，就和参谋长一起又给中央军委发去了一封电报，并在电报上签署了司令员前份电报作废，坚决执行中央军委命令的决定。克南，你也曾经是一名优秀的基层指挥员，究竟是先打长春还是先打锦州，说说你的看法？”

“我认为，司令员决定先打长春，是从战术角度出发的。中央军委决定先打锦州，是从战略角度出发的。长春从三月份开始，已被我军五个师围困六个多月，现在长春外围的敌人，除了公主岭范家屯的敌人没有肃清外，其余都已肃清，长春守敌有一半是中央军，一半是地方杂牌军，战斗力不是很强，这样打长春可能比较好打些。而中央军委决定先打锦州是非常正确的，从全局和战略角度讲，如果锦州之敌被消灭，也就关闭了东北的国民党军逃跑的大门。不过，打锦州之前，我个人认为必须派出一支精锐部队，抢占营口、旅顺、葫芦岛一带的港口，一是防止国民党的军舰从海上增援，二是防止战败的国民党军队从海上乘船逃跑。司令员把所有火炮调往锦州，也是绝对正确的，打锦州一定要速战速决，我军第一轮炮火必须砸烂敌人的前沿工事。炮火一延伸，步兵必须快速跟进作战。我估计，战斗一打响，最多三天我军就可拿下锦州。总之，拿下锦州越快越好，这样还能对长春的国民党守军起到一个很好的震慑作用。

“另外，攻打长春时，我有自己的看法，拿下锦州后解决长春的最好办法，是采取围而不打的策略。目前，长春守敌派系争斗一直都很严重，中央军向来高高在上，视地方杂牌军队为异己。六十军军长这个人，我很了解他，不喝酒，不抽烟，不爱钱，更不近女色。一向严于律已，穿着朴素，对部下情同手足，与官兵同吃同住。这些都是国民党上层军官中少有的。这位军长长期受蒋系人员的排挤，更不愿意打内战。我认为，这个人可以争取投诚或起义。如果六十军放下了武器，长春就一分为二了。此外，中央军新七军参谋长与其私交很深，在六十军的影响下，新七军也有可能争取临阵放下武器。如果真是这样，长春守敌只第五军和三十八师了。”

“好，克南你分析得很好！你马上把这些看法和建议形成书面材料，由我和十七师政治部主任、参谋长签字后，上报东北野战军司令部和政治部。另外，我现在宣布一项重大决定，你们塔虎城区小队请求编入正规部队的报告，经东北野战军司令部和政治部批准，决定将塔虎城区小队正式编入十七师。在没有肃清塔虎城区的土匪之前，塔虎城区小队暂时是十七师的特别行动大队。王克南同志任特别大队大队长兼政委，白玉柱同志任特别大队副大队长兼参谋长。塔虎城特别行动大队建制级别为正营级。吃完饭后，你们把车上的军装搬下来。”

白玉柱听吕副师长宣布这一项重大决定后，很受鼓舞，他兴奋得一下子涨红了脸，腾地站起身第一个带头鼓起了掌。

紧接着王克南也站起身来，他端起酒碗扫视了一眼众人，说道：“同志们，为了我们塔虎城区小队能够顺利地编入十七师，也为了我们塔虎城特别行动大队将来能够顺利归建走上战场，更为了我军在今后的战斗中取得更大的胜利，干杯！”

吕副师长又补充道：“为了解放全中国，建立一个民主的新政府，干杯！”

在座的人共同起立，端起酒碗相互祝贺。

“干！”

“干！”

“干！”

清晨，万道霞光洒向塔虎城。古老的城墙披上了金光，旧貌变了新颜。只有护城河内的水哗哗地流淌着，唱着千年不变的古老歌谣。

塔虎城区政府大院内，塔虎城区小队正在举行隆重的换装仪式。

区政府大门口的牌子，由原来的一块变成了两块，一块上写：郭尔罗斯前旗塔虎城区人民政府。另一块上写：东北野战军十七师塔虎城特别行动大队。

换好军装的别动队员们，全体整齐地列队站在区政府的大院内，等着大队长王克南讲话。

郭尔罗斯前旗旗长巴图巴根也风尘仆仆地赶来了，与大家共同见证了这历史性的时刻。

副大队长白玉柱正步来到队员前面，喊道："立正，稍息。下面请东北野战军十七师塔虎城特别行动大队大队长兼政委王克南同志讲话！大家欢迎！"

王克南抬头挺胸，迈着标准的正步一路走过来，又一个向右转，立正面向全体队员后，举手敬礼。目光扫视了全场队员一眼，王克南最后才大声说："同志们，我们现在穿上了军装，成了一名光荣的革命军人，军人是干什么的？军人就是为国家和民族而战的人，而且是必须要打胜仗的人！当然，军人要想打胜仗，军队还必须要有铁的纪律。没有纪律的军队，就如同一盘散沙。今天的我们和昨天的我们不同，因为昨天我们是老百姓是民兵。今天我们是军人了，而且是一名光荣的革命军人！西山的崔作鹏一伙匪徒仇视我们共产党，不让我们的人民过上好日子。他们在国民党反动派的操纵下，盘踞一方与人民为敌，妄想推翻我们刚刚建立起来的民主政权！我们是坚决不能答应的，我们要用手中的武器捍卫我们的政权，同时消灭一切反动派！"

所有别动队员举起手中的枪，齐声喊道："坚决消灭土匪！保护民主政权！"

白玉柱振臂高呼："解放全中国！建立民主政府！"

王克南看着别动队员脸上的勃勃生机，顿觉全身热血沸腾。王克南自参军之后，常常会带着骄傲的神情回顾自己所走的每一段路，他的脚印深深地镶嵌在白山黑水和东北大地上。没曾想这次来到塔虎城竟然有了丰厚的收获！塔虎城自古以来都是英雄辈出、创造奇迹的地方。王克南将要率领昨天的区小队、今天的别动队，在塔虎城的剿匪战场再立奇功。

夕阳西下，余晖万顷，整座西山山脉完全笼罩在薄雾与晚霞之中，晚霞不甘寂寞，像火一样在天空燃烧。

王克南和白玉柱二人秘密来到莫日格旗南山的观察暗哨哨位。

王克南走向掩体的观察口，问："怎么样，发现什么情况没有？"

祥子低声道："报告大队长，有一个骑毛驴的人，早晨从西山方向过来，直接进了山脚下的那个院子，到现在还没有出来。此人形迹十分可疑，已被我们盯死了。”

王克南听了祥子的报告后，内心一阵狂喜，几个月的功夫真没有白费。王克南摘下挂在脖子上的望远镜，靠近观察口向前方观看了一阵，几只鸽子飞进了他的望远镜视线中，鸽子在空中盘旋一阵后，又径直向塔虎城方向飞去。

王克南重新调整好望远镜的焦距，把视线慢慢移向山脚下的那个神秘院子。

半天后，那座神秘院落的大门突然打开了一条缝，最先出来的是一个瘦瘦的老头儿。瘦老头儿弯着腰在大门口四处张望了一会儿，见院外没什么动静，便向院内招了招手，不大一会儿，就看见一个中年男人牵着一头毛驴走出了院子。驴背上驮着两只硕大的白布口袋。满满的两只口袋内，说不清装的是什么东西。看上去十分扎眼。

王克南看过之后，把望远镜递给了身旁的白玉柱。白玉柱一边观察一边兴奋地说：“哎呀，这下崔大牙可露了马脚了！这次没少往出带东西啊。老王，这个院子没准就是崔大牙一伙的生活物资中转站。”

王克南十分肯定地说：“老白，你估计的一点没错，这个院子就是崔作鹏的生活物资中转站。这个院子的主人姓氏名谁？身份搞清楚了吗？”

白玉柱把望远镜又给了祥子，转过身对王克南，说：“这个院子原来住的是地主刘瘸子，郭尔罗斯前旗解放前夕，刘瘸子害怕乡亲们清算他，就带着全家跑南方去了。现在这个院子住的是老白头儿夫妇，老白头儿夫妇是去年从内蒙古锡林郭勒搬来的。这老两口儿没儿没女，来到莫日格旗就一直住在这个院子，夫妇二人深居简出很少与外人接触。”

眼看着天就要黑了，太阳滚落到西山后面，只露出半个红脸。

王克南临走时命令道：“必须严密监控山脚下的院子，先不要惊动老白头儿夫妇，以免打草惊蛇，争取放长线钓大鱼。”

“是，大队长。”祥子信心十足地回答道。

王克南和白玉柱走出观察暗哨向塔虎城方向走去，很快就消失在茫茫的夜色之中……

中午，刘师傅走出区政府大院时，正好白玉柱进来。

“白副大队长，真是大忙人。大晌午头就来找王大队长啊？”刘师傅和白玉柱打招呼道。

白玉柱嘿嘿一笑，说：“也没啥大事，就是想和王大队长商量一下，啥时动手秋收。”

刘师傅抬头看看天，说：“天气挺好的，一时半会儿估计也不会上冻，庄稼还能长还能上粒呢，我看不急吧？”

“我也是这么想的，所以来找王大队长商量商量。”白玉柱说着，就一阵风似的进了区政府的大院。

王克南正躺在宿舍看《美国名将传》这本书，听见有人开门，就问：“是老白回来了吧？”

白玉柱没有吱声，走到厨房，拿起水瓢先是“咕咚咕咚”喝了一阵凉水。白玉柱喝水的样子很特别，他的两腮和喉咙连着动起来，就像藏了一条不安分的小蛇上下乱串。白玉柱用手抹了一下嘴，打着嗝走进了宿舍。在王克南身边坐定，不等他问话，就首先开口说：“老王，都打听明白了，老白头儿给崔大牙采购的生活物资，基本上都是新庙镇盛福祥杨胖子家的货，有时老白头儿也去大赉镇李发的杂货铺买货。”

王克南坐起，合上手中的书，点点头说：“嗯，先不要向外声张，争取早日把黑鹰揪出来。不过，查出黑鹰，我还不想动他，想利用黑鹰做点儿文章。”

“老王，听你这么说，你心里一定是有谱了？”白玉柱问。

王克南摇头：“还没有，很长时间土匪都没出来捣乱了，估计最近黑鹰也快有所行动了。老白，你发现没有？每次咱们一有行动，崔作鹏他们就会知道，这一定是黑鹰报的信。但我就不明白了，黑鹰究竟是用什么方式给崔作鹏报的信呢？有一点可以排除，黑鹰肯定不是用电台报的信。”

“是呀，莫日格旗南山的观察暗哨都设立两个多月了，也没看见塔虎城区有谁去西山啊？黑鹰送情报的方式真怪！”听王克南这么一说，白玉柱也有些疑惑了。

王克南和白玉柱二人商量了半天，最后一致认为，寻找黑鹰和崔作鹏的联络方式是目前工作之中的重中之重。塔虎城全区的秋收可定于10月5号开始，争取半个月内结束。

第四章　谋全局敲山震虎

塔虎城之夜黑漆漆，淅淅沥沥的小雨不停地下着，区政府办公室内却灯火辉煌。

王克南打开收音机，慢慢调整好波段，收音机里便传来一个男播音员激昂的声音："……目前东北的局势更有利于我们，我东北野战军十六个师在炮兵强大火力的支援下，于十四日早晨开始向锦州国民党军队发起全面进攻。我英勇的东北野战军官兵们，根据中央军委的命令，在林司令员英明的指挥下，经过三十一小时激战，于十五日傍晚攻克锦州，全歼国民党守军十余万人，俘获东北"剿总"中将副司令、第六兵团中将司令等数十名国民党军高级将领。东北所有城市除长春外，其余全部解放。"

听到这条振奋人心的消息，白玉柱、张学、赵虎三人都笑了，唯独王克南没有笑。长春现已被我军围困，不日即将宣告解放。而崔作鹏一伙匪徒仍然盘踞在西山，迟迟没有剿灭。王克南突然感觉到一种无形的压力向他袭来。他立马有了一种紧迫感！

"下一步，咱们该怎么办？"白玉柱注视着王克南。

王克南紧皱的眉头突然一展，说："把我军攻克锦州的消息立即散发出去。明天一早，在各村街道显眼的位置写上祝贺标语，一定要给西山的崔作鹏一伙造成强大的心理压力。三天后，我代表塔虎城区人民政府、十七师塔虎城特别行动大队，去西山和崔作鹏面对面谈判，力争崔作鹏等放下武器下山投降。"

听说王克南要独自一人去西山崔大牙的匪窝谈判，白玉柱、张学、赵虎立马就急了眼。

白玉柱强烈反对："老王，你这个想法我认为欠妥，先不要说张学和赵虎了，起码在我这你就通过不了。"

张学也附和道："大队长不能去西山，这样做太危险了。"

赵虎也瞪大了眼睛，说："不能去，大队长绝对不能去！"

"看看，看看，四个人，有三个人反对，这个计划肯定行不通。咱们还是想一想别的办法吧？"

"兵法云，不战而屈人之兵，此为上策。争取不流血、不动枪，让崔作鹏一伙放下武器，这是最好不过的办法。我认为，目前的局势，崔作鹏一伙不可能不知道，谈判这条路子对他们来说是一条最好的出路。我看，咱们可以试试。"王克南再次强调说。

白玉柱摇头："不行，这只是你个人的想法和推测。崔大牙出身土匪世家，又是惯匪，是不会轻易放下武器的。这一点，我比你老王了解。"

尽管王克南再三坚持，自己去西山和崔作鹏谈判的重要性，可白玉柱、张学、赵虎三人坚决表示反对。几经商量后，又重新制定了一套方案，决定择日派张学去西山送信，用书面的形式向崔作鹏告知塔虎城区人民政府、十七师塔虎城特别行动大队的决定。

下了一夜的雨，天亮时停了，塔虎城又被雾气笼罩住了。

被雨水淋了一晚上的玉米叶子，似乎没了精神头，又粗又长的玉米穗像喝醉的老汉一样耷拉下头，微风吹来，玉米秆颤巍巍的似乎难以支撑玉米穗的重量。

王克南和白玉柱挽着裤脚，赤脚看完了几片地里的庄稼，回到区政府大院。二人看见区政府办公室门口放着一只土篮，土篮内装着一些湿漉漉的高粱穗。全区的秋收不是定在10月5号吗？怎么有人提前秋收了？

王克南看了一眼土篮里的高粱穗，带着疑问抬腿进屋去，厨房内传来一阵刷锅的声音。

王克南进入厨房问："刘师傅，门外土篮里的高粱穗是你的？"

"啊，对对，是我的，我来时，看见有一块个人的小片儿开荒的高粱收了，就顺便捡了点高粱穗，好留着冬天喂鸽子。”

白玉柱插话道：“地里落下的高粱穗多吗？”

“不多，我地南头走到地北头，弄了一身泥才捡了这点儿高粱穗。”

“真没看出来，刘师傅还有养鸽子的爱好。刘师傅，你养的是家鸽，还是信鸽呀？”王克南顺嘴问道，这时王克南又把目光转向了别处。

刘师傅不知什么原因，身体一颤手中的水瓢一下掉到了地下。

王克南转过头去，双眼盯着老刘，问：“怎么了？刘师傅？”

刘师傅捡起水瓢，笑道：“王大队长，我哪有什么爱好？自从我的叔叔去世后，我就觉得一个人生活得孤单，养几只鸽子，就是闲来解解闷图个混合。什么家鸽信鸽的？我根本不懂。”

王克南听了老刘的话后，点点头，又把目光转向了门外。门外传来两个人的说话声，张学和赵虎回来了。

刘师傅盖上锅盖，又往灶下添了一些柴火，烧开的锅内就响起了一阵咕嘟咕嘟的声音，锅盖的缝隙飘出的雾气瞬间就布满了厨房。刘师傅洗了手，又弹了弹身上的灰，这才走出厨房。看见张学和赵虎有些疲倦的样子，就说：“俩小孩儿一定是饿了，看样子都没啥精神头了。顶多十分钟饭就好，你们俩等一等，别着急。孩子正是长身体的时候，吃饭一定要及时啊！”

白玉柱身体倚在门框上，看了一眼刘师傅，又冲张学和赵虎挤眉弄眼地笑道：“上学也累呀，费脑子。是不是啊，两位大学生？”

白玉柱的话一下把张学和赵虎逗笑了。

一旁的王克南没有出声，他表情肃穆，似乎若有所思。刘师傅用眼角的余光扫了一下王克南，王克南的表情立马又恢复正常了。

王克南搓了搓手，道：“刘师傅，饭好了吧？吃完饭开个会。”

次日清晨，天高气爽，天干净得像一块漂洗过的蓝布，没有一点褶皱。偶尔可见三五成群的大雁不紧不慢地南飞，大雁的叫声似乎在告诉人们，秋天到了。

张学怀揣着王克南的亲笔信，离开了塔虎城区政府，快马加鞭地去了西山。

四五十分钟后，张学来到了西山脚下。张学勒住马，从马背上向山顶看去，只见西山山势极其险峻，山上树木茂盛，杂草丛生。眼下正值秋季，半山腰的树叶和各种植物的叶子，红、黄、绿、紫、白相互映衬，十分美丽。

张学一心想完成王克南交给的任务，根本无心观景，来到半山腰时，山势更加险峻了，马停住脚步不肯再向上多走半步。无奈之下，张学只好下马，把马拴在一棵树上，弯腰向山顶爬去。

“站住，什么人？”几名巡山的土匪像酱缸里的蛆虫一样，浑身湿漉漉地从树丛中钻出来，端着枪将张学团团围住。

张学不紧不慢地说道：“我是塔虎城王区长派来的信使，我要见你们崔司令。这有塔虎城区政府王区长的一封信要亲自交给你们的崔司令。麻烦几位三老四少帮忙带路挑一下门帘。”

几名土匪见张学一个人，又没带什么武器，就把各自的枪都收起来了。一名土匪上前用一条黑布，把张学的眼睛蒙住。

“所有进山的人必须蒙住眼睛，这是我们这里的山规。”系布条的土匪说。

“我知道你们的山规，所以连武器都没带。”张学很配合地说。

一名土匪架着张学的胳膊，一路跌跌撞撞地向山上艰难地走去。走了好长时间，张学感觉到脚下的路有些平坦了，他估计一定是崔大牙的老巢到了。

“吱”的一声门响，一股潮湿的气浪扑面而来，刺鼻的气味，让张学不由得咳嗽了几声。果不出张学所料，土匪的老巢到了。张学一进洞，沉重的洞门就吱吱呀呀地关上了。一名土匪摘掉蒙在张学眼睛上的黑布，洞内光线实在是暗，张学用手揉了半天眼睛，还是难以看清洞内的一切。

“报告司令，小的们巡山时，抓到一名小共军，这名小共军说是替塔虎城共军的头儿来给司令送信的。”巡山的一名土匪上前报告。

坐在椅子上闭目养神的崔大牙回过头来，把眼睛一瞪，凶神恶煞般地吼道：“塔虎城的共产党把我老崔看成了阿斗——软弱无能了。我老崔的地盘，是谁说来就能来的吗？来人，把这名小共军推出去砍了！”

两个土匪应声上前，一左一右抓住了张学的胳膊。张学双臂一用力，把胳膊从两个土匪手中挣脱开来。两个土匪顿时恼羞成怒，二人拔出手抢一左一右逼住了张学。

张学顺着崔作鹏的话音看去，这才看见虎皮椅子上的崔作鹏，一副狰狞的面孔。

张学斜眼看着崔作鹏，大声说：“崔司令，不管咋说，我来到你们西山就是客，天底下有你们这样待客的吗？”

崔大牙挥了挥手，转过身去不耐烦地说：“猫和耗子坐席——你我根本不是一伙的，快快，拉出去砍了。小共军，要怪你只能怪你命不好，我看你是猪样走进屠户家——自寻死路，来错了地方。”

见崔大牙这么一说，那两个土匪架住张学的胳膊就向洞外推。

“慢。”一身戎装的“小诸葛”从里边的一个耳洞里走出来，制止了两个正在向洞外推张学的土匪。

崔大牙不满地说：“参谋长，我干点儿啥事，你为啥总和我唱反调呢？难道我老崔是耗子骑水牛——大的没有你小的能耐？”

“小诸葛”淡淡一笑，解释道：“司令，两国交兵不斩来使，这是自古以来的规矩。就把这名共军小兄弟交给我吧！我倒要看看，塔虎城共产党的头儿，到底能使出什么花招来。”

崔大牙一龇牙，翘起山羊胡子说：“行行，那就依你。倒时可别狗舔锅底——碰一鼻子灰。”

“小诸葛”走近张学身边双眼盯住张学，伸出手说：“小兄弟，把信拿出来吧。”张学从容不迫地从怀里掏出王克南的亲笔信交给了“小诸葛”。

张学和“小诸葛”目光相遇时，“小诸葛”突然浑身一阵发冷，他感到一种前所未有的恐惧感。

张学心想：不管怎么样，哪怕就是掉脑袋，自己也要在气势上压倒敌人。一想到这，张学就把头抬起，故意把胸脯挺得高高的。

“小诸葛”也努力表现出一种镇定的神色来，他一挥手：“来人，把这名共军小兄弟带下去休息，叫大毛二毛哥俩儿好好招待一下这位共军小兄弟。”

“走吧，小兄弟。”一名土匪过来阴阳怪气地说了一句话，就把张学领走了。

张学走后，坐在椅子上的崔大牙睁开眼，问：“参谋长，塔虎城共产党的头儿信上都说什么了？你快念念信，也好让我和弟兄们听听。你别巴儿狗进茅房——独自享受没完。”

“小诸葛”嘴咧了一下，崔大牙的话让他心里很难受。“小诸葛”受过高等教育，又出自军统，来西山和崔大牙共事也真是委屈了自己。“大丈夫能伸能屈”，一想到这里，“小诸葛”挺直了腰板清了清嗓子，摆出一副装腔作势的样子，念道：

崔作鹏阁下钧鉴：我东北野战军现已攻克锦州，东北境内诸城除长春外，其余已全部解放。时下，长春已成孤城，亦被我东北野战军围困，长春破城之日也只是时间问题。西山仅存一点儿敌对武装，早晚都要根除。我奉劝阁下与众弟兄应看清形势，早为自己的出路做打算。中国有句老话，叫识时务者为俊杰，我希望阁下能看清方向、认清时局，立即悬崖勒马，勿与新生的人民政府为敌，勿与人民为敌。

尔等弟兄当年啸聚山林，想必也是为生活所迫！如今新社会里，家家分有田地，人人都可自食其力，好日子正日新月异，阁下如率众放下武器，人民政府会给尔等一条崭新的光明之路，并对尔等过去所犯之罪一笔勾销一概不予追究。何去何从，望阁下三思。

塔虎城区人民政府区长、东北野战军十七师塔虎城特别行动大队大队长兼政委王克南。塔虎城区人民政府副区长、东北野战军十七师塔虎城特别行动大队副大队长白玉柱。

一九四八年十月十八日

“小诸葛”念完信后，那样子像被马蜂蜇了一样，脸一阵抽搐，表情十分痛苦和难堪。不过，“小诸葛”心里一跳，目光忽地一闪，他觉得信纸上的字体有些面熟，左思右想可一时又想不起来是谁的字。“小诸葛”的目光陷入了沉思之中。

崔大牙回过头，看着发呆的“小诸葛”说：“参谋长，参谋长？别霜打的茄子——蔫了呀？你不是老母猪吃瓦片——满肚子词（瓷）吗？快给塔虎城共产党的头儿整上两句，回一封信。来而不往非礼也，这不是你们文人一贯讲究的吗？”

真是守啥人学啥人，斗大的字认识不到半麻袋的崔大牙，居然也破天荒地学会用词了。

张学被一名土匪七拐八拐地领到一个耳洞内，这个洞有点特别，里面居然安放了一些时髦的家具。洞壁上挂着一张蒋介石戎装画像。这也许就是崔作鹏的会客室了。

“大毛二毛，这名共军小兄弟就交给你们了，参谋长叫你们哥俩一定要招待好。”引张学来的土匪向耳洞内的大毛二毛交代了一番。

“放心吧，一定按参谋长的吩咐办。”被称作大毛二毛的两个土匪唯唯诺诺地连连点头，那样子十分恭敬。

张学在一张桌旁坐好，不大一会儿，二毛用木制的托盘送上一杯清茶。看着精美的瓷器，闻着清香的茶味，张学有些纳闷了，崔作鹏一伙长期盘踞在山上，基本过着与世隔绝的日子，哪里来的好茶呢？

土匪二毛见张学的目光中充满了好奇，就解释说：“这茶味道不错，是前几天莫日格旗的老白头儿，托人从外地哈拉宾（哈尔滨）买回来的。”

土匪大毛瞪了土匪二毛一眼，二毛似乎觉得自己说漏了嘴，就把头低下了。

大毛二毛一直站立张学身边，张学伸手示意：“你们俩也别老站着，快坐下吧！”

大毛道：“参谋长吩咐了，让我们哥俩一定招待好你，我们哥俩站着就行。”

张学主动和大毛二毛唠起了家常，谁知大毛二毛哥俩总是躲躲闪闪，含糊其辞，似有什么顾虑。

张学低声道：“你们哥俩的家乡在塔虎城区吗？”

大毛点了一下头，却没有出声。

张学又进一步说：“你们哥俩不想知道家乡都有啥变化吗？”

听张学这么一说，大毛的双眼一亮，目光里充满了期待，片刻，大毛的双眼又充满了忧愁与无奈。

看着大毛二毛哥俩的样子，张学就觉得这哥俩和其他土匪是有区别的。

张学冲大毛二毛哥俩，笑道："你们待在山里，不想知道家乡的一些事吗？"

"这……"大毛欲言又止，心里仍有顾虑。可张学的话又让土匪大毛和二毛的心里痒痒起来。

张学伸手示意大毛坐下，大毛向二毛递了一个眼色，二毛就走到洞口望起风来。

大毛坐在了张学的对面，他抬着脸看着张学。

张学趁机向大毛讲起了目前塔虎城区的大好形势，穷苦农民如何当家做主，又如何分了田地；穷苦农民的孩子，都到过去想都不敢想的学校上了学……

听着听着，大毛的双眼中突然有了惊喜的神色，但很快大毛的神色就变得有些失望了，双眼也变得有些黯淡，更多的则是无奈。

张学又向大毛宣传起了我党我军的政策。

闷葫芦似的大毛叹气半天，终于开口道："不瞒兄弟，我们哥俩多年为匪，恐怕难以洗去身上的罪孽了！"

张学态度温和地说："你们千万别自暴自弃，我看得出来，你们哥俩与别人不一样。其实在我们革命队伍中，有不少人是从国民党军队俘虏过来的人。经过教育和改造，这些俘虏兵们很快就明白了，共产党是为普天下劳苦大众谋福利的政党。改造好的俘虏兵们，也知道了自己是为谁扛枪打仗。现在这些俘虏兵们有些人成了优秀的士兵，有些人还当了英雄劳模，还有不少人成了革命军队的指挥员。"

大毛点头，他的脸上有了一丝微笑，通过聊天，大毛对张学也更加信任了。

于是大毛低下头，一把鼻涕一把泪地把兄弟二人是如何来西山当的土匪竹筒倒豆般抖了出来。

原来，大毛家是八郎村地主赵家的佃户，因为母亲去世就借了地主赵家一笔钱，谁知利息就像驴打滚一样越滚越多，最终父亲又被讨债的地主逼死在大年夜，大毛二毛一怒之下，就杀了地主老财。为了躲避官府的追杀，大毛二毛就来西山投奔崔作鹏当了土匪。大毛二毛虽为匪多年，但没有亲自干过一件打家劫舍的勾当。用崔作鹏的话说，大毛二毛哥俩是蚕蛹里找臭虫——根本就不是这里的虫。

同样是匪，也要分三六九等的，最苦最累的要数伙房的土匪了。伙房的土匪没有机会出去打家劫舍，也就攒不上小份子钱。所以土匪们都不愿意当伙夫。崔作鹏见大毛二毛哥俩面善心软，不适合干打家劫舍的勾当，就安排大毛二毛哥俩当了伙夫。大毛二毛兄弟二人每天天未亮就要起来做一百多人的饭，可这哥俩却从无怨言。这一点，崔作鹏非常满意。崔作鹏也常常吩咐手下的土匪，凡事都不要难为大毛二毛哥俩。自从“小诸葛”来西山后，对大毛二毛哥俩更是照顾有加。

张学和大毛越唠越投机，张学从大毛口中得知了一些有关参谋长“小诸葛”的信息。“小诸葛”原名梁化宇，毕业于国民党军统汉江特训班，来西山快到两年了。梁化宇有文化，点子也多，赏罚分明，做事没有私心，能与手下弟兄同甘共苦，平时对手下的兄弟们也不错。山寨的弟兄们对梁化宇是又敬又怕。

就在这时，一直在望风的二毛突然咳嗽了一声，一定是有人来了，张学和大毛停止了谈话。

来者不是别人，正是“小诸葛”梁化宇。

张学端起茶碗喝了一口茶。

梁化宇走近张学身前，笑着问：“小兄弟，这茶怎么样？”

张学夸奖道：“很好，我还从来没有喝过这么好的茶呢。”

梁化宇又笑道：“山寨中还有不少茶呢，要不我送给小兄弟点儿如何？”

张学一挥手，拒绝道：“还是留着你们自己留着享受吧，我怕把自己再养出什么毛病来。”

“小兄弟真实在！交朋友就得交小兄弟这样的人。”梁化宇摇了摇头，之后又拍了拍张学的肩膀，仰头哈哈大笑。

笑过之后，梁化宇把一封信交给了张学。

“小兄弟，麻烦你把这封信转交给王大队长和白副大队长。时候也不早了，塔虎城那边该着急了。老规矩，在下山时还要蒙上你的眼睛。”

“我明白，山有山规，寨又寨律，这是自古以来就有的。”张学站起主动伸出手与梁化宇握了一下。张学感觉到“小诸葛”梁化宇的手很凉，手心不知什么原因竟然是湿的。

按原计划，去西山送信的张学应该回来了。赵虎已不止一次地登上塔虎城城墙去察看，王克南和白玉柱也早已等在区政府办公室多时。大家都在盼望张学能够平安归来。

急性子的白玉柱坐不住了，他担忧地说：“这都啥时候了，张学咋还不回来啊？能不能出点儿啥事啊？早知这样，还不如不让张学去西山送信了。”

王克南至始至终都沉默无语。他双手抱肩，表情肃穆地在屋内踱来踱去。以往，只有战斗打响前的那一刻，王克南才会是这个样子的。

“还是看不见影啊。这可咋办？”赵虎再次从外面进来，有些担忧地说。

白玉柱看着眉头紧锁、陷入沉思的王克南，向赵虎眨了一下眼，又摇了摇头。

赵虎悄悄坐到桌旁，把头深深地低下，不再说什么。

区政府办公室内，立刻安静下来，就连空气也仿佛凝固了一般。时间在等待中慢慢过去。

刘师傅不知什么原因，突然闯进屋来，眉毛一扬，说：“王区长，白副区长，土匪们个个穷凶极恶，杀人不眨眼，小张同志怕是凶多吉少啊！”

王克南停住脚步，双眼盯住刘师傅，而刘师傅的目光似乎不敢和王克南的目光正面相遇。他把目光转向了别处。

王克南走向窗户，伸手推开窗户，外面一阵凉风吹来，屋内的空气新鲜了许多。

刘师傅看着王克南的后背，刚要张嘴说什么，就被白玉柱推出了屋子。

“老刘啊，这里也没有你啥事了，你就赶快回家吧！可别在这里添乱了。再说了，张学回不回来也不是你管的事。”

刘师傅自讨没趣，只好低着头沮丧地离开了区政府。

被蒙上双眼的张学一走出山洞口，就听见耳旁传来一阵“咕咕”的声响。这是什么叫声？张学不由得放慢了脚步。张学侧耳细听了一会儿，确定是鸽子的叫声。真是怪事，土匪窝也养鸽子吗？张学正在猜测时，一旁的“小诸葛”见张学放慢了脚步，似乎有所警觉，就紧盯住着张学不动声色地问：“小兄弟，怎么啦？有什么事吗？”

张学急中生智，说道：“鞋里进沙子了。”张学说着就把脚上的鞋脱下来，拿在手中磕了磕，然后把鞋穿上。

走出不到五十米，“小诸葛”止住脚步，说：“小兄弟，我还有事，就不远送你了。让我们这两位兄弟陪你下山吧！你的马在半山腰呢。”

“也好，不过，我还是希望你们晚上睡不着觉的时候，多考虑一下，我们王大队长在信中给你们开出的条件，临阵放下武器，对你们来说也许是最好不过的办法了。我们王大队长在佳木斯和牡丹江剿过匪，他是我军著名的剿匪英雄，有着极其丰富的剿匪经验，如果你们硬撑到底，西山最后的结局一定很惨！”张学向梁化宇说出了这番意味深长的话。

梁化宇眉头微微一皱，张学的这番话确实让他心里很不舒服。可梁化宇毕竟是受过专门训练的人，他故作大度地哈哈一笑，用赞扬的话说：“小兄弟办事真认真，你的执着劲有点儿像我大学时的一位同学。说句实话，如果你我不是各自站在你死我活的阶级立场和敌对势力上，我很想交你这个朋友。好了，小兄弟，你一路走好，恕不远送。日后，咱们战场上见！”

两名土匪一直把张学送到半山腰，才把蒙住张学眼睛的黑布取下来。摘下布条，张学感觉到万缕阳光一起射来，双眼像针扎一样疼痛难忍。接下来，张学又感觉到眼前突然变黑下来，视线也变得模糊了。张学用手揉揉眼睛，眼睛里流出不少眼泪后，张学才感觉眼睛多少舒服了点，视力也逐渐地变得清晰起来。

山上和山下是两个不同的世界。

天就快晌午了，塔虎城那边的领导和战友们一定很惦记自己的安危吧，张学当即决定火速回塔虎城报个平安。

莫日格旗南山观察暗哨的祥子等人从瞭望口看到了张学策马飞奔的身影，悬着的心才放下来。同时也暗自庆幸，张学办事成功了，信肯定送到了。

张学去西山送信的时间的确很长，赵虎再次登上塔虎城城墙向西瞭望，这次赵虎的脸上终于有了惊喜的神色。赵虎看见一个人骑着马从塔虎城西门进来，正向区政府方向一路奔来。不用问，骑马的人一定是张学。

赵虎兴奋地一路跑下城墙，又一直跑进了区政府的院子。

站在窗口的王克南长出一口气，从赵虎的神态中，王克南断定张学是平安地回来了。

果然赵虎大喊：“张学回来了，从西门回来的，离区政府已经不远了。”

“谢天谢地，小张总算平安回来了。”白玉柱站起身，双手合十默默地念道。

马蹄声很是急促，而且由远及近，张学进入区政府的院内才勒住马，一身轻松地跳下马来。

赵虎跑过去，一把抱住张学，双眼闪现出喜悦的泪花。

赵虎：“你没事吧？土匪没有难为你吧？”

张学还没有回答赵虎的问话，就看见白玉柱快步地从办公室出来了。

白玉柱站在区政府门口，问：“咋这么长时间才回来？遇到什么麻烦了吗？”

张学微微一笑，又神神秘秘地一挥手，说：“白副大队长，走，咱们进屋说去。”

张学一进屋，王克南就递过来一杯白开水。

张学接过水杯一饮而尽，吧嗒了一下嘴，说：“塔虎城的白开水淡而无味，还是西山老崔的茶好喝啊！”

赵虎埋怨道：“你还臭美呢！差点没把我们急死，白副大队长就差没带兵打进西山了。”

“叫同志们挂念了。不好意思，不好意思。”张学笑了笑，从怀里掏出了梁化宇写给王克南和白玉柱的信。

王克南没有接信，却说：“把信念一遍。”

张学清了清嗓子，一字一句地念道：

塔虎城王大队长，白副大队长，来信收到，勿念。

读了两位大队长的来信，梁某感触颇深，但敝人认为两位大队长对时局的预测未免有点儿高兴得太早了。贵党贵军竭尽全力，付出巨大代价，只占领了东北三省，不足为奇。

国民政府是中国唯一合法的政府，又有强大的美利坚合众国做后盾，反攻收复失地也只是时间问题。看信后，得知王大队长虽行伍出身，但早年也是一位饱读诗书，精通史学之人。像王大队长这样博学的人，难道忘记了越王勾践仅三千越甲复国的故事吗？而我党国与古代的越国有所不同，我党国有数百万精锐之师，正在关内的平津枕戈以待，究竟谁胜谁负还未定论。从目前的国际形势上看，谁笑到最后还真的很难说，我这个人从来不以一时胜负去衡量全局。这一点，王大队长可能就不如我了，因为王大队长实在是太自信，过于乐观了。梁某思前想后，还是送王大队长八个字吧！“骄兵必败，乐极生悲。”

至于王大队长信中提出让我等放下武器，走到山下投降，真是笑谈！中国有句老话，叫作：宁为玉碎，不为瓦全。王大队长应该不会不知道吧？你我不同战线，不同立场，不同信仰的人不可能为伍，这一点，王大队长的心里也一定很清楚。

拜谢！

国民革命军塔虎城区地下先遣军司令　崔作鹏

国民革命军塔虎城区地下先遣军参谋长　梁化宇

“谁？最后那个人的名字是谁？”王克南突然站起身瞪大双眼问。

“梁化宇啊？”张学看着王克南的表情一下子愣住了。

一听到梁化宇的名字，王克南的情形突然变得有些激动起来，他一拍桌子，道：“老伙计，原来你也在塔虎城区啊？怪不得这么多年我找不到你呢？没承想，你我现在竟然成了对手。”

王克南的话让屋内所有的人都有些费解，大家都把目光投向了王克南。

白玉柱挠了挠头，问：“老王，这是怎么回事啊？你把我们几个搞糊涂了。”

王克南无不惋惜地说："梁化宇是我的大学同学，当年我们俩在哈尔滨读大学时，在哈尔滨东方大剧院刺杀了日本关东军的一名大佐。日本宪兵队很快就怀疑到我俩头上了，日本宪兵队来学校抓人时，是老师帮助我们逃走的。我和梁化宇分手时，问过他的去向，他说要去南方。从那次分手后，我再也没有看见他，也一直没有他的音信。我真不明白，他是如何来西山为匪的呢？"

听王克南这么一说，张学突然想起一件事来。

"大队长，我听崔大牙伙房做饭的大毛说，梁化宇毕业于国民党军统汉江特训班。"

王克南恍然，他估计梁化宇一定是去了南方参加国民党军统特务组织。不管怎样，王克南对梁化宇这位老同学还是非常佩服的。梁化宇有过人的胆识和谋略，他干特工最合适不过了，只不过梁化宇现在选择错了阶级立场。当年在哈尔滨读大学时，王克南不止一次和梁化宇开玩笑说，梁化宇最适合干特工搞情报。没想到，自己的老同学、好朋友如今还真成了特工，而且又站在了自己的对立面。王克南吧嗒了一下嘴，很是心痛和惋惜。人生真是难测，一个人短短几年的变化，简直令人瞠目结舌。从前正直善良，又有民族大义的一个青年爱国学生，如今居然沦落成了一名国民党军统特务，成了效忠蒋家王朝的一个鹰犬。而且就活动在自己辖区的眼皮底下。

王克南感觉历史和他开了一个不大不小的玩笑，自己的老同学好朋友，在历史的铁锅里给他煮了一锅夹生饭！无论王克南和梁化宇过去是什么关系，现在王克南都必须要面对现实，他和梁化宇已经有了各自的信仰，成了对手和敌人。王克南必须要痛下心来，与梁化宇划清界限，不能有半点感情用事。此时此刻，王克南的内心仿佛燃起了一团火，这火要烧掉他的对手和敌人。

一番思索之后，又有了一种说不清的滋味侵入心头。政治斗争历来都是你死我活的斗争，王克南和梁化宇成了敌人，这分明是政治使然。但王克南又扪心自问，自己愿意坚定不移地为共产主义事业奋斗终生，乃至付出生命。而梁化宇呢？梁化宇的为人及个性，王克南是清楚的。既然梁化宇选择了国民党，尽管这条道路是错误的，可梁化宇是不可能再回头了。于是，王克南的目光又重新闪烁出了光亮，给人一种从容庄肃之色。

王克南为自己刚才的失态而懊恼万分。他转向张学，问道："你在匪巢没发现什么有价值的信息吗？尤其是有关潜伏的敌特黑鹰的一些信息？"

张学摇头："没有，但我发现了一件怪事，崔大牙的匪巢居然还养着鸽子。"

王克南顿觉眼前一亮，他来到塔虎城快一年了，看到最多的就是鸽子，鸽子往来西山与塔虎城，曾让王克南有过太多的疑问。王克南这时又想起了一连长留下的那个笔记本。他快步走进宿舍，拿出一连长留下的笔记本，看着纸上不是字又不知是什么图案的痕迹。

"拿笔来。"王克南接过赵虎递过来的铅笔，在一连长留下的笔记本上的图案描画起来，笔尖的移动，同时也牵着几个人的目光，一个个鲜活的图案赫然出现在了纸上。王克南长出一口气，他的心里变得敞亮起来。

"啊，是鸽子！"张学惊叫道。

张学的这一声惊叫，让白玉柱后怕起来。他想起一个人，老刘！塔虎城区就老刘一人养鸽子，难道黑鹰就是他？

几个月以来，王克南、白玉柱、张学、赵虎四人，一直暗中调查黑鹰传递情报的方式，结果一无所获。正当塔虎城的剿匪工作陷入举步维艰时，张学的西山之行竟然有了意外收获。屋内的几个人都有些兴奋了，王克南也感到轻松了许多。一番思索后，王克南认为，必须重新调整部署，完善剿匪方案。年底消灭崔作鹏一伙匪徒还是有把握的。

"黑鹰怎么会想起用鸽子传递情报呢？"白玉柱仍然有些不理解地问。

王克南回答："这并不奇怪，中国古代不是也有飞鸽传书的故事吗？其实，黑鹰用鸽子传递情报，咱们早就应该发现。我来塔虎城那天，在南城门还真看见了有鸽子从天空飞过。前几天，老刘捡回一土篮高粱穗，我还和他开玩笑问，养的是家鸽还是信鸽呢。"

白玉柱也无不遗憾地说："可不是咋地？咱们多次看见鸽子，就是没往那方面去想。这次黑鹰露了马脚，也多亏了张学呀。"

王克南抑制住内心的喜悦后，搓了一下手说："现在开会，研究下一步的行动方案。”

这天清晨，刘师傅又像往常一样，收拾完厨房正准备离去，被白玉柱给叫住了。

“老刘，你等一等，先别急着回家，我有一件事求求你。”白玉柱一脸认真地说。

刘师傅停住脚步，笑道：“白副大队长真客气，和我还有啥求不求的，你尽管吩咐就是了。”

听了刘师傅的话后，白玉柱笑了。

“真是明白人好办事！老刘，你和我去一趟查干湖，那里的小网中午出鱼，咱俩去检检斤，记记账，也不用咱俩出什么力，你看行吗？”

“好啊，顺便拿几条鱼回来吃。”刘师傅的双眼一亮说。

“必需的，别人不行，你老刘还不行吗？再说了，你老刘可不是一般人啊！”白玉柱说完话，仰天哈哈大笑。

白玉柱和刘师傅从马厩各牵出一匹马来。

白玉柱骑上马背，正要离去，看见王克南出来了，就喊：“老王，中午的饭，你们只能自己做了。我和老刘中午饭在查干湖吃了，我们俩很可能下午才能回来。你们在家该干啥就干啥吧？”

王克南点了点头，他很明白白玉柱的双关语。

白玉柱和老刘离开塔虎城半个小时后，王克南带着张学、赵虎、四辈三人，直接去了塔虎城村刘师傅的家。塔虎城村距塔虎城南门只有不到半里的路程，王克南四个人很快就到了刘师傅家。由于正是秋收季节，村里人都去地里收拾庄稼了，所以一路上很少看到人。

刘师傅家的小院收拾得干干净净，两间土坯房也重新抹上了泥巴。看来，刘师傅是要准备猫冬了。

四五只鸽子在房顶，瞪着红红的眼睛贼头贼脑地看着王克南等人，咕咕不停地叫着。

赵虎道："还别说，这个老特务家，收拾得还真干净。单从外表上看，倒像是一个正经过日子的人家。"

王克南说："咱们以前都错了，啥事不能只看表面现象，凭感觉去衡量一个人。黑鹰老刘的障眼法把咱们都蒙蔽了。这次要不是张学去了一趟西山，咱们怎么也不会把刘师傅和黑鹰对上号。以往咱们都习惯了和敌人面对面，战场上真刀真枪地打仗。看来在对敌特的较量中，咱们还是显得经验不足。"

四辈说："那是老刘这个狗特务隐藏得太深，所以没被咱们发现。"

王克南摇头："话不能这样说呀，等打完仗后，咱们面临的敌人基本上都是老刘这样的潜伏特务，所以在今后的对敌斗争方式上，咱们一定要改变原有的习惯。"

四辈点头："嗨，这些都怪我，老刘刚来塔虎城村时，我去调查他的历史，没有深究细查，稀里糊涂就了事了。看来，做啥事都来不得半点马虎啊！"

说话间，王克南等四人就到了刘师傅的房门口。真是奇怪，刘师傅出门居然没锁门。像刘师傅这样的高级特务，不可能犯一些低级的错误。王克南认为刘师傅不锁门，可能是故意给人看的，从而用来掩饰什么，其实，刘师傅这个人很有心计，不锁门远比锁门要好。

赵虎见房门没有上锁，不管不顾地伸出手就去拉门。

"等等。"王克南一把拽住了赵虎。

"怎么了？"赵虎诧异地问。

"可能有机关。"张学小声说。

王克南先是赞赏地看了张学一眼，之后，又看了赵虎一眼，赵虎憨憨一笑，把头低下了。王克南没有出声，他走过去，仔细地看了看房门的上下左右，最终发现房门最上方的门樺上，安放着一块不太显眼的一颗小石子。这颗小石子，如果不刻意去看，一般人是很难发现的。王克南伸出手拿过那颗小石子，攥在了手中，他感觉这颗小石子很光滑。

"这个老特务真狡猾！还留着一手！多亏大队长有经验，要不，咱们这回真就露了马脚。"四辈愤愤地说。

四个人进屋后，王克南并没有吩咐大家对刘师傅家进行全面的搜查。王克南站在屋子中间四下里观看了一会儿，北墙安放的佛龛引起了王克南的注意。老刘平时没有一丁点儿信奉佛教的样子，家里居然供着佛像。这在王克南看来，老刘就是想要掩盖什么。王克南走过去，伸出双手，把佛龛慢慢挪开，佛龛后面的墙壁上露出了一个方洞。洞内放着一个油布包。王克南拿出油布包，打开后，发现油布包内包的是一把乌黑的勃朗宁手枪和几十发锃亮的子弹，另外还有一个蓝皮国民党军统中校军官证。王克南打开军官证，军官证上写着：刘存，男，毕业于国民党军事调查统计总局汉江第九期特训班。

证据确凿，刘师傅就是潜伏在塔虎城区的敌特黑鹰。王克南几个人的目光相视了一下，最后都不约而同地又笑了。王克南觉得轻松了许多。

"下一步，是不是该抓刘师傅了？"赵虎的问话，居然把大家都问笑了。

赵虎挠挠头，红着脸说："你们笑啥？我又说错了？"

张学指着赵虎，说："你啥脑子啊？西山的土匪还没有铲除，能动这个老特务吗？黑鹰还有利用的价值呢。"

"很好，书没白念，也懂得用计了。"王克南满意地点了一下头，把张学称赞了一番。之后，王克南指着赵虎说，"今后你多向张学学习，凡事都要动动脑子。"

王克南按原样把枪和军官证重新包好放回墙洞里，又把佛龛放回了原来的位置。王克南伸手示意，让四辈等人先走。王克南手中拿着笤扫，轻轻扫去地面上的脚印，一步一步退向门口。

外面传来"扑棱棱"一阵声响，屋内人的神经一下子绷紧了。听到鸽子叫时，几个人悬着的心才放下来，原来是几只鸽子飞回来，落在了院内。

晨曦的大地笼罩在雾气中。塔虎城边的田野里，传来了阵阵欢声笑语。

一大群麻雀躲在地头的一颗老榆树上，身体颜色较浅的是今年出生的小麻雀，它们大概没见过什么场面，此刻正一个个地扭动着小脑袋，不停地看着地里忙碌的官兵们。

沉甸甸的谷穗压弯了腰，深深地把头低下。微风拂来，金黄色的波浪此起彼伏地翻滚，场面十分壮观。谷叶相互摩擦发出的声响，像是在招呼和欢迎前来收割的官兵们。

太阳正慢慢地升起，似乎显得比平常要更大更红。

雾气由最初的浓浓一团，变成了一档一档的，有的地方浓，有的地方稀薄。待完全被阳光照射后，雾气又变成了一丝丝一缕缕，逐渐散去。一股股清香的味道随之而来，在晨风中流荡。

爬到空中的太阳由红色变成了金黄色，万缕阳光霎时洒满了塔虎城区的大地。

白玉柱今天显得特别高兴，过去是为地主种地，如今解放了，穷苦人当家为自己种地了。今年的雨水好，塔虎城区又是农业大丰收，白玉柱怎能不高兴？人高兴时，精神头也十足，白玉柱浑身似乎有使不完的劲，渐渐地就挥舞着镰刀，赶到战士们的前头去了。白玉柱直起腰，用搭在脖子上的白毛巾擦了擦脸上的汗水，回头看了一眼一边忙碌一边说笑的战士们，大声喊道："大家再加一把劲啊，吃饭之前，争取把这片谷子割完。"

"白副大队长，这还用你说呀？我们大伙也是这样想的呀！哈哈……"

刘存走到塔虎城南门口时，听见了官兵们的欢声笑语声。这些人的笑声数白玉柱的笑声最高。

"穷汉得了狗头金。白蒙古，等国军打回来，我第一个先收拾你！到时候，我让你哭都找不到调。"刘存皱了一下眉头，心里暗暗骂道。

刘存不想看到地里因丰收而快乐的官兵们劳动场面，可他回家的路只有这一条，必须要经过这片谷子地。刘存只好抑制住内心的仇恨，装出一副高兴的样子来。无论如何，决不能让白玉柱等人看穿他的内心。

最前面的白玉柱似乎看到了刘存。刘存的表情变化极快，他满脸笑容地挥挥手，冲白玉柱喊道："白副大队长，这片地的谷子真好，看上去谷粒多实成啊！还是今年的谷子有打头儿啊！"

白玉柱回答道："是呀，种了这么多年的地，今年头一回有这么好的收成啊！"

刘存大笑道："哈哈，这可都是托共产党的福啊！"

"当然了，等消灭了西山的土匪，我们的日子一定会更好！老刘，不信你就等着看吧！"

"那是，那是。"刘存走过去后，心中暗骂自己：真贱！自己的一句奉承话居然会引出白蒙古这么多话来。忍，一定要忍！要不两年的军统汉江特训班就白待了。等着吧，等国军打回来的时候，自己就扬眉吐气了。到那时，最先收拾的人就是白蒙古。

今天学校休息，月梅在家闲着没事，就独自在西屋整理东西。她打开一个散发着松香味的长方形精美樟木小盒，一只崭新的美国产黑色派克牌钢笔，安静地躺在衬着红绒布盒里。这支派克牌钢笔是当年王克送给她的定情物，樟木盒也是王克亲手为月梅做的。笔，月梅一直没有舍得用。今天，面对着崭新的派克牌钢笔，月梅的神情一下变得有些茫然了。睹物思情，月梅又不禁思绪万千，她心里满含着悲凉默默地呼唤：王克，你在哪里啊？你到底是死是活啊？呼唤之后，月梅情感如潮，她听见了血液流过头顶的声音。月梅闭上眼睛，感到难过极了。过了一会儿，月梅轻轻合上了樟木盒，又极力平复了一下自己的情绪，她不想触此时的景，去伤无边的情，可她发现自己真的办不到，眼泪再一次悄然地落下。一颗一颗，滴在了手中装有钢笔的樟木盒上。

舅妈在外屋，已不止一次地喊她吃饭，月梅竟然一次也没听见。

西山匪窟。

心里郁闷的梁化宇这天中午睡过午觉醒来时，听见一个偏洞内乱哄哄的。什么事这么吵？这些没文化的乌合之众，该不是又在做什么伤天害理的事吧？梁化宇不禁皱了一下眉头，翻身下床。还没有走近偏洞口，梁化宇一眼就看见了低着头站在洞口放风的二毛。

"二毛兄弟，里边发生了什么事？怎么这么吵啊？"梁化宇走上前，板着脸问。

二毛躲躲闪闪，低着头回避着梁化宇的目光，他似乎不敢说话。

梁化宇拽过二毛，怒道："你这个呆货，到底咋回事？快说！"

二毛无奈，只好凑近梁化宇耳旁，小声说："白老大他们早晨从河西抢回来一个新娘子，现在白老大他们正要轮流享受呢。"

"劣性难改，真是一群乌合之众！这等德行的人将来还想打胜仗！"

梁化宇腾地就火了，扔下二毛紧走几步，一脚踹开了紧闭的洞门。淫声浪气的白老大等人停住手，回过头既惊又恐地望着梁化宇。

白老大走过来一龇牙："参谋长，兄弟们在山上待久了，都想开开荤。今天好不容易遇上了一个美人，正好你也赶上了，那你就先享用吧？"

梁化宇二话没说，抬手就给了白老大两个大嘴巴。

梁化宇指着白老大说："我平时都是怎么说的？不许糟蹋女人，你们难道都当耳旁风了？瞧你们一个个的德行，你们没有姐妹吗？"

洞内的土匪们见梁化宇发火了，就脚底抹油一个一个溜了。

梁化宇从兜内掏出几块银圆，递向了惊恐万分的新娘子。

那个新娘子愣眼看着梁化宇不敢出声，也不敢伸手去接银圆。

梁化宇态度温和地说："没事了，一切都过去了。你下山去找你的新郎过日子去吧！"

"谢谢大爷开恩，你的大恩大德，小女子永生不忘！"新娘子跪在地上就给梁化宇磕头。

梁化宇回头叫来二毛，嘱咐道："二毛兄弟，麻烦你把这个女人送下山去。记住，一定要亲自送到官道上。"

"哎，哎，参谋长，我这就去。"二毛看着梁化宇，内心不由得一阵热乎，他又觉得双眼有些模糊，用手一抹，方知原来是眼泪。

二毛领着那个新娘子走了。梁化宇精神似乎有些不济，他身体一阵颤抖，左右摇晃，双腿发软感觉不听使唤。梁化宇咬着牙，面色苍白地向后倒退几步，将身体靠在洞壁上。他闭上双眼，泪水从眼角悄然流出来。梁化宇心如刀绞，思念如潮水般再次叩开梁化宇心中隐藏了多年的那扇情感之门。

当年的同学加女朋友和他一起执行任务时的情景，出现在了梁化宇的眼前：

梁化宇从东北来到南方，几经周折，他参加了国民党军统汉江特训班。由于中国正处在全民族抗战之中，原本两年的特训班只进行了六个月就结束了。培训一结束，梁化宇和特训班的同学，同时也是热恋中的女朋友假扮夫妻，被派到日寇占领区去从事谍报工作。两年后，由于军统内部出现了叛徒，梁化宇和女朋友被出卖了。二人出逃的路上被一大群日本鬼子紧追不放。梁化宇和女朋友虽然拼死抵抗，击毙击伤日本鬼子多名，但仍然摆脱不了日本鬼子的追赶。不幸的是日本鬼子的子弹这时打又中了女朋友的大腿。

眼看鬼子越来越近了，女朋友说道："化宇，我走不了了。你走吧，我留下掩护你。"

"不行，我绝不能把你扔下！"

"快走，逃出一个是一个，要不然咱俩都得被抓。"

"我不走，反正就是个死，要死咱俩就死一块！"

"化宇，你快走，不要做无谓的牺牲！"

女友见梁化宇不肯走，就用手中的枪指着自己的头，说："化宇，你不走我就死给你看！"

无奈之下，梁化宇只好含泪离开了。女友为了掩护梁化宇，直至弹尽被俘。禽兽不如的日本鬼子蜂拥而上，企图强暴梁化宇的女朋友。在撕扯当中，趁鬼子不注意，梁化宇的女朋友抢过挂在日本鬼子皮带上的手榴弹，与一群日本鬼子同归与尽了。从那之后，梁化宇就见不得有人祸害女人，而他的心中也就此留下了难以愈合的伤痛。

去旗里开会的王克南回来了。他一看见白玉柱，就问："老白，地里的庄稼都收完了？"

"都收完了，你就把心放在肚子里吧！"白玉柱紧走几步，像多少年没看见了一样似的，紧紧拉住王克南的双手说，"老王啊，你去旗里开会这十多天，我简直是度日如年啊，心里总觉得空荡荡的。解决完西山的老崔，我老白得跟你走了。今后啊，你老王走到哪里，我老白就跟到哪里。”

王克南哈哈大笑，随后问道：“是吗？看来，等消灭了西山的土匪，你老白跟我走是铁了心了。对了，我走这么多天，西山有什么动静没有？”

白玉柱一拍大腿，说：“你不问我还真忘了。你走的第二天，崔大牙伙房的大毛二毛哥俩就下山投诚来了。大毛二毛哥俩能顺利下山，多亏了梁化宇。梁化宇见大毛二毛哥俩老实巴交的，不适合当土匪，就背着崔大牙偷偷把这哥俩放下山了。据大毛二毛哥俩讲，崔大牙的弹药不多了。梁化宇正盼着北平的傅作义给他们空投呢。现在傅作义的日子也不好过了，自己还不知咋整呢，哪还有时间管西山这些乌合之众啊？”

“大毛二毛哥俩能认清形势，走上光明之路很好。一定要给他俩一个妥善的安置，叫他们无后顾之忧，时时刻刻都能够感受到政府的温暖。”王克南嘱咐道。

白玉柱回答：“我已经安置好了。这不冬天快到了吗，也没啥干的，我就把他俩安排到了四辈的酒厂打打短工。四辈昨天来说，大毛二毛哥俩还要参军呢，说打崔大牙时他们哥俩好为咱们带路。不过，大毛二毛哥俩还说，打下西山后，一定要对梁化宇网开一面，梁化宇和崔大牙不一样，他是一个心眼不坏的人。”

王克南吧嗒了一下嘴，低下头沉默了。大毛二毛哥俩说，梁化宇是一个心眼不坏的人，王克南相信，因为他太了解梁化宇了。可梁化宇心眼不坏，不代表他的人生观和阶级立场就正确。王克南也清楚地知道，梁化宇既然选择了和自己不同的阶级立场和信仰，纵然就是有十匹马，也难以拉他回头。

王克南抬起头对白玉柱认真地说：“今后咱们还要加强政治攻势，最好从内部瓦解崔作鹏的匪帮。”

白玉柱心领神会地说：“那当然了，斯大林同志说过，堡垒最容易从内部攻破。”

王克南惊讶地问：“行啊老白，这十多天我不在家，你有了不少长进啊？”

“我现在正拜张学为师，学习文化知识呢。”白玉柱嘿嘿地笑道，“只不过还没有举行正式的拜师仪式。”

“多学点知识还是有好处的。就这么几天，你老白都会理论联系实际了。”王克南笑道。

“老王，各村群众有个要求，打完场后，各村要办秧歌队。”白玉柱兴致勃勃，今天似乎有唠不完的嗑。

王克南点头：“好啊，这次开会旗委旗政府也是这个意思。对了，酒厂情况怎么样？”

“好着呢，四辈这个厂长干得很好，他现在吃住在酒厂，酒厂每天能出五大缸酒。”一提起酒厂，白玉柱又来了精神头。

王克南嘱咐：“告诉四辈，手里没钱的农牧民，可以用粮换酒，但一定要严格控制数量，可不能把粮食都拿去换酒啊！另外，让四辈多留心打酒大户，看看哪一家打酒最多。”

“嗯，行。”白玉柱半懂不懂地点头。

王克南刚进区政府办公室，邮局的邮递员小廖就来了。王克南猜测，小廖一来准是又有什么好消息了。果然，小廖上前递给王克南一封信，这封信是十七师代师长吕绍刚寄来的。

小廖一走，王克南就迫不及待地打开看起来。

克南同志：

首先告诉你一个好消息，长春已于十月十八日至十九日解放。长春解放得十分顺利，一切果然如你报告中说的那样。国民党六十军军长临阵率部起义，新七军军长、参谋长率部投诚。最后的时刻，第五军和新三十八师也放下了武器。

长春没动一枪一炮，完好无损地回到了人民的怀抱。

克南同志，你虽然没有参加长春的解放战斗，但是你的出谋划策为长春的顺利解放起到了至关重要的作用。经东北野战军司令部、东北野战军政治部批准，给你记二等功一次。

克南同志，当你接到这封信的时候，我已率十七师秘密入关了。咱们十七师是入关的先头部队，主要是先切断张家口国民党一〇五军南逃退路，最后再将一〇五军彻底消灭在张家口一带，给北平的守军一个下马威。

目前，北平守军被我军在东北战场取得的胜利所震慑，已成“惊弓之鸟”。不过，北平守军对时局仍抱有幻想，自信地认为，我东北野战军经过东北的几场大战役，全军最少需要三个月或半年的时间进行休整。最快明年的春季才能入关作战。他们想和咱们打时间差的主意，咱们绝不能让他们得逞。我估计，围歼一〇五军时，对方一定会派出精锐的机械化部队、三十五军部队火速前往张家口增援。三十五军清一色美式装备，光美式十轮大卡车就有四百多辆。三十五军的美式装备，我很早就眼馋了，拿下三十五军，咱们十七师就会来个全师装备大换血，战斗力也会空前壮大。克南你说，那该有多漂亮啊！

至于什么时候打北平和天津，要等中央军委的命令。咱们东北野战军百万大军兵临城下，北平守军的日子也一定不好过。

好了，就到这里吧！最后还是那句话：一定要注意安全！早日消灭土匪！

我率十七师在北平城下，等待你们胜利归来！

此致

革命的敬礼

吕绍刚

一九四八年十一月十八日

这天一大早，王克南就带着张学和赵虎把区政府的另外两间房子打扫得干干净净。就连墙壁也用自制的刷墙粉粉刷了一遍。三个人正干得热火朝天，白玉柱和刘友善来了。看着王克南三个人收拾房子，白玉柱似乎有些不理解。

王克南提醒说：“老白，你不觉得咱们区政府缺点啥吗？”

“我脑袋笨，想不出来缺啥。”白玉柱摇头，他实在猜不出王克南的用意。

王克南见白玉柱猜不出来，就解释说："咱们区政府缺一个会议室啊，过几天，区政府要召开一场全区村干部会议，你让咱们的村干部露天开会呀？"

白玉柱一拍双手，恍然大悟道："哎呀，我怎么就想不到呢？"

白玉柱说着，就要伸手和刘友善一起干活。

王克南笑道："友善大哥不是木匠出身吗？老白，你和友善大哥去仓房，把缺胳膊少腿的长条板凳修一修。"

"这个活我内行。"刘友善乐乐呵呵地和白玉柱去了仓房。

中午刘师傅来做饭时，王克南、张学、赵虎已刷好了第二遍墙。仓房的白玉柱和刘友善也陆续地把修好的长条板凳搬进会议室。张学和赵虎把长条板凳整齐地摆放好。

白玉柱兴奋地说："还别说，这么一布置还真有点会议室的样子了。"

王克南点头，意味深长地说："以后什么都会有的。"

塔虎城区迎来了入冬来的第一场雪。这场雪下得有些突然，前半夜天空还一直星光灿烂，清早人们一觉醒来时，屋外已是白雪皑皑，银装素裹了。

塔虎城区的冬天到了。

王克南来塔虎城快八个月了，还没端过白玉柱家的饭碗，这让白玉柱心里很过意不去。白玉柱的儿子小栓柱，在野地里用铁架子打了三只野鸡和两只野兔。白玉柱托人在查干湖搞到的大胖头鱼和黑鱼也捎来了。白玉柱便和妻子其木格商量，决定下午专门设宴招待王克南、张学、赵虎。

塔虎城小学正好放假，月梅在家也闲着没事。其木格老早就告诉月梅，叫她过来帮忙做菜。月梅口头上是答应了，却迟迟没有去白玉柱家。这让白玉柱夫妇很是失望。白玉柱夫妇一直想撮合王克南和月梅，然而，这次月梅又失去了和王克南见面的机会！

不是月梅不想去白大哥家帮忙，而是月梅觉得白大哥和白大嫂有点儿醉翁之意不在酒，几个月以来，白大哥和白大嫂乱点鸳鸯谱，总想把月梅和王区长捏在一块儿。结果，舅舅和舅妈也跟着白大哥和白大嫂瞎起哄。这段时间，左邻右舍早有风言冷语传出，想必王区长也早就知道这件事了。如果自己这个时候贸然去白大哥家，见到王区长后两人一定会很尴尬。月梅思前想后，最终横下一条心来，不管白大哥和白大嫂生不生气，有没有啥想法，月梅决定不去白大哥家了，也不去和王克南见面。月梅相信婚姻就是缘分，就如同她和王克一样。既然和区长王克南没这个缘分，就不必勉强了，一切就随之而去吧。月梅心里是这么想的，在她心目中，任何人也无法取代未婚夫王克的位置。尽管王克南这个男人也很完美。

其木格一直忙活到中午，也不见月梅过来。

心里装不住事的白玉柱一脸遗憾地说："完了，完了。多好的机会呀，又错过了，又错过了。月梅这个小死丫头，真让我生气！"

听父亲这么一说，小栓柱内心也明白了个八九分，他当即就要去前院找月梅。

白玉柱挥挥手，说："拉倒吧，有缘分是婚姻，无缘无分，咋捏也成不了婚姻啊。"

小栓柱歪着脑袋，想了半天，也不理解父亲说的缘分究竟是什么意思。

"去，去，大人之间的事，你一个小孩懂什么，一边玩去。"白玉柱不耐烦地向儿子挥了挥手。

看着白玉柱唉声叹气的样子，其木格笑道："他爹，月梅和王区长成不了婚姻，别给你愁出个好歹的。"

白玉柱一挥手："去你的，你越是这样说我就越上火！可我还是不相信月梅和王区长就这样没缘分！你看着，月梅和王区长早晚会有见面的那天。我咋看他们都是天生一对，地造一双！"

屋外隐约传来说话声，还有"吱咯、吱咯"踩雪的声音。步调几乎是一致的，不用看，一定是王克南他们三人到了。

白玉柱推开门，称赞道："不错，你们来得真及时！"

张学解释："白副区长，以前上学时我和栓柱来过你家。"

王克南进屋搓了搓手，客气地说："麻烦嫂子了，让嫂子受累了。"

其木格直起腰，透过热气端详了一下王克南，见王克南浓眉大眼，面容白净，文质彬彬的样子，就打心眼儿里喜欢起来。

其木格心里想着：月梅这个小死丫头真不知好歹。像王克南这样的美男子，世上打着灯笼都难找啊！哪个女人要是摊上了王克南，那真是烧了高香啊！

王克南被其木格盯得不好意思了，脸忽地红了。他腼腆地笑了笑，问："嫂子啥意思？怎么老盯着我不放？"

其木格开玩笑说："我想给我大兄弟介绍一个对象，大兄弟这样的美男子，对象还不得扒拉着挑啊？"

王克南眉毛一扬，也半开玩笑地说："好啊，真谢谢嫂子了！还是嫂子关心我啊，看来以后我得在塔虎城安家了。"

其木格进一步直截了当地说："克南，嫂子把月梅老师介绍给你，怎么样？"

"这……"王克南一下子难住了，不知该怎么回答其木格的话。

"好了，你们俩别斗嘴了。"白玉柱拉开里屋的房门，白玉柱觉得自己的话就已经够直了，没想到其木格直接就把这层窗户纸给捅破了。为了缓解王克南的尴尬，白玉柱挥了挥手："老王，别听你嫂子瞎叨叨，咱们有话进屋说，进屋说。"

进屋后，按照蒙古族的习惯，王克南、张学、赵虎必须脱鞋上炕里坐，王克南觉得有些不习惯，但入乡随俗，也就不好说什么了。

白玉柱把平时舍不得喝的奶茶拿出来，沏好的奶茶装在小碗里，由小栓柱端过来，一一放在王克南、张学、赵虎三人面前。只一会儿的工夫，浓浓的奶茶香味就弥漫了整个屋子。

"真好喝！"喝了一口奶茶，王克南顿觉心里暖暖的，忍不住夸赞了一句。

听王克南说奶茶好喝，张学和赵虎也端起了小碗，不大一会儿，各自小碗里的奶茶就被喝光了。小栓柱拿过奶茶壶，要给张学和赵虎到奶茶。

赵虎叫道："使不得，我们自己来吧。咱们都是同学，哪能让你给我们倒茶呢？"

小栓柱认真地说："这是我们蒙古族的规矩，主宾必须分清。"

这时，其木格推门进屋说："他爹，放桌子，准备吃饭。"

王克南惊叹："嫂子真行，这么快饭就好了！"

张学刚要下地帮忙，被白玉柱伸手挡住了。这时，小栓柱把炕桌搬来了。

炕桌放好后，菜陆续上桌了。野鸡炖蘑菇、红烧兔肉、家常炖胖头鱼、凉拌生鱼一共四个菜，外加几样蒙古凉菜。

“其实，我们蒙古人是不吃鱼的，这是你们三个人来了，特意做的。”白玉柱一边倒酒一边说。

“老白，给我满上！他们俩就倒半碗吧。”王克南急忙劝阻白玉柱，不让他给张学和赵虎倒满酒。

“不成，蒙古人喝酒哪有半碗之说。”白玉柱没有听从王克南的劝告，硬是把张学和赵虎的碗也倒满了。

其木格进屋，看见张学和赵虎的碗也都倒满了酒。就埋怨白玉柱，说：“他爹，两个小孩儿的碗你咋给倒满了呢？”

白玉柱哈哈一笑：“他们俩就一碗，再也不倒了。”

白玉柱端起酒碗，问：“老王，今天咋喝？”

王克南满不在乎地说：“反正来你家了，你说了算。我就不信了，你老白还能让我爬着回塔虎城？”

白玉柱一下兴奋得涨红了脸，大叫道：“好，这才是朋友呢！蒙古人就喜欢你这样性格的人！有一点你放心，肯定不会让你喝倒，不过，必须喝好！”

白玉柱说罢，哈哈大笑。

这顿酒席几个人喝的时间很长，从下午一点一直喝到晚上五点。结果王克南和白玉柱二人都有点儿喝多了。白玉柱拉着王克南的手就是不撒开，大有相见恨晚之意。

“老王，今后抛开工作，咱们就是亲兄弟啦。”白玉柱的舌头都有点变硬了。

王克南边听边点头。

“老白，你要有个思想准备，等消灭了崔作鹏一伙匪徒，我就要带着你们几个上战场了。如果咱们能早日消灭西山的土匪，说不定还能参加上平津战役呢。”王克南眼睛都有点睁不开了。

“好啊，咱们紧赶慢赶总算是赶上了一场大战役，这才好呢！”白玉柱连连竖起大拇指。

其木格见王克南喝多了，就用托盘再次端来奶茶，让他醒醒酒。

白玉柱比比画画地说：“老王，不，我王老弟，绝对是一个大好人，喝酒不耍尖头儿，蒙古人就愿意交你这样的人！要不是共产党人不兴拜把子，我早就和你磕头了。”

其木格瞪了白玉柱一眼，埋怨道：“上一边去，谁像你啊，天生就是一个大酒包。可别让王老弟喝了，喝点奶茶醒醒酒吧？”

其木格给王克南倒了一杯奶茶。

蒙古族人好客是出了名的，王克南三人天快黑时，才离开白玉柱家。有点儿喝高了的白玉柱吵吵嚷嚷的，一直把王克南他们送到大门外。

月梅从自家的后院角门拎着桶出来倒脏水，看见三个军人的背影。中间的那个高个子军人似乎喝多了，张学和赵虎一左一右搀扶着他，正深一脚浅一脚地向前走去，看样子，三个人是回塔虎城。月梅猜测，那个喝多了的就是塔虎城区区长王克南。都说王区长精明能干，他咋这么贪酒呢？月梅心中疑惑。王克南的形象在月梅的心里打了折扣。月梅还想在背后观察王克南一会儿，但三人很快就消失在茫茫风雪中了。

同王区长见个面真难，今天紧赶慢赶就只看见了一个模模糊糊的背影，尽管白玉柱夫妇总想给月梅创造机会，但月梅根本不想去和王克南见面相识。这也许就是缘分未到吧？月梅心里这么想着的，脸忽地发了烧。自己怎么会有这样的想法呢？月梅由此又想到了和她只拜了一半堂的未婚夫王克。心里很不是滋味。

区政府会议室内坐满了来自十五个自然村的村干部、党团员、积极分子。

会议由区长王克南亲自主持。

王克南看了一眼坐在身边的白玉柱，白玉柱点了一下头，示意会议可以开始了。

王克南说道：

“同志们，现在东北全境解放了，我东北野战军大部队已于十一月二十二日全部开往关外参加平津战役。目前，东北的形势虽然大好，但是我们解放区的困难也不少。各地有不少土匪还没有肃清，他们经常出来活动，祸害人民群众和残害我们的干部。潜伏的国民党特务，趁东北兵力空虚，已开始蠢蠢欲动。因此，我们时刻都要提高警惕，用手中的枪去捍卫我们新生的政权，保卫人民群众的人身安全和财产不受损失。

“下面我代表塔虎城区政府对今冬各村的工作提几点要求：

1. 对西山的土匪继续加大政治攻势，想办法动员土匪们的家属和亲人，捎信劝说山上的为匪人员下山投诚。

2. 各村要加大防范力度，特别是晚上一定要有专人值班巡逻，防止暗藏的敌特和土匪趁机前来破坏和报复。

3. 加强安全防火知识的宣传。人人都要做到在庄稼垛旁，不用火、不吸烟。家长要教育儿童，不要玩火。同时，还应注意野外用火，防止发生森林大火。

4. 各村要利用现有场地，充分创造条件，争取尽快打场脱粒，确保颗粒归仓。

5. 开展积肥备土、选种，为明年的春耕生产做准备。

6. 打击非法赌博现象，对一些组织赌博的个别人员经屡劝不改的，要给予严惩。

7. 动员青壮年参军，对一些贫农、中农报名参军的子女给予优先的便利条件。

8. 妥善安抚军烈属，对一些生活比较困难的军烈属，由区政府给予一定的经济补贴。让前方作战的将士们没有后顾之忧，让失去亲人的烈属不寒心。让军烈属时时刻刻都能感受到来自党和政府的温暖。

9. 各村根据实际情况，建立一支可大可小的秧歌队。服装和道具由区政府统一发放。让人民群众过上一个祥和快乐的春节。

10. 春节过后，正月期间，各村要组织学习，特别要加强对青壮年的扫盲工作。”

王克南扫视了一眼台下的同志，继续说道：“我主要就说这么几条，具体的做法和执行由各村的同志们根据本村的实际情况去做。白副区长，还有没有啥要补充的了？”

白玉柱点了一下头："我说两句。同志们，由于塔虎城区今年农业大丰收，咱们就有不少干部和群众滋生了享受、奢靡的情绪。我听说，个别村大吃二喝现象非常严重，许多人今天你家明天我家来回地吃请。这个是绝对不行的。还有，刚才王区长也提到了，旧社会遗留下来的陋习——赌博现象有所抬头。这种不良之风，人民政府坚决给予打击！决不手软！

"同志们啊，塔虎城区今年农业是大丰收了，我们的日子也好过了，但我们时刻都要居安思危。刚才王区长也说了，东北野战军入关了，有很多敌特开始四处出活动。这些敌特和国民党反动派不甘心他们的失败，时刻都想颠覆我们新生的民主政权。

"塔虎城区面临的强敌就是西山的崔作鹏一伙匪徒。我们今后对西山的土匪要继续加大打击力度，争取年底消灭崔作鹏一伙匪徒。

"好，别的我就不多说了。散会。"

天气很冷。傍晚，西天的晚霞紫红紫红的，像火一样在燃烧。

王克南和白玉柱并肩站在塔虎城的西城墙上，二人注视连绵起伏的西山山脉已经很久了。东北全境已解放，西山居然还存在着一股土匪。很长一段时间里，土匪都没有下山搞破坏活动了。他们龟缩在巢穴之中，让王克南和白玉柱一时很难捕捉新的战机。半个月前，王克南出席了一次白城地委扩大会议，会议代表都说，自从长春解放后，各地区的土匪比以往老实多了。也有部分会议代表乐观地说，土匪有可能会自消自灭。王克南却不这么看，现在东北野战军挥师入关，整个东北兵力空虚，土匪们肯定还会出来活动的。更何况自古就有灯下黑的说法，王克南的神经不敢有半点松懈，他必须要时时瞪大眼睛，关注西山崔作鹏和梁化宇的一举一动。一想起老同学梁化宇，王克南的内心就很不是滋味。自从张学去西山送信回来后，王克南几次都动了找机会和梁化宇见面的念头。可王克南心里也十分清楚，他和梁化宇见面既不能劝其回头，也不会瓦解西山的土匪。王克南太了解梁化宇的个性了。目前，西山的梁化宇还不知道塔虎城的王克南就是当年的王克，如果知道了，他肯定会重新制定一套应对的措施。继续和王克南抗衡。然而，看着老同学梁化宇一步步走向深渊直至覆灭，王克南的心很难受。两人之间已不是真刀真枪作战那么简单了，而是各自的阶级立场和信仰让二人成了你死我活的敌对面。这些又分明是政治斗争使然，政治斗争历来都是十分残酷的，不能有半点仁慈。王克南更不能感情用事，否则在与西山的较量中自己就会处于下风。

塔虎城下，一列满载军用物资的火车呼啸着从城下的小树林中穿过，向南飞驰而去。看着火车上的大炮和坦克，王克南的内心久久不能平静。这次东北野战军是秘密入关，所有辎重将于后期到达目的地。王克南看见火车上的大炮和坦克，就感觉自己有点儿被人遗忘了。虽然在哪儿都是干革命，可王克南认为自己在塔虎城待的时间实在有点儿太长了。平津解放后，东北野战军肯定会迅速挥师南下。等过了长江，就没有太大的战役了，国民党军队就是一个字："逃"，而我军也是一个字，那就是"追"。部队每天运动穿插百八十里是常有的事。而王克南则意味着有被留在塔虎城的可能。王克南归队的愿望忽然又变得强烈起来，他无法抑制着自己内心翻腾的情感。

太阳落下山去了，西边的天空像孩子的脸一样说变就变。乌云不停地翻滚，越来越厚，突然又起风了，霎时松涛阵阵，旷野回响。天是异常地寒冷，已到了滴水成冰的程度。

看来，西山今晚要有一场暴风雪。

塔虎城特别行动大队正式成立以来，第一次突然紧急集合，所有的别动队员们都列队站在区政府大院内。每个人都披上了用于雪地伪装的白色斗篷，开始等待王克南下命令。

张学和赵虎给别动队员每人发了一挂鞭炮。区政府大院内，一种肃穆的气氛陡然上升。

王克南和白玉柱也披上白色斗篷从办公室里快步走出来。

张学跑步过去，立正敬礼道："报告大队长、副大队长，东北野战军十七师塔虎城特别行动大队集合完毕。特别行动大队应到二百三十二人，实到二百三十二人，请指示！"

王克南和白玉柱还礼后，二人来到别动队员前面。王克南未说明情况，只是大声命令："同志们，目标西山，跑步前进。"

张学在队伍的前面喊着号子，带领别动队员们跑出了区政府的大院。

一路上没有一个人说话，只有脚踩在雪地上发出的"吱吱"声响。

一个多小时后，王克南和白玉柱带领着别动队来到了西山脚下。

王克南命令："大家散开，寻找各自的隐蔽点。"

王克南又向身后的刘友善挥了一下手，刘友善右手提枪，猫着腰一路跑到王克南身边。

王克南吩咐："友善大哥，你一会儿负责专打露头的敌人。"

刘友善点头，转身就去寻找自己最佳的射击位置去了。

白玉柱告诉别动队员，只允许刘友善一个人开枪，其余人只能放鞭炮。

明确目标后，赵虎首先点燃了一挂鞭炮。

半山腰哨位的土匪把鞭炮声误认为是机枪声，慌忙跑上山顶报信。

报信的土匪连滚带爬地进到洞内，大声喊道："不好了，司令，不好了，参谋长！这回可大事不好！共军大部队开始攻山了！"

正和"小诸葛"唠嗑的崔大牙，回头骂道："瞧你这个熊样，赤脚戴礼帽——顾头不顾尾的，咋地啦？是不是让狗撵了？"

报信的土匪上前惊慌失色地说道："山下来了大批共军，现在正在攻山，火力非常猛。使用的都是连发的冲锋枪。"

崔大牙大惊，手中的茶杯掉在地上摔了个粉碎。

"小诸葛"一摆手，站起身不紧不慢地说："司令别慌。他们的部队都入关了，哪来的共军攻山部队呢？一定是塔虎城的泥腿子们在搞鬼。"

说完，"小诸葛"在洞内来回地又兜了一阵圈子。

"小诸葛"忽地停住脚步，转向报信的土匪，问："看清了吗？究竟是共产党的地方武装，还是共产党的正规军？"

"是共产党的正规军，他们都穿着绿军装，还披着白色的斗篷。"

"大白天出星星——真是离奇。共产党的正规军是从哪里冒出来的呢？怎么突然心血来潮想起攻山来了？黑鹰真是一只死鹰，怎么事先一点啥都不知道呢？”崔大牙一时糊涂起来。随即命令，“所有轻重火力，暗堡、明堡、碉堡、地堡一齐开火！绝对不能让共军攻上山来。”

“小诸葛”连忙伸手阻拦：“不对呀，司令，他们的部队都开往关外了，共产党哪来的正规军呢？咱们本来弹药就不多，先按兵不动，观察观察再说。”

崔大牙有点不耐烦地说：“给我打。都到啥时候了？参谋长，咱们可不能为打老鼠伤了玉瓶——因小失大啊？共军要是真攻上了山，咱们可就是瞎子出门——找不到南北了。”

“万一共军要是火力侦察呢？又或者是设的什么圈套呢？”“小诸葛”仍然坚持己见。

“这……”崔大牙一时无语。随后就在洞里像一只没头的苍蝇原地打起了转。来回兜圈子的梁化宇和崔作鹏，转到一起差点撞到。二人抬头相互看了一眼对方。

“司令，咱俩别争了，出去看看再说。”崔大牙和“小诸葛”快步向外走去。二人来到洞外，只见山下硝烟四起，火力异常猛烈。

“咬屎橛子硬犟，给麻花都不换！死爹哭娘——犟种。”崔大牙瞪了一眼“小诸葛”，狠狠地骂道。

“小诸葛”看看崔大牙，先一龇牙，然后就不说话了。

“开火，开火，给我狠狠地打！”崔大牙终于耐不住性子了，扯着嗓子喊，“弟兄们，都给我拿出看家的本领来，千万不能让共军攻上山啊？”

崔大牙一声令下，土匪们所有的轻重武器一齐开火了。

看着暗堡、明堡、碉堡、地堡，吐出的火舌，张学惊叹道：“老崔的火力网真密集啊，隐藏得也比较深，怪不得我上山送信时，他们把我眼睛蒙上了呢。”

刘友善一个人慢慢向山上爬去，他在选择最佳的射击位置。前方一个土坎下正好可以做掩体，刘友善隐蔽在掩体内，悄悄举起步枪伺机寻找目标。半山腰一棵大树后面，一个土匪探出头来，正在向山下观看。刘友善屏住呼吸，瞄准了土匪的脑袋。枪声响过，向山下张望的土匪，一个倒栽葱趴在地上了。

为了躲避山上土匪狙击手的还击，刘友善迅速转过身来半躺在掩体里，拉动枪栓，将一颗新子弹上了膛。

刘友善这一系列动作做得非常专业，下面的赵虎连连向刘友善竖大拇指。刘友善笑了笑，又翻过身来趴在掩体里继续寻找打击目标。崔大牙身边的一个土匪，直了一下腰刚露出半个脑袋，就被刘友善击毙了。吓得崔大牙手捂着脑袋，一下趴在地上不动了。

一直暗中观察的“小诸葛”这回看清了，攻山的部队不仅有先进的武器，而且还有狙击手。于是推断山下的部队肯定是共产党的正规军。看来，共产党的部队并没有完全入关，还留了这么一手。自己真是太大意了。

“小诸葛”来到崔大牙身旁，说：“司令，共军用的都是清一色的连发枪，还配备了狙击手，一定是正规军。看来今天咱们必须要以死相拼了。”

崔大牙大叫：“不惜一切代价进行火力打击，把共军压在山脚下，决不能让共军前进半步。”

“崔司令有话，不惜一切代价，狠狠打击共军……”一个正在喊话的土匪，又被刘友善锁定了目标。

“我叫你喊。”刘友善一枪击毙了喊话的土匪。

崔大牙看了一眼身边中弹的土匪，骂道：“无边的大海——没深没浅，你倒是躲着点儿啊？”

战斗似乎到了白热化的程度，王克南和白玉柱隐蔽在一棵大树后面，白玉柱悠闲地抽起了烟。有不少别动队员和山上的土匪玩起了花样游戏，别动队员们用树枝顶着帽子，伸出去来回地晃动。以此吸引山上土匪的注意力，同时为刘友善创造打击目标。山下的鞭炮声逐渐稀疏下来。王克南看看手表，佯攻已经快三个小时了。王克南认为，预期效果已经达到，可以收兵了。

王克南一挥手，命令道：“同志们，撤退，回塔虎城！”

崔大牙趴在地上多时，手脚都冻得麻木，不听使唤了。听见山下突然没了动静，就觉得有些奇怪。他和“小诸葛”壮着胆子伸长脖子探出脑袋向山下望去，山下平静如初，早已没了攻山部队的身影。崔大牙和“小诸葛”正在疑惑时，身边的一个土匪用手指着远处大叫：“司令，参谋长，快看，塔虎城的共军撤走了。”

崔大牙和“小诸葛”顺着土匪手指处看去，果然看见一支部队披着白色斗篷，排着整齐的步伐正向塔虎城方向走去。

崔大牙和“小诸葛”很不理解，攻山的部队怎么说撤就撤了呢？究竟是何用意？“小诸葛”建议下山看看究竟。二人来到山下，看见鞭炮炸响后留下的满地纸屑，崔大牙鼻子差点没气歪了。

“打了一大清早，人家塔虎城的共军和咱们玩的都是鞭炮，害得咱们白白消耗了那么多子弹。真是喝凉水塞牙缝——倒霉透了。”崔大牙气得浑身哆嗦起来，不停地跳着脚大骂。

“小诸葛”也没了神气劲儿，鼻子眼睛快抽吧到一块了，活像霜打的茄子——蔫了。

白玉柱一回到区政府办公室就哈哈大笑起来，直笑得他眼泪横流。

“老王，你这招敲山震虎真是太棒了。崔大牙本来弹药就不多，这回又让他消耗了这么多子弹。崔大牙还不得活活气死啊？”

王克南笑了笑，又摇摇头：“这招就能使一次，下回崔作鹏和梁化宇不可能再上当了。”

不管怎样，能让崔作鹏和梁化宇上个大当，白玉柱还是很高兴的。土匪的子弹减少了，又没地方去补充，对日后的剿匪还是有很大的好处的。

“小诸葛”回到山上，十分懊恼。他吧嗒了一阵嘴，苦笑一下，吩咐手下对库存弹药进行仔细清点，结果是现有库存弹药只够山寨维持大半年的用量。

崔作鹏和梁化宇绝对是两个不同性格的人。崔作鹏做事喜欢自己出马一条枪，为达目的不计后果，是一个典型的今朝有酒今朝醉的家伙。梁化宇和崔作鹏不一样，梁化宇有文化，做事认真、细腻，用他自己的话说，要不是以党国事业为重，说啥也不会来西山，与崔作鹏一伙乌合之众为伍的。崔作鹏听说库存弹药不多了，虽然也有些担忧，但是到了晚上，脑袋一挨到枕头就睡过去了。而梁化宇则翻来覆去，横竖睡不着觉。他突然想起了空投，可是随后又有点犯了难——东北三省已全境解放，哪来的空投弹药呢？梁化宇这时想起北平的守军。可眼下，正被东北野战军围困，恐怕也不会有时间顾及关外小小的西山了。况且在前线征战的军人对国民党军统的人，说得好听一点，是敬而远之；说得不好听，那就是鄙视。怎么办？梁化宇正唉声叹气时，又想起一个人来，这人就是国民党军统北平站的站长刘奕，刘奕也是国民党军统汉江特训班出身，高梁化宇两届，是少将军衔。如果刘奕去求援，估计军方会给面子的。这也是没办法的办法了。打定主意后，梁化宇立即披衣起床，点上油灯，伏案连夜修书一封。

天亮时，梁化宇找来一位心腹之人，特意交代一番，便派其带上自己的亲笔信去北平，与国民党军统北平站的站长刘奕联系，求军方派飞机来西山空投弹药。

塔虎城车站。今天出行的人不是很多，一个头戴鸭舌帽的中年男人引起了站长刘明月的注意。塔虎城区各村的群众刘明月基本都眼熟，头戴鸭舌帽的人，面生不算，着装打扮也不像农民。细心的刘明月悄悄站在一边，观察头戴鸭舌帽的中年男人已经多时了。这个人买完票后，就一直坐在椅子上，把帽檐拉得低低的，从不正眼看人。

刘明月又观察了一会儿，他觉得戴鸭舌帽的人一定有问题。刘明月最后不动声色地离开了。不大一会儿，刘明月和三个胳膊戴红袖标的车站治安员进了候车室。看见有治安员过来，那个头戴鸭舌帽的人立刻显得紧张起来。见此情景，刘明月更加相信了自己的直觉。还没有等刘明月和三个治安员走过来，头戴鸭舌帽的中年男人，撒腿就从另一个侧门向外跑。

“抓特务！快抓住他。”刘明月大喊一声。

等车的旅客听见站长刘明月的喊声，纷纷站起身来。有一名年轻的旅客，冲过来堵住了鸭舌帽的去路，同时伸手抓住了中年男人的衣领。二人很快扭打在一起。刘明月和三个治安员跑过来，制服了头戴鸭舌帽的中年男人。

头戴鸭舌帽的可疑分子，被押进了车站的治安室。

刘明月双眼盯住中年男子，问道：“说吧，你是干什么的？为什么一见到我们就跑？”

“我是出门走亲戚的。”鸭舌帽脱口道。

“走亲戚？那你是哪个村的？叫什么名字？我现在就派人和你们村长联系一

下，看你说的对不对。”刘明月一气问道，根本不给鸭舌帽思考的时间。

“这……嗯……我，我……”鸭舌帽一下子被刘明月给问住了。

“说吧？你是不是西山下来的？”刘明月双眼盯住鸭舌帽，又厉声问道。

鸭舌帽浑身一哆嗦，然后不管刘明月怎么问就是不再开口，干脆来了个一问三不知。

刘明月给三个治安员使了一个眼色，一名治安员上前搜身。从中年男子的鞋垫底下，发现了梁化宇写给国民党军统、北平站站长刘奕的亲笔信。在强有力的证据面前，头戴鸭舌帽的可疑分子最终低下了头，只好老老实实地交代了自己此行的目的。

梁化宇处心积虑的空投计划彻底破产了。

第五章　刘站长识破阴谋

一进入腊月，王克南和白玉柱就忙碌起来，二人每天都亲自带领区政府组成的秧歌队，前往各村慰问军烈属、老党员、基干民兵。这天，王克南和白玉柱带着秧歌队从粮店村回来，路过八郎村。王克南看了一眼手表，时间刚好是下午三点整。

王克南建议道："老白，时间还早，咱们去郭老师家吧？正好顺便给郭老师拜个早年。"

白玉柱瞪大眼睛，一脸惊喜地说："行啊，那咱们还等啥呀？赶快去。"白玉柱说着，就第一个跳下了马车。白玉柱的那点儿心眼和目的，王克南心知肚明。

白玉柱高声道："大家赶紧下车，活动一下筋骨，热热身。王区长说了，一会儿咱们去给郭老师拜年去。"

王克南冲白玉柱一瞪眼，道："你这人怎么回事？什么我说了？给郭老师拜年难道不应该吗？"

"应该，应该，给月梅拜年是你王区长想到的，我当然得让同志们知道呀。"白玉柱拎着鼓槌，笑嘻嘻地向大鼓走去。

锣鼓敲起来了，秧歌队按白玉柱的要求，先在一块开阔地打了一个场子，活动了一下筋骨。然后列队向月梅家走去。

而此时，月梅早就收拾好了行装。尽管舅舅和舅妈一再反对，月梅还是要回一趟老家，去打听一下王克的音讯。不管王克是死是活，月梅一定要得到他确切的消息才行。

"小梅啊，东北的部队都入关了，就算王克还活着，你回老家也见不到他呀？”舅舅老郭又劝起了月梅。

月梅仍旧固执地说：“王克如果真活着，他入关之前，肯定会留下口信的。”

舅妈叹道：“这次回老家再扑个空，你还要等到啥时候是个头啊？你白大嫂说，王克南那个小伙子可好了，你可别错过机会啊！”

月梅态度坚定地说：“在塔虎城除了王克，我不会考虑任何人。我要继续等下去，等到全国解放那天为止，别人再好我也不稀罕。”

外面的锣鼓声已经越来越近了，王克南和白玉柱走在秧歌队的前头，距月梅家不到五十米了。

舅舅老郭突然想起了什么事似的说：“月梅，我听你白大哥说过，通往佳木斯的火车改点了。你要走就赶快走，再不走就来不及了。”

月梅知道秧歌队是奔自己家来的，可她也顾不了这么多了，拎起随身带的东西就向外走去。

秧歌队在月梅家的大门外已打起了场子，锣鼓点很是欢快。

舅舅老郭追出门外，说：“月梅，快走后门，抄近路去火车站，要不时间就来不及了。”

此刻，王克南站在大门口，正背对着院内冲秧歌队喊道：“都精神点儿，拿出点欢快劲来使劲地扭。”

“舅舅不用送我了，快去招待秧歌队。”月梅说话时已走到了房门口，直奔后门去了。

月梅刚走到房后，王克南就大步流星地进了老郭家的院子。

老郭满脸笑容地迎上去，与王克南握手。

王克南拉着老郭的手，满脸笑容地说：“大叔，给你们全家拜年了。”

憨厚的老郭嘿嘿一笑，道：“区长，进屋暖和暖和吧？”

“不了。”王克南左右看了半天，问：“大叔，咋没看见郭老师呢？她不在家吗？”

“啊，她出远门了，刚刚动的身。”老郭解释道。

“闪开，放鞭炮了。”小栓柱用竹竿举着一挂鞭炮跑过来大喊。

喜庆的鞭炮在青烟中炸响了，一大群孩子呐喊着跑向小栓柱。

白玉柱的妻子其木格听见后院传来锣鼓声，急忙出屋观看。见秧歌队进了月梅家的院子，她走到月梅家的大门口，看见王克南站在院子的一边，和月梅的舅舅老郭不知说着什么，可院内并没有发现月梅的身影，其木格心中觉得有些蹊跷，秧歌队一定是来给月梅拜年的，怎么会看不见月梅呢？其木格便从人群的缝隙中钻过去，来到白玉柱身边，悄悄地问："他爹，咋看不见月梅呢？她前两天叨咕要回老家，是不是回老家了？"

白玉柱无不遗憾地说："太不巧了，今天本来两个人能见面的，结果老王前脚从前门进院，月梅后脚就从后门走了。"

"唉，还是缘分没到啊！不过，他爹我得提醒你了，今后不许再管克南叫老王了，克南才多大呀，都让你给叫老了。"其木格说着，就瞪了白玉柱一眼。

白玉柱点头，说："好好，今后我保证不管克南叫老王了，就叫克南还不行吗？"

王克南大步走过来，笑道："嫂子，你和我大哥说什么悄悄话呢？"

其木格笑着反问道："咋地，不行啊？你要是眼馋就赶快找一个呀！"

王克南开着玩笑说："嫂子，那你就给我介绍一个呗？"

月梅的舅舅老郭也走过来了。他听见了王克南和白玉柱妻子其木格的谈话，似乎若有所思。

西方的天际出现了一缕火烧云。许多乌鸦聚集在西山的上空。

梁化宇这几天实在是有点闹心，在这个不平凡的年关里，他真正地体验到度日如年的滋味了。早晨起来，梁化宇掐指一算，自己派出去北平办事的心腹已走了十九天了。按常理，十九天的时间人也该回来了。梁化宇突然想起昨天傍晚乌鸦聚集在西山的情景，紧接着昨晚又梦见飞鸟折断了翅膀，心里顿时有了一种不祥的预感。但一向刚愎自用的梁化宇根本不相信塔虎城的共产党会有火眼识敌的本领。他宁愿相信心腹携款潜逃，也不相信心腹被抓。

崔大牙看着梁化宇翻了半天眼皮，说："参谋长，不是我说你，我看你是跳井里捞月亮——净想奇巧事儿。北平的将领眼皮那么高，连老蒋都得抬着脸看他，还能给咱们空投弹药？北平又被东北野战军看得紧紧的，他们自己还不知咋整呢，哪里还有时间顾及咱们？我老崔当初听信了你的话才跟了老蒋，原本是想给姜子牙舔腚——借个神仙光，可最终还是结伙上坟——自家顾自家。”

梁化宇不由得长叹一声，他是一点办法也没有了，只好俯下身去，恭维地说：“司令所言极是，现在人也到齐了，咱们就开个会商讨一下日后的打算吧。”

一听说商讨，就有一个土匪抢先说：“听说山下的穷人都分了田地，小日子过得有滋有味的，咱们还不如放下武器，下山去找塔虎城区政府，求个宽大处理也回家种地。看看人家大毛二毛哥俩多有福，下山后，被塔虎城区政府的副区长白蒙古安排到了塔虎城酒厂干活，每个月能挣不少现钱呢。”

另一个土匪接着说：“可不是咋地，当初要是有地种，谁还会上山当土匪啊？弄得八辈祖宗都跟着挨骂。”

崔大牙听了两个土匪的话，鼻子差点没气歪了。

站在崔大牙身边的梁化宇二话没说，掏出别在腰间的勃朗宁手枪，“啪啪”两枪，就把说话的两个土匪给毙了。梁化宇吹了吹冒着青烟的枪管，阴阳怪气地说：“今后谁再敢乱我军心，他们俩就是下场！”

梁化宇这两枪确实把土匪们给镇住了，土匪们面面相觑，没有一个人再敢出声。

梁化宇没经崔大牙的允许就把人给毙了，崔大牙肚子里顿时就窝了一股火，但脸色铁青的崔大牙最终还是忍住了。关键时候，杀一儆百不是不可以，眼下山上最要紧的就是要稳住人心。崔大牙只能睁一只眼闭一只眼。

崔大牙沉着脸一挥手：“把这两个抬出去扔到山沟喂野狼，别让他们躺在这里丢人现眼。弟兄们，自从你们跟着我老崔拉帮结伙入绺子，咱们干的就是刀尖上翻跟头——玩命的事。今后有我老崔在，谁也别提下山的事了。咱们有福同享有难同当，死就死在一起，活就活在一块儿。我老崔保证亏待不了大家。”

听了崔大牙的话，一旁的梁化宇首先鼓起掌来，紧接着土匪们也跟着梁化宇鼓起了掌。

崔大牙见这么多人捧他的场，早把刚才的不愉快忘到了脑后。

崔大牙又一本正经地说："弟兄们，参谋长是一口吃个阎王殿——满肚子都是鬼，正好人都到齐了，就让参谋长给咱们讲一讲今后的打算。"

"好，就听参谋长的。"一直沉寂的匪窟，有了一丝生气。

其实，崔大牙有他的想法，他想难为一下梁化宇。梁化宇也明白崔作鹏的用意，这个节骨眼上，话又不能不说。看来，梁化宇又得编故事了。

梁化宇干咳了几声，直起腰板挺起胸膛，说："弟兄们，眼下党国丢了东三省，这是不争的事实。但大家千万不要以为东三省丢了，我们党国就败了，就完了。目前，党国的盟友美利坚合众国正帮助党国排兵布阵，运兵遣将。我相信用不了多久，东三省又一定又是我们的了。我们守在这是为什么呀？就是为了等待国军反攻的那天，好向党国要条件呀。因为我们是功臣啊。

"昨天崔司令和我对库存弹药又清点了一下，发现库存弹药确实不多了，仅够咱们维持半年用的，结果有些弟兄就坐不住了，吵着嚷着要下山去塔虎城自首。这完全是一种错误的做法。别看大毛二毛回到塔虎城，受到了共产党的优待，其实，这是共产党一贯用的阴谋。共产党是想在大毛二毛身上做文章，以此来瓦解我们的山寨。弟兄们，这个当我们一定不能上啊！没有了弹药怕什么，我们人不是活的吗？实在不行了，我们可以放弃西山……"

土匪们窃窃私语，打断了梁化宇的话。

梁化宇伸出双手示意安静。

梁化宇接着说："常言道，人挪活树挪死，我们主动放弃西山，不等于像当年赤匪那样去当流寇。我们是有组织有计划地撤退，我们绕道去内蒙古，去山西绥远投国军。我们有人有枪，整建制地过去，如果董其武不要我们，那么他就是个大傻瓜。

"弟兄们，我认为明年开春国军收复不了东北，这虽是我们不愿意看到的，但这也是我们放弃西山去绥远投奔国军的大好时机。我们整建制地过去，他们一定会很重视的。到时，像崔司令这样的能人，最小也能捞个少将旅长，弟兄们都整个营长、连长、排长干干。大家说说，我们有官儿做有钱花，总比大毛二毛两个呆货在乡下混日子强多了吧？”

“好，今后就听参谋长的。”

“去投国军，好升官发财啊。”

“最好还能讨个老婆啊！”

“哈哈……”

原本士气低落的土匪们，被梁化宇的一番花言巧语就把情绪给煽动起来了。其实去山西绥远，梁化宇也只不过说说而已，他自己心里都没有一点儿底，去山西绥远路途遥远，沿途没有百姓资助，简直就是死路一条。现在距明年开春还有两三个月的时间，形势变化得太快了，国军不到一年时间就把整个东三省都丢了！两三个月的时间里，形势还会有所变化，在这段时间里，西山什么事都有可能发生！万一西山坚持不住那天，自己就脚底抹油先溜了！哪里还顾及老崔这伙笨蛋？梁化宇在西山熬的就是时间，在西山待的时间越长，梁化宇回到军统时就越有资本。

崔大牙纵然有两个脑袋、十个心眼儿也猜不透梁化宇的内心世界。梁化宇绝对是一流的表演家，他的一番表白也感染了斗大的字认识不到半麻袋的崔大牙。崔大牙完全赞同梁化宇提出的放弃西山，去山西绥远的建议。

腊月二十五这天，塔虎城区的年味就很足了。塔虎城周边村落的鞭炮声，此起彼伏，几乎接上年了。

王克南突然决定对塔虎城火车站和重点哨位进行一次安全大检查。王克南的这一决定刚一提出，就得到了白玉柱的认可。到年关了，各个环节必须做到防患于未然。王克南和白玉柱又想到一块了。

刘存刚刚收拾完厨房，王克南就告诉刘存，过年了，区政府给他放十天假。从明天起，刘存就可以不用上班了。对王克南给予的照顾，刘存自然是感激不尽。千恩万谢之后，刘存匆匆离开了区政府。

刘存一走，王克南、白玉柱、张学、赵虎，四个人就先去了塔虎城火车站。

塔虎城火车站的候车室内，出行的旅客比平时多了不少。可令人不解的是，偌大的候车室内，竟然见不到一个车站治安员的身影。

“走，去治安室。”王克南不由得皱了一下眉头。

王克南等人刚走到车站治安室的窗下，就听见治安室内传来一阵吆五喝六的打牌声。王克南和白玉柱四目对视了一下，王克南推开治安室的门，只见治安室内四个治安员正围在办公桌前打牌。也许玩得正在兴头上，四个治安员谁也没有发现王克南的到来。

白玉柱十分生气地大喊一声：“都什么时候了，你们还有心思在这里打牌？你们的岗位在哪里？”

四个治安员这才回过头来，看见区政府的领导来了，急忙放下各自手中的纸牌。之后，四个治安员低着头站在一边，垂着双手不知所措。

王克南表情肃穆地说：“都什么时候了，你们还在打牌？去，把你们刘站长找来。”

一名治安员转身刚要走，房门“吱”的一声响，车站的刘明月站长竟然不请自到了。

刘明月看见办公桌上的纸牌，又看看四个治安员的表情，就知道发生了什么事情。紧接着，刘明月的脸色也一下变得铁青。

短暂的沉默后，为了缓和治安室内的气氛，刘明月冲白玉柱赔笑道：“姐夫，你和王区长来车站，咋不事先打一声招呼呢？”

听了刘明月的话，白玉柱鼻子差点没气歪了。白玉柱双手叉腰，狠狠地瞪了刘明月一眼。

王克南转向刘明月，问：“治安员上班时间打牌，你这个站长是不是有责任啊？”

刘明月点头，回答道：“我有责任，都怪我平时对他们管教不严。请王区长多加批评，我一定虚心接受。”

王克南更加严厉地说：“批评？能是批评那么简单吗？你这个站长从今天起，降为副站长。”

王克南气呼呼地说完这句话，转身出去了。

白玉柱紧随王克南身后，走到门口时又转身回去，踢了刘明月一脚，随后头也不回地出了屋。

刘明月愣了半天，最后也跟着出了屋。刘明月一脸委屈，看样子，他对王克南给他的处分有些不服，想去和王克南理论。

“跟着我们干啥？还不回去工作？”白玉柱终于忍不住了，当场大吼起来。站台上等待火车的旅客们不知发生了什么事，都把目光投向了白玉柱和站长刘明月。

王克南只顾顺着铁路大步向南走去，白玉柱明白，王克南下一个检查的地方，一定是苏家屯的哨位。王克南走得很快，后面的白玉柱、张学、赵虎三人几乎小跑着才能跟上王克南。

平日里从塔虎城火车站步行到苏家屯的哨位，需要五十分钟的时间，可这次王克南只用了三十分钟。

白雪茫茫，哨位空空。王克南的脸上更加乌云密布。

今天是怎么了？车站和哨位，平日里根本不是这个样子的。白玉柱觉得有些奇怪。

王克南双手叉腰，回过头问：“白副区长，今天的哨位上是谁值班？”

白玉柱想了半天，说：“是刘友善和庞信。”

四个人站在哨位，足足有十几分钟，才看见刘友善倒背着枪，手捂着肚子，龇牙咧嘴地从小树林中出来，他边跑边喊：“王区长，白副区长，我在这呢。”

“干什么去了？”还没等刘友善走近身边，王克南就撂下了脸色。

刘友善解释：“我肚子疼，刚才上了一趟厕所。”

王克南仍然绷着脸，说：“我不反对你上厕所，苏家屯哨位不是两个人值班吗？庞信他干啥去了？”

刘友善低着头，吞吞吐吐地说：“我和庞信琢磨，这不是来到年关了嘛，谁家不有点啥事，所以就留一个人值班，另一个人在家还能干点儿啥。”

白玉柱指着刘友善的鼻子，说：“刘友善啊刘友善，咱们别动队数你岁数大，你们这样做，让我说你啥好呢？”

白玉柱的脸被刘友善气得抽搐起来，红一阵白一阵。

王克南冷冷地说："刘友善你听着，我代表十七师塔虎城特别行动大队，对你和庞信实行留队查看一年的处分。"

刘友善表情变得茫然，深深地低下了头。

王克南向白玉柱、张学、赵虎三人一挥手，说："走，回塔虎城！"王克南又向塔虎城走去。

回塔虎城的路上，白玉柱、张学、赵虎三人在后面偷偷嘀咕起来。三个人觉得王克南今天有点怪，像是有演戏的成分。塔虎城火车站的安保工作历来都抓得都很好。前不久，还成功抓获了梁化宇派去北平联络空投的土匪；苏家屯的哨位，从来就没有值班战士脱岗现象；王克南今天这么做是为什么呢？

白玉柱紧走几步，追上王克南，问："克南，你今天究竟是什么意思？"

王克南终于忍不住了，回头说："你们以为我真给刘明月和刘友善处分了？其实这是一个秘密。走，回到塔虎城我再和你们细说。我看呀，崔作鹏一伙匪徒，这个年是过不去了。"

腊月二十八这天，受过处分的刘明月、刘友善、庞信来到了刘存的家中。

看着三个人闷闷不乐的样子，刘存开导说："大过年的，还想着那件不开心的事呐？"

刘明月叹了一口气，说："今天没别的意思，就是找你打牌，解解闷。"

刘存笑道："好啊，我正为成不上局犯愁呢？正好你们来了，我看，将来我家就叫避难所吧？"

刘友善一挥手："一家子，你咋哪壶不开提哪壶呢？快放桌子玩牌吧？"

还没等刘存动手，庞信早已把刘存北墙柜盖上的炕桌拿过来了。

刘存见庞信拿饭桌子时差点碰到佛龛，就急忙喊道："哎，小心点，别惊动了老佛爷啊！"

庞信听刘存这么一说，特意上前看了一眼佛龛，又伸出手摸了一下佛龛。

"这也没碰上呀？"庞信自语道。

刘存见状，急忙说："哎，别动！没洗手是不能摸佛龛的！"

庞信回头一咧嘴："不就是摸一下佛龛吗？还值得你急赤白脸的？"

刘存缓和了一下口气，说：“我是怕老佛爷怪罪呀。”

坐在炕沿边的刘友善圆场，道：“你们俩也别打嘴仗了，赶快放桌子玩牌！”

庞信走回来，把炕桌往炕上一放，连连叫道：“脱鞋，脱鞋，上炕玩呀！事先说明白点儿，今天谁也不许玩赖。”

刘明月叫道：“数你事多，谁玩赖谁是小狗！这行了吧？”

“这还差不多。”庞信边说边脱鞋上炕。

刘存找来一个棉垫铺在炕桌上，又转身从灯窝里边拿出一副长条形的纸牌，扔上桌，说：“知道你们几个还要来玩牌，前几天特意叫人从大赉镇买回一副新牌。明月，你洗牌。今天大哥就是陪你们几个玩，保证让你们几个乐乐呵呵地玩到散场。”

刘明月洗牌的方式很特别，他两只手各攥一半纸牌，来回交叉将牌插在一起，又重叠码好，反复几次，纸牌就洗好了。

刘明月把纸牌往桌子上一摔，伸出手在纸牌上用手只轻轻一抹，一摞纸牌就呈扇形摊开了。

刘明月搓了几下手，叫道：“来，刘师傅你坐我下家，我得看着点你，你年年总玩赖，去年你净偷看我的牌，让我输了不少钱。今年我说啥也要捞回来！”

“呀呀，这家伙的，去年的事还记得呢？输俩钱儿记了一整年。今天我就送给你点儿，怎么样？多大个事啊！堂堂的站长把钱看得这么重要。”刘存伸手抓了一张纸牌，看了一眼，兴高采烈地说，“瞧瞧，一年了，手气还这么兴！”

刘明月不知为什么，一边出牌一边又发起了牢骚：“我今年的点儿太背了，又偏偏遇上了王克南这个黑脸包公。唉，你们说，我当了这么长时间的站长，没功劳总得有点苦劳吧？他王克南一句话，说把我撸就撸了。王克南一个地方上的小区长，插手我们铁路上的事，未免手爪子伸得有点太长了吧？”

刘存打出一张牌，慢声细语地说：“你怕啥？你比他们两个都强，有你表姐夫白玉柱在，说不定哪天又把你扶正了。”

刘明月听刘存提起了白玉柱，就不屑一顾地说：“少和我提白蒙古，那小子更不是人。王克南教训我时，他一句好话也不替我说，居然还胳膊肘向外拐。我没有白蒙古那样的姐夫！今后让他滚犊子！”

刘友善也一脸不满地说：“我也够倒霉的了，出去拉一泡屎，被王克南定了一个留队查看一年的处分。他以为谁愿意当这个兵啊？傻子都能看出来，等打完了西山的老崔，说得好听一点，是送我们去前线，说得不好听一点，那就是送我们去当炮灰。我是一个快四十岁的人了，跟他们扯犯不上，王克南最好把我给开除了。这样的话，我刘友善还能在塔虎城这块风水宝地多养几天大爷。”

庞信嘴上没说什么，但也能看出他对王克南的不满情绪。

刘存笑道：“看来你们三个人对王区长还真有点不满啊。说句实在的话，我倒要感谢王区长了。”

“咋说呢？”一直没开口的庞信终于说话了。

“王区长给我放了十天的假，还特意嘱咐我，该干啥干啥，好好放松一下。”刘存又把目光投向刘明月，问：“一家子，你们车站放假吗？”

刘明月不满地说：“放个球？这个年过得比平常日子还忙呢。”刘明月说到这，就打住了话题。

一旁的刘友善用胳膊碰了一下刘明月，说：“咋说半截话呢？你们车站为啥忙啊？都是老牌友了，还有啥隐瞒的呀？”

刘存一伸手，连连说：“你们都是公家的人，有啥秘密最好别当我这个外人说。”

刘存说完这句话，用眼角偷偷地看了刘明月一眼。其实，刘存很想知道刘明月后面话的意思。

庞信一旁替刘友善溜着缝说：“这脸崩的，人家都不拿你当自己人了，还那么认真呢。”

刘明月这才压低声音说：“今天咱们哪说哪打住，年三十晚上十二点，有一趟军火列车在咱们塔虎城车站通过。上面要求，塔虎城车站的全体员工必须要坚守岗位。一定要确保军火列车在塔虎城车站顺利通过。”

刘友善摇了摇头，笑道：“这也叫机密啊？这两个月我在苏家屯哨位执勤，哪个月不看见有一两趟军火列车通过塔虎城车站呀？”

刘明月神秘地说："这次的军火列车和往日的不同，车上拉的全是老毛子的货，有转盘子机枪和冲锋枪，听说还有什么老毛子最先进的武器，喀秋莎多管火箭炮。上面说，这趟军火列车在白城火车站停靠两天了，一直在等待时机，只有年三十晚上通过塔虎城车站才最安全。"

刘友善点头："大鼻子的武器就是好，苏联打德国希特勒多亏喀秋莎了。"

说者有心，听者也有意。刘存的双眼突然一亮，但很快又转为了正常。

刘存故意转移话题，说："友善，你们过年放假吗？"

刘友善火冒三丈地说："放个屁！本来白蒙古要给别动队全体队员放假。没承想，硬是让王克南给取消了。王克南把我们十五个人分成一组，没白没夜地派到各村去巡逻，说要防止西山的土匪进村来报复。"

刘明月刚要张嘴说话，刘存就大声说："出牌，现在咱们在一起就是玩，谁也别再提与玩无关的话题了。"

刘存刚甩出一张牌去，刘友善就兴奋地大叫："马粪蛋儿也有发烧的时候？哈哈，我和了！"

白玉柱从腊月二十五这天开始，就一直没回过家。他看见王克南一大清早就趴在桌子上写信，觉得有些奇怪。

白玉柱走过来，悄悄地问："克南，早晨起来就写信，这是给谁写的啊？"

王克南停住手中的笔，抬起头笑着说："给吕师长写一份归队报告。等消灭了西山的土匪后，咱们好归队呀。"

"什么，西山的崔大牙还没有消灭，你就要求归队了？"白玉柱更加不解了。

王克南非常认真地说："等消灭西山的土匪后，再给吕师长写归队报告，一来二去的就得半多个月，我这叫打的提前量。"

白玉柱听王克南这么一解释，顿时恍然大悟。

"跟你总有学不完的招，赶明儿，我干脆拜你为师吧？"白玉柱心服口服地说。

王克南和白玉柱二人同时哈哈大笑起来。

王克南笑过之后，说：“老白，我跟你请个假，三十晚上消灭了西山的土匪，初一起早我回一趟老家。想着等接到吕师长的归队命令后就没时间了，说不定哪年哪月才能回一趟家呢。”

白玉柱点点头，没说话。他十分理解王克南，王克南自从野战部队来到塔虎城后，就把全部的心血和精力都放在了工作上。今天第一次听王克南提要回老家，白玉柱不禁一阵心酸，眼泪差点没掉下来。

屋外传来脚步声，看人影，像是张学和赵虎回来了。

塔虎城村，刘存家的牌局热热闹闹地打了一整天，直到傍晚才散。

刘明月、刘友善、庞信三个牌友走后，刘存就拎着酒葫芦趁着夜色还没有完全降下来，直接去了塔虎城酒厂。刘存原本不会喝酒，可他今晚不知为什么竟然想要喝酒了。

“四辈厂长在吗？”刘存进了酒厂生产车间就喊。

正在生产车间西侧的一个房间内对账的四辈，听见刘存的声音，从屋内出来，有些纳闷地说：“刘师傅打酒，真是稀奇啊。你平时可是总也不来打酒的人啊。”

刘存笑了笑，回答：“我是很少喝酒，这不，王区长照顾我，给我放了十天的假，我寻思着，一个人在家闷得慌，还不如喝点儿酒消磨一下时间。所以就想起来酒厂打酒了。五斤老白干足够我喝一个正月的了。”

刘存说完这番话，冲四辈嘿嘿地笑了两声。

四辈特意吩咐大毛去储酒间为刘存打上等的稳缸酒。大毛从刘存手中接过酒葫芦，一声不响地进了储酒间。时间不长，大毛就拎着沉甸甸的酒葫芦一声不响地出来了。

大毛把酒葫芦递给刘存时，只是冲刘存笑了一下。之后，转身忙别的去了。

刘存回到家中烧了几样菜，独自坐在炕桌前，自斟自饮起来。刘存心里高兴，今天的牌真没白玩，赢了点酒钱不说，还意外地获得了一条非常有价值的情报。

西山正为缺少弹药闹得焦头烂额，这个年，估计老崔都没法过了。没承想，弹药和武器却自己送上门来了，而且还都是苏联最先进的稀奇货。西山的老崔要是得到了这批军火，就可以和塔虎城的共军抗衡了。这不是天意，又是什么？刘存心里别提有多美了。

刘存越想越得意，一时兴起竟然情不自禁地哼起了小曲：“八月十五呀闹中秋，姑娘小伙乐悠悠。月亮地里儿呀，总也唠呀唠不完。急得爹娘离开家门，一起出去找丫头。房前屋后喊个变，就是不见丫头。听见爹娘喊丫头，姑娘就是不乐意走。姑娘情急昏了头，跟着小伙钻了山沟。二人私订终身事，年底再派媒人把婚求。真是浪啾啾，浪也么浪啾啾……”

突然，房门被风吹开了，一阵凉风吹进屋内，刘存打了一个冷战，他身体一哆嗦头脑立刻清醒了许多。不知怎么，刘存忽然想起今年开春发生的一件事来。当初，四十家子山的马六子没粮吃，塔虎城的王克南正好抓住了马六子急于找粮的机会，就用粮食做诱饵，致使马六子上钩，最终导致马六子全军覆没。这血淋淋的教训，让刘存一想起来就头皮发木发麻。

现在西山的状况和马六子被歼时的状况一样，只不过，这回西山缺少的是弹药，不是粮食。这意外获得的情报，会不会又是王克南抛出的诱饵或“引蛇出洞”的招数呢？目前东北全境无国军，郭尔罗斯前旗这片土地只剩下西山这支土不土洋不洋的队伍了。只要老崔这伙人能在塔虎城地界存在，熬到国军打回来的那天，自己就是功臣。小心才使得万年船，和王克南之间的较量无论如何也再输不起了。

思前想后，刘存又认为王克南不可能在同一地点，再次使用同一条计策。刘存和王克南在一起打交道也有大半年时间了，刘存早已摸清了王克南的脾气秉性。王克南看问题，眼光比较远，有常人难以做到的稳劲。但王克南这个人的做事方法，又总是推陈出新。第一次使用过的方法，下一次王克南就很少再使用。

王克南这一做事的方法，刘存早已熟记在心。刘存自作聪明地认为自己知己知彼。

刘明月、刘友善、庞信三人受了王克南的处分，几个人聚在一起发牢骚发怨气也在情理之中。对于刘明月无意中说到年三十晚上，塔虎城车站有军火列车通过的消息，刘存深信不疑。因为东北野战军经过东北的几场战役，消耗了大量的库存，急需补充军火才能和北平的守军抗衡。

确定情报来源可靠后，刘存当即给西山的崔作鹏和梁化宇写了一份情报，准备明早由鸽子带往西山，也好在这年关上，给西山一个意外的惊喜，鼓一鼓士气，振奋一下精神。

情报写好后，刘存又想到了自己的退路。如果西山的崔作鹏和梁化宇劫军火列车成功，塔虎城的王克南就一定会追查泄密的人。不过估计王克南会从车站的工作人员开始。那时就会把刘明月查出来，只要查出泄密的人是刘明月，就会把自己也带出来。刘存决定，只要西山的崔作鹏和梁化宇劫军火列车一成功，自己就立即动身离开塔虎城。刘存甚至也想过，自己离开塔虎城时绝不能从塔虎城车站上车，最好想办法先到郭尔罗斯前旗，神不知鬼不觉从那里上车是最安全不过了。

刘存偷偷地问自己，这么是为什么？也许这就是古人说的功成身退吧？想到这里，刘存居然“嗤嗤”地笑出了声。他认为自己的计划很高明。

塔虎城内，十分安静，也没有一丝风。天气不错，但很寒冷，室外已到了滴水成冰的程度。

王克南、白玉柱、张学、赵虎，这四个塔虎城特别行动大队的核心人物，正端坐在区政府办公室内，等待着外面的消息。

时间一分一秒地过去，中午，莫日格旗南山观察暗哨的祥子派人回来报告，今天早晨有几只鸽子突然来往于塔虎城区和西山之间。

敌人果然蠢蠢欲动了。王克南、白玉柱、张学、赵虎四个人的内心不禁泛起了一阵难以抑制的喜悦。数月以来，一直困扰在王克南内心的烦恼和焦躁，顷刻间就烟消云散了。

王克南双手抱肩，在屋里踱起步来。王克南似乎提前进入了紧张的战前准备之中。

一番冷静的思索后，王克南认为，来往于塔虎城和西山之间的鸽子，只是说明了一种现象，如果现在就贸然断定敌人上钩了，未免有点为时过早。为慎重起见，王克南吩咐张学和赵虎，一定要严密注视刘存的一举一动，但绝对不能打草惊蛇。另外，要防止刘存逃跑。

“呜——”外面传来一声火车长长的汽笛声，又有一列火车驶过了塔虎城车站。

王克南搓了搓手，他感觉到了前所未有的压力和紧迫感。但他也捕捉到了战机，绝不能错过，当然，王克南还要稳操胜券，打赢塔虎城剿匪最后这一仗。

西山的年一点生气也没有，梁化宇悲观地认为，西山的年，注定要在郁闷中度过了。土匪们和梁化宇一样，带着同样的恐慌、困惑和绝望等待着，明天究竟是死还是活？谁也不知道，既然谁也不知明天会是什么样子，也只好过一天是一天。

山洞的灯光像鬼火一样跳动着，忽明忽暗，有气无力，整个洞内显示出昏昏欲睡的意味，四周悄然无声，静默异常得有些怕人。偶尔炭火燃烧时，飘然飞出一两个小小的火星，算是为西山这个年增添了一丁点儿喜气，但火星眨眼之间又熄灭了。

梁化宇和崔作鹏坐在椅子上，紧闭双眼不知各自在想些什么。

一个土匪从外面跑进洞来，把一张纸条递给了梁化宇。忧心忡忡的梁化宇认为，这一定是黑鹰的安慰或拜年信，根本解决不了山寨的眼前之忧。梁化宇把纸条拿到手后，半天才看内容。看完后眼前突然一亮但随即又犹豫了。情报来得这么容易，是不是塔虎城共产党的圈套呢？黑鹰刘存和自己虽在一个特训班受过训，刘存的水平梁化宇是知道的。刘存城府不深，啥事听风就是雨。马六子一伙就是栽倒在刘存手上的。刘存情报上说，军火列车此时就停靠在白城火车站。自己何不派人去白城火车站，暗中侦察侦察？为了给崔作鹏一个惊喜，梁化宇悄悄地派两个土匪乔装去了白城。

莫日格旗南山观察暗哨反馈回来了信息，祥子他们观察到鸽子又飞回了塔虎城。之后，一大清早就有两个人从西山下来，直接就去了塔虎城火车站。王克南综合这两条信息，估计黑鹰刘存已经把情报传递出去了。塔虎城的王克南，接下来的时间只须等待和准备了。这时，车站的刘明月派人过来说，西山下来的两个人上火车去了白城。

崔大牙这边闹心吧唧地坐立不安，梁化宇却不管不顾地蒙头大睡。梁化宇深知得意就会忘形，往往最后的时刻只因一时疏忽而落下满盘皆输的结果。梁化宇与其说是在睡大觉，倒不如说是在等待时间，他要让时间来证明一切。只有去白城侦察的两个人回来证明情报属实后，他才能安排下一步的方案。天黑时，睡了整整一天的梁化宇终于醒来。巧的是去白城侦察的两个人也回来了。那两个人把在白城火车站侦察到的情况向梁化宇详细地说了一遍。之后，梁化宇一时竟忘记了国军的形象，他大叫一声，从床上蹦到地上。

“老天有眼，老天有眼啊。”梁化宇激动得手舞足蹈起来。

一旁半睡不睡的崔大牙，睁开蒙眬睡眼，不解地问：“参谋长，咋地啦？我看你是狗逮耗子猫看家——反常。大过年的，你这一惊一乍的，是为啥呀？到底又是哪一出啊？”

“司令，咱们今天是光棍娶媳妇——有喜事了。”梁化宇一高兴也整出来一句歇后语。

崔大牙见梁化宇故意卖关子，就急得跺着脚催促道：“行了，我的参谋长，你可别被窝里搂媳妇——只顾自己乐。究竟有啥喜事，快说出来，好让我们也高兴高兴。”

梁化宇把年三十晚上，塔虎城车站过军火列车的消息说出来后，崔大牙就像病入膏肓的心脏病人，被注入了一针强心剂一样，又重心有了精神头。就连目光也变得异常发亮了。

“哈哈，天不灭我，天不灭我啊。我老崔是八十岁得儿子——有后福啊。”崔大牙原本愁眉不展的一张老脸顿时眉开眼笑。

再看梁化宇，像刚刚打完了吗啡的大烟鬼，也立马来了精神头。他一下又来了国军的标准派头，大声命令：“国民革命军塔虎城地下先遣军的全体弟兄们听着，立即张灯结彩，准备过大年！”

待在家中的刘存，听见了塔虎城车站传来的火车汽笛声。刘存的脸上露出了一丝阴险的笑容，同时他的双眼又射出了一股贪婪之光。由于过度兴奋，刘存的举止已有些变形。刘存深呼一口气，努力地平复着自己的心跳。刘存摇摇头，暗骂自己：今天是怎么了？咋这么沉不住气呢？

刘存点燃了一支烟，坐在炕沿边慢慢地吸着，待烟草的味道在刘存的五脏六腑窜了个遍后，他的情绪多少有些镇静了。刘存清醒地知道，当一个人尤其是特工过分得意时，往往容易暴露其身份，甚至会招来意外之祸。其结果就是满盘皆输，前功尽弃。

刘存刚刚稳住情绪，可一想到自己马上就要离开塔虎城了，他的内心又有了一种不可名状的歉疚和惆怅。

刘存想起了无辜死去的叔叔刘长海。多少个不眠之夜，心灵震颤的同时，也把刘存那颗苏醒的良知带入了巨大的情感漩涡之中。刘存在情感的漩涡中挣扎，胸口像压了一块石头使他难以喘上气来。几经沉浮，刘存恍惚看见了那个冤死的魂灵在黑夜里到处飘荡，无家可归……

两年前，刘存只身一人来到塔虎城村投奔叔叔刘长海。

刘长海中年丧妻，无儿无女，是一个老实巴交土生土长的农民。

侄子刘存的到来，让刘长海那颗早已麻木的亲情神经又感觉到了一丝温暖。刘存每天都陪刘长海下地干活，从来不多言不多语，对叔叔刘长海孝敬有加。刘存很快就得到了村里人的夸赞。

朴质的刘长海精神上得到了极大的宽慰，他逢人便讲，自己虽然没儿没女，但这个侄子对自己比亲生儿女还亲，这辈子他满足了。

就在刘存刚来塔虎城村不到一个月，白玉柱带着祥子和四辈来刘长海家调查刘存的历史来了。为此，一辈子没和别人没红过脸的刘长海，居然和白玉柱争吵起来。常言道：打狗还要看主人呢，更何况白玉柱要调查的是自己的侄子。

好在刘长海是一个根正苗红的贫农家庭，白玉柱最后妥协了，也没有再深追深查刘存的历史。

正好这个时候，塔虎城区政府缺一个做饭的厨师，干净利索的刘存就去塔虎城区政府当了一名厨师。

半年后的一个夜里，刘长海终于发现了侄子刘存的一个秘密：劳累一天的刘长海一觉醒来，看见侄子刘存正坐在北墙的地桌旁，擦着一把乌黑的手枪。

“你……你在干什么？哪里来的枪？”睡眼蒙胧的刘长海，惊出了一身冷汗。

“小点儿声。”刘存伸出一根手指示意，他神情坦然地说。

“你到底是干什么的？你是不是特务？”刘长海披衣坐起，厉声问道。

刘存嘿嘿一笑，满不在乎地说：“不错，我是国民党军事调查统计总局的特工，来塔虎城是执行一项特殊任务的。识相的，今后就闭上你的嘴，这样还能保住你的命。”

刘存的面孔突然变得有些狰狞可怕，仿佛吃人的妖怪一般。

刘长海毫无惧色地说：“明天一早，你和我去塔虎城找白玉柱去自首。我就还认你这个侄子。要不然，我现在就去找白玉柱告发你。”刘长海说着就要下地。

刘存以为自己亮出身份，叔叔为亲情所迫一定会帮自己隐瞒下去的。没想到，叔叔竟将亲情抛至一边，还要去白玉柱那里告发自己。

刘存一时慌了手脚，他上前和叔叔扭打在一起。年纪大了的刘长海，哪里是训练有素的军统特务刘存的对手？叔侄打斗中，刘存很快就占了上风。

被刘存压在身底下的刘长海，气喘吁吁地说：“只要我有一口气，我就要到白玉柱那告发你。”

刘存恼羞成怒，顿时起了杀心。他环顾四周，从灯窝里摸出一根五寸长的铁钉，硬是用手掌把铁钉拍进了叔叔刘长海的脑袋里。可怜的刘长海，当场惨死在自己的亲侄子手中。

杀死了叔叔刘长海后，刘存也想到了逃跑。可他冷静思考一番后就放弃了逃跑的念头。知道自己身份的人，只有叔叔刘长海一人，而且人又死了，真正是死无对证了，莫不如……

刘存重新布置和伪装了一下现场，又把叔叔刘长海头部的伤口进行了一些处理，自认为天衣无缝后，等到天亮时，刘存就直接去了白玉柱家。

白玉柱一家正在吃早饭，刘存满脸泪痕地进了白玉柱家的屋。扑通一声，刘存就跪在了白玉柱家的屋地上，号啕大哭起来。

白玉柱光着脚跳下地去，双手扶起刘存，问：“刘师傅，发生什么事了？别着急，慢慢说？”

“白副区长，不知什么原因，我叔叔昨天夜里暴病身亡了。这回我是跳进黄河也洗不清了。白副区长，你可一定要替我做主啊！要不，我可没法活了！”刘存说着头一歪，竟然昏死在了白玉柱的怀中。

白玉柱两口子又是掐人中，又是喊，总算是把刘存弄醒过来了。刘存就像个傻子一样，用暗浊的目光盯着白玉柱，那样子十分可怜。

白玉柱想起昨天早晨还看见刘长海拎着土篮在塔虎城村的街道上捡粪，怎么一夜之间，就暴病身亡阴阳两隔了呢？

“刘师傅，你先回去，我先去一趟塔虎城找下张区长，随后就去你家。”白玉柱把刘存打发走后，连饭也顾不上吃，就匆匆去了塔虎城。

到了塔虎城区政府，白玉柱把刘长海昨夜暴病身亡的事和区长张宏业说了。张宏业也感到刘长海死得有些蹊跷，便当即决定和白玉柱去一趟刘长海家，看看实际情况。

塔虎城村距塔虎城很近，张宏业和白玉柱很快就赶到了刘长海的家里。

张宏业和白玉柱一进院，就看见刘家的院子当中摆放着一口大红棺材。刘存头顶一块白布，正跪在棺材前头鼻涕一把泪一把地烧纸。

院内站了不少人，刘长海突然暴病身亡，事先也没什么准备，棺材是一些好心的邻居帮忙借来的。乡下民风淳朴，红白喜事又不是一家办的。大家都为刘长海的不幸身亡哀婉痛绝。

张宏业不动声色地看了看白玉柱。白玉柱以要看刘长海最后一眼为由，打开了棺材盖。白玉柱和张宏业二人，围着棺材走了几圈，也没发现死者刘长海身上有什么疑点。

白玉柱又看了一眼哭倒在地的刘存，回想起平日里刘长海和刘存叔侄二人情感深厚，白玉柱不免也动了恻隐之心。

让死者尽快入土为安，让生者得以慰藉。接下来，这些都是白玉柱要做的。伴随着刘长海棺木的入土，一个惊天的秘密也被埋入了地下。刘存在塔虎城也算是站住了脚，鹊巢鸠占，刘长海的宅子换了新主人。

“呼趴”屋外传来二踢脚的爆炸声，纸屑从半空中袅袅地在刘存家的窗口慢慢飘落下来。像雪花一样落地无声。

刘存在军统汉江特训班受训时，曾经读过一本外国小说。名字已记不住了，不过刘存非常喜欢这本小说，小说中的人物，一个可爱的小女孩和外公相依为命地一起生活。一次，半夜里小女孩发现自己的外公正在发电报。小女孩当即就明白了，外公就是全城正在搜捕的特务。小女孩要去告发外公，结果小女孩的外公为了不使自己的身份暴露，当场掐死了自己的外孙女。

埋葬外孙女那天，小女孩的外公竟哭得死去活来。刘存认为小说这部分写得非常好，这是小女孩的外公真实情感的外露。

这篇小说好就好在作者没有把一个老牌特工刻画成狰狞可怕、阴险毒辣的家伙，而是把他人性化了。

特务一向都是为政治服务的，不能有半点的仁慈，哪怕是对自己的亲人。但特务也是人，“恻人之心，人人有之；无恻人之心者，非为人也”。刘存又很矛盾，他是受过高等教育的人，从小也是读着那些儒家书籍长大的。亲情泯灭的事，刘存不想干。

一想到这里，刘存就流泪了。这个年，刘存过得有些凄凉。长期以来，刘存的内心藏有别人永远不知道的痛楚和悲酸的秘密。刘存像个孩子似的小声地哽咽着，抽泣着，似乎有哭不尽的幽怨与哀伤。半天后，刘存又颤抖着双手再次卷了一支纸烟，他的手有点不听使唤，反复卷了多次才把纸烟卷好，这支纸烟足有手指那么粗。点燃纸烟，一大团烟雾从口中吐出来时，刘存的目光又突然变得有些迷离，眼泪再次悄然无声地流出来，伴随着泪水的解脱，刘存的心里多少有些好受了。长出一口气后，刘存的脸上又露出了不可摸捉的笑容。他马上就要成功了，不管咋样，只要做事成功，自己在塔虎城就算没白待。一旦离开塔虎城回归军统组织，迎接他的将是鲜花和奖章，而他也即将走上人生辉煌的巅峰，随之而来的则是享受不尽的荣华富贵。这些不正是他所追求的吗？不过，刘存认为他即将得到的幸福，也是充满悲酸的幸福，因为刘存付出了泯灭亲情的代价。想到这些，刘存无法控制自己，他心乱如麻，情绪忽明忽暗。一会儿是人，一会儿是鬼。

大年三十的早晨，外面一丝风也没有，整个天空都变成了铅灰色。不久，天空就飘起了鹅毛大雪，尽管雪花很大，可雪花却很轻很轻，它们一片一片地从半空中，慢悠悠地降下来，最后悄然地落在地上、城墙上、房屋上、树木上。

张学和赵虎在区政府的院子里，燃放起了鞭炮。

区政府的门口刚刚贴上一副对联，对联内容是：爆竹声声辞旧岁，梅花点点迎新春。横批是：辞旧迎新。

王克南叉着腰看着贴好的对联，冲白玉柱说："内容是不是有点俗了？简单了？"

白玉柱满足地说："行啊，简简单单的更好。"

刘存放假这几天，区政府一直是王克南在做饭。白玉柱也昼夜留在区政府值班。王克南和白玉柱给外人的印象是外松内紧。

吃早饭时，白玉柱品尝着王克南饭菜，称赞道："好吃，真是干啥像啥。将来成了家，一定是一个好丈夫。"

白玉柱的一番话，把张学和赵虎都逗笑了。

吃完饭后，各项工作开始有条不紊地进行。张学和赵虎受命离开了区政府，一个去了莫日格旗南山的观察暗哨，一个去了塔虎城村监视刘存。今天是大年三十，也是剿匪最关键的一天，剿匪成功与否就看今天晚上了。张学和赵虎更加小心，不敢有半点马虎。张学和赵虎走后，偌大的区政府只剩下王克南和白玉柱两个人。二人坐镇塔虎城，主要是对反馈回来的信息进行综合分析研判，再对下一步的行动做出具体安排。

塔虎城周边村落的鞭炮声已告一段落。有雪无风，塔虎城内显得更加安静异常。皑皑的白雪为这个新年增添了一道别致的景象。

王克南和白玉柱坐在区政府办公室内，二人的心里也非常安静。此时，王克南和白玉柱要做的只有等待，时机只有在等待中才能到来。

王克南看了一眼手表，距午夜十二点还有十六小时零六分钟。

窗外的雪还是下个不停，而且仍然悄然无声地下着，这场雪，也许是今年冬天最大的一场雪了。

西山的崔作鹏和梁化宇也一定在等待着时机，二人一致认为，这场雪给他们劫军火列车带来了绝好的时机。

塔虎城的王克南和白玉柱揣摩敌情后，分析认为，这场雪给塔虎城特别行动大队全歼西山的土匪创造了有利条件，真是千载难逢的好机会！敌我双方的博弈即将开始。较量无处不在。

一群麻雀叽叽喳喳地挤在屋外的房檐下，为了争夺最佳位置竟然打起架来。它们衔着对方最蓬松的羽毛，互不相让，一直从房檐打到半空，再由半空打到地面。最后在地面的积雪中滚成球。如果听见房门有响动，这群麻雀就会呼的一下飞走，落在树上，晃动着小脑袋，观看来人的举动。待人进屋或离开后，这群麻雀又会飞回来，继续挤在房檐下，叽叽喳喳地为了最佳位置相互打架。

突然房檐下的麻雀飞走了，王克南知道一定是有人回来了。果然一个人影从大门口快步进了院子。

房门开了，张学一身雪花裹着一团寒气进屋报告，西山下来六个人，一进白家大院就开始抓猪，看来白家今天是要宴请什么人。

听了张学的报告，白玉柱显得很兴奋。王克南却什么也没说，只是轻轻地点了一下头。他仍然默默地等待，作为塔虎城的主帅，他当然需要时间来证明一切。

白玉柱嘱咐张学："回去的路上，一定要注意隐蔽，不能让任何人发现你的行踪。"

张学自信地回答："我走另一条路，在树林中隐蔽前进，谁也发现不了。再说了，雪这么大，路上根本见不到人影。"

张学走后不到半个小时，酒厂的大毛奉厂长四辈之命来了，大毛说，莫日格旗的老白头儿，在酒厂刚刚装走了八十斤白酒，是用毛驴驮走的。

白玉柱听了大毛的话，兴奋异常，更有些沉不住气了。一旁的王克南向白玉柱摆了一下手，示意白玉柱保持镇静。白玉柱只好一声不响地坐在了王克南对面。

世界上最难熬的莫过于等待中的时间，特别是当你迫切地期待着什么事时，时间好像故意和你开玩笑似的，过得异常缓慢。

中午，屋外的雪还在下着，仍然一丝风也没有。塔虎城的城墙上、房屋、树木、大地都已覆盖了一层厚厚的白雪。雪，把这个世界完全裹住了。天也变得更加阴沉了，继之而来的是更大的雪。

为了消磨时间，王克南从宿舍内端出棋盘，他要和白玉柱下一盘棋。其实，白玉柱根本没心思下棋，只是同样为了缓解紧张的心情，才陪王克南下起棋来。往日王克南和白玉柱下棋，王克南赢的次数很少，但今天白玉柱竟连输了三局。

白玉柱把棋盘一推，说啥也不玩了。王克南于是和白玉柱天南地北地唠起嗑来。

下午三点，张学和赵虎回到了区政府。

赵虎："报告，刘存家一切正常，刘存正在家中做菜准备过年，根本没有逃跑的迹象。"

张学："报告，西山一共下来一百六十二个土匪，现已全部进入白家大院。白家大院热气腾腾，一场大餐即将开始。"

王克南的脸上终于露出了笑容。

土匪上钩了，今晚的大年夜，注定不平常！

塔虎城的剿匪行动，将于一九四八年的大年三十彻底结束！塔虎城区内从此再无匪患！

土匪全部进入白家大院，显然没有防备之心，塔虎城特别行动大队出其不意地扑过去全歼土匪，一定易如反掌。现在要做的是去塔虎城村会一会潜伏的敌特黑鹰刘存了。

王克南站起身来，活动了一下筋骨。

"这回疖子出头了！走，去抓刘存。"王克南双手握拳，发出了嘎巴嘎巴的声响。

王克南、白玉柱、张学、赵虎，四个人出了区政府大院，一声不响地直奔塔虎村而去。

雪太大了，十米之内看不到人。正是抓捕敌特刘存的最佳时机。

刘存家中，酒菜已上了桌。刘存盘着腿坐在炕桌前，一想到今晚的惊人之举，刘存就抑制不住内心的喜悦。刘存感到离胜利已不远了，现在该是庆贺的时候了。吃了这顿饭，他就要趁着夜色的掩护离开塔虎城，再也不用提心吊胆、半人半鬼地过日子了，自己要去一个自由世界享福去了。刘存此时的心情别提有多美了，他在塔虎城待了这么久，终于有了为党国建功立业的机会。此刻又能全身而退，刘存就如同困在沙漠中的人看到了甘泉一样兴奋。他抿了一小口酒，情不自禁地哼起了二人转《大西厢》中“崔莺莺观花”的那段曲调：“崔莺莺一进花园呀，留神观看呐。满园的花溜溜的草啊，开的是贼贼啦啦地香……”

房门突然打开，王克南首先一个箭步跨进屋来。

刘存吓了一跳，但他很快就镇定下来。

“王克南，你是专门来会我的吧？”刘存不紧不慢地问。

王克南和刘存四目相视，良久，王克南大喝：“黑鹰，你的表演结束了，戏也该收场了！”

“不，好戏还在后头呢，王克南你黄嘴丫子没褪净的小毛孩儿和我斗还嫩了点儿。你我谁胜谁败，要等过了大年夜才知道。怎么样？王区长，是否坐下来和我刘存喝两杯？咱们相处也快一年了，多少也有些交情。”刘存一摆手，自信地嘿嘿一笑，端起酒杯一饮而尽。

王克南哈哈大笑，笑毕，一字一句地说：“黑鹰，你说的一点没错，好戏是在后头呢。再过几个小时，白家大院大吃二喝的土匪将被我塔虎城特别行动大队彻底消灭！大年初一，我就可以向外宣布，塔虎城的剿匪作战胜利结束了！百年的匪患彻底根除了！”

“我中计了！王克南，你赢了！”刘存连连叫道，他的额头冒出了豆大的汗珠来。之后，刘存整个人像被抽了筋的癞皮狗一样立马瘫在炕上。他手中的酒杯掉在炕上，酒杯在炕上滚了几个个儿，最后又掉到地上滚出去老远，一直滚到北墙的佛龛下面才停住。

“带走！”白玉柱一声怒喝。

张学和赵虎上前，把刘存拉到地上五花大绑起来。

屯里响起了阵阵鞭炮声。

夜幕终于降临，夜色中的塔虎城仍然笼罩在茫茫大雪中。

塔虎城特别行动大队的队员们在区政府大院已集结完毕。大家都期待着载入史册的塔虎城最后的剿匪战斗。

塔虎城酒厂的大毛二毛兄弟也来了，二人找到白玉柱，要求参加这次剿匪战斗。白玉柱看着大毛二毛诚恳的样子有些犯了难。他领着大毛二毛兄弟去办公室找王克南。

白玉柱一进办公室，就开门见山地说："大毛二毛要求参加战斗。克南，你看怎么办？"

"你们哥俩有这个愿望，说明你们的认识提高了。但你们不是军人，就不要参加这次战斗了。我给你俩安排两项最重要的任务：一是看守区政府，二是看守特务刘存。你们哥俩现在就去仓库保管员那里领枪吧！"

大毛二毛听说要给他们发枪，高兴得嘴都合不上了。

白玉柱拍了大毛后背一下，说："兄弟，别愣着啊？快去领枪！"

"哎，我们这就去。"大毛二毛转身出了办公室。

白玉柱感慨地说："旧社会能把人变成鬼，新社会能把鬼变成人。克南，这就是两个社会的差距吧？"

王克南首先开了一个简单的碰头会，布置了一下具体的行动方案。王克南决定把别动队分成四个组，第一组由他亲自带领，从白家大院正门攻入。第二组由白玉柱带领，从白家大院后门攻入。第三组由张学和赵虎分别带领一些腿脚利索的年轻同志，从白家西面的院墙和东面的院墙攻入。张学和赵虎两组要等王克南和白玉柱的一二组攻进院去，才能翻墙进入白家大院。之后，王克南又制定了三套进攻方案。如果土匪没有设置岗哨，全体别动队员就从四面出其不意地冲进院子，迅速包围房间，力争把土匪全部消灭在屋内。王克南特意强调，这是最理想的进攻方案。如果土匪设置了岗哨，就寻机敲掉土匪的岗哨，但绝不能惊动屋内的土匪。敲掉土匪的岗哨后，进入院子把土匪们消灭在屋内。如果土匪设置的岗哨无法全部敲掉，则全体别动队员潜伏在雪地里待命，等土匪出院门再打，火力一定要猛，动作一定要快，打土匪一个措手不及。

王克南要求，四个组的别动队员距白家大院一百米时，一律匍匐前进悄悄靠近白家大院。

“大队长，为什么非要等土匪出来再打？咱们不能直接攻进院吗？”张学提出了自己的看法。

王克南摇头：“不能直接攻进院去，院内地形咱们不熟。如果那样，土匪们会依靠房间据守，这样会给咱们造成不必要的伤亡。”

王克南借着灯光，看了一眼在座的同志们，大声地问：“同志们，行动方案都清楚了吗？”

“清楚了。”

“出发！”

张学和赵虎在最前面，带着别动队员们向塔虎城西门进发。王克南和白玉柱在队伍的两侧。队伍内没人说话，只听见“唰唰”的脚步声。

雪仍然在下。

聚集在白家大吃大喝的土匪们，此时已是酒至半酣。

崔大牙半斤酒下肚，话就多了起来。他摸了摸光头，说：“弟兄们，今晚上的行动，咱们是寡妇卖孩子——最后一招了。待会儿劫共产党的军火列车时，都给我卖点儿力气。这次劫军火列车，咱们只能成功，不能失败。”

“哈哈，我再补充一句，把不能拿走的军火统统引爆。不管咋说，今天的大年三十，顶数咱们放的炮仗最响啊。也算是咱们给塔虎城的共产党一个新年献礼！”梁化宇十分得意地说。

一直没说话的老白头儿，一边啃骨头一边嘟囔：“想当初，我白老爷在草原上过的也是衣来伸手饭来张口的神仙日子。可不知什么时候，一帮人开始闹革命，搞什么共产，收了我的草场，没收了我的牛羊，把我白老爷逼到查干湖边上来喝西北风了。我真不甘心啊！不知何年何月，我还能再回到草原过上我的神仙生活？”

老白头儿说完话，竟然还挤出几滴眼泪来。

梁化宇劝道：“表叔，第三次世界大战就要打响了，等国军反攻收复失地后，穷鬼们收走的你的草场，拿走的你的牛羊，又会乖乖送回来。不，要穷鬼们给你老人家十倍的赔偿。等那天一到，你老人家又可以重新回到草原天堂享你的清福喽！”

老白头儿眉开眼笑地说：“那是那是，我做梦都盼着这一天啊，到时候，我就和穷鬼们算总账！分了我的草场，拿了我的牛羊的穷鬼们，我一个也饶不了他们！”

“五魁首啊，六六顺啊，七个巧啊，八匹马呀……”墙角处白老大几个土匪猜起拳来。

梁化宇回头看了墙角正在猜拳的几个土匪，不由得皱了一下眉头。梁化宇从打来西山那天起，就反对土匪们喝酒，他几次下过禁酒令，硬是没执行下去。今天晚上，再这么喝下去，肯定会误事的，他必须站出来管一管了。

“弟兄们，听我梁化宇说两句，今天肉可以多吃，我表叔这里管够。酒可不能再喝了，别忘了咱们一会儿还要干大事呢，是不是呀，弟兄们？”

土匪们根本不买梁化宇的账，没有一个人出来响应他。梁化宇的面子当时就卷了，碰了一鼻子灰，气得梁化宇直翻白眼，拿这些土匪一点办法也没有。

崔大牙眼睛一瞪，咧着嘴不乐意地说：“参谋长，你怎么总是反对我们喝酒呢？我看你是斑鸠翻跟头——故意卖弄花屁股。我们喝酒咋啦？常言道，酒壮人胆，你知道不？一分酒量就有一分胆量，今天反正咱们是豁出去了。待会儿劫军火列车时，让你看看我老崔绝对是袄袖里揣刀——出手就砍，没准儿，我还能给你扛回来一门喀秋莎呢。”

梁化宇叹了一口气，只能睁一只眼闭一只眼了。成事在人，谋事在天。一切也只能听天由命了。不过，梁化宇还是没有忘了给崔大牙打气。

梁化宇顺水推舟地说：“司令的话我信，如果今晚咱们做成了这笔无本钱的军火买卖，司令在蒋委员长那里，可就出了大名啊！”

“那当然，等国军打回来，我老崔也算是斗赢的公鸡——神气十足啊！”听了梁化宇几句赞美的话，崔大牙更有些不自量力了。

别动队距白家大院还剩下不到半里的路程，白家大院的灯火在茫茫雪夜中时瘾时现。

王克南一挥手，按预定方案别动队立即分成了四个组，分别从四个方向向白家大院包抄过去。

距白家大院正门不到一百米时，王克南发现大门口设置了两个流动哨。王克南仔细地观察了半天，他看见院内的房顶出现了一丝一闪的光亮。很显然，白家的房顶，一定是土匪的暗哨。一丝一闪的光亮，是土匪的暗哨在抽烟。

如果贸然敲掉大门口的流动哨，肯定会被房顶的暗哨发现。王克南决定采取最后一种方案。他在前面带领别动队员向大门口匍匐前进。王克南要选择最佳位置潜伏在雪地里，等土匪们出来，打他个措手不及。

白玉柱、张学、赵虎三组，也发现了房顶土匪的岗哨，都采取了最后一套方案，在各自的位置悄悄潜伏下来，等待着一组王克南的消息。

时间一分一秒地过去，雪似乎比之前下得更大了。潜伏在白家大院四周的别动队员，很快就被大雪覆盖住，与茫茫雪地融为一体。远处山坡上的树枝不断传来被积雪压断的声音。这声音很响，也很清脆。

王克南双眼紧盯白家大门口。

白家大门口，隐约传来两个土匪哆哆嗦嗦的说话声。

“大哥，今晚劫军火列车能成功吗？”

“差不多，没听参谋长说，情报准确无误吗？”

“我觉得塔虎城的共产党也不是白给的，他们能让咱轻易就把军火列车给劫了？”

“老虎也有打盹的时候。塔虎城的共产党也是人，他们不过年啊？你就别瞎操心了，干好你的活算了。”

“我的眼皮老跳，该不会出啥事吧？可别像马六子那样被塔虎城的共产党给算计了？”

“闭上你的臭嘴，这话要是让参谋长听见，非割了你的舌头不可。”

“唉，还是人家大毛二毛哥俩比咱有福啊，人家这会儿，准在塔虎城消停地过大年呢。不像咱哥俩呀，咱哥俩死都不知是咋死的。”

“兄弟，别想那么多，活一天算一天。干咱们这一行的就是刀尖上舔血。”

白家的大门突然打开了，院内射出一丝光亮。酒足饭饱的土匪们手中牵着马陆续走出院子。最先出来的几个土匪，把马交给别人，就迈着醉步走到墙根去撒尿。梁化宇是最后出来的，他一出大门，就大声说：“弟兄们，上马，去苏家屯铁路转弯处设埋伏。”

崔大牙也比比画画地说：“都听参谋长的，快去苏家屯，劫完军火好回山寨过年，回去的路上顺便拉几个娘们回山寨乐和乐和。”

“对，顺便抢几个娘们回来乐和乐和。还是司令想得周到啊！”

白家大门口，一时人喊马嘶，异常混乱。

老白头儿挑着灯笼站在大门口，为土匪们照起了亮。

时机已到，“打！”王克南的第一组首先打响了战斗。七八个土匪中弹倒在雪地里。其余的土匪撒开马的缰绳，掉头就向院内跑。

“怎么回事？这刘存还军统特训班出身呢，这是提供的啥情报啊？等我见了刘存，我一定馋猫吃耗子——生吞活剥了他不可！”反应过来的崔大牙一边向院里跑一边破口大骂。

“司令，此地不宜久留，快从后门撤。”梁化宇挥舞着手中的勃朗宁手枪，大叫，“快关大门！全体从后门撤退！”

一个土匪转身跑过去关大门，被刘友善一枪击毙了。土匪们也顾不上关大门了，纷纷向后院跑去。

老白头儿夫妇见土匪们都跑了，没人管他老两口了，就和老伴一下抱住梁化宇的大腿，恳求道：“大侄子，求求你把我们也带走吧？千万别把我和你婶扔下呀？共产党肯定不会饶了我。扔下我们老两口咋整啊？”

梁化宇见老白头儿夫妇抱住了他的腿，一时难以脱身，就气急败坏地抬起脚，把老白头儿夫妇踹倒在地。甩手就是两枪，老白头儿夫妇，当场就惨死在自己的亲表侄手里。闹了一个卸磨杀驴的下场。

“参谋长，参谋长。”崔大牙不见梁化宇出声，以为梁化宇被打死了。就歇斯底里地喊，“完了，这回是吹灯拔蜡拆锅台——一切全完了。”

崔大牙带着手下的土匪们跑到后院大门口，见大门紧闭，就吩咐手下打开大门。由于后院的大门有些窄，争相逃命的土匪们都挤在一块了。

白玉柱一挥手，一排密集的子弹射过去，又有十多个土匪倒下。崔大牙的帽子也被子弹打飞了，吓得崔大牙手捂住光秃秃的脑袋转身就往回跑。土匪们跟在崔大牙身后，像一群没头苍蝇满院子乱转。

有土匪指着东西院墙大叫：“司令，别扎堆，分散开跳墙跑啊。”

崔大牙停住脚步刚一放愣就中弹了，一个仰八叉倒在地上。土匪们没人再去理会崔大牙了，腿快的土匪已经爬上东西两侧的墙头，谁知又被张学和赵虎的冲锋枪打中了好几个，有的掉到了墙外，有的掉到了墙内。好久没打仗了，赵虎兴奋得直呼过瘾。

前门的王克南和后门的白玉柱，各率自己的战斗小组已经攻进了院内。东西两侧墙外的张学和赵虎，听见院内别动队员们的喊杀声也纷纷翻墙进入院内。

土匪只是一个劲地乱窜，根本没有抵抗能力了。

包围圈越来越小。

“缴枪不杀！”

“统统放下武器！”

所有别动队员的枪口都对准了包围圈内的土匪。土匪们只好跪在地上，缴械投降。

白玉柱满脸血污地走过来，他还不知道自己头部受了伤。

“大家看见梁化宇了吗？”王克南问过之后，开始在土匪群中寻找梁化宇。

白玉柱手举着枪过来了。王克南看见白玉柱脸上的血，急忙走过去看他的伤口。

“哎呀，老白，你受伤了？”王克南担心地问。

白玉柱拍拍脑袋，满不在乎地说：“皮肉伤，没什么大事。克南，看见你的老同学了吗？”

“没有啊，我正在找他呢。”王克南又命令所有别动队员，“仔细搜索院内的每一个角落，梁化宇一定活要见人，死要见尸。”

别动队员中只有张学见过梁化宇，搜查梁化宇的重任自然就落在了张学的身上。张学一挥手，别动队员就四散开来分头搜查。大约十几分钟，有部分别动队员陆续回来报告，说没有发现梁化宇。张学那拨人是最后回来的，结果还是令人有些失望，根本没有找到梁化宇。

白家大院被围了个水泄不通，梁化宇会跑哪里去呢？难道梁化宇入地了不成？王克南觉得纳闷。王克南的双眼盯住了白家大院内的一口老井。

王克南快步过去，冲井内喊道：“老同学，赶紧出来吧？”

井内无人回答。

赵虎大叫道：“梁化宇，不出来是不是？你再不出来，我就扔手榴弹了。”

井内传来梁化宇惊恐的声音：“别扔手榴弹，我这就出来，我缴枪投降！”

井绳一阵晃动，梁化宇浑身湿漉漉地从井口狼狈地爬出，他的眼镜不知啥时也弄丢了。

王克南上前，拍拍梁化宇的肩膀笑道：“老同学，别来无恙啊？”

黑暗中的梁化宇觉得这个问话的声音听起来很熟悉，他借着火把的亮光仔细看去，王克南正用一种威严的目光盯着他。

梁化宇不由得打了一个寒战，声音颤抖，失声叫道：“原来是你！老同学，我梁化宇败在你的手里不觉得丢人，我认了！”

王克南纠正道：“你不是败在我的手里，你是败在了人民的手里！”

听了王克南的这一番话，梁化宇把头深深地低下了。

“带走！”王克南喝道。

四辈和祥子上前把梁化宇押走了。

这次围剿崔作鹏一伙的战斗打得十分漂亮，是塔虎城区小队正式编入东北野战军十七师的第一次战斗，也是塔虎城剿匪的最后一场战斗。全体参战的别动队员除了白玉柱受了轻伤，其余人一律毫发未损。王克南在剿匪战场又创造了一个奇迹！

“同志们，打扫战场，打扫完战场好回塔虎城包饺子过年啊！”包扎完伤口的白玉柱兴奋地喊道。

雪停了，天也晴了，夜空群星灿烂。

塔虎城别动队的官兵身背缴获来的武器，牵着缴获的马匹，押着投降的土匪，迈着胜利的步伐向塔虎城区前进。

当别动队路过城西的小树林时，一列满载军用物资的火车风驰电掣般向南驶去。

看着驶过的军火列车，刘友善笑道：“原来还真有军火列车通过塔虎城车站啊？王大队长放出的不是假消息啊？”

王克南解释：“‘虚则实之，实之则虚。’这是《孙子兵法》里一个著名典故。”

别动队员们一进区政府的院子，负责留守的大毛二毛哥俩就在院内燃起了一堆熊熊大火，并点燃了鞭炮。塔虎城的鞭炮响过之后，紧接着各村也响起了迎接新年的鞭炮声。

王克南由衷地说：“听，这鞭炮声不仅是在迎接新年，也是在庆祝咱们的胜利啊！”

白玉柱兴奋地说：“是呀，塔虎城的剿匪工作终于结束，今晚咱们要好好地过个大年。”

王克南笑道：“吃完年夜饭，咱们搞个大联欢咋样？”

“好啊，那还等啥呀？大伙都进屋包饺子吧。”白玉柱挥舞着双臂，站在区政府会议室的门口喊道。

“走啊，包饺子去！”

“哈哈，今晚一定要好好庆祝一下！”

别动队员们兴高采烈地跟着白玉柱涌进了会议室，会议室内被大毛二毛哥俩布置得灯火辉煌，主席台上方的房梁上吊着两盏硕大的红灯笼，使整个会议室又增添了不少喜庆和祥和的气氛。

大年初一，是一个晴朗的好天气。

塔虎城内外，银装素裹，白雪皑皑，晶莹的雪地在阳光照耀下，闪烁着夺目的光彩。塔虎城完全没有了沧桑古老的样子，给人一个崭新的面貌。

早晨起来，月梅听说了塔虎城内的那些军人昨天夜里彻底消灭了西山的土匪，反应竟然是那样平静，以至于她自己都觉得惊讶。

月梅认为，塔虎城驻扎的那些军人职责就是打仗，当然，军人为了打胜仗，有时也要付出生命的代价。

月梅一直以为自己是一个多愁善感的人，她也曾经努力去改变这些，想成为一个坚强的人。这么多年，在没有王克的日子里，她都是一个人艰难地走过来的。多少个不眠夜，多少次咫尺天涯的叹息和饮泣，眼看着时间一天天过去，月梅感觉到她的生命在流逝。她无法留住逝去的青春，从前和王克在一起的那段快乐时光已成了一种念想。随着时间的推移，不可遏制的企盼又总是在月梅的心中生根发芽。王克已占据了月梅心中的重要位置，任何人都无法代替。

塔虎城内打了胜仗的那些军人又让月梅想起了王克。想来想去，心痴的月梅还是控制不住自己流泪了。可这些充满辛酸的眼泪怎么也浇不灭月梅心中的那份企盼。有一种说不出的滋味再次侵入月梅的心头，究竟是苦是甜？是酸是涩？月梅自己也搞不清楚，她只感觉到悲悯之中又是一阵刻骨铭心般的心痛。

她想王克了！每逢佳节倍思亲，月梅痛苦地期待着……

外屋的房门开了，有人来了。来人脚步很轻，像是一个女人的脚步声。月梅猜得一点没错，来人是白玉柱的妻子其木格。白大嫂干啥来了？月梅正在浮想之际，其木格已经推开了门，月梅不敢正眼看其木格，她慌忙地用衣袖擦去眼角的泪水，然后才转过身来，微笑着说："嫂子来了？"

"月梅，走，陪嫂子去趟塔虎城看看你白大哥。昨晚他一宿没回来，我这心里可惦记他了。"其木格快言快语地说，她根本不知道月梅的内心所想。

月梅知道，今天的塔虎城一定与往日不同，一定很热闹，很喜庆。月梅何曾不想去塔虎城？但她怕见到塔虎城那些穿军装的人。她怕控制不住自己的情感，怕自己再次重温曾经留给她的那些滴血的回忆！每一次的回忆，对月梅来说都是痛苦的折磨。

见月梅不动身，其木格上前就去拉月梅。

“走，在家待着干啥？还不如去塔虎城看看，也好解解闷。”其木格再次去拉月梅，月梅终于拗不住其木格的劝说和拉扯，和她去了塔虎城。

一路上，月梅看见许多认识和不认识的群众。这些人的脸上都洋溢着喜悦的笑容，就连走路的脚步也变得轻快了。塔虎城区的匪患根除了，各族群众再也不用提心吊胆地过日子了。

进入塔虎城，月梅和其木格就看见区政府大门口，早已是锣鼓喧天，彩旗招展，来自各村的十几只秧歌队挥舞着扇子和彩绸，在尽情地扭着东北大秧歌。所有人的脸色今天都变成了另外一种神色，大家把过去那种忧虑的面孔换成了喜悦的笑脸，把往日怨天尤人的咒骂换成了爽朗的笑声。

塔虎城区历时一百多年的匪患终于彻底根除了。白玉柱今天也挺胸昂首，更加扬眉吐气了。他穿梭于秧歌队和围观的群众之间，指挥着秧歌队的演出。

张学和赵虎看见郭老师来了，急忙从人群中挤出来。

“郭老师来了？”

“郭老师过年好！”

“你们俩也好啊！”

站在对面的白玉柱也看见了月梅和其木格，笑呵呵地过来了。

其木格看见白玉柱头上的绷带，既担心又心疼地问：“他爹，你的伤不要紧吧？”

白玉柱一摆手，满不在乎地说：“没关系，只是破了点儿皮。”

月梅也关心地说：“白大哥，你别不把伤当回事，天寒地冻的，小心冻伤感染。”

“没事，我皮糙肉厚，几天就好。月梅你和你嫂子先在这里待一会儿，我过那边看看去。”白玉柱正要离去时，又被其木格叫住了。

“他爹，咋没看见克南呢？”其木格用奇怪的眼神盯着白玉柱问，同时用眼神斜视了一下身边的月梅。

“克南今天早晨回老家了。克南说，等归队后就没时间回老家了……”白玉柱不等把话说完就匆匆离去，挤进人群当中去指挥秧歌队去了。

其木格听说王克南回家了，心里很是遗憾：多好的机会呀，可惜又让月梅错过了。

月梅看见张学和赵虎形影不离地陪伴在自己身边，就说："张学、赵虎同学，你们俩有事就去忙吧！我和嫂子随便转转。"

张学和赵虎二人双眼相视了一下，显出一脸不好意思的神态来。

月梅笑道："去吧，我要提醒你们俩一下，别因为要归队了就不写作业。"

"放心吧，无论什么时候我们都不能把文化课扔了。"

"将来无论走到哪里，我们都记着塔虎城还有我们可敬的一位老师！谢谢老师了！"

张学和赵虎敬完礼后，像个孩子似的一蹦一跳地离开了月梅。看着张学和赵虎的身影，想到马上就要和他们分手了，月梅的内心不由得一阵凄楚。她喜欢这两个学生！更是舍不得他俩走。

王克南上了火车，找了一个靠车窗的空位坐下来。王克隔着车窗向外望去，正好看见塔虎城西侧的城墙。王克南陷入了沉思中……

"呜"火车长鸣一声，缓缓启动离开了塔虎城车站。蒸汽机喷出一团团白色的雾气，列车开始加速，越来越快，塔虎城渐渐模糊直至完全消失。但王克南心里的塔虎城，却变得异常清晰起来。塔虎城是王克南战斗过的地方，今生今世他都难以忘怀。

西山的土匪全部肃清了，塔虎城周边再也没有匪事了。压在王克南心里的一块石头总算落了地。写给吕副师长的归队报告，已经发出去有几天了，此刻驻扎在北平城下的吕副师长，估计早已收到了。如果吕副师长批准了王克南的归队请求，王克南就带着塔虎城特别行动大队，从塔虎城乘火车不到一周的时间，就可以赶到北平城下。王克南原本已经轻松下来的心里，忽然又有了一种紧迫感，他提醒自己，这次回老家绝不能待时间长了，最多住一个晚上。三年前，王克南回过一趟老家，家已经不存在了。这次回老家，主要是核实一下父母和未婚妻是否还在人世。

昨晚一夜没睡，王克南有点累了。在列车发出的节奏声中，王克南很快就昏然睡去。

这是一个春光明媚的好天，天空洁净无比，万里长空一片蔚蓝。

佳木斯北郊的一片桦树林内，野草中开满了各种不知名的野花。无数的蜜蜂忙碌于花丛间，成双成对的蝴蝶在花丛中飞舞斗艳。这里是小精灵的世界，花的海洋。更是见证王克南和冷月梅圣洁爱情的地方。

柔柔的太阳光线从树叶的缝隙中穿射过来，桦树林内，枝繁叶密，半明半幽，四周悄然无声，只有诱人的春意伴随着野花的清香，在桦树林内到处流荡。

自然美和庄重感结合一身的月梅微笑着从桦树林内向王克南走来。距离几步之遥，王克南闻到了月梅身体上所散发出的，只有女人才特有的芳香味道，他伸展开双臂准备拥抱月梅，月梅却忽地一下不见了。

“月梅，月梅。”王克南环顾左右，轻轻地叫着月梅。

“嗒嗒……”王克南又听见了枪声，这是日本鬼子的九二式重机枪声！王克南顺着枪声寻找过去，发现日本鬼子正用九二式重机枪向手无寸铁的佳木斯北郊居民扫射。而月梅和自己的父母都在人群当中。

月梅似乎看见了王克南，她张大嘴吧刚要喊，胸部就中弹了，殷红殷红的鲜血从月梅中弹的枪眼喷射出来。

“月梅，月梅！”王克南撕心裂肺般地大喊。

“同志醒醒，同志快醒醒！”

王克南睁开眼睛，原来自己做了一个梦，对面的一位中年乘客正在叫他。

王克南打了一个哈欠，挺起身体坐好，冲对面的中年乘客笑了笑，又把脸转向车窗外，王克南感觉自己的心口堵得慌。这次回老家，不知是喜还是悲？火车每前行一段距离，就离家乡进了一步，前面有王克南的期待，也有他的未知。

王克南到佳木斯时已经是第二天中午了。坐了一天一夜的火车，虽有些疲倦，但一踏上家乡的土地，王克南完全又是另外一种心情了。

王克南满怀着一颗希望的心回来。然而，未来怎样，王克南也无法预测。

王克南坐上了通往北郊的公交车，不知怎么了，心总是跳个不停。此时的他恨不得长出翅膀飞回老家去。三十分钟后，公交车终于到了水源山站。

王克南跳下车，匆匆向家的方向走去。拐过一片树林，王克南一下愣住了，这是哪呀？还是自己的家吗？

一九四五年秋天，王克南回来时看见的那些残垣断壁、碎石瓦砾没有了，取而代之的是眼前一排排的红砖起脊瓦房。王克南在胡同里转了半天，感觉自己完全进入了一块陌生的地方，从前家的印象一点儿都没有了。王克南想找个人打听一下情况，恰好有两个小孩从对面跑过来。

“小朋友，这是什么地方啊？”王克南弯下腰去问。

一个小孩认真地回答：“这里是林业局职工的家属房，请问，叔叔你要找人吗？”

王克南摇头：“我不找人。小朋友，原先住在这里的居民都哪儿去了？”

“我们也不知道。”两个小孩一起摇起了头。

王克南一下子失望了，怅然若失地向前走去。不知不觉，他来到了郊外的那片桦树林旁。这片桦树林王克南再熟悉不过了，这里当年是他和月梅经常约会的地方，王克南和月梅在一起的那些快乐时光，几乎都是在这片桦树林里度过的。如今这片桦树已经长高了。王克南回来了，可月梅不在了。一想到当年随义勇军走时对月梅说过的那些话，王克南就觉得内心很苦。

桦树林内覆盖了厚厚一层白雪，雪地上光滑无比，什么痕迹也没有，看样子好久没人来过了。

王克南站在桦树林里发愣，耳边似乎传来了月梅银铃般的笑声，还有月梅朗朗的读书声。王克南仿佛看到了花丛中月梅的背影，看见月梅乌黑的长发被风吹散，飘飞……

王克南痛不欲生，发了疯一样在茫茫雪地里狂奔，然后突然停住，跪倒在雪地里，仰天大喊：“小梅，我回来了，你在哪啊？”

桦树林内，王克南满含凄凉的喊声传出去，久久地在山谷里回荡。王克南压抑了多年的情感犹如火山一样喷发。群山为之动容，山林为之变色。和月梅在一起的那段美好的时光，已随流失的岁月远去，不复存在。

王克南倒在雪地里，泪流满面，他沉浸回忆中，久久不愿醒来。

红日渐渐西沉，群山层林尽染，峰顶白雪皑皑，云雾缭绕。

桦树林内静得出奇。随着巨大的感情冲击波而来的，是一场核裂变般的痛苦思索。王克南又想到了塔虎城，默默地顺原路返回。

王克南回到旅馆，连晚饭也没吃就一头倒在床上了。旅店老板来给王克南送水，见屋内一片漆黑，就顺手把灯打开。旅店老板看见王克南没有睡着，正双眼盯着天花板发愣。

“同志，你是不是病了？”旅店老板关心地问。

王克南没有出声，他轻轻地摆了一下手。

旅店老板放下暖水瓶，又向王克南点了一下头，转身走了。

旅店老板走出房门后，大声说：“同志，有事吱声。”

“好的，老板你去忙吧。”王克南感觉旅店老板对他还是有点不放心，就在屋内大声答应了一声。

这一晚，王克南睡得很不踏实。也许是因为在家乡土地上的缘故，他只要睡着就做梦。半夜醒来后，王克南再也睡不着了，翻来覆去好不容易熬到早晨五点，穿好衣服，办完手续，就走出了旅店。

外面的空气很新鲜，让人感觉舒服。王克南不知道自己将要去往何处，他独自一人在清净的街道上，漫无目标地走着，不知不觉中又来到了林业局职工的家属区——曾经自己的家的位置。

王克南在自家老宅的位置停住脚步，抬头看着天空茫然地发愣。

两名胳膊上带着红袖标的街道治安员，见大清早就有一个军人独自站在胡同发愣，感到好奇。他们走到王克南身边，问了几句话，王克南主动配合地拿出证件，一名街道治安员看完王克南的证件后，把证件还给了他。

王克南不好意思地说：“……这里曾经是我家老宅的位置。一九四五年秋天，我回来时老宅没了，而我的父母和未婚妻也不知去向……”

一名治安员叹了一口气，说：“同志，你还不知道吧？北郊的居民，当年都被日本鬼子给杀害了。”

王克南听了这个消息，如五雷轰顶一般，他身体一颤，瞪大眼睛问道：“消息属实？”

一直没说话的另外一名街道治安员说：“我们俩也不是当地人，这些消息也是从当地人口中得知的。如果你要确定消息是否属实，不妨去佳木斯市档案馆查一查当年的敌伪资料。”

两名街道治安员的话，让王克南觉得眼前一亮。王克南谢过两名街道治安员后，匆匆离去了。

看见一家包子铺的招牌，王克南感觉肚子空空的，他有些饿了。王克南看了一眼手表，径直向包子铺走去。

包子铺的老板见进来一名军人，就客气地问：“同志，你吃点啥？本店有酸菜馅包子、萝卜馅包子、猪肉馅包子、驴肉馅包子，粥有小米粥、二米粥、高粱米粥，另外各种小咸菜免费。同志，你早餐来点儿什么？”

王克南见老板如数家珍般地叨咕了这么多样早点，就笑道：“来八个酸菜馅包子，一碗二米粥。咸菜我自己去选。”

“好嘞。”老板动作利索地拿过碗筷，放到了王克南的桌子上。

这顿饭王克南吃得很香。风卷残云般地吃完饭后，王克南问：“老板，去佳木斯市档案馆咋走？”

老板道：“坐十五路车，直接到佳木斯市档案馆下车。”

“谢谢！”王克南付完账，转身就出去了。

这时，对面马路上开过来一辆公交车。包子铺老板叫道：“来了来了，正好十五路车来了。真巧！同志，你今天办事一定顺顺当当。”

王克南觉得包子铺老板很会说话，他回头冲包子铺老板笑了笑，撒腿向十五路公交车跑去。车上乘客不是很多，王克南坐好后，冲司机说了一声谢谢，司机没有说话，只是礼节性地冲王克南笑了笑。

王克南心里很是舒服，他感觉家乡人很亲切。

王克南多年没有回过老家，佳木斯市的市容和解放前相比，已不可同日而语了。

也不知过了多久，王克南正在浮想间，公交车稳稳地停住了，司机说："同志，市档案馆到了。"

王克南下了车，走进档案馆大院，觉得这座建筑有些面熟。王克南想了半天，终于想起来了，这座二层小楼就是伪满时期的警察局。

王克南进到档案馆，掏出证件说明了来意。工作人员很热情地带着王克南去了二楼。二楼的走廊内放着一张地桌，工作人员见光线有点暗，就顺手打开了电灯。

"同志，你在这里等一下。"工作人员掏出一串钥匙，打开了一个房间的门锁。时间不长，那名工作人员从打开的房间里抱出一大抱纸张发黄的档案，放在了走廊里的办公桌上。

"还有一部分档案，我再去拿，请稍等。"工作人员转身又进了档案室。

王克南拿起桌子上的档案仔细地翻阅起来。北郊的五六百人去向不明，王克南急于在档案中找到答案。每翻动一页档案，王克南的心就狂跳不止。

工作人员又抱回一抱档案，放在桌子上说："这些是一九三七年到一九四五年，日本鬼子投降时的敌伪档案。看看有没有你需要的资料吧？"

工作人员说完话，就坐下来和王克南一起查阅起档案来。这些档案简直就是一部血泪史，里面记录了不少当年日本鬼子在佳木斯犯下的罪行。

王克南和工作人员翻阅了近一半的档案，还是没有找到王克南所要的。王克南怀疑日本鬼子对北郊居民实行的可能是暗杀，警察局的档案上也许没有记载。正当王克南做这种猜测时，坐在王克南对面的工作人员有了意外的发现。

工作人员惊喜地叫道："查到了，还真有记载啊！同志，你快看。"

工作人员把手中的档案，递给了王克南。

档案记载：

佳木斯北郊的木材商王兖和居民们，经常资助抗日部队。日本关东军情报部门获此消息后，告知佳木斯日本宪兵队。一九四四年春，日本关东军驻佳木斯宪兵队队长原田横二，带领宪兵队将北郊民众四百一十八人，赶进水源山附近一个山沟，用机关枪将北郊民众四百一十八人全部杀害，无一人生还。

王克南看完这段档案后只觉得眼前一黑，一个趔趄差点摔倒。真是应了他的梦境！

工作人员一惊，急忙扶住王克南。

“同志，你没事吧？”

王克南轻轻地摆了摆手，他有些无法自抑，陷入了深深的痛苦中。

“让我静一静。”王克南轻轻地说了一句话。他用双手揉起太阳穴来，想以此缓解一下情绪。

工作人员十分理解王克南，他不忍心去打扰王克南，只好默默地把地桌上的档案搬回了档案室。

王克南实在是不敢再次撩起记忆中的那副帷幕，更不敢凝视那些历历在目的往事。他长长地深呼吸了几次，努力去平复自己的心情。

“同志，谢谢你了！”王克南和工作人员握了一下手，就匆匆离开了佳木斯市档案馆。王克南要赶回火车站，乘火车尽快返回塔虎城。他要把悲痛化作无穷的力量，用全部的身心和精力投入到下一步工作中去。

王克南将要上火车的时候，又望了一眼佳木斯市区一眼，心里默默呼唤：“别了，我可爱的家乡！爹，娘，小梅！别了！”

这一晚，王克南的心情格外沉重。到了后半夜，火车的灯熄了，乘客相继进入梦乡。王克南依然无法入睡。看着车窗外黑暗中树木划过的身影，王克南不由得长长叹息了一声。这次回家，王克南原本是满怀着希望来的，可档案馆的那份资料一下子又让王克南的心跌到了谷底，使他仿佛置身于冰窖里一般。幻想也随之破灭了。

人生真是难测！世事难料，无法想象。从塔虎城登上回家的列车时，王克南还是一个怀揣梦想的人，今天残酷的现实就把王克南心中的好梦击得支离破碎了。他和心上人从此阴阳两隔了，王克南觉得心里异常苦闷，他真想大哭一场。半天后，王克南又暗暗告诫自己，一定要坚强起来！返回塔虎城后，王克南还要带着他的部队去平津战场上拼杀，去为了解放全中国、建立一个新的民主政府而奋斗。为了普天下更多的人不再重演北郊乡亲们的悲剧，王克南的任务还没有结束。

火车从充满雾气的山沟里驶出，前面是一块开阔地，王克南感觉车厢内亮堂了许多。抬眼向车窗外看去，太阳已经若隐若现。

新的一天开始了。

王克南从背包内拿出洗漱用具，向火车的连接处走去。王克南也许是整个车厢里起得最早的乘客。洗漱台前一个人也没有，王克南刷好牙后，又打开水龙头，用双手捧起水哗哗地洗起脸来。洗完脸，王克南顿觉胸怀阔朗，精神倍增。王克南又来到车门口，列车正处在转弯处，王克南隔着车窗看到了列车后面的景象。只见远山跌宕，峰峦起伏，峰顶积雪皑皑，有如滔滔白浪一般向北不断延伸过去，那里万千气象，接天连云，极目无穷。

别了，可爱的家乡！别了，亲人们！王克南在心里默默地呼唤着。

王克南正在遐想时，车厢内又忽地暗淡了许多，火车又驶进了山涧。两旁的树木越来越密，紧挨着车窗划过。

王克南知道，火车就快要驶出山区了，再往前就是美丽的哈尔滨了。一想起哈尔滨，王克南又是一阵心跳，浑身热血沸腾，那是当年他和月梅相遇的地方！

今天是礼拜天，张学和赵虎写完作业，就去办公室和白玉柱唠起了嗑。王克南不在，这三个人的心里都有点空荡荡的。塔虎城的匪患根除了，归队请求报告估计马上就到了，一想到要去战场上和敌人真刀真枪地干，白玉柱的内心就无比激动。

白玉柱有些感慨地问："两位大学生，马上就离开塔虎城了，你们俩有啥感想啊？"

赵虎搓了两下手，显出一副跃跃欲试的架势，说："好久没有打过仗了，到了北平能打一仗，也算是咱们的荣幸啊！"

一旁的张学看着赵虎直摇头："好战并不是一个好军人的本色。如果能做到兵不血刃，不战而屈人之兵，那才是一名合格的军人！"

赵虎诧异地问："哎，你是不是在塔虎城待久了，把军人的意志都磨没了？军人是干什么的？军人就是打仗的，而且还必须打胜仗。"

张学又摇头说："不见得，我和你想的不一样。"

"张学，你知道吗？你这样的想法是非常危险的！"赵虎急眼了，脸红脖子粗地和张学争辩起来。

白玉柱做了一个叫停的手势，叫道："两位大学生停止辩论，咱们现在不探讨这些问题。这些问题就留给政治家去讨论吧。咱们只说说眼前的事。"

张学和赵虎又都把目光投向了白玉柱。

白玉柱吞吞吐吐地说："眼前的事就是我要正式拜你们俩为师，两位大学生同意吗？"

"拜我们为师？"赵虎指着自己的鼻子说。

白玉柱认真地说："是啊，一个合格的革命战士是在战斗中不断学习、不断成长的，没有文化是不行的。这次归队，我不想再担任任何职务了，只想当一个普通的战士，也好利用业余时间学点儿文化。"

张学和赵虎终于明白了白玉柱的意思了。

火车就快进入塔虎城车站了。王克南一看见塔虎城就觉得浑身热血沸腾。他，不觉凝想神游，魂摇魄荡，心中顿时激起一阵奋发之感。

新厨师二毛把饭菜端上了桌，白玉柱、张学、赵虎围坐在桌旁正准备吃饭，就听见屋外的二毛惊喜地叫道："王区长回来了！"

白玉柱他们三人站起身，正要出去，王克南已经推门进屋。

王克南笑道："都在啊？"

白玉柱很是纳闷地问："克南，你咋这么快就回来了呢？"

王克南一脸平静地回答："回家看看就行了，待那么久干啥？万一吕师长来信呢。"

王克南把失去亲人的痛苦压在了心底，白玉柱三人看见王克南的表情和精神状态，以为他的家中平安无事。所以，三个人谁也没再多问啥。

白玉柱用手一指桌子上的饭菜，说：“正好，一起吃饭吧。吃完饭，你也应该好好休息一下，坐火车是很累的呀。”

王克南坐下后，问道：“我走后，派没派人去西山看看？”

白玉柱回答：“去了，张学带队去的西山。”

王克南把目光转向张学，问：“有什么新发现没有？”

张学兴奋地说：“老崔的储备粮真不少。光粮食就缴获了三万多斤。”

王克南笑道：“粮食都运回来了？”

赵虎比画道：“足足运了两天，粮食都送酒厂去了。”

王克南笑道：“很好，老崔的家底还很厚啊！这回可救了四辈的驾了。”

王克南拿起饭碗刚要吃饭，又想起什么事来。

“俘虏都咋处理了？”王克南转向白玉柱问。

“梁化宇和几个罪大恶极的土匪，被旗法院判了死刑。其余的土匪分别被判处五至七年不等的徒刑。”白玉柱向王克南介绍了俘虏的处理情况。

王克南满意地点了一下头，又问：“梁化宇没给我留下什么话吗？”

白玉柱一拍大腿：“有，有，梁化宇给你留下一封信。你要不说，我还真忘记了。”白玉柱说着，就起身从卷柜里拿出了梁化宇留给王克南的信。

王克南从白玉柱手中接过梁化宇的信，牛皮纸信封上工整地写着“弟王克南亲启”六个大字。王克南从信封内拽出信纸，就看见了梁化宇的漂亮的小楷。当年，梁化宇的小楷总让王克南赞赏不已，今天再次看见，王克南的内心有了些许淡淡的哀伤。

梁化宇在信上写道：

老同学，我的好兄弟！我真不知道该怎么去称呼你，我想还是叫老同学比较好一点。当你看到这封信的时候，我可能已不在人世了。我承认在塔虎城的国共较量中，我输了，输得精光。中国几千年的历史都是胜利者写的，向来都是胜者王侯败者寇。我知道，像我这样的人，一定会是遗臭万年的。但我不在乎，为了我的追求和信仰，我也真正地付出过。付出的是自己生命的代价！当然，这是悲哀的。

老同学，咱俩都是独生子，过去曾经是同学加兄弟，如果中国没有受到日寇铁蹄的践踏和蹂躏，咱俩或许会成为教员或学者。但政治这个东西，把咱俩推向了对立面。我今天的这种下场，完全是做了政治的牺牲品。当然，你也一样，为了你的信仰，你也可能会付出生命。一个死刑犯，一个罪大恶极的土匪，居然还和你这个胜利者讲大道理，我知道我不配。好了，闲话少叙，我给你留下这封信不为别的，只求你帮我照顾一下父母。我从少年时期起就一直在外读书求学，没有给父母尽过一天的孝，直到我死，我的父母也不知道他们的儿子在外面究竟都干些什么。如果你见到我的父母，二老问起我的情况，你就说我早就死在抗日战场上了。我只有选择死在抗日战场上，我的父母才能接受。

老同学，我知道你不会拒绝我的要求的。你的大恩大德，化宇今生是无法报答了，只有等来世再报了！别了，老同学！来世你我再做兄弟！

梁化宇

大年初二于狱中绝笔

读完梁化宁的信，工克南一阵感叹，低着头去了宿舍。白玉柱、张学、赵虎三人你看我我看你，谁都没出声。白玉柱有些后悔，不该在吃饭前把梁化宇的信拿出来。

梁化宇由过去的一个爱国进步学生堕落成一个国民党军统特务，最后的结局是可耻可悲的。梁化宇选择与人民为敌这条路是走不通的，他的失败也是必然的。偏偏王克南又是一个重情重义的人。平心而论，梁化宇的本质不是天生就坏，他在学校读书时，还是为国家和民族做了一些贡献的。这一点，到任何时候王克南都不会忘记。梁化宇的嘱托也可以说是遗嘱，王克南还是会替他完成的，尽管两个人是不同阶级、不同营垒的人。王克南决定，从下个月开始，自己每个月的津贴都拿出一部分给梁化宇的父母寄去。要让梁化宇的父母老有所依、老有所养、老有所乐。如果梁化宇地下有灵的话，也该瞑目了吧？

白玉柱、张学、赵虎三个人商量了半天，最后白玉柱去了宿舍。白玉柱推开宿舍的门，见王克南正坐在炕沿边发呆。

白玉柱上前拉着王克南道：“走，走，咱们吃饭去。人是铁饭是钢，一顿不吃饿得慌。再说你都坐了一夜火车，吃完饭后，你想干啥我不管你。”

王克南被白玉柱拉到了餐桌前，可感觉一点胃口也没有。在白玉柱的劝说下，王克南才勉强吃了半碗稀饭。

二毛特意炒了一盘清淡口味的白菜片，可菜端上桌时发现王克南已经吃完了饭。

二毛不好意思地笑了笑，说：“王区长，对不起，菜上晚了。要不，你再吃一口？看看我的厨艺咋样？”

王克南摆了一下手，道：“二毛师傅，谢谢你的好意。我这次回家一路上着急忙慌的，也可能压住了点儿火。”

这顿饭，白玉柱、张学、赵虎三人吃得也不是很痛快，见王克南放下了碗筷，白玉柱三个人也相继撂下了手中的碗筷。

二毛说：“这是怎么啦？说撂饭碗就都撂下了，我做的饭不好吃呀？”

白玉柱什么也没说，只是冲二毛摇了摇头，示意二毛不要再说话了。

心细的二毛什么也不说了，低着头去收拾桌上的碗筷。

待二毛收拾完后，王克南的表情有了很大的转换。

王克南稳定情绪，说道：“正好你们几个都在，咱们现在就开个会。”

几个人在大桌子前重新坐好，王克南对下一步的工作做了具体安排。王克南分析，打北平时，重武器使不上，部队肯定要和国民党军队进行巷战，所以塔虎城特别行动大队从明天起，早晨要进行五公里的无障碍越野强化训练，另外增加徒手格斗、刺刀拼杀等单兵科目训练。为了能让全体别动队员尽快掌握单兵训练的技巧和本领，王克南强调要亲自带队主抓训练。

近一年的相处，在白玉柱的眼里，王克南向来都是一个不打无准备之仗的人，绝对是一个运筹帷幄的将才。

以后的日子里，王克南每天亲自带队训练一上午，下午基本上没什么大事了，王克南就把自己关在屋子里听收音机。前线的捷报一个又一个传来，王克南已是急不可待了。有一次，二毛亲眼看见王克南一个人在办公室的屋地上踱步四个小时，一直没也有停过。

王克南觉得自己在塔虎城待的时间够长了。当初还是团长的吕绍刚答应王克南消灭塔虎城周边的土匪后就立即归队，可现在塔虎城周边的土匪彻底肃清了，王克南却迟迟得不到归队的命令。王克南时时都渴望着明天，他对明天是充满希望的，但明天也是未知的。王克南必须做好心理准备，去迎接未知的明天。

这天早晨起来，王克南对着镜子梳理头发时，发现自己有了两根白头发。这又让王克南想起了伍子胥过昭关，一夜急白了头发的故事来。

眼前是一张熟悉而清晰的面孔，一想起月梅，王克南就宛如一个受了委屈的孩子。王克南的怅然与思念之情，夹杂着愧疚之感袭来。王克南自从当兵那天起，就没回过家，可以说是一心扑在革命事业上了。他在感情上欠了月梅一笔债，也欠了报答父母的养育之恩。此生王克南已无法偿还。这是令王克南最痛苦的一件事！

王克南正陷入沉思中，院外突然传来一声汽车的喇叭声，王克南心里一动，塔虎城好久没来过汽车了，这会是谁呢？王克南正在浮想间，一辆野战吉普车已经开进院来。紧接着，又有一辆卡车跟着开进院来。王克南看车牌就认出了，这两辆车就是十七师部队的。王克南的内心不由得一阵狂喜。难道吕师长派车来接别动队了？

王克南向白玉柱打了一个手势，说道：“走，出去看看，咱们十七师来人了，估计是来接咱们的。”

王克南和白玉柱到了屋外，看见野战吉普车上下来的竟然是孙志山，孙志山拄着双拐，皮肤黑黑的，身体明显又瘦了不少。

看着一脸惊讶的王克南，孙志山笑道：“克南老弟，还愣着干啥？不欢迎大哥啊？”

回过神来的王克南急忙迎上过去，紧紧握住孙志山的手说：“欢迎，欢迎。大哥你的腿咋变成这个样子了？”

孙志山笑着回答：“打三十五军时，被子弹给咬的，我在野战医院已经养了很长时间了。”

王克南看看孙志山身后，又问：“大哥，猪倌咋没和你一块儿来呀？”

孙志山回答：“猪倌来不了了，他现在当了咱们老一连的连长了。”

王克南瞪大眼睛，既惊又喜地说：“哎呀，部队的变化真大，猪倌都出息了！”

一旁的白玉柱说：“克南，大冷的天，就别站外面说话了，快把老孙和同志们让到屋里去。”

王克南上前搀扶孙志山，孙志山这才想起介绍身后的司机来。他回头指着司机向王克南和白玉柱介绍道：“这位是景延同志，以后就是咱们的小车司机了，这位是卡车司机崔悦。”

景延和崔悦向王克南和白玉柱一一敬礼：“二位首长好！”

王克南和白玉柱还礼，并和两人握手。

汽车上又下来十几名军人，排成队由一名军官模样的人带领着来到王克南身旁。

军官大喊：“敬礼！”全体军人一起向王克南和白玉柱敬礼。

王克南见这些军人，有的胳膊还用绷带吊着，有的走起路来，腿脚似乎有些不利索。

王克南一头雾水地看着孙志山。

“克南，这些同志以后就要和咱们一起共事了。”孙志山指着军官模样的人向王克南介绍，“这位同志是塔山英雄团三营二连连长穆怀远同志。在医院养伤时，和我住一个房间。”

穆怀远上前一步，举手再次敬礼。

王克南还礼后，拉住穆怀远的手说：“那你一定是十一纵的兵了？”

穆怀远笑了笑，回答道：“是的，不过，来塔虎城我就是你的兵了。”

白玉柱站在门口，叫道："同志们，外面挺冷的，都进屋说话。"

王克南转身又去搀扶孙志山，同时心里也在猜测着刚才孙志山和穆怀远话里的意思。

第六章 建基地深谋远虑

众人进屋围着大桌子还未坐稳，孙志山就说明了自己来塔虎城的目的："我把这次来塔虎城的任务向二位队长说一下吧！首先，对塔虎城特别行动大队在这次剿匪战斗中取得的胜利表示祝贺！

"现在东北三省全部解放了，但国民党时期的大量军火还存在于各大城市里。如果有敌特搞破坏活动，引爆军火，对城里的人民群众和生命财产将造成巨大损失。因此军区决定，把存在各大城市里的军火运到塔虎城实行集中管理。在塔虎城建立第四野战军军需后勤基地，基地建制为正团级。王克南同志任基地主任，白玉柱同志任基地副主任，我任基地政委。同时撤销塔虎城区政府，在八郎村重新组建八郎乡政府。王克南和白玉柱同志，不再担任地方领导职务。塔虎城今后就是单纯的军需基地，军事禁区。以后第四野战军中因伤愈无法追赶上部队的官兵，都要来塔虎城基地报到。

"眼下，咱们要做的是待天气转暖后，建各类仓库五百余间，帐篷可根据需要再临时搭建。克南，你这个政工老手以后可要多帮帮我呀，千万别看我这大老粗的笑话啊。"

王克南尴尬地笑了笑，感到大脑一片空白，心里也有些茫然。王克南最大的心愿就是能去前线，他十分向往战场上坦克的轰鸣声，大炮的怒吼声，战马的嘶鸣声，战士们的喊杀声……

然而，王克南内心所期待的一切，都随着孙志山的到来而发生了彻底改变。但王克南时刻牢记自己还是一名军人，军人就应该以服从命令为天职，这是古今中外永远不变的道理。王克南更明白，未来的战争打的就是后勤补给，因此后勤保障工作也是很重要的。美国的许多高级将领如乔治·卡特利特·马歇尔和亨利·哈利·阿诺德等人，原来都是搞后勤保障工作的。王克南必须面对现实，转变自己原来的观点，同时把全部精力都投入到后勤保障工作中去。后勤保障工作做得好，才是前线部队打胜仗的根本，这一点，王克南很明白。

要在最短的时间内建成五百余间库房，的确是一件很棘手的事。经过多次开会研究，初步方案是，库房的墙体采用塔虎城区民间常用的筑墙方式干打垒。这种干打垒的筑墙方式，要等到开春，阳气上转的五月份才能动工。而干打垒墙体又是整个库房工程中，工程量最大、劳动强度最大、占用劳动力也最多的一项工程。这种来自民间的干打垒筑墙所用的土，大多都是采用就地取土或就地挖坑取土的方式。可是这种干打垒式的筑墙方式，又让王克南有点犯难了。塔虎城是具有近千年历史的古城，地下文物比较多，王克南担心挖坑取土时，会损坏地下的文物。

白玉柱认为王克南的担心是有道理的，塔虎城区民间一直有“塔虎城地下到处是宝”的传说。白玉柱一支接着一支地抽着烟，半个小时后，白玉柱口中叼着烟，一声不响地出去了。王克南和白玉柱相处快到一整年了，白玉柱的脾气秉性，王克南早已摸清了。看白玉柱的样子，王克南就知道白玉柱待一会儿肯定会拿出好办法来。

果不出王克南所料，十几分钟后，白玉柱手里拿着一块塔头切成的方砖，从外面笑眯眯地回来了。

王克南和孙志山都瞪大了眼睛，不停地看着白玉柱手里的塔头方砖。白玉柱手里的塔头方砖，是一种水生植物的根系部分切成的。塔虎城区的居民每年冬季农闲时都要去东江湾打一些塔头回来。用铡刀切成片晾干后，用来生火做饭和取暖。

白玉柱把手中的塔头方砖往桌子上一放，就兴致勃勃地介绍起他拿回来的宝贝来：“塔头这个东西，咱们东江湾有的是，趁冻把塔头打回来，用铡刀切成方砖，就可以用来砌库房的墙体了。当然，用塔头方砖砌库房墙体时，一定要用胶泥。

“干打垒筑墙要等到五月份才能动工，用塔头方砖砌墙体，就不用等到五月份了，四月初地表解冻十厘米就可以动工砌墙体了。这样的话，库房的工期又可以提前一个月。”

“这真是一个好办法！老白，你可立了大功了！”王克南又说道，“这种塔头方砖砌成的墙体，即使做了胶泥，一下大雨肯定还会有缝隙，这怎么办呢？”

庄稼院出来的孙志山一拍手，道：“这事非常好办。咱们可以在塔头方砖砌成的墙体上里外抹上大泥啊，这不就啥问题都解决了吗？”

白玉柱向孙志山一竖大拇指，说：“对，对，孙政委说得太对了！塔头方砖砌成墙体，里外抹上大泥，既挡风又增强塔头墙体的强度，另外，还防火呢。孙政委说的对路子。”

王克南长出一口气，感到轻松了许多，他最后拍板说：“好，咱们就用塔头方砖砌库房墙体。明天派一些身体素质好的战士去东江湾打塔头。哎，老白，打塔头都用什么工具？”

白玉柱非常肯定地说：“别的都不用，就用打场的石头滚子。”

“那玩意儿能打塔头？”王克南有些不相信地说。

白玉柱眼睛一瞪，说：“对呀，两个人用绳子把石头滚子兜起来，再用扁担把石头滚子吊起来，面对面抓住绳子一悠，塔头就被石头滚子撞断了。尤其是天寒地冻的季节，打塔头是再好不过了。”

王克南感叹道：“看来，我真得向劳动人民虚心学习了，竟然不知道民间还有这么好的劳动方法。”

孙志山抽完一锅烟，抓住烟袋杆把烟锅在鞋底子上磕了磕，用嘴吹了几下，又把烟袋别在腰间的皮带上，指着王克南笑道：“你是得学习了。当初你要是不当兵，没准现在还是一位阔少爷呢。”说完，就和白玉柱一起哈哈大笑起来。

王克南一下子被孙志山和白玉柱给笑红了脸。

王克南有些不好意思地说：“大哥，你咋哪壶不开提哪壶呢？再说了，我这不是正在向你们请教吗？”

白玉柱摇了摇头，说：“你也不用向我们俩请教了。我承认论文化和打仗不如你，但这回你得听我的。明天我就带领原区小队的一半同志去东江湾打塔头。这回咱们基地不是有汽车了吗？我保证一天拉回五汽车塔头。孙政委腿伤还没好，你就在基地负责带领战士们用铡刀切塔头。”

孙志山满口应承：“行行，这个任务我肯定能胜任。”

王克南看看白玉柱，又看看孙志山，说：“你们俩都有活干了，我只能带领原区小队的另一半同志去西山伐木了。”

白玉柱连连摆手，阻止道：“这可不行，伐木可不是小事，这里面有很多说道呢，搞不好很容易就出事。伐木这活你这个书呆子绝对干不了，西山伐木的任务就交给刘友善和祥子了。”

王克南一脸无奈地说：“那我呢，我干点儿啥？”

白玉柱似乎早就有安排，他不紧不慢地说：“你的任务大着呢，你负责带领那些伤愈的战士搭建帐篷。另外，组织一些会干木匠活的战士做门窗扇和门窗口。我告诉你，谁都不如你，你负责的可是一项技术活啊。”

白玉柱说完哈哈笑起来。

王克南点头道：“行行，我就听你老白的。基地库房建设当中，你老白就是总指挥了！”

最后，白玉柱又安排穆怀远带领十个人去查干湖割芦苇，用来打苇帘，日后做房盖用。

王克南、孙志山、白玉柱三人研究完建库房的方案后，也各自明确了自己的职责。最后，王克南提出了补充方案。王克南下令，从明天起，暂时停止出早操和一些日常训练等科目。一切都为东江湾打塔头和西山的伐木让路，把建库房当作日常工作中的重中之重。

塔虎城的夜很美，天空中的群星一闪一闪地眨着眼。夜很静，偶尔会传来一两声苍鹰的长啸。

王克南今夜注定无法入睡。他忽然想起今天开会研究筹建库房方案时，竟然忘了一个大的项目。一些伤愈出院无法追赶自己部队的官兵，日后还会来塔虎城基地陆续报到，这些官兵的住宿怎么办？自己这个基地主任，总不能让官兵像自己当年打小日本鬼子那样，去住马架子，或去露天住宿吧？

王克南躺在被窝里粗略算了一番，预计最少还要建十栋营房。这十栋营房，无疑又给王克南带来了不少难题。

王克南躺在炕上，翻来覆去难以入睡，他感到后勤保障工作还不如在前线打仗容易。但上级首长的任命和信任，又让他无法选择。既然自己已经选择了后勤保障工作，那就要千方百计地想办法把它做好。

孙志山一觉醒来，发现王克南并没有睡着。便翻过身来趴在王克南耳边，悄悄地说道："克南，你还想事呢？赶快抓紧时间睡一觉，天就快亮了。"

王克南小声说："大哥，不知为什么，我今天晚上就是睡不着觉。"

孙志山用手轻轻地摸了一下王克南的头，用老大哥的口吻说："那是你想事想得太多了。车到山前必有路，办法总会比困难多。再说了，咱们这么多人，还有啥难事解决不了呢？你说是不是？"

王克南转过身来趴在炕上，说："大哥，你身体不好，你先睡吧。我年轻力壮，一会儿就睡了，你不用惦记我。"

孙志山又说："克南，你实在睡不着觉，就默默地在心里数数。一会儿就睡着了。这个方法很灵，你按我说的方法试一试。"

王克南躺好后，便在心里默默数数。不知过了多久，睡梦中的王克南听见外面房门的响动声，紧接着又听见了厨房内传来了锅碗瓢盆的磕碰声。尽管这些声音不是很大，王克南还是被惊醒了，他想，一定是二毛来了。

醒过来的王克南再也躺不住了，他为了不吵醒孙志山、张学、赵虎三人，悄悄穿好衣服轻轻推门出去了。

天还未完全放亮。昨晚像刀子一样的东北风，不知什么时候停住了。真是难得的好天气！

王克南独自站在院子里呼吸着新鲜空气，空气虽有些凉，但让人觉得有沁入心田的味道。王克南一边伸展双臂活动筋骨，一边走出院子，在塔虎城西面，一列火车正从塔虎城车站通过。铁路两侧的小树林内弥漫了好多烟雾，由于今天没风，这些火车喷出来的烟雾在小树林的上空悬浮了好半天才渐渐散去。

王克南的身后传来了脚步声，还伴有什么东西柱地时发出"蹬蹬"的响声。原来孙志山拄着双拐到了王克南身后。

王克南靠近孙志山，关心地问："大哥，你咋不多睡一会儿呢？"

孙志山笑道："你都起来了，我为什么还要睡？"

王克南嘱咐孙志山道："大哥，你以后不要起这么早。啥事我多抓一抓、多跑一跑，就啥都有了。"

孙志山摇头，用并不认可的态度说："那能行吗？干革命不是说让谁替就能替的。我的腿不行了，可是我还有手，还有脑子。克南，你今后千万别拿大哥当病人，那样我很难受。"

王克南微微一笑，道："大哥，我很担心你的腿，现在不打仗了，你在塔虎城最好把腿伤养好了。"

孙志山又认真地说："克南，你也知道，我是一级战斗英雄、特等功臣，军区首长让我去疗养院疗养我都没有去。我不能上前线打仗了，但我可以来塔虎城，再为革命事业做一些力所能及的贡献。"

一向要强的孙志山，再次向王克南表明了自己的观点。这时，塔虎城南门方向隐约传来吆喝牲口的声音。王克南和孙志山把目光投向塔虎城南门。有三挂马车已进入了塔虎城，这三挂马车上坐满了军人。原来是白玉柱率领原塔虎城区小队的同志来了。

王克南兴奋地说："白副主任他们来得可真早啊！"

孙志山笑道："白副主任绝对是一个干事业的人！"

三挂马车还没有靠近王克南和孙志山，白玉柱就从马车上述跳了下去。

白玉柱大步走过去，兴致勃勃地大着嗓门说："到了基地大院把马车上的工具卸下去，我们这伙人就去东江湾。吃完饭后，就叫卡车司机崔悦把车开到东江湾去，估计汽车到了东江湾时，塔头也打够车了。这两挂马车给刘友善和祥子，西山的路况不是太好，正好用马车往回运圆木。那一挂马车给去查干湖打苇草的穆怀远同志。"

马车进了基地大院，战士们跳下车，王克南和孙志山这才看见，马车上装着四口铡刀和六只石头滚子，另外还有一些绳索。更让王克南和孙志山惊讶的是，王兴富居然还背来了一套木工工具。

王克南走到王兴富身边问："兴富同志，没想到你还会干木工活？咱们塔虎城真有能人啊！"

王兴富笑道："王主任，我可是地地道道的鲁班爷的弟子啊。今天我也收一个徒弟，就让庞信给我打下手，你看怎么样？"

王克南拍了一下王兴富的肩膀，爽快地说："兴富同志，这事听你的，你咋安排咋是。"

白玉柱挥着手，喊道："快把马车上的铡刀卸下来，咱们好去东江湾啊！"

刚刚送走了白玉柱这拨人，二毛就出来叫道："王主任，孙政委，开饭了。"

吃过早饭，张学和赵虎并没有去学校。

王克南问："你们俩为什么不去上学？"

张学很平静地回答："我们小学毕业了。郭老师说不能教我们了，再教我们她就是误人子弟了。"

王克南眼睛一瞪又问："真的假的？你们俩可别蒙我，我早晚有和郭老师见面的时候。"

赵虎眨了几下眼，解释道："张学说的没错，我们真的小学毕业了，是郭老师特批的提前毕业。过一阵子，旗中心校把毕业证书捎来，郭老师就会发给我们。"

"好，我今天就信你们俩一回。"王克南指着张学和赵虎说。

还没有到中午，白玉柱他们就送回来了满满两卡车的塔头。孙志山带着八名战士，老早就把铡刀磨好了。那边正从汽车上卸着塔头，孙志山手下的八名战士就动手铡起塔头来。孙志山拿来王兴富做好的标尺，发到每一个铡塔头的战士手中。基地院内，一时此起彼伏地响起了"咔嚓、咔嚓"很有节奏的铡塔头声。

"注意点尺寸，也别大也别小。"

"放心吧，孙政委，我们手头有准。"

这个当口，西山伐下来的圆木也运回来了。一卸完车，张学和赵虎就带着几名体质比较弱的战士，在一块空旷的地方吆五喝六地就扒起了树皮。

王兴富过来嘱咐："张学，你们一定要把树皮扒干净，要不日后檩木该生虫子了。”

赵虎叫道：“兴富大哥，待会儿我们扒好了树皮，就找你来验收吧？不合格的话，我们可以返工。”

王兴富听赵虎这么一说，就不说话了，他转身去张罗加工圆木，七八个人喊着号子才把一根很粗的圆木抬到一个木架子上。王兴富拿着线坠在圆木两侧吊好线，用铅笔点好位置，拿过墨斗和庞信弹起线来。

王兴富拿过大戗锯，站在圆木上面，说：“庞信你在下面给我猛劲拽，注意不要跑线。”

“好的，师傅。”庞信挽起衣袖就配合王兴富一上一下拉起了大戗锯。大戗锯上下移动时发出“唰唰”的响声，带有浓浓松香味的黄白色锯末，纷纷扬扬地飘落在庞信的脚下。庞信刚开始拽锯时，还觉得很好玩，干得也很有模有样。时间一长，额头就冒起了豆大的汗珠，人也变得有些气喘了。

一边的王克南说：“我看好了，拉大锯这活绝对是一个力气活。庞信你休息一会儿，我拉两下试试。”

王克南从庞信手中接过大戗锯，刚拉几下，大锯居然不听使唤了，逐渐地偏离了墨斗线。

庞信见王克南拉跑线了，就上前说：“王主任，把锯给我吧，你还不如我这两下子呢。”

王兴富笑道：“王主任，这就叫行家不可外行干。看着是像回事似的，其实没有基本功是拉不了大锯的。过去我学徒时，干的是三年学徒二年拉大锯。”

“嗯，我这两下子是不行啊。”王克南笑了笑说。

二毛手拎着脏水桶，一声不响地站在一边已观看多时了，二毛看见王克南把锯拉跑了线，就放下水桶，走过来，十分自信地说：“主任，你先歇歇，让我来试试。”

庞信只好把拉下锯的位置让给了二毛。二毛也不多说话，挽起衣袖搓了两下手，接过锯就拉起来。二毛一点一点地把跑偏的锯，理顺到墨斗线上了。之后，二毛和王兴富配合得非常默契，二人拽着大锯一来一往，就见大锯顺着墨斗线，向前快速地走去。

庞信惊讶地叫道："哎呀，塔虎城真有能人啊！二毛老哥的大锯比我拉的还好啊！这手艺老哥是啥时学的？"

听见有人夸奖，二毛就美滋滋地说："我和哥哥的木匠手艺是我们家祖传的。我们哥俩是地地道道的门里出身的木匠呢。这么和你们说吧，在西山匪窟时，山寨用的家具什么的，都是我和哥哥亲自打的。"

王克南笑道："俗话说，踏破铁鞋无觅处，得来全不费工夫。今晚和四辈厂长说说，明天把大毛也借调过来。"

"王主任，明天我和我哥顺便把工具也带过来，你看咋样？"二毛一边拉锯一边说。

王克南很满意地回答："行啊，二毛你们哥俩就好好干吧，如果咱们的工程真能提前的话，表彰会上，我亲自给你们哥俩披红戴花。你看怎么样？"

二毛摇头："不，我们哥俩还有更大的要求，到时王主任一定要答应我们。"王克南见二毛十分认真的样子，就笑道："二毛哥俩都是老实人，今天就当着大家对面，说说你们哥俩的要求吧。"

二毛兴奋地说："我们哥俩要和你们一样穿上军装！王主任，这个要求不过分吧？"

王克南爽快地说："行，到时我批准你们哥俩参军。"

二毛表情极认真地说："王主任，军中无戏言，你可要说话算话呀！"

老实厚道的二毛当着众人的面将了王克南一军。王克南无话可说，只好点头称是。

二毛脱下上衣，向旁边一甩，说："王主任，晚饭你就安排别人做吧，我今后就在木工组干了！"

二毛的虔诚让在场的人都很感动。王克南也更加增强了信心，暗下决心一定要把塔虎城军需基地建设好！

王克南离开木工组，又去了孙志山那边。一些铡好的塔头方砖，整整齐齐地码放在一边。

孙志山披着棉上衣，嘴里叼着烟袋，坐在地上看着战士们铡塔头。王克南走到孙志山身旁，把孙志山将要滑下来的棉衣给他重新披好。孙志山回过头来，这才发现王克南在他身边。孙志山要站起来，由于腿有伤，几次努力都没有成功。王克南扶了孙志山一把，孙志山这才站起来。

王克南关心地问："大哥，你的腿能坚持住啊？"

孙志山满不在乎地拍了拍腿，说："没关系，克南，你不必为我担心，我能挺住。你看同志们对我都挺照顾的，还有啥可担心的？"

王克南似乎还要提孙志山腿伤的事，孙志山却转移了话题。

"克南，你还别说，白副主任这招很好，咱们现在做的用你们文化人说的叫什么来着？"

"未雨绸缪。"

"对，叫未雨绸缪。照这样的速度下去，我估计库房完工可不是提前一个月的事了。你看看，我们这才几个人啊，居然比当年小日本鬼子的制砖机还快。"

王克南非常高兴地说："大哥，照这样的干劲看，革命能不成功吗？"

孙志山脸色严肃地说："革命一定能成功，关键是看咱们这些胜利者能不能把国家建设好。"

王克南十分自信地说："能。不久的将来，全中国就会解放，一个繁荣富强的新中国就会屹立在东方！"

东江湾，打塔头的场面很是壮观。战士们两个人一组，喊着号子，悠动石头滚子撞击着河床上的塔头。

白玉柱今天显得十分活跃，他来回地奔跑，大喊道："每一组打满五十块塔头，就换一换人。"

张启祥等负责装车的战士们，也不甘心落后。手慢的人刚要去搬地上的塔头，早就被手快的人一弯腰把塔头抱跑了。手慢的人就会说，同志，你把我的活抢去了呀。手快的人就会说，同志，干革命也是要速度的，你手慢了怎么行？

原本寂静荒凉的东江湾，此时充满了欢声笑语。

白玉柱向汽车连连挥手："车装好了吗？装好了就赶快开走。争取早点回来，好拉下一趟。"

汽车上的张启祥笑道："白副主任，就怕你们打塔头的同志们供不上我们的汽车拉呀？"

西山，放倒的大树被锯成了段从山坡上放滚下来，发出的轰鸣声犹如阵阵催人奋进的春雷。

又一棵大树将要倒下，祥子站在树的不远处，也不躲避，只一本正经地大喊："顺山倒了！"

大树仿佛很听话，按照祥子的意图，一边发出"咔嚓、咔嚓"的声响，一边顺山倒了下去。大树刚刚倒下，早有人提着斧头和锯，一跃而上把树枝砍断锯断，最后大树被拦腰锯成几段，被手里拿撬棍的同志放到了山下。

有战士来向祥子报告说，放下山的圆木已经够车了。

祥子一挥手："同志们，下山装车去啊。圆木送回去晚了，王兴富该骂咱们了。"

"快走，挑个大的圆木装车，累死王兴富他们！"刘友善开着玩笑地说。

车老板儿于宝山赶着运圆木的马车，居然遇上了穆怀远他们向塔虎城送芦苇的马车。

赶运芦苇马车的老板儿是原塔虎城区小队的梁必成。于宝山和梁必成开玩笑似的，摽着劲儿地吆喝着牲口，马儿似乎也懂得各自主人的意图，昂首挺胸地向塔虎城奔去。

连续半个月起早贪黑的紧张忙碌，塔虎城基地的官兵们都有些累了。王克南、白玉柱、孙志山三人研究决定，明天基地官兵休息一天。

早晨吃过饭后，赵虎请假说要去一趟邮局。王克南把自己这个月的津贴费和写着地址的纸条一起交给了赵虎。王克南告诉赵虎，把钱按着纸条上的地址邮寄过去。

赵虎看了一眼纸条上面的地址，就有些不解了。

一向喜欢刨根问底的赵虎问："主任，你的父母不是在佳木斯吗？往牡丹江汇钱，是给谁汇的呀？”

王克南笑道：“让你替我汇点儿钱，跟查户口似的，快走吧，快去快回。今天虽然放假，可咱们几个人还有不少事要做呢。”

赵虎冲旁边的白玉柱一伸舌头，随后立正回答：“是。”

赵虎前脚刚走，白玉柱借故去厕所也出去了。白玉柱在基地大门外追上了赵虎。

白玉柱道：“走得真快，等一等。”

一直向前走的赵虎，听见白玉柱叫他，停住脚步问：“白副主任，你肯定有事。在办公室我就看你像有事的样子。”

“小样儿，念两天半书，也会察言观色了。来来，把我的津贴费和王主任的放在一起也邮去吧。我拖家带口的，就邮一半吧。”

白玉柱说话间，就把津贴费掏出来拿出一半递向了赵虎。

“白副主任，到底是咋回事啊？你们两个主任，今天都神神秘秘地让我替你们邮钱？”赵虎瞪着双眼，用不理解的眼神看着白玉柱。

白玉柱靠近赵虎，在他耳旁小声道：“这些钱都是给梁化宇父母邮的。梁化宇是独生子，他的父母现在没人照顾，自从梁化宇被执行枪决后，王主任每个月都给梁化宇的父母邮钱。”

赵虎一瞪眼，身体向后迈了一步，大叫：“什么？你们给国民党军统特务的父母邮钱？我不去！你们愿找谁就找谁去！”

白玉柱见赵虎拒绝去邮局汇钱，脸色变得严肃起来，说：“梁化宇虽然十恶不赦，但他的父母是无辜的啊。更何况克南和梁化宇当年还是同学和好朋友！”

赵虎走到路的一边，把头扭向一边，愤愤地说：“白副主任，你说的这些我都知道，可我就是想不通。”

白玉柱语气平和地说：“你知道吗？梁化宇的父母到现在也不知道梁化宇是国民党军统特务。克南在信中告诉梁化宇的父母，说梁化宇死在抗日战场上了。梁化宇的父母给克南回信说梁化宇能为国家和民族而死，是他们梁家的光荣。赵虎，你上过学，道理比我懂得多，你说，梁化宇的父母有这样高尚的思想境界，不值得我们尊敬吗？不值得我们帮助吗？”

白玉柱说完这些仰天长叹了一口气。赵虎听了白玉柱的话，又见白玉柱这么伤感，也有些似懂非懂了。他接过白玉柱手里的钱，一阵风似的走了。

赵虎的耳旁响起了王克南的话语：“共产党人是什么人啊？共产党人是一个胸怀大志、光明磊落、大公无私、勇于奉献和自我牺牲的人……”

到了八郎乡邮局，赵虎把自己的信投进邮筒，又按照王克南提供的地址填了一张汇款单。赵虎来到营业窗口，刚要把汇款单从营业窗口递进去，他又拿了回来。赵虎把手中的汇款单，用手揉成一团，顺手扔进纸篓。赵虎去营业窗口，向营业员又要了一张汇款单，把自己的津贴费拿出一部分，和王克南白玉柱的津贴费放在一起，重新又填了一张汇款单。

东江湾打回来的塔头已堆积如山，这些塔头足够孙志山他们这伙人干几天的了。

穆怀远他们割回来的芦苇，像一条长龙一样码在塔虎城的空旷地。

风吹过，芦花和松香的气味就在塔虎城内到处流荡。

王克南看着加工好的塔头方砖、做好的门窗口和门窗扇、修理好的檩木、打好的苇帘，长长地出了一口气，脸上也有了一丝笑容。

大毛二毛兄弟，起早贪黑，每天都是超出身体极限的劳动强度。大毛二毛拼命地劳动和付出，不仅是为了赎罪，也是为自己心中的理想而奋斗。

王克南、白玉柱、孙志山商量后，决定给大毛二毛兄弟发军装，批准哥俩入伍。

大毛二毛逢人便讲，还是共产党好，能容下他们过去有过罪孽的人。新社会更是一个大熔炉，能让一个罪人重新脱胎换骨！

孙志山把大毛二毛兄弟叫进自己的办公室谈话。孙志山先问了问大毛二毛的生活情况，家中有没有什么困难。大毛二毛表示没有任何困难。

最后，孙志山话锋一转，说：“你们哥俩，今后别再提过去当土匪的事了。现在你们穿上了军装，咱们就是革命同志和战友，要共同努力，为了解放全中国，为了建设一个新的民主政权而奋斗！”

大毛心里一阵热乎，他情绪激动地说：“孙政委，你说得真好。自从下山跟了共产党，我们哥俩就看到了前途和光明。今后无论任何时候，我们兄弟二人永远跟共产党走，永远不变心！”

有人说塔虎城自古以来都是男人的世界，这话确实不假，可塔虎城这个男人的世界，从今天起却发生了改变。三个伤愈的女兵来到王克南办公室，把一封介绍信交给了他。王克南看完介绍信后，得知这三个女兵是三十九军一一五师战地救护队的。

护士长那可依，今年二十四岁，出身三代中医世家，本人受过高等教育，在校期间，学过医疗保健和救护知识，已有四年的军龄。

护士张希月，今年二十岁，军龄两年，有过战场救护经验。

护士阚淼，今年十九岁，军龄一年，有过战场救护经验。

近来，因整日忙于基地建设，基地官兵们每天的劳动强度都非常大，有不少伤愈出院的官兵又旧病复发，塔虎城基地距郭尔罗斯前旗太远，一些旧伤复发的官兵无法得到及时的治疗。塔虎城基地官兵治病难的问题一直困扰着王克南。三个医疗队女兵的到来，一下就解决了塔虎城基地官兵看病难的问题。

王克南看着三个女兵，一个个精神抖擞、光彩照人的可爱样子，心中无比高兴。

王克南和三个女兵谈话时，白玉柱就带着几名战士悄悄地为三个女兵收拾宿舍去了。

心细的大毛二毛哥俩，利用午休时间特意为三个女兵用木板搭建了一个简易厕所。张学和赵虎还在简易厕所门口的木板上，写上了一个大大的“女”字。

那可依、张希月、阚淼三个女兵，来到塔虎城基地，就有了回家的感觉。

古老的塔虎城给那可依、张希月、阚淼三人的印象，不是她们事先想象的那种怆然之感，而是一种勃勃的生机。这些穿着绿军装的人，将在古老的塔虎城改天换地，再塑革命军人风采！

塔虎城基地成立以来，王克南、白玉柱、孙志山召开了首次全体官兵会议。

政委孙志山对最近以来的工作做了比较全面的总结。并对塔虎城基地建设中涌现出的先进个人柳大毛、柳二毛、穆怀远、刘友善、王兴富等人给予了口头表扬。

白玉柱宣布了扩大东江湾开荒生产面积，并成立塔虎城军需基地军垦农场的决定。

最后，王克南宣布了塔虎城军需基地的干部任命：

塔虎城军需基地军垦农场场长白玉柱，副场长穆怀远

塔虎城军需基地酒厂厂长张四辈，副厂长柳大毛

塔虎城军需基地南门守备队队长张跃进

塔虎城军需基地北门守备队队长张启祥

塔虎城军需基地东门守备队队长伍为军

塔虎城军需基地西门守备队队长庞信

塔虎城军需基地医疗队队长那可依

塔虎城军需基地汽车队队长景延

塔虎城军需基地食堂司务长柳二毛

塔虎城军需基地巡逻队白班队长张学

塔虎城军需基地巡逻队夜班队长赵虎

中午，太阳照在人身上虽有一些暖意，但塔虎城仍然还是一个乍暖还寒的季节。北方的冬季，总是毫无征兆地在人们不知不觉中过渡到春季，不会使人感到有一丁点儿的突然。北方的春季可就不一样了，北方民间一直流传着“春冻骨头，秋冻肉”的说法。

一排排的地基已挖好，就等着天气转暖砌筑塔头方砖了。

王克南过来问：“地基就这么深了？”

白玉柱抹去额头上的汗水，说：“对呀，塔虎城地区的普通民房，都是平地起墙，根本没有地基。咱们库房这么深的地基就足够了。再说了，往下的话，一是到了冻土层，二是怕毁坏了你的地下宝贝啊。”

白玉柱说罢，故意眨了几下眼睛，随后又哈哈大笑起来。

塔虎城军需基地的营房几乎是和库房一起完成的。这天，即将去白城地委任

行署专员的巴图巴根路过塔虎城时，特意驱车前往塔虎城来看望王克南和白玉柱等人。

巴图巴根是从南门进的塔虎城。一进入塔虎城，巴图巴根就觉得眼前一亮，他几乎不敢相信自己的眼睛了。巴图巴根近一个多月没来这，城内就发生了如此令人惊叹的变化。一座座库房、一顶顶帐篷、一栋栋营房正以崭新的容貌映入巴图巴根的眼帘。塔虎城军需基地的官兵们打仗不仅是好手，就连搞建设也是内行啊！劳动创造了人，也创造了世界，这话一点不假。巴图巴根的心里，对塔虎城内的这些军人不禁油然而生敬意。

老友见面，似有唠不完的嗑。王克南一高兴，就吩咐司务长二毛置办了一桌不超出规格的酒席。

白玉柱亲自动手煮了香喷喷的奶茶，之后，按照蒙古族的礼节分宾主将奶茶呈上。

白玉柱笑道："旗长喝一喝我煮的正宗蒙古奶茶吧，你这一走，以后喝我亲手煮的奶茶的机会可就少了。"

巴图巴根听白玉柱这么一说，端起茶碗喝了一口奶茶。

巴图巴根吧嗒了几下嘴，赞道："不错，不错。真没想到，你白玉柱煮出来的奶茶，还有这么好的味道。"

白玉柱说："这门手艺我早就会，只不过我很少露出来。考虑旗长就要离开郭尔罗斯前旗了，就让你品尝品尝我煮的正宗蒙古奶茶，日后旗长也好记着我的好。"

众人大笑，屋内一时充满了快活的气氛。

二毛做好的饭菜陆续上桌了，菜，是几样毛菜，酒却是著名的塔虎城小烧。倒是巴图巴根带来的牛肉干，真正让王克南、白玉柱几个人解了馋。

海量的白玉柱代表塔虎城军需基地的领导班子，向巴图巴根敬了一杯又一杯，结果巴图巴根越喝越兴奋，白玉柱却先醉了。

白玉柱一脸醉意地向巴图巴根比画道："旗长，我们塔虎城军需基地，还下辖两个单位呢，你知道吗？"

巴图巴根听了白玉柱的话，先是一愣，塔虎城不就是单纯的军需后勤基地吗？怎么会下辖两个单位呢？白玉柱是不是喝多了，顺嘴胡说？

王克南和孙志山等人，也都看着白玉柱笑了。

白玉柱看见巴图巴根眼睛盯着自己，就笑道：“旗长，你猜不着了吧？哈哈，还是我来告诉你吧，我们塔虎城军需基地，下辖东江湾的军垦农场和塔虎城酒厂。我们的军垦农场现有土地面积五百多垧，预计年产粮食可达三百万斤以上。我们的塔虎城酒厂，日产酒量一千余斤。今年，我们还打算将塔虎城小烧进行装瓶和外包装处理，争取打进哈尔滨、长春、沈阳等大城市。我们塔虎城军需基地的官兵们，吃的是自己种的粮食，发的津贴费是我们塔虎城酒厂挣的钱。旗长，我白玉柱可以和你这样说，我们塔虎城军需基地完全不要国家一粒粮一分钱，全部自给自足。”

巴图巴根伸出大拇指夸奖道：“不错，目前全国还没有解放，中央政府和地方政府财政还很困难，塔虎城军需基地能够做到自给自足，不向上级要一粒粮食和一分钱，这种办法很好！元代成吉思汗建立的蒙古帝国，实行的就是屯田兵农合一的制度。”

孙志山又补充说：“旗长，我们马上就要动手建立养殖场，准备养猪、养羊、养鸡等，就地解决塔虎城军需基地的官兵们日常肉禽蛋的供应。当然，我们塔虎城军需基地也会把吃不完的肉禽蛋类平价投放到市场，缓解一下郭尔罗斯前旗市场上的压力。”

王克南非常谦虚地说：“旗长，你看我们哪里做得不好和不足就提出来，我们一定虚心接受并改正。”

巴图巴根连连摆手道：“不不，你们真的做得很好，我也实在挑不出毛病来。这次我来塔虎城的目的，就是来看望老朋友的。况且塔虎城军需基地与地方政府已没有附属关系了，我怎么能再插手军队的事呢？”

王克南笑道：“旗长，你太谦虚了。到任何时候，你都是我们的老朋友老上级。塔虎城军需基地随时欢迎你来，塔虎城的大门永远是为你敞开的。只不过你原来从郭尔罗斯前旗过来走塔虎城的南门，去白城上任后，再来塔虎城就要走北门了。”

王克南说这话时，巴图巴根就笑了。最后巴图巴根感慨地说："我以后去白城工作，恐怕来塔虎城的机会就少了。走吧，咱们出去照张相，将来相互之间好留个念想。"

听说要照相，张学和赵虎双眼放出了兴奋的光芒。

巴图巴根转向张学和赵虎，笑着问："二位大学生，你们看，咱们在塔虎城什么地方照相选景比较好呢？"

张学和赵虎相视一笑后，张学快言快语地说："塔虎城南门照相最好了，南门有正门之说，那里地势又高，向下仰视塔虎城，最能体现出塔虎城的气势来。"

"行。"巴图巴根拍了一下张学，又转向问："赵虎呢？"

赵虎用手指着张学，说："我俩一个意思，就是塔虎城的南门了。"

巴图巴根一拍手，道："好，咱们就去南门合影留念。那里的光线也不错！"

王克南吩咐道："张学和赵虎，你们快去通知各城门的守备队长，去塔虎城南门照相……"

王克南的话还未说完，白玉柱就打断王克南的话，说："通知基地所有带长的，十五分钟后，到塔虎城南门集合。"

张学和赵虎领命而去后，王克南、巴图巴根、白玉柱、孙志山等人才鱼贯出屋，向塔虎城南门有说有笑地走去。

王克南等人走到塔虎城南门时，各中层干部早已在塔虎城的南门聚齐了，大家按大小个站成两排。

摄影师摆放好机器，调整好焦距，手握快门，道："各位领导，稍微把头抬一下。哎，就这样，大家都向前看，好了！"

闪光灯闪过，留下了历史的瞬间。此时的塔虎城更加威严肃穆，千年古城，因这些新主人的到来，显得更为尊贵。

张学和赵虎带领几名战友正在上房梁。张学和赵虎站在大山墙上，很吃力地用绳子向大山墙上拽着檩木。地下有两名战士用铁锹帮忙向上托举檩木。孙志山看见张学和赵虎他们上这根檩木很费劲，就把双拐往墙边一放，一瘸一拐地走过去帮忙。

“一二，使劲！”孙志山喊着号子，墙上地下的人一起用力拽和托举檩木，檩木就要快上墙时，墙上张学和赵虎拽林木的绳子突然断了。

“闪开！”大山墙上的赵虎惊叫道。

地下负责托举檩木的两名战士，一时愣住了。孙志山的反映还是相当快的，他伸出双手，用力把两名战士推向一边。檩木落在了孙志山的脚下，一头又被弹起来，直接撞到了孙志山的伤腿，孙志山感到万箭穿心般的疼痛，眼前一黑，当即昏倒在地。

“孙政委！”赵虎大叫一声，顾不得从梯子上下来，就和张学二人从高高的大山墙上直接跳到了地面。

张学从后面抱住孙志山，慢慢将孙志山扶起，搂在自己怀里。

赵虎跪在地上，哭喊：“孙政委，孙政委！”

倒在张学怀里的孙志山，无论赵虎怎么叫，仍然紧闭双眼。

“血！血！孙政委的腿流血了！”张学惊恐地叫道。

殷红殷红的鲜血，从孙志山的裤管里流淌出来。

“快送孙政委去医务室！”赵虎一个高蹿出去，摘回来一扇门板。几个人把孙志山平放到门板上，抬起门板就向医务室飞快地跑去。

正在办公室接电话的王克南，看见白玉柱率领战士们抬着一个人跑进院来，就知道一定是有人受伤了。

王克南几步就迈出屋去，大声问：“怎么回事？”

张学哭道：“上梁的绳子断了，檩木砸到孙政委的伤腿了。”

王克南跑过去，推开医务室的房门，叫道：“那队长，快，孙政委受伤了。”

那可依叫道：“小张、小阚，准备抢救孙政委！”

“是！”张希月和阚淼异口同声地回答。

被放到手术台上的孙志山，这时已经苏醒过来了，他脸色蜡黄地问：“克南，我怎么了？怎么会在这里？”

王克南弯下腰，把嘴贴近孙志山的耳朵说：“大哥，你受伤了，你现在躺在床上别动，让那队长好好给你看看。”

孙志山叹道：“这条腿耽误老多事了，这节骨眼上又受了伤，真是的！唉！”

白玉柱一旁劝道：“孙政委，你别担心，那队长一定会治好你腿伤的。”

那可依道：“小阚，拿剪刀。”

阚淼迅速地从托盘内拿过一把剪刀，递到那可依手中。

那可依用剪刀剪开孙志山的裤管，众人不禁大吃一惊，孙志山的腿伤再次开裂，已经能看见白花花的骨头了。

那可依似乎要对王克南说什么，被躺在手术台上的孙志山瞪了一眼。那可依把到了嘴边的话又咽了回去。

“王主任、白副主任，你们先出去一下，我们给孙政委处置一下伤口。”那可依说完话，转身从衣架上拿过口罩戴上了。

王克南轻轻一挥手，众人悄悄地退出了医务室。白玉柱一屁股就坐在了医务室门口的台阶上了。

见王克南等人都出去了，孙志山拉住那可依的衣襟，问：“那队长，刚才你是不是想和王主任说，让我住院治疗？”

那可依点头：“是，孙政委，你的腿伤情况很不乐观，就目前咱们塔虎城基地的医疗条件来看，很难彻底治愈你的腿伤。为了稳妥起见，我建议你应该去郭尔罗斯前旗医院住院治疗。”

孙志山又问：“我如果不走，我的腿最坏的结局会怎样？那队长，你就直说吧！”

那可依十分肯定地说：“会留有后遗症、落下终身残疾的，但必须还要保证伤口不感染，伤口日后不再复发。如果伤口再次被感染，你的腿有被截肢的可能。”

孙志山听了那可依的话后，一脸平静地说：“那队长，我求求你，千万不要把刚才这些话告诉王主任和白副主任。塔虎城军需基地目前一个人顶俩人忙，我绝对不能离开塔虎城。那队长，你就给我进行保守治疗吧。”

听了孙志山的一番话，那可依、张希月、阚淼三人的眼睛湿润了。她们心里十分清楚，孙志山政委为了塔虎城军需基地的建设，是在拿自己的生命来交换啊！

这位昔日战场上的英雄，注定会在塔虎城谱写成一首壮丽的篇章！他无愧军人本色！

那可依弯下腰去，轻轻地问："孙政委，咱们的医务室没有麻药了，处置伤口时会很疼，您就忍一忍吧！"

孙志山微笑道："没关系，你们三个白衣天使，想怎么治就怎么治吧。但有一点，必须让我快点儿好起来，越快越好！"

"放心，孙政委，我们会尽最大努力的。"那可依点点头。她拿起阚淼递过来的手术刀，割去孙志山伤口周围的腐肉，每割一刀，殷红的鲜血就会随之流淌出来。

孙志山一声不吭，清瘦的脸上黄豆粒大小的汗珠纷纷滚落下来。张希月拿过毛巾，不住地给孙志山擦汗。一会儿工夫，毛巾就湿得能拧出水来。

那可依处理完孙志山伤口周围的腐肉后，开始用消毒液清洗孙志山的伤口，清洗完伤口，又把浸泡过药水的纱布，塞进孙志山的伤口内。

处置完伤口，那可依吩咐张希月和阚淼把孙志山的伤口包扎好。谁知，张希月和阚淼刚包扎完伤口，孙志山竟然挣扎着从病床上坐起来了。

那可依惊讶地问道："孙政委，你这是要干啥去？"

孙志山笑道："走啊，你们不是处置完伤口了吗？小张，把我的拐杖拿过来。"

那可依阻拦道："孙政委，你绝对不能下地，必须要静养一段时间。"

"这又不是做手术，就简单地处置一下伤口，有啥下不了地的？再说了，我们庄稼院出身的人都皮实，身体也没那么娇贵。那队长，你就让我走吧。"

那可依紧绷着脸，就是不允许孙志山离开医务室。于是，孙志山和那可依发生了争执。

王克南和白玉柱听见了医务室内孙志山和那可依争执的声音，就推门进了医务室。

王克南见那可依流泪了，明白刚才发生了什么事。

王克南批评孙志山，道："大哥，这就是你的不对了，你是病人，今天你必须听那队长的。”

白玉柱一旁也附和道：“克南说得对，必须听那队长的，那队长说咋办就咋办。那队长，你看我们两个领导都替你说话了，你就别再委屈了！”

孙志山摇摇头，转向那可依说：“那队长，对不起了，今天是我不好，我给你赔礼了！”

孙志山幽默地向那可依一抱拳，那可依当场破涕为笑。

塔虎城军需基地的库房建设已接近尾声，白玉柱就带着原塔虎城区小队的大部分战士去东江湾进行开荒生产劳动了。白玉柱临走时还特意向王克南立了军令状，说开垦的土地不到五百垧，就一切拿他是问。为了完成开荒生产任务，白玉柱还带去了帐篷和行军锅灶，干脆吃住都在东江湾了。

在东江湾安营扎寨后，白玉柱每天天未亮就带领战士们头顶着星星下地开荒生产。晚饭后，一直加班到大半夜也是常有的事。开荒生产劳动，虽然苦和累，但官兵们没有一个人发过一声牢骚，大家的干劲空前高涨。为了塔虎城军需基地的建设，官兵们真是豁出命来了！

白玉柱乐观地称，这次野外宿营开荒生产劳动，本身也是一次野外生存能力的锻炼。

最近一段时间基地建设的劳动强度虽然减少了，但是每天都有源源不断的军需物资从铁路和公路运往塔虎城。

张学和赵虎在塔虎城小学所学的知识这回算是派上用场了。张学和赵虎既要负责白天和夜里的治安巡逻，还要和王克南一起负责接收军需物资，并为军需物资分类，建档编号。当然，医务室没病人时，那可依她们几个也会过来帮忙。

今天又有五十名东北战场伤愈出院的军人来塔虎城报到了。塔虎城军需基地的现有官兵人数，已达到了八百余人。这些官兵每天吃的用的等日常花销也不少。王克南感觉压力很大。后勤保障工作真的不同于野战部队，在野战部队王克南就是主抓军事，官兵们吃的用的都由上级统一配发。按理说，塔虎城军需基地生活上的事都由政委孙志山主抓，可孙志山腿伤不能行走。大到吃粮穿衣，小到柴米油盐，王克南每每都要亲自过问。好在有塔虎城酒厂做经济后盾，还真解决了王克南的不少燃眉之急。

安顿好新来的同志，穆怀远就带领几十个身强力壮的战士一起来找王克南。穆怀远强烈要求参加东江湾的开荒生产劳动。

“怀远同志，我很理解你的心情，但你的伤口又复发了，所以这次的开荒生产你就不要参加了。”王克南拒绝了穆怀远的请求。

穆怀远见王克南拒绝了他的请求，当时就急眼了，他拍着胸膛说：“王主任，你看看，我的伤早就好了。再说了，我是塔虎城军需基地军垦农场的副场长，我不在开荒现场，于情于理都说不过去。”

穆怀远等人软磨硬泡了半个小时，王克南总算答应了穆怀远的请求。

孙志山的腿伤在那可依她们的精心的照料下恢复得还不错，伤势大有好转。孙志山是一个永远闲不住的人，他要求出去走一走，到外面去透透风。

孙志山一个人出去，那可依有点不放心，就命令阚淼陪孙志山一起出去走走。

阚淼和孙志山走出基地大院，慢慢向塔虎城南门走去。一路上，看见一排排崭新的库房和一顶顶草绿色的军用帐篷，孙志山心潮澎湃，久久难以平静。眼看着同志们都为了塔虎城军需基地的建设添砖加瓦，自己却变成了病号整天什么也干不了，孙志山就十分焦急，甚至有些内疚。

阚淼陪着孙志山走出塔虎城南门，护城河边的小树长满了可用来编筐的枝条。孙志山眼前一亮，当即就让阚淼返回塔虎城去取镰刀。阚淼走后，孙志山静静地望着塔虎城，不由得浮想联翩，自己当兵打了十多年的仗，如今又来到了塔虎城，真的恍如做梦一般。难道塔虎城就是自己今后安身立命的归宿地不成？一想到这，孙志山又羞中带愧，自己为塔虎城军需基地还没有做出什么贡献，还算不得是塔虎城的主人。

“孙政委，镰刀拿来了。”阚淼呼哧带喘地跑到孙志山身边。

孙志山笑道：“到底是年轻人腿脚快，这么一会儿就回来了，要是我自己去取，咋也得半个时辰啊。”

阚淼微微一笑，道：“孙政委，您的腿不是有伤嘛！”

“人过三十天过午，我老了。”孙志山接过阚淼递过来的镰刀，动作熟练地割起树枝来。孙志山每割一把树条，都要转身递给身后的阚淼。时间不长，阚淼就抱了一大抱枝条。

娇贵的阚淼，像个孩子似的叫道：“孙政委快帮帮我呀，我抱不下树枝了。”

孙志山用手一指地下，说：“傻孩子，先把枝条放到地上。”

孙志山这样一提醒，阚淼这才把怀里的枝条放在地上，她冲孙志山做了一个鬼脸，又调皮地嘿嘿一笑。

阚淼又接过孙志山递过来的一把枝条，随后，一脸稚气地问：“孙政委，你割这些树枝，究竟要干什么呀？”

孙志山回答：“居家过日子用呗。”

阚淼想了半天，也没明白这枝条能干什么用。她看着孙志山问道：“居家过日子？孙政委，你都成家了？那你咋从来没说过呢？”

孙志山大笑，这一笑倒是把阚淼笑愣住了。

笑过之后，孙志山又认真地说：“小阚，咱们塔虎城军需基地是不是一个革命大家庭啊？”

“啊，是啊。”阚淼扑闪着一双大眼睛。

孙志山一边割枝条一边说：“咱们现在有农场了，这农场啊，必定要用一些筐筐篓篓什么的。”

孙志山这么一说，阚淼明白了，她叫道：“孙政委，你原来是想用这些树枝编筐啊？”

孙志山点头：“对呀，过几天就要种地了，那时就会用到筐了。要是没筐，还得到集市上去买，反正我现在待着也是待着，就编几只筐吧，省得花那份冤枉钱。咱们塔虎城军需基地这个大家啊，就和居家过小日子一样，哪方面都得精打细算，只有这样，才能把日子过好。你说是不是，小阚？”

阚淼点点头，又有些兴奋地说：“孙政委，您可以教我，没事时我帮您编筐。”

“好啊，到时候，我一定收你这个徒弟。”

“孙政委，把镰刀给我，我替您割一会儿树枝，您休息一下，小心别把腿伤抻了。”

阚淼从孙志山手中抢过镰刀，就笨拙地割起枝条来。

“哈哈，小阚，你把镰刀拿反了。”孙志山一边装烟锅一边大笑起来。

“孙政委，您干吗笑话我呀？人家是一个左撇子吗！”阚淼撅着嘴，似乎还有理了。

护城河边，不断地传出孙志山和阚淼的说笑声。

又是绿满天涯，群莺乱飞，花儿飘香的季节。

塔虎城军需基地的所有建设全部顺利完成了。从城市里运过来的军需物资，也已全部清点入库。

农场的一千多垧地，经过官兵们半个月的辛苦劳作后也全部种完了。就在种完地的第二天，天公作美，塔虎城区居然还下了一场透雨。今春的墒情不错，百分之九十五以上的出苗率看来也是十拿九稳了。

一直压在王克南心里的一块石头总算是落了地。塔虎城除了日常的工作外，再没什么大事了。人啊，往往都是这样，当你一天天在忙碌中度过时，总会把过去的一些往事抛到九霄云外。可是，一旦清闲下来，又总会想起许多往事来，尤其是那些难以忘怀的往事。

王克南蓦然间又想起月梅来，而且是那么深沉而炽烈的怀念。

王克南的心事，永远也逃不过老大哥孙志山的那双眼睛。

午饭后，战士们都休息了。孙志山悄悄地对王克南说：“克南，咱哥俩出去走走，唠唠嗑？”

孙志山说完这句话，就拄着双拐先出去了。王克南急忙摘下挂在墙上的军帽，追了出去。两人在基地的大门口遇到了那可依。

那可依上身穿一件崭新的白色衬衣，很有青春气息。那可依丰满的身段，挺起的胸脯，似乎要把衬衣撑破。

“王主任，孙政委，你们出去啊？”那可依声音很低地打了一声招呼，然后就红着脸低着头走过。

孙志山回头看了一眼已经走进基地大院的那可依，又看看身边的王克南，此时，王克南正面无表情地向前走去，那样子就像什么事也没有，也没有看见那可依一样。

孙志山短暂的沉默后，又露出了笑容。不知为什么，王克南越是平静越是装作没事，孙志山心里就越发高兴。

孙志山心中有自己的秘密，王克南当然不知道。

“大哥，咱们去哪？”王克南回头问。

孙志山向东一指，说：“走，去江边。咱哥俩去江边转转。”

“江边太远了，我怕你的腿吃不消？”王克南有些担心地说。

“没事，我的腿好多了。走吧，咱哥俩好长时间没在一起唠过磕了。”孙志山挥了挥手。

王克南不知孙志山要和他说些啥，只好听从孙志山的安排，向塔虎城的东门方向慢慢地走去。

走出塔虎城的东门，仿佛又到了另外一个世界，这里充满了鸟语花香，到处都是欣欣向荣的景象。

有一群鸽子正在野地里觅食。王克南心想：这些鸽子肯定是刘存的，如今鸽子没了主人，它们早已退化成普通的鸽子了。

王克南忽然觉得这些无辜的小生命非常可怜。它们被人利用充当了邪恶的工具后又被抛弃，为了生存不得不放弃和改变了原有的习性。

那群鸽子只顾在地上觅食，王克南和孙志山走过来，它们居然也没有飞走。穿过一片草地，展现在王克南和孙志山眼前的是一望无涯的黑土地。黑土地埋下的种子，有的已经破土，露出了一两片嫩叶，很是招人喜爱。

孙志山称赞道：“塔虎城区的土质真好！土壤里的腐殖质比较多，不用上粪就能种庄稼，真是难得的好地！怪不得小日本鬼子和国民党都想争夺塔虎城这片天地呢！”

王克南指着未开垦的荒地说：“明年还可以开不少地，塔虎城军垦农场一定要形成规模，成为郭尔罗斯前旗一个现代化的军垦农场！”

说话间，王克南和孙志山穿过一条便道，来到了嫩江江畔。今日微风，嫩江江面上只有一点波涛，清清的江水默默地流着。偶尔，会有一两条鲤鱼跃出江面，江面上就会形成一圈一圈的波纹，波纹逐渐扩大，最终完全消失。

有一只远道而来的苍鹰飞到江面上空时，居然放缓了飞行速度，扇动翅膀悬停在半空中，害得江边柳树丛下的几只野兔，纷纷四散躲藏。

王克南和孙志山找了一个平坦的地方面对嫩江席地而坐。一股清凉的空气从江面飘过来，直扑到王克南和孙志山的脸上，二人感觉精神了许多，心情也舒畅了不少。

王克南拿过孙志山的烟袋和荷包，将烟锅插进荷包内，轻轻一阵搅动，满满的一锅烟丝就装好了。王克南一边点着烟锅里的烟丝，一边用嘴嘬着烟袋嘴，随着王克南嘴里吐出的烟雾，烟锅内的烟丝就一闪一闪地变红了。

王克南把点燃的一锅烟递给了孙志山，孙志山抓住烟袋杆，猛吸几口，香喷喷的烟雾就从孙志山的嘴里和鼻孔中流了出来。

“克南，我听白副主任说你大年初一回老家了？”

“嗯。”

“还是没见到父母和小梅吧？”

“嗯。”

“你没好好打听一下，家中到底发生了什么事吗？”

“大哥，我打听了，我的父母和小梅都不在人世了，一家三口早就被日本鬼子给杀害了。”

“消息准确吗？”

“准确，我去档案馆查的伪满档案，不光是我父母和小梅，还有我们北郊的四百多乡亲，也一同被日本鬼子给杀害了。”

王克南痛苦地低下了头。孙志山用他那宽大的手掌轻轻地抚摸了一下王克南的后背，说：“日本鬼子在中国欠下的血债太多了。我家的五口人，还有同村的五十多位乡亲，也是被日本鬼子杀害的啊！”

王克南猛地一抬头，双眼盯住了孙志山。在此之前，王克南从来没有听孙志山讲过他的身世和家中的事情。

孙志山痛苦地说："我在老家靠山屯种地时，我们全家靠的是八亩田地来维持生计。农闲时，我就做豆腐，然后和十五岁的弟弟志宏赶着毛驴车到南北二屯去卖，小日子过得倒也红红火火，有滋有味的。

"二十一岁那年，父母给我娶了媳妇，转过年后，我媳妇就给我生了一个大胖儿子。一些亲朋好友、街坊邻居，听说我得了一个小子，都来我家吵着嚷着要喝我儿子的满月酒。我儿子满月的上一天，我爹打发我去集市上买一些下酒菜，准备第二天摆几桌酒席，宴请亲朋好友、街坊邻居。早晨，我赶着毛驴车离开家时，我弟弟志宏也上了毛驴车，但被我撵下去了。

"谁知，这天快到中午时，日本鬼子突然闯进了我们村子。我父母见事不好，就把我弟弟志宏藏到了东屋的大柜里面。刚刚藏好志宏，还没来得及藏西屋的我媳妇和孩子，五个日本鬼子就进了屋。日本鬼子进屋就冲我父母要花姑娘。我母亲说没有花姑娘，就被一个日本鬼子用刺刀给挑了。就在这时，西屋传来了我儿子的哭声。五个日本鬼子蜂拥般地挤进了西屋。我父亲赶过去，跪在地上哀求说，不能这样啊，这样做伤天害理啊！日本鬼子就用枪托狠狠地砸了我父亲一顿。然后又把父亲绑在了地桌腿上，一个日本鬼子，上前一把从我媳妇怀中夺过我儿子，扯着我儿子的腿在空中一轮，当场就把我儿子摔死在了我父亲面前。

"五个日本鬼子，当着我父亲的面，把我媳妇给糟蹋了。我父亲气得五脏俱裂，眼角流血，当即气绝身亡。五个日本鬼子糟蹋完我媳妇，又用刺刀把我媳妇活活地给开膛破肚了。

"我家在村子的后堂街又把一头儿，我根本不知道日本鬼子进了村的事，当我赶着毛驴车进自家院子时，发现家中的大黄狗死在了外屋门口。我正在纳闷时，五个日本鬼子就从屋里跑出来，端着刺刀把我围住了。

"日本鬼子见毛驴车上拉着半扇猪肉，就逼着我去厨房给他们煮猪肉吃。我在厨房一边用做豆腐的大锅煮猪肉，一边伺机寻找报仇的机会。也算老天有眼，机会终于来了。一个日本鬼子来到厨房，看看猪肉煮好了没有。我一把抱起这个日本鬼子，就把他大头朝下扔进了做豆腐的大锅内。也许是听见了厨房内的动静，又有一个日本鬼子来了厨房。我一斧头就劈死了这个日本鬼子。

“屋内剩下的三个日本鬼子，听见了同伴来自厨房的惨叫声，端着枪跑出来。我端起一大盆滚烫的开水就泼了过去，一个日本鬼子倒在地上就号叫起来，那两个日本鬼子，拉动了枪栓，正要向我开枪的时候，我弟弟志宏从东屋跑出来，一把抱住了两个日本鬼子的大腿，他不住地大喊，叫我快跑。

“大门外又来了不少日本鬼子，我如果不跑，就会被赶来的日本鬼子堵在屋里，我跑出很远很远，还能听见志宏喊让我替他报仇的声音。事后我得知，惨无人道的日本鬼子把我弟弟志宏浑身淋上柴油，吊在村口的大树上点了天灯。

“日本鬼子这次进村，我们村总共死了五十多人，大姑娘和小媳妇基本上都被日本鬼子给糟蹋了。埋藏了亲人后，我跪在村头发誓：此仇不报，誓不为人！当即就有二十几个小青年要和我一起去杀日本鬼子。报仇心切的我领着同村的一伙小青年，见到日本鬼子就杀，也不知道保护自己和同村的弟兄们。一年后，日本鬼子倒是杀了不少，但和我一起出来同村弟兄们都死得差不多了，最后只剩下了我和表弟张宏业。”

王克南听见孙志山说张宏业是他的表弟，身体不由得颤抖了一下。

王克南瞪大双眼，道：“大哥，一连长宏业就是你表弟？”

“对，一连长张宏业就是我亲表弟。为了打日本鬼子替家里人报仇，同村的弟兄们都死了，我也没脸再回村了，就和表弟一起辗转到了哈尔滨。在哈尔滨我们遇上了地下党老罗，就是现在的吕师长。当年，是吕师长把我和表弟宏业引领上革命道路的。

“没参军之前，我只知道杀日本鬼子，为死去的家里人和同村的乡亲们报仇。参军后我才明白，为了让普天下的老百姓不再重演我家的悲剧，必须要赶走日本侵略者，推翻一个旧制度，建立一个新的民主政权，这样才能让子孙万代过上安稳的好日子。”

听了孙志山的这番话，王克南沉默了。他当兵就和孙志山在一起，从来没听孙志山说过自己的身世和家中的情况。今天听孙志山说了家中的不幸遭遇后，王克南的内心产生了一种强烈的震撼。

王克南的心里仿佛燃烧着一团火，这团火足以烧掉一切！

王克南和孙志山两个不同的家庭都遭遇了同样的不幸，王克南知道了孙志山不为人知的悲惨遭遇后，忽然觉得自己很自私。自己和老大哥孙志山比起来是多么渺小啊！

崇敬、同情、羞愧，一起涌向王克南的心头。老大哥孙志山是值得王克南敬重的人！

孙志山又拿出了烟袋。

王克南伸出手去，深情地说：“大哥，来，给我。”

王克南又帮孙志山装了一袋烟。

半晌，王克南听见了孙志山的声音。

“克南，你觉得咱们塔虎城基地医疗队的那队长人怎么样？”

“这……”王克南不知老大哥孙志山是何用意，一时竟难以回答孙志山的话。

孙志山几口就抽完了烟锅里的烟，他把烟锅内的烟灰磕尽，双眼盯住王克南说：“克南，你评价一下那队长，让大哥听听。”

王克南还是没有做出回答，他觉得孙志山这问题有点怪。莫非？王克南想起了在基地大门口和那可依相遇的情景，忽地一下，王克南的脸红了。

孙志山仍然一脸肃穆的表情盯着王克南，说：“克南，你今天必须要回答我的话。”

王克南这才一字一句地说：“那队长有文化，医疗技术也不错，对待同志热情，干起工作来认真严肃，绝对是一个好同志。”

孙志山瞪了王克南一眼，说：“不对，克南你只说对了一半，那队长年轻漂亮，在咱们军区也算是数一数二的美人了。克南，你就没想到和那队长发展一下个人关系吗？”

王克南触电一般，伸出手拒绝道：“不，不，不，我和那队长只是战友和同志关系，其他关系丝毫也不会有的。大哥，你千万不要胡思乱想。”

王克南的态度很坚决，目光中也充满了坚定，这让一厢情愿的孙志山非常生气。

孙志山就拿出老大哥的态度说：“克南，别一提那队长你就极力地回避什么。小梅没了，你和那队长发展一下个人关系也不是不可以的。你和那队长很合适，大哥是不会看错的。”

王克南不出声了。去年冬天，白玉柱夫妇极力撮合他和郭月梅的婚事，今天，老大哥孙志山又来撮合他和那可依来了。尽管不太同意，但王克南认为，白玉柱夫妇和老大哥孙志山对他个人的终身大事还是很关心的，自然心存感激。可王克南的心中还是装着月梅，尽管月梅已不在人世了，王克南还是无法正视这残酷的现实。

“克南，听大哥一句劝，把小梅忘了吧。我还是那句话，你真的和那队长很般配，这一点，白副主任也是这么认为的。去年冬天，白副主任想把郭老师介绍给你，遭到了你的拒绝，白副主任就不敢再给你提媒了。所以这话就得大哥来说了。”

王克南听孙志山让他忘掉月梅，内心就撩起了万缕思绪。月梅在王克南的心目中，早已占据了一定的位置，这辈子王克南恐怕都难以忘怀吧。

王克南的双眼湿润了，但他强忍着没让眼泪落下来，而是咽回到了肚子里。随着巨大的感情冲击波而来的，是一番痛苦的思索。王克南又有了回野战部队的想法，但他很快就打消了这个念头。此刻，王克南的心乱极了。

王克南和孙志山回到塔虎城，一进办公室，白玉柱就向孙志山使了一个眼色，二人也不说话，相继离开了办公室。一看见白玉柱和孙志山神神秘秘的样子，王克南就知道，白玉柱和孙志山一定是背地里又合计什么事去了，而且，这事大概与自己有关。但王克南对此也毫无办法。他在办公室内该干什么就干什么，像什么事也没发生一样。王克南心里十分清楚，自己树根不动，白玉柱和孙志山在树梢再摇晃，也是无济于事的。王克南又想起毛主席的话来：外因是变化的条件，内因是变化的根本……

想到这里，王克南又笑了。生搬硬套毛主席的话很幼稚，不是吗？自己有时的确就像一个孩子，老大哥孙志山不是也这样说过吗？王克南性格有刚有柔，可情感方面又很脆弱。

办公室的门开了，来人是医疗队队长那可依。不知为什么，那可依并没有在门外喊报告，而是直接推门进了王克南的办公室。说来也怪，王克南一看见那可依居然就心跳起来。这究竟是为什么？王克南自己也说不清。但归根结底，还是与孙志山和白玉柱有关。是他们二人背地里总在王克南面前提那可依如何与王克南般配，才使王克南一见到那可依就产生了这样的心理。

那可依举手敬礼，道：“报告王主任，咱们塔虎城军需基地医务室的药品库存量不多了，下一步是不是该进一些药品了？”

“这样啊？”王克南想了半天，拿起办公桌上的信纸和笔飞快地就写好了条子，交给那可依，说：“那队长，你拿着我开的这张条子去塔虎城酒厂找四辈厂长，从他那里先拿五万块钱，明天赶紧去郭尔罗斯前旗购买药品。咱们塔虎城军需基地的官兵绝大部分都受过伤，一到阴天下雨，伤痛就会困扰着官兵，医务室断了药品可不行啊！”

“是！”那可依拿过王克南的条子，如获至宝般地走了。

王克南似乎又想起了什么事，他追出门外，叫道：“那队长，你一个人去购买药品如果不方便的话，就带上阚淼和张希月一同去吧？”

“哎，好的，王主任。”那可依答应了一声，就一头飘进了医务室。她，走路的姿势很好看。

看着那可依兴奋的样子，阚淼开着玩笑地说：“那队长去了一趟王主任办公室，回来咋这么高兴呢？一定是摊上了什么好事了吧？”

张希月附和道：“哎呀呀，小阚，你还小不知道，只有收获爱情的人，才会是这个样子的。是不是啊，那姐？”

张希月又冲阚淼挤了两下眼睛。

阚淼心领神会地说：“那一定是的，爱情是伟大的，也是至高无上的！当然，也是自私的。”

“你们两个小死丫头，我叫你们胡咧咧，看我不打死你们！”那可依拿起白大褂就去抽打阚淼和张希月。

原本清净的医务室，一时叽叽嘎嘎地热闹起来。

院外传来了脚步声，那可依小声道："都小点儿声，屋外面好像有人。在医务室打闹，小心别被领导抓住咱们。"

屋外面的人是孙志山和白玉柱，二人同时扭过头向医务室看去，似乎听到了医务室那可依三人的打闹声。

孙志山眉头一皱，道："她们三个小丫头，是不是在医务室打闹呢？真不像话，咱们看看去。"

白玉柱拉了一下孙志山的衣角，劝道："都是孩子，就假装没看见得了。"

孙志山看着白玉柱，先是愣了一下，随即就不出声了。孙志山这个人一向注重军容军纪，听白玉柱这么一说，也睁一只眼闭一只眼过去了。

医务室内的阚淼，一直掀开窗帘在偷偷地向外观看。

"外面是谁？"那可依小声地问。

阚淼回头悄悄说："是白副主任和老孙头儿。这个老孙头儿，看样子是想来医务室修理咱们，又被白副主任给拽回去了。"

那可依说："孙政委来自野战部队，自然要在军风军纪上对战士要求严格一点。这也不能怪孙政委，还是咱们的问题，今后得注意了。"

张希月晃动着脑袋说："我看野战部队的人还真不如地方上来的人呢。你看，王主任和孙政委整天紧绷着脸，就如强敌压境一般，简直让人大气都不敢喘。再看看白副主任，整天笑呵呵的，就像一尊弥勒佛似的，多好啊！"

那可依故意板起脸说："就此打住，别背后议论领导。小张，你今天的话有点儿过了，我问你，你不是野战部队来的呀？"

张希月看看阚淼，伸了一下舌头，又做了一个鬼脸，之后就不再出声了。

孙志山和白玉柱进了王克南的办公室。王克南正趴在办公桌上写字，他斜眼看了一下孙志山和白玉柱，什么话也没说，只顾趴在桌子上继续写字。

白玉柱凑到王克南身边，笑着问："王主任，你坦白交代，我和孙政委走后，那队长是不是来过？"

孙志山先是摇了摇头，偷偷一笑后，就坐在了王克南的对面。白玉柱的问话太直接了，孙志山真担心王克南会翻脸。

果然，王克南把手中的笔往办公桌上一扔，很生气地说：“那队长找我，都是工作上的事。我说二位哥哥，求求你们了，你们能不能严肃一点？你们再这样下去，可就要影响到我的工作了。还有，孙大哥，你来塔虎城怎么跟着老白学坏了呢？”

孙志山和白玉柱意识到，一切该就此结束了。婚姻不是一厢情愿，只有缘分到了，一切才能水到渠成。

一场暴雨，使塔虎城内的空气更加变得清新。西沉的太阳，给西山山脉映上了一抹余晖。天空的片片晚霞像燃烧的火一样。谚语道：朝霞不出门，晚霞行千里。看来，明天又是一个艳阳天。

月梅下了班并没有回家，她一个人顺着一条东去的小路缓缓地走着，却无心观赏四周的美景，因为装了满肚子的心事。走着走着，月梅突然停住了脚步，她俯下身去看着地面，地面的积水坑内，有一只很大的花蝴蝶在水中不停地挣扎着，蝴蝶的翅膀已变得很柔软，可无论那只大花蝴蝶怎么扑腾，就是离不开那滩积水坑。

月梅看大花蝴蝶有点可怜，就顺手捡过一根小木棍，把奄奄一息的蝴蝶从水坑中捞出来，很小心地放在了小路旁行人踩不到的地方。几分钟后，那只大花蝴蝶，竟然扇动着翅膀吃力飞起来了。可惜飞出不远，又落到了草丛中，片刻后，花蝴蝶再次飞了起来，这回飞得很有力，也很远，直至消失在月梅的视线中。

看着花蝴蝶独自飞向远方，月梅触景生情，心中不由得一阵凄楚。一双幽幽的大眼睛，由于充满了凄伤的泪水，变得更加幽深让人爱怜了。

“关山梦魂长，鱼雁音尘少。两鬓可怜青，只为相思老。归梦碧纱窗，说与人人道。真个别离难，不似相逢好。”月梅想起了宋朝词人晏几道这首词来。

“老师好！”小栓柱和几个同学从月梅身边跑过。

月梅慌忙擦去眼角的泪水，怕自己的学生们看见，好在小栓柱他们几个一闪而过，根本没看见老师流泪的样子。

月梅又有了回老家的想法，虽然没有一点儿王克的消息，但她对他仍怀着一颗等待的心。

没有了等待与期望，一切都将失去意义。

王克南突然接到了北平城下作战指挥部的电话，北平城下的部队急需一批军火，特别强调，要王克南一定在一周之内把全部军火运到前线。

王克南接到电话，当即就组织战士们去三区五号库房装车。王克南命令穆怀远，天黑之前必须把军火运到塔虎城火车站并全部装上车皮。

穆怀远走后，王克南还是放心不下，他要亲自到装车现场看一看。

卡车司机崔悦正一点一点地向库房门口倒车。赵虎站在卡车的后面，打着手势指挥崔悦。

王克南来到赵虎身边，嘱咐道：“待会儿装车时千万要小心，不要碰撞出火花来。”

赵虎拍着胸脯保证道：“主任，你就放心吧！我们会小心的。”

为了尽快完成任务，穆怀远站在库房内，大叫：“小崔，快倒车！”

卡车后轮压到了地面上的一根木棒，被压折的木棒的另一头，“嗡”第一下就飞出去了，直向赵虎射去。

“虎子危险，快闪开！”王克南一把推开赵虎，射过来的木棒扎进了王克南的前胸。王克南当即倒在了地上，鲜血很快就湿透了他的军衣。

“主任受伤了！快来人啊！”赵虎惊恐地大叫一声，就一头扑向倒在地上的王克南。

卡车司机崔悦听见赵虎的喊声，急忙下了车，当崔悦看见浑身是血的王克南时，竟然一时不知所措，当场就被吓哭了。

穆怀远从车后跑过来，喊道：“来人，搭把手，快送王主任送到医务室去。”

有战士从库房内找出一块木板，大家把王克南放在木板上，抬起他就向基地大院内的医务室跑去。

去郭尔罗斯前旗购买药品的那可依、阚淼、张希月三人，刚进入医务室就看见王克南被抬进来。那可依见王克南浑身是血，伤势似十分严重。

那可依沉着命令道："张希月，阚淼，立即准备手术！"

"是。"张希月和阚淼受命后，开始进行手术前准备工作。一些手术器械和药品被张希月和阚淼全部拿出来，一一放在了托盘内。

穆怀远等人按照那可依的吩咐，把受伤的王克南平放到了手术台上。那可依慢慢地拔出扎在王克南前胸的木棒，还好，木棒并没有伤及王克南的内脏，但王克南因失血过多，已接近休克状态。

王克南前胸的伤口不断地向外流着血。那可依给王克南的伤口上了一副止血药，才勉强把血止住。

那可依决定，一边给王克南输血，一边做创伤缝合手术。

景延刚把吉普车开进基地大院，就听二毛哭着说王克南受了重伤，现在正在医务室接受抢救。景延还没有把车停稳，坐在副驾驶位置上的白玉柱就跳下了车，然后撒腿向医务室跑去。

白玉柱听那可依说，要用O型血，就大声说："咱们塔虎城军需基地有官兵八百多人，咋还找不出几个O型血来。"

白玉柱说着就推门出去找人。腿脚慢的孙志山正好这时进了医务室。

"克南怎么样了？"孙志山急切地问。

"急需O型血源，我这就去找人。"白玉柱说着就向外走。

"白副主任，来不及了，抽我的血吧，我是O型血。"那可依叫住了已经走到门外的白玉柱。

孙志山和白玉柱听那可依说要抽她的血，不由得心里一阵发热。

白玉柱感激地说："那队长，太谢谢了！"

"没关系。阚淼、张希月，拿注射器来。"

那可依400cc的血浆，被补进了王克南的身体内。与此同时，那可依、阚淼、张希月，又对王克南的伤口进行了消毒清洗等一系列处置。那可依也许是刚刚抽完血和去郭尔罗斯前旗买药回来路途劳累的缘故，额头不断有汗珠冒出来，阚淼站在一边一声不响地为那可依擦汗。

王克南这时睁开眼睛，看见那可依挥汗如雨的样子，就说："那队长，谢谢你。我没事，你先停手歇歇吧。"

那可依摇头，又向王克南打了一个手势，示意王克南不要出声。

孙志山劝道："克南，听那队长的，那队长马上就要把你的伤口处置好了。"

王克南闭着眼睛，向孙志山伸了三次巴掌。

王克南这样的手势，只有孙志山明白，王克南的意思是自己已经是第十五次受伤了。

那可依对王克南的伤口进行了缝合，缝完最后一针后，那可依突然感觉有些头晕，她身体向后退了两步，眼前一黑，一个趔趄差点摔倒。眼疾手快的白玉柱从后面一把扶住了那可依。那可依在抽完血后，就有些头晕，双脚像踩上棉花的感觉，凭着毅力才支持到了最后。她的脸苍白得几乎看不到一丁点儿血色。

白玉柱把那可依扶到另一张床边，说："那队长，你先躺在床上休息一会儿，一下子抽了那么多的血，恐怕身体也吃不消。"

那可依躺在床上，脸上的汗水仍然没有消。

孙志山回过头说："小阚，快去我的办公室给那队长沏一杯糖水来。"

"是。"阚淼受命而去。

这时，王克南又睁开眼睛，念念不忘地说："老白，一会儿你去看看车装得什么样了，今晚必须要把军火全部装上车皮。"

"克南，这些就不用你惦记了，一切都有我和白副主任去安排。你就安心静养吧。"孙志山走到王克南的床边安慰道。

阚淼很快就把沏好的糖水端回到医务室。

张希月扶起那可依，阚淼把碗送到那可依嘴边，喝下糖水后，那可依的精神状态大有好转。

那可依坐在床边，有些不好意思地笑道："给王主任做外伤缝合手术，我有些紧张，再加上有低血糖的毛病，所以就有些头晕的症状了。"

白玉柱快言快语地说："那队长，你和王主任都应该补补身子了。"

那可依连连摆手："不，不，我就不用了，要补就给王主任补吧！"

孙志山用老大哥的口吻说："那队长，这些你说了不算，你和克南都得听白副主任的，他说咋办就咋办。"

白玉柱说："就是呢，再说了，我又不花公家一分钱，更不用你们俩掏腰包。"

听白玉柱这么一说，阚淼和张希月二人都笑了。

那可依命令："阚淼、张希月，你们留下照顾王主任，有什么突发情况，立即向我报告。白副主任，孙政委，咱们三个人先出去吧！"

"哎，好的，那队长。"孙志山临出屋时，又走到王克那的床边看看，王克南似乎已睡着了。

那可依小声道："我给王主任做手术时，给他用了麻药，所以他有点犯困了。"

出屋后，孙志山还是有点不放心地问："那队长，克南的伤不要紧吧？他啥时能醒过来？"

那可依道："还好，木棒扎进王主任身体，距大血管仅仅只差一厘米，真是万幸啊！再有半个多小时，王主任就会醒来。白副主任，孙政委，这里有我，你们就不用担心了。"

装车的所有官兵们，谁也不出声，只是默默地干活。司机崔悦更像一个罪人似的，一直闷闷不乐。

白玉柱和孙志山来到现场，见现场气氛有些压抑，孙志山朝白玉柱使了一个眼色。

白玉柱便笑道："大家都怎么了，一个个无精打采的样子？遇到点儿不顺就打蔫了？来，都打起精神来，那队长说了，王主任的伤无大碍，一周之后就没事了，大家还有啥可担心的？"

听了白玉柱的话，大家悬着的心才放下来。

崔悦看看白玉柱和孙志山，非常认真地说："我都想好了，王主任真的有个好歹，我崔悦也不活了。"

白玉柱一瞪双眼，说："哎呀，这家伙的！"

次日清晨，白玉柱从家里提来一篮鸡蛋，他一进基地的大门口，就看见王克南正在院内散步。

“克南，那队长不是让你安心静养吗？你怎么这么不听话，一大清早就跑出屋了？”白玉柱一看见王克南出了屋，就鼻子不是鼻子脸不是脸的急了。

王克南满不在乎地说：“我这仅仅是外伤，又不是什么内伤，根本不用什么静养。别我没咋地，再给你老白气出个好歹来。”

听了王克南的话，白玉柱“扑哧”一声就笑了。

“白副主任，你就让克南出来走一走吧，要不，非把他憋坏不可。”白玉柱的身后，传来了孙志山的声音。

白玉柱看见孙志山和那可依，正从院外一同向院内走来。

那可依冲着王克南说：“王主任，你出来透透气可以，但小心别把伤口抻了啊。”

王克南笑了笑，回答：“没事的，我这回的伤和以往的枪伤不一样，枪伤一时半会好不了，这回的伤没几天就会好的，你们都不用惦记我了。”

“那倒是，千万别感染啊。”那可依又嘱咐了王克南一句。

“我会小心的。”王克南冲那可依点了点头，走近白玉柱身旁，指着白玉柱手中的一篮鸡蛋，问：“这是什么意思？”

白玉柱冲王克南一瞪眼，向其他人说：“他这不是明知故问吗？昨天不是说好了么，搞点补品给你和那队长补一补身子。”

王克南小声又非常严肃地说：“部队有纪律，不拿老百姓一针一线，你不是不知道吧？”

白玉柱嘿嘿一笑，然后板着脸说：“你是军人，我呢？我是老百姓？”

白玉柱的话，一下子把院内的人都逗笑了。

孙志山一扬手道：“克南，算了吧，白副主任有这个意思，我看你就收下吧？”

王克南见孙志山已经把话说出去了，也不好再拒绝白玉柱了，就说：“把鸡蛋都给那队长，我身体好着呢，就不用补了。”

晚饭后，王克南在塔虎城西的小树林边散步，巧的是月梅也来到了小树林旁。细心的月梅发现前面不远处有一个军人，正向她这边慢慢走来。天就要黑了，月梅是一个人，那个军人也是一个人，月梅怕被别人说闲话，只好转身返回了家。王克南看着前面一个远去的美丽背影，沉思后，又吧嗒了半天嘴，忽然觉得心里很苦。前面的那个人要是月梅该有多好啊？王克南摇了摇头，又苦笑了一下，他笑自己的想法实在是太天真了。笑过之后，王克南又把目光投向了前面的女子，待前面那个身影变得模糊了，王克南才把身转过去，看着西山顶上的一抹日暮的余晖，王克南的内心总算是平静了。好久没去看一连长张宏业了，王克南有了去张宏业坟头看看的念头。距一连长张宏业的墓不到半里地时，王克南竟然和那可依不期而遇。这究竟是缘分？还是巧合？没准儿也是孙志山和张希月她们的安排。王克南和那可依彼此都感觉很惊讶，二人说了几句话后，各自内心的紧张就慢慢消除了。王克南伸出右手向前一指，那可依轻轻点了一下头，二人并排顺着铁路向南走去。王克南故意把好走的地方让给那可依，这种来自男人的体贴，不禁让那可依的心头为之一热。

“王主任，你认为，离革命胜利、全国解放还有多远？”那可依向王克南提起了时下许多人都关心的问题。

王克南不假思索地回答：“最多二年，少则一年半。”

“何以见得？”那可依扑闪着一双幽幽的大眼睛问道。

王克南双手抱肩，成竹在胸地回答说：“几场大的战役都在东北打完了，北平如果再和平解放，长江以南就没有太大的战事了。我军过了长江，只能用‘席卷’二字来形容发展速度了。”

“王主任，等革命胜利后，塔虎城军需基地还会保留吗？”那可依继续问道。

王克南想了想说：“我个人认为，革命胜利后，塔虎城军需基地不会存在了。塔虎城军需基地的设立，纯粹是战争和安全的需要。东北野战军入关作战后，东北三省兵力空虚，如再把大量的军火存放在城里，这对城市和人民的安全将构成极大的安全隐患，光是沈阳城的那六百车皮炸药，就足以使沈阳城夷为平地。把城市里的军火运到塔虎城实行集中管制和统一调拨，绝对是正确的。塔虎城地处交通要道，铁路、公路、水路运输十分方便，各战区所需军火，可在第一时间内通过铁路、公路、水路运往前线。等革命胜利了，各军区的部队就会重新部署防区和驻地，那时会有自己的军需物资储备库，一旦发生战争，各军区后勤部门就会迅速地把部队所需的物资直接送往部队或前线。”

那可依对王克南的话还是比较认可的，其实，她对将来塔虎城军需基地的去留问题也是这么估计的。

“王主任，革命胜利后，你还留在部队吗？”那可依又问。

“那当然，塔虎城军需基地如果撤销，我就回我原来的部队。我想，这辈子恐怕是离不开部队了。对了，那队长，革命胜利后，你有啥打算？”王克南又反问起那可依来。

那可依低下头想了半天，又抬起头看着王克南说：“我听从组织分配，组织让我上哪我就上哪。不行的话，我也和你一起回部队。”

“回你们三十九军吗？”王克南低声问。

“这，这，也不一定，到时再说吧。”那可依难以回答。

前面出现了两座坟墓。这是一连长张宏业和战士小刘的坟墓。王克南带着那可依走过去，那可依一时猜不透王克南究竟是什么意图，又不好问，只好随着王克南过去了。

王克南站在两座坟墓前，久久地沉默不语。

站在王克南左侧的那可依，发现王克南两眼含悲，但却身姿挺拔，清肃之中透露出的是一种职业军人所特有的威严和气概。

那可依自从来到塔虎城后，还是第一次这么近距离地注视王克南。

半天后，那可依终于听到了王克南的声音。

“这是我的前任区长，也是孙政委的表弟。这是战士小刘，他们是被土匪杀害的。”

“啊！原来是这样的啊！”那可依失声叫道。看来，从前的塔虎城区，还有着一场刀光剑影般的争斗啊！

那可依第一次这么近距离接触王克南，觉得他是一个很重感情的人。就在这时，那可依又看到了王克南的眼角闪烁出的泪花。王克南似乎看见那可依已经注意到了他，就弯下腰去，用手拔去两座坟墓周边的杂草。

平日里，王克南在那可依眼中是有着铮铮铁骨的硬汉形象，但通过今天的近距离接触，那可依又有了新的发现。那可依看到了王克南的另一面，王克南的情感也是很脆弱的，他既有着平常人所做不到的地方，也有着与平常人一样的地方。那可依心里认为，像王克南这样比较重感情的人，绝对是一个值得信赖和依靠的人。那王克南又是啥想法呢？那可依不得而知，她对王克南还是充满期待的。一想到这里，那可依就感觉自己的脸在微微发烧。那可依无形中已经爱上王克南了。

世界上的男人和女人，从陌生到相识，从相识到信赖，从信赖到相依，从相依到相爱，总是要有一个过程的。尽管有的过程很短暂，有的过程很漫长，但这过程本身就是一种付出，这种付出并不一定都能追求到烂漫的东西，但却是无私的。

王克南拔去张宏业和小刘坟墓周围的杂草，站起身拍了拍手。

那可依掏出一块雪白的手帕，向王克南面前一递，道："给！"

王克南看见那可依递过来的雪白手帕，一时犹豫了，他没有去接手帕，却发现那可依的脸忽地一下红了。

王克南无奈，只好接了过来。不过王克南并没有用那可依的手帕擦手，手帕在王克南手中停了一会儿，又还给了那可依。

王克南笑道："这条手帕真好看，太干净了，我实在是有点儿舍不得用啊，你收起来吧！"

按照以往王克南对那可依的称呼，一定称那可依为"那队长"或"小那"，而这次王克南居然称那可依为"你"，这真让那可依意想不到。那可依接过手帕，不再为刚才自己的冒失举动而尴尬，王克南语气上的转变，让那可依的内心多少有了一些期待和坦然。

王克南看了一眼西山方向，西山顶上的太阳更大更红了，正慢慢地沉下去。王克南和那可依二人的影子被夕阳悠然地拉长了，重叠在一起。

夕阳下的小树林充满了梦幻色彩！这有点儿像佳木斯北郊的那片白桦林。那片白桦林，曾经有过属于王克南和冷月梅的一段快乐时光。今天再次重温那片白桦林中的情景，陪在身边的却是那可依。王克南的心里多少又有些酸楚的味道。

那可依一直在沉默，她感到心里一直流淌着幸福的味道。

半晌，王克南对那可依说："走吧，天快黑了，咱们回塔虎城吧！"

那可依的内心又是一阵狂跳，此时此刻，她看王克南不需要仰视了，二人的距离近了。那可依的心里很甜，尽管幸福来得那么突然。

前面的路很窄，只能一个人通过。那可依身轻如燕地就飘到了王克南的前面。走着走着，不知什么原因，那可依突然迅速地转身跑向王克南。

"怎么啦？"王克南问。

那可依面色苍白，惊恐地说道："蛇！前面有一条很粗很长的蛇！"

那可依的手紧紧地抓住了王克南的手，王克南感觉到那可依的手很凉，她前胸不断地起伏着，王克南似乎听到了那可依的心跳声。

王克南赶紧安慰道："没事，塔虎城区的蛇都是无毒的草蛇，不会伤害到人的，你先在这等一会儿，我过去看看。"

王克南走过去，俯下身看见那条蛇趴在草丛中几乎一动不动。再仔细看时，哪里是什么蛇？分明是一张蛇皮，一定是蛇蜕皮时留下来的。

王克南笑道："一张蛇皮就给你吓成这个样子了。"

王克南伸手拿起了蛇皮，举过头顶向身后的那可依挥了挥手。

那可依像个孩子似的兴奋地叫道："克南，快给我，蛇皮可是难得的中药材啊！"

那可依居然叫了一声"克南"，这让王克南绝对没有想到。一切来得太突然了，王克南的内心也狂跳不止。此时的那可依面色绯红，人也更加妩媚可爱。那可依这个时候想占据王克南的心头，抢占冷月梅的位置，王克南一时又难以摆放那可依和冷月梅在他心中的位置，更分不清那可依和冷月梅的位置孰轻孰重，因此旋入了感情的漩涡中。

王克南和那可依四目相视良久……

遥远的天边有了一丝凉风，树叶哗啦啦一阵响，那可依打了一个冷战。王克南脱下自己的外衣，披到了那可依的身上，衣服上留有王克南的体温，有了温暖的那可依心醉了。

孙志山看见王克南和那可依二人从外面回来了，内心不由得一阵狂喜。孙志山怕王克南和那可依见到他时会不好意思，就故意躲开了。

一轮明月悬在空中，把窗外照得如同白昼一般。

王克南今夜又失眠了，他的脑海中不断地出现两个人：一个是冷月梅，一个是那可依。

八年未见的冷月梅，容貌犹在眼前，话语尚留耳畔。

也许是那可依给王克南输过血的缘故，王克南隐约感觉到来自那可依的女孩特有的青春气息。那可依是一个自尊、自重、自强的女孩。她美丽大方不说，还很阳光。王克南不忍心让一个已经不在人世的冷月梅，去惊扰一个自己刚刚将要得到的好梦。可是王克南忽然又觉得冷月梅并没有走远，她就在某一个地方正看着自己。王克南的内心充满了愧疚，他觉得对不起冷月梅。

“克南，听大哥一句劝，忘掉小梅吧……”孙志山的话又在耳旁响起。佳木斯档案馆的资料已证实月梅她早就不在人世了，王克南很想从失去冷月梅的痛苦中走出来，重新确定自己的人生轨迹。

今晚，那可依在自己的心目中已占有了一定的地位，王克南是清楚的，当那可依的容貌再次出现在王克南面前时，王克南像坚冰一样的内心开始融化了。尤其当那可依掏出雪白的手帕，双手递向王克南的那一刻，让王克南怦然心动。一个女孩，把她视如圣洁的白手帕毫不犹豫地献给一个男人时，可见那个男人在女孩的心目中占有多么重要的地位啊！王克南对那可依的评价一直还是很高的。那可依不但外表漂亮，更具有内在的素质。塔虎城军需基地的官兵们，凡是和那可依打过交道的人，都普遍认为那可依为人很随和温柔，特别是她的言谈举止、衣着容貌更是让人无可挑剔。自然妩媚和庄重温柔结合一身的那可依，加上江南女孩特有的细腻肌肤，匀称丰满的身材，水晶球似的大眼睛，乌黑浓密的头发，在塔虎城军需基地，她绝对是官兵们心目中的女神。王克南在塔虎城找到了他的另一半，内心却是喜忧参半！

自从王克南和那可依二人的关系发生微妙变化后，孙志山和白玉柱非常高兴。为此，孙志山还专门去了一趟白玉柱家喝酒。

不过，王克南最近为老大哥孙志山的婚事也发起了愁，王克南不止一次委托白玉柱为孙志山物色一个合适的对象。就在昨晚，王克南还背着孙志山偷偷地给白城地委行署专员巴图巴根打了电话，嘱咐巴图巴根帮忙为孙志山物色对象。孙志山职务为正团级，符合结婚条件。何况孙志山身体还不好，生活上也需要人照顾，所以王克南急切盼望孙志山能有一个家。

第七章　保农场玉柱牺牲

时间过得真快，一转眼又到了骄阳似火的七月。七月也是塔虎城区的雨季，七月的雨，常常会猝不及防地光顾塔虎城区。

王克南突然接到了去军区开会的通知。他头天晚上开始做准备，对这次会议，王克南是充满了期待的，毕竟很久没有得到来自部队首长的指示了。

早晨起来，天空一片铅灰色，空气也变得异常闷热，这是要下大雨的前兆。

王克南看了一眼天空，对给他送行的白玉柱说："白副主任，孙政委的腿不好，啥事你就多费心了，多跑一跑。等我回来，好好请你吃一顿感谢你。"

"那是一定的，你就是不说，我也得这么干呐。请我吃饭的事我先记着，到时用你和那队长的喜酒来补吧！"白玉柱看看孙志山，又看看王克南，双手叉腰哈哈大笑。

孙志山一挥手，说道："克南，你就赶紧上车吧！有我和白副主任亲自坐镇塔虎城，你还有啥可担心的？你就放心地去开会吧！"

白玉柱上前为王克南打开吉普车的车门，王克南坐到了副驾驶的位置。那可依走过来，似乎有什么悄悄话要对王克南说，但她看看孙志山和白玉柱后又止住了。

王克南坐在吉普车里与那可依四目相视，一切都在不言中。二人在做心灵上的沟通。

孙志山和白玉柱见状，就相继退后几步，给王克南和那可依留出说话的时间。

王克南却从车窗探出头来，向孙志山和白玉柱嘱咐道："这个月是雨季啊，仓库的物资千万别让雨淋了！炮弹打不响，就要影响到前方的战局。"

白玉柱一拍胸脯，大声地保证道：“你就放心吧，关键时候宁可把我的命舍出去，也绝不能让仓库的物资受到损失。怎么样？克南，这回你该放心了吧？”

吉普车缓缓启动，就在快要驶出基地大门时，王克南再次从车窗探出头来，大喊：“两位兄长，小心农场别受水灾啊！”

“知道了，克南你就走吧！”孙志山连连伸手，示意王克南放心离开。

吉普车驶出塔虎城南门，颠簸着上了长白小公路。景延加大油门，吉普车开始不断地加速，越来越快，吉普车后面的塔虎城，渐渐地远了，也变得模糊了……

天阴得像黑锅底一样，凉风吹过，一道耀眼的闪电划过天地间，紧接着就是一声炸雷。好大的雨！天仿佛漏了一般，漫天的雨水一股脑的往地面上倾泻。半个小时后，大雨就下得沟满壕平了。塔虎城城外的护城河河水漫过河床，开始向护城河边的田地里流淌。最后，又向低洼的地方汇集而去。

几个小时过后，尽管天不打雷闪电了，但大雨丝毫没有要停的迹象。雨下了整整一夜，塔虎城内外已变成白茫茫一片，根本分不清哪是天哪是地。

白玉柱和孙志山一夜没有合眼，二人惦记仓库里的物资。这一夜，白玉柱出去看了十几趟，还好仓库的物资并没有被雨淋着。面对一夜未停的大雨，白玉柱又担心起了农场的五百多垧地来。昨天傍晚，张学被派到农场穆怀远那里询问情况，到现在一点音讯也没有。白玉柱往农场打了无数次电话，不知什么原因就是打不通。真是急死人。

雨虽小了，但东北风又一阵紧似一阵。牛毛细雨打在人脸上，像针扎一样疼。天也变得阴冷了。

这时，办公桌上的电话铃突然响了，白玉柱急忙抓起电话。电话是张学从塔虎城东门值班室打来的，他报告说：“江水昨天夜里漫过江岸，现在已经逼近防洪坝的警戒线。严重威胁到五百多垧地的庄稼了，请指挥部火速调兵支援农场！加高筑坝。”

白玉柱放下电话，当即就向塔虎城四个城门的守备队队长下了命令，各城门只留一人执勤，其余官兵全部前往农场参加抗洪抢险任务。

下达完任务，白玉柱对孙志山说："孙政委，你的腿不好，就坐镇指挥部吧，我一个人去农场指挥抗洪抢险。克南走时我答应过他，无论什么时候、什么情况，都要保证军需物资和农场不遭受损失，我绝对不能食言！"

外屋的房门开了，一阵凉风夹杂着细雨吹进屋来。那可依、阚淼、张希月三人披着雨衣进了办公室。

那可依立正说："报告白副主任，孙政委，医疗队要求去农场参加抗洪抢险，请指示！"

"不行，抗洪抢险是男兵的事，你们三个人老老实实待在基地的医务室，随时准备救治农场送回来的伤员。"

"是！"那可依又转向孙志山，孙志山没有说话，只是轻轻摆了一下手，示意那可依要服从命令。

那可依、阚淼、张希月三人很是无奈，只好离开办公室重新回到各自的岗位。

白玉柱抓起挂在墙上的雨衣向外面走去，走到门口时白玉柱又折了回来，他上前拥抱了一下孙志山，嘱咐道："我的好政委，你哪儿都不要去，就给我待在办公室，听见没有？"

孙志山拍了拍白玉柱的肩膀，叮嘱："好，我听你的。你也一定要注意安全！"

"是！"白玉柱罕见地给孙志山敬了一个标准的军礼，穿好雨衣，转身推开门，消失在了茫茫的风雨中。

孙志山透过窗户向外看去，雨似乎又大了，天也在悄然变黑。天际边响起了隆隆的雷声，雨又磨回来了。孙志山有些坐不住了，他拄着双拐，在办公室里踱起了步。

磨回来的雨又带来了风。这是东北风雨！俗称"关门雨"。塔虎城区的农谚说：东风不下雨，下雨不转晴。

看着窗外的大雨，孙志山无法在办公室待下去了，他穿好雨衣推门走了出去。他首先去了医务室，命令那可依她们三个女兵原地待命。

那可依见孙志山要去农场，就上前阻拦道："孙政委，你的腿还没有好利索，不能出去啊？”

孙志山早已把个人安危置之度外，他表情严肃地说：“都什么时候了，外面的雨又这么大，还顾得上这些了吗？我必须去江湾农场！”

孙志山已走到门口，那可依就去拉孙志山。

孙志山把眼睛一瞪，吼道：“松手！”

那可依来到塔虎城，第一次看见朴实的孙志山发这么大的脾气，吓得手一哆嗦，就赶紧松开了手。

孙志山站在医务室门口，说：“那队长，我知道你是好心，但我是基地政委，就是死也要死在前线！你们三个人的任务就是原地待命。明白吗？”

“是！”那可依双眼噙满了泪水，同时抬手敬礼。

孙志山推开医务室的房门，拄着双拐从容地走进了茫茫的雨幕中。

那可依、阚淼、张希月三人，一起跑到窗前，哭喊：“孙政委！”

孙志山摔倒在地泥水中，他支撑着起来，拄着双拐又继续向前走去。

嫩江水位迅速上涨，正是风大浪急的危情时刻，农场的防洪堤被江水冲开了一条两丈多宽的口子，滔滔的江水咆哮着涌入了农田。

白玉柱一挥手，命令道：“快，把装好土的草袋子向水里填！”

水流十分湍急，满满的一草袋子土扔下去转瞬就被洪水卷走了。

穆怀远急得直跺脚，连连大叫：“白副主任，扔草袋子不顶事啊！”

白玉柱大喊一声：“共产党员跟我跳！”

白玉柱、穆怀远、张跃进、张启祥、五为军、张学、大毛、祥子、四辈等人相继跳入冰冷的江水中。这些人用自己的血肉之躯，筑成了一道挡水的人墙！

赵虎刚要往下跳，白玉柱就冲他大喊：“你别下水了，快带战士们去取土填口子！”

东北风更大了，一个接一个的开花大浪从水中官兵们的头顶翻过。突然，水中的人墙被风浪打散了，个子矮小的白玉柱被卷进了漩涡之中，眨眼工夫白玉柱就消失了踪影。

防洪坝上的人和水中的人一起哭喊。

“白副主任！”

“白大哥！”

岸上和水中的官兵们正哭喊时，孙志山满身泥水地出现在了决口现场。孙志山见战士们已无处取土，就用手中的拐杖一指身后的玉米地，命令道：“赵虎，快带人去玉米地挖土！不行就连玉米一起挖！”

“是。同志们，跟我来！”赵虎呐喊着，带着战友们冲向了玉米地。

孙志山把手中的拐杖一扔，纵身跳入江水中，再次和水中的战友们用血肉之躯重新组成了一道人墙。

赵虎把装有土的草袋子往防洪坝上一扔，大叫：“孙政委，你的腿啊！”

水中的孙志山连连大喊：“别管我，快去挖土堵决口！”

抗洪抢险正进入关键时刻，塔虎城周边的各村群众自发地拿着铁锹等工具来了。经过塔虎城军需基地的官兵和群众的共同努力，三个小时后防洪坝的决口终于被堵上了。

塔虎城军需基地军垦农场五百多垧地的庄稼保住了。

塔虎城军需基地副主任、军垦农场场长、共产党员白玉柱同志壮烈牺牲！牺牲时，年仅三十一岁。

风停了，雨住了。

打捞上来的白玉柱烈士的遗体，被基地官兵们抬回了塔虎城军需基地的大院。

张学和赵虎带着几个战友为白玉柱搭建了一座灵棚。

大毛、二毛、王兴富、庞信等人连夜为白玉柱赶制了一口足“三五”的大棺材。

白城地委行署专员巴图巴根闻讯后，也连夜驱车赶到了塔虎城。

白玉柱的妻子其木格，哭昏了一次又一次。月梅、那可依、阚淼、张希月一刻也没有离开其木格，四个人一起劝慰、照顾其木格。

小栓柱紧咬嘴唇，默默地守护在父亲的身边。他暗暗发誓：长大后，一定要参军，去完成父亲未完成的事业！

天总算亮了，天空暗云低垂，四周山河呜咽。塔虎城内，气氛肃穆。基地大院内，哀声动天！

各界群众相继来到塔虎城军需基地大院，有的群众起了大早，踏着泥泞的道路徒步行走几十里路专程来塔虎城看望白玉柱最后一眼。塔虎城火车站、八郎乡政府、邮局、银行、卫生院、各村委会、学校等机关企事业单位，为白玉柱送来了挽联祭帐。各式各样的花圈把灵棚遮挡得严严实实。

大毛二毛等人，把刷好了油漆的棺材抬到灵棚旁边。在遗体入殓前，孙志山政委去了一趟女兵宿舍。

“大妹子，天气这么热，咱们就不等克南了。如果你没啥要求和意见的话，我就张罗给玉柱兄弟入殓下葬了？”孙志山泪眼蒙眬地对其木格说。

其木格靠在月梅身边，目光呆滞，气若游丝：“孙政委，你和玉柱是好兄弟，啥事你就做主吧！我啥说道也没有，玉柱生前视部队为家，他没了，我绝不能难为部队。”

其木格语气十分诚恳，在场的人都感动得再次落泪。

景延开着吉普车飞快地向塔虎城方向驶去。一进入郭尔罗斯前旗地界，看见公路两侧沟满壕平的雨水，王克南就担心起基地的物资和农场的庄稼来。这是百年不见的大雨啊，不知塔虎城的情况现在咋样。塔虎城虽有白玉柱和孙志山坐镇，但王克南恨不得一下子就飞回塔虎城。也许是太担心塔虎城的情况了，王克南的心突然变得难受起来。

看着心急如焚的王克南，景延问道：“王主任，你怎么了？”

王克南用手按住胸口，说：“不知为什么，心有点儿难受。”

景延安慰王克南道：“王主任，你就是惦记基地惦记的，塔虎城有白副主任和孙政委，你还有啥可惦记的？来，喝口水吧，缓一缓。”

王克南接过景延递过来的水壶喝了两口水后，感觉舒服点儿了，可是心里仍然有着急忙慌的感觉。

景延不再说话，目视前方专心地开起车来。过了弯道，前面的路好走了，景延不由得加快了行驶速度。吉普车箭一样直奔塔虎城而去。

九点钟左右，王克南终于赶回了塔虎城。车刚进塔虎城，王克南就感觉气氛有点不对。车到军需基地的大门口时，王克南从车窗探出头去问哨兵：“今天塔虎城内的人咋这么少呢？”

哨兵低下头，痛苦地说：“白副主任牺牲了，大家都去城西的小树林为白副主任送葬去了。”

听了哨兵的话，王克南的头“嗡”的一下就大了。

王克南坐在吉普车内，泪流满面地说道：“小景，去城西小树林！”

由于路面湿滑，通往城西的土路非常难走。在王克南的催促下，景延终于艰难地把吉普车开到了城西的小树林旁边。吉普车还未停稳，王克南就跳下了车。

白玉柱的棺木已经下了葬，坟土也已堆好。

墓地现场一片肃穆。

早已哭干了眼泪的其木格，头靠在那可依的肩膀上，目光呆滞地望着丈夫的坟墓。

张学和赵虎一左一右和小栓柱一起跪在白玉柱的坟前烧纸。红火青烟中，燃尽的纸灰在热空气的作用下，打着旋从人们的头顶飞过，升到空中又缓缓四散开去，最后，悄然无声地落下。

王克南拨开人群，一头扑向白玉柱的坟墓。

“老白大哥！我回来晚了！”王克南泪如雨下，当即哭倒在地。

此时此刻，月梅的眼前突然出现了她朝思暮想，不知梦见多少次的那个熟悉的身影！这难道是在做梦吗？月梅实在有点不敢相信，她赶紧用手揉了揉眼睛，这回看得真切了，是他，真的是他！扑倒在坟前的正是自己苦寻多年，当初只和她拜了一半堂的未婚夫王克！月梅做梦也没有想到，自己苦寻多年的王克竟然也在塔虎城！而且两人又是在这样的场合相遇！

伤心至极的王克南根本没有看见月梅。他的内心此时只有痛失战友的悲伤。

月梅情不自禁地扑向王克南。她颤抖着身体，紧紧抓住王克南的胳膊，哭喊道：“王克，你让我找得好苦啊！怎么会在白大哥的坟前遇上你啊？白大哥生前就总想让咱俩见面，万万没想到，白大哥他人走了，却让咱俩相遇了。”

王克南听见熟悉而又陌生的声音，泪眼婆娑地回过头去，与哭诉着的月梅四目相视。月梅先用双拳捶打了一阵王克南的肩膀，压抑在她内心多年的情感与怨尤终于得以宣泄了。王克南和月梅抱在一起失声痛哭。

那可依看见王克南和月梅抱在一起痛哭的样子，心里就明白是怎么回事了。她感觉自己的大脑像被掏空了一样，瞬间变得空白。仿佛有一股看不见的强大力量，如五雷轰顶一般轰击她的耳膜，震撼着她的神经。她陷入了一片深深的茫然与幽怨中。

那可依一颗单纯而平静的心向王克南敞开时，王克南接纳了她，二人心心相印，互敬互爱。此时此刻，却突然被一个意外事件给惊碎了。那可依感到了命运的残酷——命运常常搞恶作剧，专门捉弄痴心的人！那可依盈满泪水的眼睛，凝视着那个果敢坚韧又充满智慧的，情感有些脆弱的，曾经让她心动而她刚刚准备把心托付的男人，她的心就要碎了。一种不可遏制的羞涩和懊恼、怜悯和同情，占据了那可依的整个内心。那可依像做错了事似的，双手捂脸伤心欲绝地跑出了人群。

“那姐！”阚淼随后追出去。

那可依一直跑出小树林才停住脚步，她背靠着一棵树抽泣不止，心里似有哭不尽的哀伤。阚淼不知如何安慰那可依，她双手抱住那可依的胳膊，把那可依的头紧贴在自己胸前。

坟前，孙志山刚要说话，突然感觉自己的右腿钻心般疼痛，他咬着牙挺立着，汗水不断流淌下来。

“孙政委，你……”身边的二毛小声地叫道。

“别出声。”孙志山用胳膊肘碰了一下二毛，孙志山很想挽回墓地现场的气氛，但他终于支持不住，扑通一声倒在了二毛的脚下。

“孙政委！你怎么了？”二毛惊叫一声。

王克南听见有人倒地的声音和二毛的惊叫声，回过头去，看见孙志山晕倒了，就扑过去，大喊：“孙政委！孙大哥！”

王克南扒开孙志山的右腿裤管，发现孙志山的右腿膝盖以下都变成了黑色。

痛哭过后那可依恢复了冷静，她回到了白玉柱的坟前。观察完孙志山的腿伤后，那可依一脸严肃而又不置可否地说道：“孙政委的腿已经出现了急性组织坏死，快送旗医院！晚了就会危及生命！”

“小景，快把车开过来！”王克南大喊，他一把抓住了孙志山的手。

孙志山看着有些慌乱的王克南，说：“克南，别大惊小怪的，我没事。”

“大哥……”王克南哽咽了。

景延撒腿向小树林边的吉普车跑去，很快就发动起吉普车的引擎，王克南抱着孙志山迅速地上了车。穆怀远也跑过来，准备跟车一起去。

王克南叫道：“怀远，你留在基地全权处理一切事宜。我和景延负责送孙政委去旗医院。”

“是。”穆怀远大声回答。

景延从来没有开过这么快，他只用了一个小时就把吉普车开到了郭尔罗斯前旗旗医院。王克南抱着孙志山，景延在前面开门引路。

景延大声喊道：“医生，医生！麻烦大家让一让，我们这有急诊！”走廊内的人纷纷为景延和王克南让路。

医生听见景延的喊声，就跑出来看究竟。这时，院长王林生也从医务室走了出来。

王克南认得王林生，他原来是十七师一八六团战地医院的院长，现在转业来到了郭尔罗斯前旗旗医院工作。

王林生见王克南抱着一个人，就问：“怎么回事？”

王克南急切地回答：“孙政委的腿不行了！王院长，你快给看看！”

“跟我来！”王林生把王克南引进了医务室。

王林生院长看了一眼孙志山的腿，第一句话就说：“严重感染了。怎么搞的？”

王克南和景延对视了一下，这才回答道：“抗洪抢险时，孙政委的腿被水给泡了。”

王林生院长埋怨道：“明知腿伤没好，为什么还要下水？”

面对王林生院长的埋怨，王克南一时无话可说。他愧疚地低下了头。

紧接着，医务室内又来了几个大夫。王克南见状，就和景延去到走廊里等消息。医务室内，王林生院长和旗医院的几位水平最高的外科专家为孙志山的伤腿作了会诊。最后共同的结论是，必须对孙志山的伤腿做截肢手术。

王林生院长走出医务室，把会诊的结果向王克南说了一遍，最后王林生院长还特意强调，要对孙志山的伤腿进行截肢处理。

王克南瞪大了眼睛，不敢相信地问道："王院长，你说什么？再说一遍。"

王林生院长再次明确说道："孙政委的伤腿必须立即做截肢手术，不然的话，就会危急他的生命。"

听到王林生院长要给孙志山做截肢手术，王克南情绪失控了。他上前紧紧抓住王林生的胳膊，祈求一般地说道："王院长，你也当过兵，好歹也是十七师的人，我求求你，一定要保住孙大哥的腿啊。孙大哥是战斗英雄，又是一名军人，没有了腿，让他以后怎么带兵和生活啊？王院长，你就说你这里技术水平行不行？如果你们没把握治好孙大哥的退，我们就去长春。"

王林生拉住王克南的手，开导他说："克南同志，我作为你和孙政委昔日的战友，非常理解你现在的心情。但孙政委的腿不能耽搁了，如果再耽搁下去就会出现败血症，我给孙政委做截肢手术，是在挽救他的生命啊！克南同志，请你相信我！"

"克南，克南。"医务室内传来孙志山微弱的声音。

王克南推门快步进了医务室。

病床上的孙志山说："克南，不要为难王院长，王院长说怎么治就怎么治，你也别再为我的腿担心了。"

"大哥！"王克南泪流满面地跑出了医务室。

几分钟后，两名护士用小车把刚刚打完麻药的孙志山从医务室内推了出来。

王克南赶过去，紧紧攥住孙志山的手失声叫道："大哥！"

孙志山十分镇静："克南，咱们军人不轻言流泪。大哥失去了一条腿，也绝不会成为累赘，我还会照样干革命！"

王林生院长走过来说："立即送孙政委去手术室，马上准备截肢手术！"

孙志山被推进手术室的一刹那，王克南突然感觉一阵头晕目眩，他身体摇晃了几下，险些栽倒，景延从后面一把扶住了王克南。

“王主任，你没事吧？”景延附在王克南耳边轻声问道。

王克南轻轻地摆了一下手：“我没事。”景延扶着王克南，走到椅子上坐下了。

塔虎城军需基地的夜晚非常宁静。官兵们为失去白玉柱深感痛苦，也为去郭尔罗斯前旗医院的孙志山担忧。

张学和赵虎坐在点将台上，望着群星闪烁的夜空发呆。一颗流星划破夜幕，忽地一下就消失在了深不可测的苍穹之中。听老人讲，天上出现一颗流星，就代表地上一个人离开了人间。这颗流星是不是白大哥？张学和赵虎仿佛看见遥远的天际边，白玉柱那刚刚逝去的魂灵。

早晨，穆怀远带领几名战士巡库回来，惊讶地发现张学和赵虎已经在点将台上坐了一宿。

穆怀远命令道：“张学、赵虎听令。”

“到。”张学和赵虎二人跳下点将台，急忙起身立站在了穆怀远面前。

穆怀远一脸肃穆的表情：“你们俩现在的任务是立即回宿舍睡觉。”

“是。”

孙志山一觉醒来，眼前已是红日满窗。

病房的窗户敞开着，一只小鸟在窗外杏树上蹦来蹦去，唱个没完没了。

王克南和景延坐在孙志山的病床边，整整一个晚上没有合眼。

醒来的孙志山，第一句话就说：“我这一觉睡得真长！好舒服啊！”

看见孙志山的脸有了血色，人也有了精神头，王克南终于长出一口气。

“大哥，你终于醒了，现在感觉咋样？”王克南急切地问。

孙志山微微一笑，说：“还好，感到轻松极了。我这条腿截掉也对，不然整天拖拖拉拉的，太麻烦不说，你们谁都拿我当病人，我还啥事也干不成。”

王克南慢慢扶起孙志山，用被子垫在孙志山的后背，让孙志山可以坐起来。

“克南，给我装一袋烟，我的嘴感觉一点味也没有。”

王克南从床头柜上拿过烟袋和荷包，熟练地装了满满一烟锅烟丝。点燃后，王克南又吸了几口，确认烟锅里的烟丝彻底燃起来后，王克南才把烟袋交给孙志山。孙志山满足地吸了几口后，笑道：“克南，你总给我装烟，时间长了，你还不得学会抽烟啊？”

王克南认真地回答：“如果大哥愿意，我愿意一辈子都为大哥装烟！”

孙志山一边抽烟一边爱抚地拍了拍王克南的肩，说：“尽说孩子话，将来……”

孙志山吐出一口烟雾，止住了话题。王克南知道孙志山要说啥，孙志山把话咽回去了，反倒更让王克南难受了。

景延见王克南和孙志山唠得很热乎，就拎起暖水壶说：“我去打一壶开水，顺便买点吃的。孙政委昨天的晚饭还没吃呢。”

景延刚走到门口，王克南就嘱咐道：“小景，买点小米粥，再买几个煮鸡蛋，最好是茶叶蛋。”

“知道了。”景延回答道。

景延走后，孙志山问：“克南，这次去军区开会都是啥内容？”

王克南抬起头，看着孙志山说：“大哥，你先别急，听我慢慢给你讲。咱们东北野战军现在改名为第四野战军了。由于东北兵力空虚，吕师长已率十七师回到了长春驻防。他现在的职务是东北警备师师长，主要负责东北三省的警戒任务。

“这次会议的精神，主要是号召各部队自己动手发展生产，解决部队吃喝问题。咱们塔虎城军需基地和三十九军一一六师驻河南部队的生产经验，受到了军区首长的表扬。中央军委决定，把塔虎城军需基地和一一六师的生产经验，向全军推广。

“我和一一六师师长分别代表本单位做了报告。政委还授予咱们塔虎城军需基地‘生产先进单位’的锦旗。另外，还授予我一枚奖章。我认为，这枚奖章我受之有愧，只有白大哥才应获此荣誉。

“会议结束时，军区首长还宣布了一条令人振奋的消息：党中央的驻地已由西柏坡迁往北平，并决定于十月一日，在北平举行中华人民共和国开国大典。”

孙志山听了王克南口头传达的会议精神，很受鼓舞，顿感精神倍增。

孙志山感慨地说：“革命这么多年，终于盼到了新中国成立！可惜，玉柱同志在胜利的曙光来临之际倒下了。唉，玉柱同志为塔虎城军需基地的建设做出了不可磨灭的贡献！军垦农场能有现在的规模，这些都是玉柱同志的功劳啊！”

“大哥所言极是，军垦农场的建设倾注了白大哥的全部心血，塔虎城军需基地的全体官兵们永远也忘不了他！”王克南情绪激动起来。

孙志山又去拿床头柜上的烟袋，王克南伸出手阻拦道：“大哥，别抽了。等景延买饭回来，吃完饭再抽吧！”

孙志山很听话，伸出去的手又撤了回来。

孙志山看了王克南一眼，问：“玉柱同志没了，他的空缺职务，你打算让谁接替啊？”

王克南似乎早就有思想准备，成竹在胸地说：“先报上级单位，让穆怀远同志代理白大哥的职务如何？”

孙志山满意地说：“穆怀远同志代理玉柱同志的职务很合适。咱俩想到一块去了。克南，你和月梅相见了，可一定要处理好和小那的关系啊。”

王克南叹了一口气，低下头说：“不管怎么说，月梅的突然出现对小那来说，在情感上都是一个不小的冲击啊！我对不起小那，无论怎么做，我都难以抚慰她心灵上的创伤。是我害了她啊。”

房门打开，景延买饭回来了。

景延把饭放到床头柜上面，笑容可掬地说：“王主任，孙政委，赶紧趁热吃吧。”

孙志山活动了一下胳膊，说：“好，咱们吃饭。还别说，一看见小景买回来的饭，我还真就有点饿了。”

王克南首先为孙志山剥了一个鸡蛋，亲自送到孙志山嘴边。

孙志山笑道：“克南，我自己来。看看，你又拿我当病人了。”

王克南认真地说：“你本来就是病人嘛！”

孙志山听了，哈哈大笑起来。

景延从昨天下午起，还是第一次看见孙志山这样开怀大笑。

王克南也笑了，但他的笑容中是掺杂着苦味的。刚才孙志山提起了那可依，这不免让王克南有些忧心忡忡，他内心里无法面对那可依。王克南知道，自己已经陷入了感情的漩涡之中。这个漩涡简直让王克南难以自拔。一边是月梅，一边是那可依，这两个女人都是和王克南最近的人，王克南不想伤害到任何一方，可又做不到两全其美。

塔虎城，军需基地院内。

那可依独自坐在医务室发呆，她由悲凄到懊恼，由懊恼到沉思，仔细反省过后，那可依虽清醒了许多，但随即又陷入了一片前所未有的茫然与迷惘中。

月梅当年和王克南才拜了一半堂，王克南就当兵去了。那么多年的等待，月梅经历了多少情感上的折磨啊？那可依很理解月梅，她也为月梅和王克南的意外重逢而高兴。但她觉得自己也很委屈，自己是一个无辜的受害者，内心中的苦闷又向谁说去？那可依认为自己并没错。平心而论，那可依来到塔虎城军需基地的第一天起，就对王克南产生了很深的印象。后来二人相恋后，那可依又常常带着自豪和满足去欣赏王克南。如今，月梅的出现意味着那可依就要退出，把幸福留给月梅和王克南。既然自己和王克南相爱过，那么就祝福月梅和王克南这对情侣吧！这杯人生情感的苦酒，也只能自己来喝了！

阚淼和张希月进到医务室，看见那可依还坐在椅子上发呆。张希月向阚淼递了一个眼色。

阚淼最先开口：“那姐，这事不怨你，也不怨郭月梅老师，更不怨王主任，要怨就怨万恶的小日本鬼子。”

张希月也附和道：“对呀，这都是小日本鬼子做的孽啊。王主任当年和他的心上人只拜了一半堂就去参加义勇军打日本鬼子了，这样的男人，应该值得咱们敬佩。你说是不是，那姐？”

“好了，不去想那些事了，咱们现在工作。”那可依表情恢复了平静。

“那姐，你关窗干啥？赶紧透透气吧。”阚淼说着就推开了窗户。

一阵凉风吹进屋来，那可依头脑清醒了些，可她的心里十分清楚，必须要面对现实，想躲过这次情感的冲击波是绝对不可能的。那可依决定翻过这一页，把全部的身心投入到工作中去，尽管那可依的心里一直在流血，可她必须要这么做！

那可依站起身，她的脸容仍然像从前那样，从容庄肃，不悲不怨，丝毫无颓唐自弃之色。

吃过早饭后，孙志山说：“克南，不是我往回撵你，玉柱同志没了，咱们俩又都在这里，我也没啥事了，手术也做成功了，你是不是该回塔虎城了？”

王克南把装好的烟袋递向孙志山，说：“大哥，你不撵我，我也决定中午和景延就回塔虎城了。对了，昨天晚上，我和咱们军需基地通了电话。穆怀远报告说，三十九军一一五师在广西剿匪的部队需要一批弹药。随后，我和车站的刘站长联系好后，穆怀远就组织战士们连夜装了车皮，估计今天早晨弹药就已经运往广西剿匪前线了。”孙志山听后点了点头。

不知不觉就到了中午。孙志山催了王克南几次，王克南才依依不舍地离开了旗医院。临走时，孙志山对他说道：“兄弟，好好处理你和小那的关系，别让人家太伤心。你一个大老爷们，啥事多担待点儿。”王克南没有说话，只是冲他笑了笑。

回塔虎城的路上，一想起临走时孙志山的嘱咐，王克南的内心就无法平静。其实，孙志山的嘱咐也包含着更多的期待。

那天在白玉柱的坟前，王克南和月梅意外相逢时，那可依悄然离去的表情中，不是隐藏着深深的哀伤与怨尤吗？而当月梅用拳头捶打王克南时，不也是一种来自她内心的宣泄与慰安吗？

一个人活在世上，自然会遇到许多风风雨雨，但自然界的暴风雨可以躲避过去，心中的暴风雨却无法避让。爱情这不可摸捉的东西，让王克南饱尝了苦辣酸甜所有的滋味，和那可依之间的悲剧，虽是王克南自己酿造出来的，但也是命运捉弄的结果。那可依是无辜的，她更是一个受害者。

他必须要面对现实，不然，月梅和那可依，甚至他自己都不能原谅自己。

夕阳渐渐落下，天空万里无云，像一匹蓝布一样，干净得没有一丝褶皱。夜幕已从天边悄悄漫卷过来，开始吞噬着白天最后的激情。几只飞鸟无视夜色的降临，自由自在地翱翔于天空。

晚饭后，王克南和月梅漫步在城西的小树林中。这也是王克南和月梅相逢后，第一次出来约会。

前面不远处，就是烈士墓地。自从来塔虎城后，王克南没事时就喜欢来这里散步，每次来这里，心情虽沉重，却也让他感觉到战友就在身边的慰藉。

西天的晚霞隐去的一刹那，小树林中的景色很美！在王克南和月梅的记忆里，这里多像当年佳木斯北郊的那片桦树林啊。可那段原本属于二人的美好时光，已经过去了整整八年。今晚在塔虎城二人再次感受似曾相识的浪漫，心里都甜滋滋的，也更懂得珍惜今后的每一分每一秒。

王克南对月梅始终怀有一种圣洁的情感，他要把她装进心中，而他在她的眼中，又是那样完美无缺。

夜幕悄然降临，黑暗只逗留了一会儿，圆圆的月亮便从东边升起。

王克南和月梅两颗跳动的心完全浸泡在了爱河之中。此时，四周静默异常，时间仿佛凝固了！

“你怎么改名字了？”月梅偎依在王克南身边，轻声问道。

“当年我离开你去山里寻找孙大哥的抗日义勇军，历尽千辛万苦总算找到了他们。吕营长见我是一个富家子弟，怕我吃不了苦，就劝告我说，参加义勇军打日本鬼子会遇到许多意想不到的困难。我当时就表态，只要能参军打日本鬼子，再苦再累我都不怕。为了能让营长收留我，我当场就把自己的名字改成了王克难。之后，孙大哥说，别叫王克难了，好像你总会遇到困难似的，干脆就叫王克南吧？这样的名字还好听一点。从那以后，我的名字就叫王克南了。”王克南又反问，“你怎么还改姓了呢？”

“唉，一言难尽啊。当年你走后，爹和北郊的民众经常资助一些粮食和药品给抗日部队。驻佳木斯的日本宪兵队队长原田横二知道这件事后，就带着宪兵队，把咱们北郊的四百多民众赶到水源山附近的一条山沟内，用机关枪扫射。爹娘为了掩护我，用身子把我压在了底下。半夜里，我从死人堆里爬出来，回到家中，见房子也被日本鬼子给烧了。我想去山里找你，可听说你们的部队已经转移到了中苏边境。我在走投无路的情况下，辗转来到了塔虎城区八郎村的舅舅家。谁知，八郎村的舅舅家也并不太平，日本鬼子和汉奸三天两头就来八郎村查户口。为了减少不必要的麻烦，舅舅就让我随了他的姓。白大哥生前也没对我说过你的身世，不然咱俩不是早就见面相认了吗？何必浪费了这么长时间？还让那队长受到了不小的伤害。”

“这都怨我，我从来没跟白大哥提过我过去的事情，也包括张学和赵虎。不过，这也应了‘好事多磨’这句老话了。唉，咱俩是团聚了，可也是害了那队长。我王克南实在是对不起她啊！”

月梅又抬起脸，双眼盯住王克南，问：“你咋处理和那队长的关系？”

“这……”王可南一时无语。从郭尔罗斯前旗医院回来后，王克南遇着那可依时，感觉她并没有什么特别。相反，情绪还很平静，还向王可南说了一些祝福的话。王克南和那可依的关系，一下子似乎又回到了从前那种同志与战友的关系。可那可依越是这样，王克南的心里就越是不安。王克南知道，那可依要做到这一点，需要多大的勇气和自制力啊！那可依一定是把幽怨与悲伤压在了心底，从此隐藏了她对王克南刚刚升腾起的爱恋之情。留给王克南和月梅一个快乐的空间。而留给自己的，却是一个悲酸与淌血的记忆！可怜与无辜的那可依。

不知什么时候，天空有了云朵，夜色渐渐加深。月光从树的缝隙中流淌进小树林中，使整个树林充满了梦幻般的色彩，就连虫蛙的叫声也停止了。这片天地仿佛就是为王克南和月梅开的。一对失散多年的恋人，相拥在一起默默地享受着迟来的幸福时光。半晌，月梅缓缓抬起头看着王克南，而王克南也正用充满爱意的目光望着她。

月梅抱住王克南，一种美妙的、快乐的、二人曾经期待过已久的情感在升华并迅速膨胀。月梅屏住呼吸，这是幻觉吗？不是，这个她深深爱着的男人此刻就在她身边。月梅感到自己飘飘若仙，她无法自抑。多年的等待，她对他充满了那么热烈的期待！她爱王克南，今生今世都无法离开他！愿意一辈子相依相随。

有人说过，爱情是火焰，爱情的最后升华就是燃烧彼此！可是爱情也疯狂，疯狂的爱情能拥抱整个世界！

半个月后，孙志山的伤口恢复得差不多了，便被景延用吉普车接回了塔虎城。

孙志山上午回到的塔虎城，下午栓柱就挎着半篮鸡蛋来了。栓柱说，是妈妈让他来送给孙大伯的。可解放军是不许不拿群众一针一线的，这是铁的纪律，更何况是半篮鸡蛋？

“栓柱，听大伯的话，把鸡蛋拿回去吧！大伯的部队是不收群众的东西的。”

孙志山不肯接受半篮鸡蛋，一时把栓柱搞得眼泪汪汪。

“栓柱，把鸡蛋放下吧！王叔叔批准孙大伯收下你的鸡蛋了。”王克南实在是不想难为栓柱。

栓柱抹去眼角的泪水，撒腿就向屋外跑去。

“栓柱，等一等。”王克南追出门外去。

栓柱停住脚步，回头问：“王叔叔，你是不是又要反悔了？”

王克南笑道：“哪能呢？男子汉说话得算话，是不是栓柱？”

栓柱半信半疑地看着王克南，问：“那你又是为什么……”

王克南走过来，摸着栓柱的头说：“是这么回事。你爸爸生前，我向他借过五块钱，一直没还。正好你来了，你就把钱带回去吧！也免了我去你家还钱了。”

栓柱歪着头问：“真的假的？”

王克南一脸严肃地说：“军中无戏言。”

“嗯，王叔叔，这回我信你。”栓柱接过王克南递过来的五块钱，撒腿就向军需基地的大门外跑去。

王克南回到屋内，孙志山笑道：“这样挺好。”

王克南认真地说：“我正想给你买点鸡蛋补补身体呢，白大嫂就派栓柱给送来了。这不正好吗，我也不用出去买鸡蛋了，还帮助了白大嫂，这不是一举两得的事吗？”

秋天的天极蓝，蓝得干净，蓝得高远。只有几朵白云飘浮在天空。

塔虎城外的玉米成熟了。风一吹，玉米叶子就会发出“唰啦啦”的响声，先是近处玉米叶子，紧接着就是漫山遍野的玉米叶子一起响起来，这声音很大，传出去也很远，就连塔虎城内都能听见这声音。风在传递着丰收的信息！

孙志山和阚淼拿着镰刀，又来到了塔虎城南门外的护城河边。

“孙政委，春天的时候，你不是编了不少筐吗？这会儿怎么还要编啊？”阚淼一边割着树枝一边问。

孙志山解释道：“开春是给咱们军垦农场编的，这回是给你白大嫂家编的。”

阚淼点头：“可也是，白大嫂一人带着小栓柱也挺不容易的，咱们军需基地的官兵是应该多帮帮她。”

这两天王克南也很忙，他带着张学和赵虎等战士忙着布置会场。王克南计划十月一日新中国开国大典那天，要让军需基地的全体官兵们都能听见来自北京的声音。

那可依、阚淼、张希月三人在会场布置了一些五颜六色的拉花，更加增添了会场的喜庆气氛。

晚饭后，孙志山找到赵虎悄声说：“虎子，你去给我办点儿事中吗？”

“行，啥事？政委，你说吧。”赵虎很爽快地就答应了。

孙志山小声道：“你把我编好的这几只筐送到你白大嫂家去。”

“行，我马上就去，正好我也想栓柱了，顺便去看看他。”赵虎把几只筐摞在一起，背起筐就向院外走去。

赵虎只顾低着头匆匆地向前走去，根本没注意前面。

“天快黑了，你出城干啥去？”

赵虎一抬头，看见王克南和月梅正站在他前面的路边上。

赵虎趴在王克南的耳旁，说：“孙政委让我把这几只筐给白大嫂家送去。”

听了赵虎的话，王克南眼前一亮，他挥挥手说：“好，去吧。赶紧去！”

一旁的月梅看见王克南的表情，立马就知道了他的意图。

月梅摇摇头，说："你趁早打消了这个念头。王克南我得提醒你了，白大哥现在尸骨未寒，你就打起了白大嫂的主意，未免有点太不仗义了吧？"

月梅的话有点重了，王克南的脸像被巴掌打了一样，腾地一下就红了，他恨不得能找一个地缝钻进去。

月梅斜眼瞥了一眼王克南，后悔自己的话说得有点过分了，伤害了王克南的自尊心。

月梅于是笑了笑，赶紧找一个台阶给王克南下，就把话拉回来说："孙大哥和白大嫂也不是不可能的。不过我认为，现在恐怕不行，咋说也要等个一年半载的吧！最好能来一个水到渠成。你说呢，克南？"

王克南连连点头："那是，那是，还是你想得周到。月梅啊，你知道孙大哥的个人问题我为什么这么急吗？我从当兵那天就和孙大哥在一起，是孙大哥手把手教会了我打枪，又是他把我一个富家子弟改造成了一名合格的革命战士。后来我的职务超过了他，他却从来没有一句牢骚话。我和孙大哥的感情实在是太深了！孙大哥现在失去了一条腿，他需要有一个温暖的家，需要有一个人为他洗洗涮涮，需要有一个人去照顾他和体贴他。总之。今后孙大哥一天不成家，我的心就一天也不得安宁。月梅，我想好了，咱们的婚礼将来就和孙大哥一起办，你觉得怎么样？"

"好，我听你的。"月梅很感动，她觉得王克南能说出这一番话来，确实是一个重情重义的男子汉。

太阳快要落山时，赵虎来到了栓柱家的大门口。

院内的看家狗大黄，看见来人是赵虎，摇头晃尾地撒着欢扑向了赵虎。大黄跑到赵虎身前，一个高蹿起就把两只前爪搭在了赵虎的前胸。赵虎一下抓住大黄的两只前爪，在院子里和大黄打起转来。

和大黄疯闹了一阵后，赵虎松开大黄的两只前爪，拍了一下大黄的脑袋说："去，一边玩去吧。我有正事，就不陪你玩了。"

"栓柱，快去外面看看，好像来人了。"正在刷碗的其木格对在屋内写作业的儿子说。

“嗯，知道了。”栓柱放下手中的笔，撒腿就向外跑去。

“虎子叔叔，你咋来了呢？”栓柱亲热地奔向赵虎。

“栓柱，来，这个是给你的。”赵虎从怀里掏出一把木制玩具手枪。

栓柱接过玩具手枪左看右看，喜欢得不得了。他问道：“虎子叔叔，张学叔叔咋没和你一块儿来呀？”

赵虎摸了一下栓柱的头，答道：“你张叔叔去大赉镇办事去了，明天才能回来呢。”

厨房内的其木格听见了赵虎的声音，就放下手中的活，走出了屋。

“我当是谁呢，原来是虎子啊！”其木格用围巾擦了擦手，热情地说道。

赵虎把手中的筐向上一举，说：“大嫂你看，这是孙政委给你编的筐。他腿脚不方便，就委托我送来了。”

其木格接过筐看了半天，赞道：“孙政委的手真巧！这筐编得真好！荆条真密实！虎子，到屋里坐吧！”

赵虎抬头看看天，说：“不了大嫂，我只请了一个小时的假。再说天快黑了，我得马上回塔虎城，晚了就要关城门了。”

其木格似有遗憾地说：“大老远来的，连坐也不坐就忙着回去。”

已经走出几步的赵虎回过头说：“大嫂，家中有啥困难就吱一声，我们塔虎城军需基地的同志一定会帮你的。”

其木格知足地回答：“啥事政府都替我想到前面去了，还能有啥困难？最近月梅去没去塔虎城？”

赵虎兴奋地说：“郭老师总去塔虎城，她和王主任的关系好着呢。刚才我来时，还看见王主任和郭老师在塔虎城南门外的护城河边约会呢。”

“那他王叔和那队长的事咋处理了？”其木格有点不放心地问。

“那队长真懂事儿，人家看见王主任和郭老师相认了就主动退出了。我们塔虎城军需基地的同志们，在这件事上，一提起那队长就都竖大拇指，那队长真是女中豪杰！”赵虎夸奖道。

一九四九年十月一日，是见证伟大时代的一天，是必定载入中国历史史册的一天。

在全国人民和塔虎城军需基地官兵们的期待下，下午三点整，中华人民共和国开国大典在首都北京隆重举行。开国大典现场——天安门广场，聚集了来自全国各地各行各业的代表和首都各界群众共三十万人。这些人共同见证了这一伟大的历史性的时刻。

毛主席亲手升起了第一面五星红旗，并向全世界宣布："中华人民共和国中央人民政府今天成立了！"

这来自新中国首都北京的东方巨人的庄严之声，瞬间通过无线电波，传遍了大江南北长城内外，传遍了全世界。

塔虎城军需基地的大礼堂内座无虚席。官兵们共同分享着来自北京的庄严而幸福之音。当听见毛主席宣布中华人民共和国成立时，全场起立呐喊欢呼。

中国革命经过无数次的挫折，终于迎来了全面胜利。一个崭新的中国从此屹立在世界东方。这标志着中国百年来凌受外敌屈辱的日子一去不复返了！

晚饭后。王克南和孙志山怀着无比兴奋的心情，漫步在塔虎城外的护城河边。

此时，天空祥云点点，大地万籁寂静，和风微拂，塔虎城上空的五星红旗，更加显得庄严肃穆。

落日的余晖为塔虎城饱受千年风雨的古老城墙，披上了一层金色的霞光。

王克南和孙志山畅谈了一番人生感悟后，又对塔虎城军需基地的未来做了一番推测。

王克南认为，中国共产党虽然已取得了中国革命的全面胜利，但是旧中国留给新中国的是一个百孔千疮的国家。那就意味着需要一大批甘于奉献和富有自我牺牲精神的建设者，全身心投入到新中国的国家建设当中去。这批新中国的建设者们，可能会有一批来自人民军队。王克南估计，塔虎城军需基地很有可能会在一九五〇年撤并。

"克南，克南。"孙志山一连叫了两遍王克南，王克南都没有反应。

王克南已完全沉浸在了喜悦和沉思当中。

“克南。”孙志山提高了嗓门。

“哎。”王克南收回目光，转向了孙志山。

孙志山笑着问：“想啥呢？”

王克南低下头，小声回答：“没想啥。”

王克南的心思是逃不过孙志山的眼睛的，他早已猜透了王克南的内心。

孙志山望了一眼城墙上飘扬的五星红旗，感慨地说：“战争年代需要我们这些热血男儿，新中国的建设中，也同样需要我们这些热血男儿啊。”

孙志山和王克南想到一块去了，王克南的内心顿时有了一种紧迫感。平心而论，王克南是不愿意离开军队的。自从参军后，只要一有空闲时间，王克南就常常带着骄傲的神情去回顾自己参加革命以来，每一个时期所走过的路。现在又一次回首，王克南的心情愈加激动，也更加紧张……

王克南作为塔虎城军需基地的主将，是绝对不能有半点情绪的。他和孙志山商量后，决定不把二人的推测对外公布。只要塔虎城军需基地存在一天，就要有一天军队的样子。稳住人心，才能保证军队精气神的存在。王克南当过政委，这一点，他比谁都明白。

王克南认为，有必要召开一次官兵思想政治工作会议了。

孙志山也是这个想法，二人又一次不谋而合。

刚进入腊月，塔虎城区的雪就三天两头地下，结果哩哩啦啦地下到了年关。这真是应了“瑞雪兆丰年”那句老话。农民们都说，明年肯定又是一个丰收年，这都是共产党带来的福!

今年，将是郭尔罗斯前旗解放后塔虎城区农业的第二个丰收年。今年又是建国的第一年，各界群众自然要过一个欢乐祥和的新年，因此，家家户户的年货置办得也是有模有样。

塔虎城虽是军事禁区，但年味也很浓。迎接新年的大红灯笼早已高高挂起。

王克南吃完早饭，就向孙志山和穆怀远打了一声招呼，匆匆离开了塔虎城。王克南早就和月梅商量好了，小年这天二人要去栓柱家过，除了看望栓柱母子，也好顺便给白大嫂拜个早年。

过年，自古以来，就是中国人的传统节日，也是孩子们一年当中最快乐的时候。栓柱一大早就和同学们看秧歌去了。家中只剩下母亲其木格一个人。尽管政府早就送来了年货等慰问品，可其木格还是觉得家中有些冷清。昨夜，其木格又梦见丈夫白玉柱。今天早晨起来，白玉柱那笑容就一直出现在其木格的脑海里，总也挥之不去。其木格拎着扫地的笤扫，站在一边默默地看着相框里白玉柱的照片发呆，她原本明亮的眼睛渐渐地暗淡下去了，眼泪悄然流下。自从丈夫离开后，在外人看来，其木格一直是一个坚强的女人，可别人看的只是外表，却不知其木格内心的酸楚与凄苦。她不止一次地哭过，但从来不在儿子面前哭，而是像今天这样，一个人躲在家中偷偷地哭泣，她总是在泪眼婆娑中去凝视那些历历在目的往事。

“哈哈，对不起了，我的夫人！我公务繁忙，最近不能回家，望夫人谅解！”白玉柱的说笑声，再次出现在其木格的耳旁。

……

不知过了多久，外面传来了开门的声音。

屋内独自流泪的其木格，听到了王克南和月梅的说话声。其木格慌忙拽下搭在头顶幔杆上的手巾，擦干了眼角和脸上的泪水。等王克南和月梅进屋时，其木格早已换上一张笑脸，来迎接王克南和月梅二人了。

“大嫂，兄弟给你拜年了！”王克南给其木格行了一个标准的军礼。

看见王克南给自己敬了个军礼，其木格就想起了白玉柱，她的眼泪差点再次掉下来。

其木格把将要掉下来的眼泪，又咽回到肚子里面。她用手揉揉眼睛，笑道：“这几天眼睛总难受，怕是风流眼的老毛病又犯了。”

月梅把手中的礼品递向其木格，说：“大嫂，这是我和克南的一点心意。”

“看你们俩，这是干啥呢？我也不七老八十，买这些东西干啥？”其木格有些不悦地说。

王克南解释道：“这不过年了嘛，我们看望大嫂不是应该的吗？”

听了王克南的解释后，其木格便不再说啥了。她接过月梅手中的礼品，顺手放在了背柜盖上面。

“克南，月梅，你们俩先坐一会儿。”其木格说着，就去拿暖水壶给王克南和月梅沏奶茶。

其木格不愧是家庭主妇，干啥就是麻利。不大一会儿，两碗香喷喷的奶茶就端到了王克南和月梅面前。

王克南接过茶碗，迫不及待地喝了一口，称赞道：“大嫂家的奶茶真好喝，我就愿意喝大嫂沏的奶茶。”

月梅道：“真没出息。”

“这又不是别人家，我到大嫂家就是随便。”王克南冲月梅微微一笑。

“这就对了。月梅，你俩打算啥时结婚啊？”其木格换了一个话题。

“不忙。”王克南看了看坐在身边的月梅。

月梅先是沉默了半天，才说：“大嫂，我白大哥走这么长时间了，你就没想到再走一步吗？”

月梅的问话，实在是有点太突然了，毫无心理准备的其木格竟一时愣住了。

王克南趁机劝道：“大嫂，如今是新社会了，你再走一步也不砢碜。再说了，你今年才二十九，找一个相依相爱的伴侣去过属于你自己的日子，这对栓柱来说，也是一个慰安。我想，白大哥在九泉之下，也会理解你、支持你的。”

其木格低头想了半天，终于说出了自己的心里话：“在我心目中，谁也代替不了你白大哥，我不相信世界上还会有比你白大哥更好的男人。”

王克南笑道：“大嫂这么一说，我们男人就没有一个好人了？”

“不不，克南，你别往心里去，大嫂说的不是这个意思。”其木格不觉脸就红了。

月梅瞪了王克南一眼，说：“大嫂，克南老没正形，他和你开玩笑呢。”

王克南把碗中的奶茶一口喝净，接着月梅的话说：“大嫂，现在塔虎城就有一个好男人，我要说出他的名字来，大嫂你保准满意。”

其木格一愣，看王克南的表情又不像是开玩笑的样子，便沉默了。

“大嫂，你看孙政委这个人怎么样？”月梅说出了王克南提到的塔虎城那个好男人的名字。

一听见孙志山这个名字，其木格的心中就像揣了只小兔子一样，狂跳不止。自从丈夫白玉柱牺牲后，孙志山的的确确帮了其木格不少忙，还不时地用津贴费给小栓柱买这买那。在其木格眼中，孙志山确实是一个好男人。丈夫白玉柱牺牲后，其木格从来就没有想过再走一步。今天，王克南和月梅提出这事，又给她介绍了人选，一时竟让其木格的心有些慌乱。她又向相框里亡夫的照片看了一眼。

王克南见其木格不出声了，就进一步说：“大嫂，我和孙大哥认识了八年，他绝对是一个好男人。别看孙大哥残了一条腿，可他是一级战斗英雄和特等功臣。他是为了国家和人民受伤残废的，这样的人是应该受到尊敬的。像孙大哥这样责任心和事业心非常强的人，绝对会给你和栓柱幸福的。况且，孙大哥又是那么喜欢栓柱。”

王克南话说得很诚恳，其木格有点儿动心了，可终究还是拿不定主意，一时心乱如麻。

她需要时间去考虑这件事，也许时间会改变一切。

王克南和月梅相信，大嫂其木格在一九五〇年会彻底改变人生的轨迹。因此，王克南和月梅无不热烈地期待着这一天的到来。

“克南，月梅，大嫂知道你们俩是为我好，这件事还是等过了年再说吧！”其木格既没有反对也没有完全同意下来。

王克南和月梅见事情有了点眉目，脸上都露出了笑容来。这时，栓柱回来了。

“哎呀，王叔叔，可想死我了！”栓柱奔过去抱住了王克南的大腿。

“来，栓柱，让我看看你又长高了没有？”王克南从炕沿边站起，把栓柱搂在了怀里。

王克南把手掌放在栓柱的头顶，栓柱的身高正好到王克南胸口的位置。

王克南兴奋地说：“好小子，又长高了！”

栓柱抬起头认真地说：“王叔叔，等我长大了就到塔虎城当兵去。你要吗？”

王克南拍了栓柱的肩一下，满口答应：“好啊，但前提是，你必须要把文化课学好，我可不要文盲兵。”

“是，塔虎城后备军人白栓柱明白！”栓柱大声回答。

月梅和栓柱的母亲其木格都笑了，屋内的气氛因栓柱的归来一下子变得快活起来。

“栓柱，来，王叔叔给你点儿压岁钱。”王克南掏出一沓零钱，就向栓柱的兜里揣去。

“克南，你这是干啥？”其木格急忙就去拉王克南。

月梅一旁道：“大嫂，你就别客气了，这不过年了吗？克南想给栓柱几个零花钱。”

王克南费了好大劲，总算把钱揣进了栓柱的衣兜。

一九五〇年的春天，对塔虎城军需基地的官兵们来说是最为忙碌的一个春天，因为这年的春播期比往年短些。正月还未了，王克南就亲自带领战士们开始搬运小山似的大粪堆。经过官兵们近一个月的努力，正月末了那天，小山似的大粪堆就被官兵们运到军垦农场的地里了。

去年，塔虎城军需基地军垦农场，共产粮八百万斤，去除基地自用，塔虎城军需基地军垦农场上交粮食六百多万斤。

今年，在基地政委孙志山的建议下，军垦农场改变了去年单一的种植模式。今年打算种植小麦三十垧，黄豆三十垧，土豆二十垧，绿豆等杂粮十五垧，另外，增加各种蔬菜的种植面积。就在塔虎城军需基地军垦农场的种植计划定下来后，塔虎城突然来了考察团。考察团人数之多，规模之大，令王克南和孙志山等人始料不及。

考察团一行在塔虎城考察了三天，考察团成员似乎对塔虎城内的军需物资并不太感兴趣，他们重点考察了塔虎城军需基地的军垦农场。

塔虎城军需基地军垦农场的模式，受到了考察团成员的一致赞扬，纷纷表示要把塔虎城军需基地军垦农场的先进经验带回去，向各部队推广。

半个月后，塔虎城军需基地接到了上级特批的五辆胶轮拖拉机和五台联合播种机。这些农机全部是当时苏联最先进的农机。

看着院内的一堆堆铁家伙，王克南内心十分高兴。再过几天就要进行春播了，有了苏联的这些先进的农机，塔虎城军需基地的军垦农场就真正走上现代化的道路了。

王克南高兴之余，一个新的问题来了。谁能开走这五辆胶轮拖拉机呢？塔虎城内，除了景延、崔悦、王克南会开车，再也找不出来第四个人了。

王克南、穆怀远、孙志山三人商量后决定，立即动手突击培养驾驶员。

王克南亲自挑选了十名身体素质比较好的年轻战士，并给汽车队队长景延和卡车司机崔悦下了死命令，一定要在一周之内，让这十名战士熟练掌握驾驶技术。

景延和崔悦果然没有令王克南失望，五天后，这十名战士，全部掌握了驾驶技术。

今年的春播期虽短，但有了现代化的农机作业，种地速度大大提高。王克南清楚地记得，去年六月中旬的时候军垦农场的地都还没有种完，今年可就大不一样了，新开荒的地又增加了不少，到六月初，军垦农场的地已全部种完。

王克南指着陆续开进院的胶轮拖拉机说："看，什么是第一生产力？要我说啊，这才是第一生产力！去年，白大哥每天率领上百人奋战在东江湾，最后还把同志们累个好歹的。今年咋样？咱们还不到三十人，就把一千多垧地这么快种完了。"

孙志山手握着烟袋，笑眯眯地说："是啊，上级给咱们的这些铁家伙，可都是宝贝啊。军垦农场要成规模，还真的要依靠这些铁家伙呀。"

王克南和孙志山在办公室内你一言我一语，对军垦农场的未来充满憧憬。

办公桌上的电话铃声突然响了起来。王克南走过来抓起话筒，电话是塔虎城南门守备队值班战士打来的。战士说，有一对老夫妇自称姓梁，提出要见王克南。

放下话筒，王克南有些纳闷了，这对姓梁的老夫妇会是谁呢？

王克南正想着，孙志山提醒道："克南，这对老夫妇会不会是梁化宇的父母啊？"

"大哥，你还别说，真的有可能就是梁化宇的父母呢。我去南门看看。"王克南说着，就推门出去了。

孙志山猜得一点没错，真的是梁化宇父母来了。两位老人的精神状态还不错，只是面容有些衰老。

王克南迎上去，问：“大叔大婶，你们咋来塔虎城了？怎么之前不打一声招呼啊？我好派人去火车站去接你们。”

“小克子，我和你婶是按照你给我们邮钱的地址找到这里来的。我们来塔虎城，事先也没有和你打一声招呼，小克子，你不会介意吧？”梁大叔有些客气地说。

“怎么会呢？自从离开野战部队后，我就一直在忙，也没时间回牡丹江去看您二老，反倒让您二老亲自来塔虎城，我的心真有点过意不去。走，大叔大婶，您二老去城里歇着去。”

王克南把梁大叔梁大婶安顿好，中午又亲自陪两位老人吃了一顿饭。下午安排景延开车，拉着梁大叔大婶出去转一转。这一下午，景延确实开着车没少跑，去了东江湾，之后又去了查干湖。然而，景延发现，梁大叔和梁大婶的心思并没有在观景上，二位老人来塔虎城似乎还有别的目的。

梁大叔夫妇，觉得王克南这样安排，像是在回避着什么。

这又是一个安静的夜晚。

王克南的办公室内，只剩下了王克南和梁大叔夫妇。

王克南先是和梁大叔夫妇唠了不少的家常嗑。

突然，梁大叔话锋一转，问道：“小克子，你和化宇是同学，还是好朋友，自从化宇上学走后，就再没有回过家。化宇这么多年究竟都干些啥，我和你婶不得而知。你给我们的信中说，化宇死在抗日的战场上了，究竟是怎么回事，小克子，你能一五一十告诉我们吗？”

王克南低下头说：“大叔大婶，你们就别再问了，化宇真的是牺牲在抗日的战场上了。”

梁大叔摇了摇头，不相信地说：“小克子，你就不要再瞒我们了，如果化宇他真的牺牲在抗日战场上，为什么我们当地的政府不知道呢？”

梁大婶插话道："小克子，化宇从小就主意正，做啥事喜欢冒险，我和你叔就怕化宇做对不起国家和民族的事啊。"

"大叔大婶，请你们相信我，化宇真是为抗日而死的，你们就不要胡思乱想了。来一趟也不容易，你们二老就在塔虎城多住几日，顺便多走走多看看。"

梁大叔和梁大婶见王克南没有说出来梁化宇的实情来，越发觉得儿子一定是做了什么见不得人的事了。唉声叹气了半天，二位老人暗浊的眼睛里竟然落下了泪珠。

"小克子，你能告诉我们，化宇的尸骨埋在哪儿了吗？我和你大叔明天好给化宇烧点纸上上坟。"梁大婶用恳求的口吻问在王克南。

"这……"王克南一时语塞，脸忽地一下红了。

梁大叔夫妇看着王克南的样子，更加觉得王克南替梁化宇隐瞒了什么。梁大叔夫妇还是了解王克南的。王克南从来不会说谎，现在脸红了，一定是说谎的缘故。

次日，吃过早饭后，梁大叔夫妇向王克南提出二人想出去走走，并要求王克南不要给他们派车了。他们就在塔虎城内外走走，看看塔虎古城的风景。

王克南当即答应了，还亲手为梁大叔夫妇开了一张通行证，可以随便去塔虎城内的任何地方。王克南哪里知道，梁大叔夫妇这样做是另有目的的，既然王克南不肯说出有关儿子的实情，他们就自己找人打听有关儿子的消息去。

梁大叔夫妇在通往塔虎城南门的路上，迎面遇到了张学和赵虎。梁大叔夫妇叫住了二人，向张学和赵虎打听起梁化宇的事情来。

张学和赵虎的回答和王克南说的几乎一模一样，梁大叔夫妇的心再次跌倒了谷底，彻底失望了。

告别了张学和赵虎，梁大叔夫妇慢慢走出塔虎城南门，来到护城河边，二位老人回头望着塔虎城高高的城墙，内心充满了凄伤与愤懑。

南面过来一个七八岁的小男孩，胳膊上挎着筐走向塔虎城的南门。奇怪的是，城门口的哨兵，竟然没有阻拦那个男孩。小男孩自如地向城门口的哨兵挥了挥手，就大摇大摆地进了城。

这个男孩不是别人，他就是栓柱。栓柱是来给孙志山送炒咸菜吃的。塔虎城军需基地的八百多名官兵，没有不认识栓柱的。常来常往的栓柱，早已把塔虎城当成了自己的家。

梁大叔猜测，栓柱和塔虎城军需基地的官兵这么熟悉，很有可能会知道一些事情。拿定主意后，梁大叔夫妇就在栓柱回家的必经之路上等起来。

半个时辰后，栓柱背着空筐从塔虎城里跑了出来。

栓柱跑到梁大叔夫妇身边时，停住脚步说："老爷爷，老奶奶，塔虎城是军事禁区，老百姓是不能靠近这里的，你们快点离开这里吧！"

梁大叔和老伴双眼对视了一下，梁大叔笑道："小朋友，看来你可不是一般百姓？"

栓柱一拍胸脯，自豪地说："那是当然，实不相瞒，我现在就是塔虎城军需基地的后备军人，我和塔虎城内的军人叔叔们关系绝对是杠杠的！"

梁大叔瞪大了眼睛，惊讶地说："真没看出来，你还有这两下子。小朋友，向你打听一个人，你能知道吧？"

栓柱点头道："问吧？随便问，只要不涉及军事秘密就行。"

梁大婶内心一阵狂喜，她忍不住地问："小朋友，梁化宇你听说过吗？"

栓柱变色道："你们问梁化宇那个狗特务？你们什么意思？你们是梁化宇的什么人啊？我来塔虎城时，就看见你们俩一直在这转悠，我看你们不像是好人！走，跟我进塔虎城见军需基地首长去。"

"小朋友，请你千万不要误会，我们就是随便问问，不信可以去问王主任，我们是王主任的客人。"梁大叔怕栓柱误会，就向栓柱解释道。

栓柱歪着头说："你们是我王叔叔的客人，我怎么不认识你们？"

梁大婶道："我们是从王主任的家乡来的，小朋友当然不认识我们了。"

栓柱眨着眼，这会有点半信半疑了。

梁大叔想起王克南为他和老伴开的通行证来。梁大叔掏出通行证递向栓柱，说："小朋友，看，这就是王主任给我们开的通行证。"

栓柱接过通行证看了看，说："原来是自己人啊。对不起，老爷爷，老奶奶，我该走了。"

栓柱把通行证还给梁大叔后，撒腿就要走，梁大叔一把又拽住了栓柱。

“小朋友，别走啊，话还没说完呢。快说说有关狗特务梁化宇的事吧？”

栓柱把梁化宇怎么来西山为匪，最后被抓住又被旗法院判处死刑的事一五一十地向梁大叔夫妇说了。

说完后，梁大叔挥挥手：“小朋友，谢谢你，没事了，你走吧。”

“再见，老爷爷，老奶奶！”栓柱撒腿就向家跑去。

栓柱走后，梁大叔夫妇感觉一阵目眩，险些双双摔倒在地。梁大叔夫妇相互搀扶着冷静了一会儿，开始痛恨起儿子梁化宇来。梁化宇罪孽深重，死有余辜。他闭上眼睛没事了，今后却如何让年迈的父母做人？

“老天呀，我们老两口可从来没有做过伤天害理的事啊。梁化宇你这样做，究竟是为什么？”梁大婶泪流满面，顿觉万念俱灰。

梁大叔夫妇在护城河边哭了一通，认为没脸在塔虎城再待下去了，当即决定离开塔虎城回老家牡丹江。

张学和赵虎回到塔虎城军需基地，一看到王克南，张学就说：“梁化宇的父母真怪，居然向我和赵虎打听起梁化宇来。”

赵虎也附和道：“我看，梁化宇的父母这次来塔虎城，就是来打听他们儿子梁化宇的。”

王克南脸色严肃地问：“你们俩没顺嘴胡说吧？”

赵虎嘻嘻一笑，道：“怎么会呢？我和张学可都是按你吩咐的那样回答梁化宇的父母的。”

王克南点点头：“好了，去忙吧。”

王克南回到办公室，左等右等也不见梁大叔夫妇回来。实在有点放心不下，就给塔虎城四个城门的守备队值班哨位一一打电话，询问看见梁大叔夫妇没有。最后南门值班的哨兵说，看见栓柱从塔虎城出来，和梁大叔夫妇说了好半天话，由于距离太远，不知栓柱都说了些啥。栓柱离开后，梁大叔夫妇就沿着护城河向塔虎城车站方向走了，已经走了好半天了。

王克南听了哨兵的报告，一拍大腿，叫道：“不好！都是栓柱这小子干的好事！”

王克南断定，栓柱一定是向梁大叔夫妇说了有关梁化宇的一些事情。颜面扫地的梁大叔大婶，肯定不辞而别回老家了。王克南放下电话，推门就向外跑去，他钻进停在院子里的吉普车，发动了车辆。

景延听见吉普车的马达声，从屋内跑出来喊道：“王主任，你去哪？我开车去吧？”

“不用了，我自己去就行。”王克南说着，就把吉普车开出去了。

出了塔虎城，王克南加大油门上了通往塔虎城车站的路。一路上根本没看见梁大叔大婶的影子。王克南估计，这一会儿，梁大叔夫妇怕是到了塔虎城车站了。

王克南一直把吉普车开到塔虎城火车站候车室门口才把车停下。王克南跳下车，正要向候车室跑。不料，迎面又遇到了刘明月站长。

刘明月见王克南一副着急忙慌的样子，张口就问：“王主任，什么事啊，这么急？”

王克南反问：“刘站长，你看没看见一对老夫妇？买的是去往牡丹江的票。”

刘明月回答：“看见了，这对老夫妇刚刚上车。”

“待会儿和你解释。”王克南说着，撒腿就向站台跑去。

刘明月一头雾水地看着王克南跑向站台。他自言自语地说：“王主任今天是怎么啦？”

一列火车正停在站台上，车头不停地喘着粗气。

王克南跑到站台，不停地向每一节车厢内张望。

“大叔，大婶！”

坐在车厢角落里的梁大叔夫妇，早就看见了王克南。任凭王克南叫喊，梁大叔夫妇就是不回应。二位老人只是不停地流泪，儿子梁化宇已伤透了他们的心。

梁大叔夫妇，无法面对王克南！

“呜”，火车响起汽笛声，缓缓启动。

“大叔，大婶！”王克南跟着火车向前跑了一会儿，火车越走越远，最后消失在王克南的视线中。王克南无可奈何地摇了摇头，他的双眼有些湿润了。

看着窗外西斜的一钩弯月，这会儿应该是下半夜了。王克南没有睡好觉，心中很不是滋味。本来王克南打算一直把梁化宇的事瞒下去的，可事与愿违，栓柱竟然把梁化宇的事给捅出去了。王克南担心梁大叔夫妇会经不住打击。

天快亮时，王克南接到了两个电话。

第一个电话是白城地委行署专员巴图巴根打来的。巴图巴根第一句话就问，王克南与郭月梅、孙志山与其木格什么时候结婚。起先，王克南用一些搪塞的话来回答巴图巴根。电话另一端的巴图巴根一听就急眼了，说话的语气也变了，当即就给王克南与郭月梅、孙志山与其木格定了一个日子，具体时间是一九五〇年的国庆节。

巴图巴根特别强调，不管王克南和孙志山愿不愿意，也不管他巴图巴根怎么忙，都会在国庆节的前三天赶到塔虎城，为王克南与郭月梅、孙志山与其木格主持婚礼。巴图巴根强调完自己的观点后，“啪”的一声就把电话撂下了。

“这是怎么了？你官大也得容人说话呀。”王克南自语道。

放下电话，王克南对巴图巴根在电话中说的那些话并没在意，也没往心里想。现在朝鲜半岛局势这么紧张，哪还有心思结婚？再说了，距国庆节还有一段时间，到时候再说吧。

王克南转身刚要离开办公室，电话铃声又响起来。

“我的老领导啊，你啥时候也学会婆婆妈妈了？你还有啥不放心的？”王克南转过身去接电话，他以为电话又是巴图巴根打来的。

这回却是他的老战友、一二六团三营营长郝南国打来的。听见郝南国的声音，王克南的内心就无比激动，就像在外日久未归的孩子似的，不停地打听野战部队的情况。

郝南国向王克南透露，今年中央军委要在全军各部队转业和复员一大批干部和战士。具体做法是：老的回家养老，伤病的回家养病，小的回家去上学。另外，撤并一些非战斗的后勤机关。塔虎城军需基地可能会被撤并。

郝南国特意嘱咐王克南立即打报告，要求调离塔虎城军需基地，最好回到野战部队。郝南国说，吕师长这几天心情很好，经常念叨王克南的名字，私下里还说，这辈子他最对不起的人就是王克南！郝南国认为，如果这个时候王克南要求调离塔虎城军需基地，估计吕师长会同意的。

谢过老战友郝南国后，王克南一屁股坐在椅子上，陷入了前所未有的茫然之中。

房外房内都很静，简直置身于沙漠里一般。

“……最好回到野战部队。”“……调离塔虎城军需基地，估计吕师长会同意的。”

老战友郝南国的话又在王克南耳边响起。王克南的内心非常矛盾，他何尝不想离开塔虎城回到野战部队去？可白玉柱为了塔虎城军需基地献出了自己的生命，眼下，孙大哥又失去了一条腿。自己能就这样一走了之吗？那样的话，就会有许多人戳自己脊梁骨的！但是，如果让王克南脱去军装，也就如同要了王克南的命一样！王克南喜欢军人这一职业已经不是一天两天的事了，他时刻都梦想成为一名职业军人！并一直朝着职业军人这个方向努力去做。王克南期待着能从一名战斗指挥员，转变成一名战略指挥员。可是现在，这样的梦想，这样的期待，这样的转变，恐怕真的无法实现了。

《美国名将传》这本书是当年在哈尔滨上大学时梁化宇送给他的。王克南非常喜欢这本书，这么多年来，他一直带在身边。书都几乎快翻烂了。翻开美利坚合众国短暂的军事历史，真的就如同穿行在战火和弹雨中那样，而展现在王克南眼前的，是一部饱经血水与云烟的历史，一幅融进烽火与尘埃的画卷，一首令人深思与警策的史诗，一座刻满胜将与败将、英雄与枭雄的丰碑，一面刻满荣耀与耻辱、正义与邪恶的镜子。

王克南喜欢和崇拜惯于出奇制胜、一战成名的斯蒂芬·德凯特，喜欢反英作战、打败英军的安德鲁·杰克逊，喜欢军人总统、魂系白宫的扎卡里·泰勒，喜欢海战英雄、名垂千史的戴维·格拉斯哥·法拉格奇。当然，王克南也喜欢苏联名将朱可夫、库兹涅佐夫等。

王克南正一个人遐想间，办公室的门轻轻打开了，孙志山走了进来。

“克南，想啥呢？天都快亮了，咋还不回宿舍去睡觉？”孙志山问道。

王克南回答："大哥，我想咱们的野战部队了！"

孙志山拍了王克南的肩一下，问："听到啥了？"

"没有。"王克南第一次在老大哥孙志山面前撒了谎。

王克南没有把郝南国的话告诉孙志山。因为王克南一向反对在军中传递小道消息。在军中传递小道消息有百害而无一利，负面的小道消息，很容易造成干部和战士的思想波动。

王克南擦了擦眼角，说："大哥，走，咱们回宿舍睡觉去。"

孙志山觉得今天晚上王克南有点奇怪。平时王克南有什么心事总喜欢对孙志山说，今天晚上王克南又是为哪般？孙志山不明白，但他知道王克南可能遇到难事了，或者有什么难言之隐。看着王克南难受的样子，孙志山心里也很不是滋味。

王克南在前面走，孙志山跟在他身后，走到门口时，孙志山用手轻拍了一下王克南。

王克南明白，孙大哥虽未说话，但一切都在不言之中。王克南必须选择最佳时机，向孙志山解释今晚的事了。

早晨，王克南刚起床，孙志山就披着上衣过来了。

"克南，昨天晚上睡得好吗？"孙志山关心地问。

王克南一边系鞋带一边回答；"还行，大哥，你咋起来这么早？"

孙志山笑道："昨晚你不是哭鼻子了吗？大哥放心不下你呀，就过来看看。"

王克南系好鞋带，直起身有些不好意思地说："没事了大哥，都过去了，你不用惦记我！"

孙志山点点头："没事就好。吃完饭，咱俩去农场看看。穆怀远回老家探亲，农场那边就得咱俩多跑跑了。"

吃过早饭，景延见王克南和孙志山要出门，就跟出去了。

王克南回头说："景延，我和孙政委去农场看看，我自己开车去就可以了。咱们的卡车，我听发动机的动静好像有点毛病。我和政委走后，你和崔悦检查一下。别到用车时，耽误事。"

“好，我这就去通知崔悦。”景延答应着就转身走了。

王克南亲自开车和孙志山去了农场。

东江湾，是一眼望不到边际的田野。看着长势良好的庄稼，王克南和孙志山的内心无比自豪，但二人也由此深深怀念起白玉柱来。

吉普车顺着一条长满青草的小道穿过，最后在嫩江江边停下。二人下了车，站在江边。眼下正是骄阳似火的天气，这里却使人感到清凉无比。

孙志山的腿不宜久立，王克南便扶着孙志山坐回到了吉普车里。王克南知道，孙志山约他出来，绝不是来看看农场的庄稼那么简单。

不等孙志山问，王克南就主动地说：“大哥，中央军委决定，今年在全军各部队转业和复员一批干部和战士。”

孙志山点点头，面色平静地说：“早就在我的预料之中。塔虎城军需基地估计等不到年底就得撤并了。我残了一条腿，不适合在部队干了，转业是必然的。克南，你有什么打算没有？说出来让大哥听听。”

王克南目光呆滞地望着流淌的江水，半天才说：“大哥，我不想离开部队，尤其是咱们的野战部队。”

孙志山双眼盯住王克南，问：“那你是打算给吕师长写请调报告了？”

王克南一脸愁云地说：“我做梦都想回野战部队，但我实在是无法动笔写这份报告啊。就目前塔虎城军需基地的现状，玉柱大哥牺牲了，接替他职务的人还没有来。现在你又残了一条腿，我还好意思走吗？”

孙志山不出声了。他叹了一口气，拿出烟袋和荷包。

王克南从孙志山手中拿过烟袋和荷包，熟练地装满了一烟锅烟丝，接着点燃烟丝吸了几口，丝丝缕缕的青烟就从王克南的口中飘了出来。王克南抽了半烟锅烟后，才把烟袋递给孙志山。

孙志山大口大口地吸着烟袋，一团团烟雾从孙志山口中不断冒出来。

王克南把头靠在孙志山瘦弱的肩膀上。多少年来，王克南遇到难事或失去战友时，就会像现在这样靠着孙志山。他觉得，孙志山就是他的主心骨。尽管他的职务比孙志山高，可他仍然喜欢这样。王克南忽然觉得，这样的机会，以后可能没有了。

王克南的心里很乱，犹如磨坊转动的石磨，找不到头，也找不到尾。

孙志山吸完烟，像过足了瘾似的，又吧嗒了几下嘴，向王克南嘱咐道：“克南，千万不要灰心，你即使真有离开部队的那天，我相信你在地方也会干出来一番事业的。不过，大哥可要提醒你了，以后不管在部队干也好，或在地方干也好，可不要再哭鼻子了。”

王克南点了点头。孙志山紧紧地攥住了王克南的手，他感觉王克南的手很凉。

王克南心里憋屈，孙志山的心里也不好受。八年前，孙志山从去王克南家打水那天起，心里就喜欢上了王克南这位小老弟。抗日战争中那艰难困苦的岁月，更增加了二人的战友情、兄弟情。

孙志山无时无刻不在关心着王克南的成长！

第八章　战友情深忆往昔

塔虎城的酷暑季节，城内是很热的。

傍晚，天空一丝风也没有，塔虎城内显得异常安静，也更加燥热。

塔虎城酒厂、军垦农场、汽车队、医疗队、个城门守备队、巡逻队突然接到王克南下达的紧急前往基地会议室开会的命令。王克南的命令是在事先毫无征兆的情况下下达的。这在塔虎城军需基地成立以来还是第一次。各部门的官兵们猜测，一定是国内或国际上发生了什么重大事件，不然，王主任不会连夜召开紧急会议的。

各部门的官兵们一进入会议室，就感觉偌大的会议室内笼罩了一种紧张的气氛。进出会议室的官兵们，脚步轻得一点声音也没有，也没有人说话。

主席台上，王克南、孙志山、穆怀远三人早已在位就座。三个人脸上都是一副肃穆的表情。

六点三十分，各部门的官兵们都到齐了。

王克南先扫视了一眼会议室内在座的官兵，又把目光收回，看了看身边的孙志山。

孙志山向王克南点了一下头。

穆怀远站起身，宣布："同志们，现在朝鲜半岛已处在全面的战争之中。下面，就请王主任部署我们塔虎城军需基地接下来的工作。"

穆怀远讲完话后，整个会场气氛骤然紧张。所有到会的官兵们，都期待着王克南部署工作。

王克南清了清嗓子，开始说道：

“同志们，鉴于朝鲜半岛日趋紧张的形势，我们塔虎城军需基地从明天起，恢复中断数月之久的日常战备训练，特别是加强山地作战演练科目。

“同志们，也许有人会说，我们塔虎城军需基地是后勤保障单位，现在已不是一线作战部队，但千万不要忘记我们也是一名军人！军人的职责是什么？就是在国家和民族处于生死存亡的危急关头时挺身而出，用自己的血肉之躯去捍卫国家领土和主权不受侵犯，以及人民群众生命财产不受损失。当然，我们塔虎城军需基地也存在着客观原因，有不少伤残的现役军人。这些伤残的现役军人，是解放战争时期为了国家和人民的利益而伤残的身体，他们为国家和民族所做出的贡献，是永远不可磨灭的！

“同志们，我和孙政委还有穆怀远同志研究决定，塔虎城军需基地的伤残现役军人就不参加日常战备训练了。伤残现役军人统一由孙政委指挥，负责塔虎城的安保任务。这样一来，原塔虎城区小队的同志们就成了基地日常战备训练的主力军。我希望，原塔虎城区小队的同志们不骄不躁，继续发扬一不怕苦二不怕死的革命精神，完成好日常战备训练任务。时刻准备着听候党和国家的调遣。同志们，我的话讲完了。”

王克南话音刚落，穆怀远就站起身，情形激动地振臂高呼：“坚决捍卫国家主权！保卫国土完整！”

“坚决捍卫国家主权！保卫国土完整！”

会场内，一时群情高昂，呼声震天。

自从知道要出兵朝鲜后，王克南这几天几乎彻夜难眠，他感觉自己浑身的血液早已沸腾，恨不得一下就飞到“中国人民志愿军”的战斗序列当中去。

老实厚道的孙志山却总在背后泼王克南的冷水。孙志山认为，塔虎城军需基地的官兵们绝大多数都是伤残军人，即使原塔虎城区小队同志们的身体素质再好，但他们大多都已有妻小，中央军委绝不会启用塔虎城军需基地的官兵们再去战场上拼杀了。

孙志山的分析很有道理，伤残极大地削弱了塔虎城军需基地官兵们的战斗力，这是不争的事实。王克南睡不着觉的时候，也进行了一番思考，思考过后，王克南的头脑更加清醒，可头脑越是清醒越是让王克南痛苦不堪。

用巴图巴根的话说，“既然上不了战场，就先把婚事办了吧”。可王克南还是觉得，应该把婚事向后推一推。和孙志山商量后，王克南主动给巴图巴根打去电话，把婚期又向后推迟了半个月。

巴图巴根接到王克南的电话后，当场表示，半个月后他将准时赶到塔虎城，亲自为王克南和郭月梅、孙志山和其木格主持婚礼。

时间在等待中过去，王克南向巴图巴根承诺的半个月期限很快就要到了，信守诺言的巴图巴根还真来塔虎城了。巴图巴根的到来，让王克南没话可说了。

巴图巴根亲自带人为王克南和孙志山布置新房。就在这时，王克南和孙志山突然接到了去十七师师部开会的通知。

王克南看着巴图巴根抿嘴一笑，如释重负般地长出了一口气。

巴图巴根拿出蒙古人特有的倔强劲来，说：“你看我干啥？王克南，你跑得了和尚跑不了庙，我就不信了，你开会还能开一辈子？我哪也不去了，就在塔虎城等你们回来。真是的，让你们结婚就这么难吗？好像中国军队没有你们就打不了仗似的。”

王克南笑道：“好，好，我的老旗长，那你就在塔虎城等我们吧。叫二毛给你搞几条查干湖大胖头鱼，再烫上几两塔虎城小烧，一天三顿饭好酒好菜伺候着，白城地委那边你也别管了。”

王克南的一番话，把巴图巴根逗笑了。

巴图巴根指着王克南说：“王克南啊王克南，你让我说你啥好呢？看你嬉皮笑脸的样子，就知道是和白玉柱那小子学的。”

听巴图巴根提到了白玉柱，王克南的表情立马严肃起来。巴图巴根也后悔有些失言。

王克南和孙志山将塔虎城军需基地的一切事宜交给了穆怀远。二人回宿舍简单收拾了一下行装，连夜出发。

眼下正是秋高气爽的季节。

田野里一片金黄，到处都是等待收割的庄稼。

吉普车即将驶出塔虎城时，王克南回头看了一眼渐渐远离的塔虎城，夕阳下的塔虎古城，更加显得苍茫肃穆。

王克南的耳旁仿佛听见了古战场上的人喊马嘶声……

王克南和孙志山的内心不住地翻腾，久久难以平静。塔虎城军需基地主任和政委连夜赶往师部同一个时间开同一个会议，这在基地成立以来还是头一次。

王克南和孙志山虽然无法猜测到这次会议的内容，但却感觉到了这次会议的重要性。

雾气越来越浓，能见度也越来越低。

“小景，减速慢行。”孙志山低声道。

景延瞪大了双眼紧紧盯着前面的道路。雾气包围中的吉普车，只能像甲壳虫一样缓慢地向前爬行。

王克南看了一眼手腕上的手表，此时已是半夜一点钟了。去师部的路程走了还不到一半，看来很难在明天中午前赶到师部驻地了。王克南心急如焚，不住地叹着气。

看着王克南的样子，孙志山劝道：“克南，事已至此，着急也没用，一切顺其自然吧。”

王克南又叹了一口气，紧闭双眼无可奈何地靠在了座椅的后背上。王克南想起了中国古代小说中常用的那句话：运去黄金褪色，运来铁也生辉。

十七师这次召开的是排以上干部会议，也可以说是全师干部会议。

午后一点钟，师部会议室内已坐满了人，最前排靠近主席台的位置，不知何故空着两个座位。

在主席台就座的吕师长看看手表，又看了看左右的政委和参谋长，小声说：“开会时间到了，塔虎城军需基地的王克南和孙志山看来是不能及时赶到会场了，估计二人一定是在路上遇到了什么麻烦，咱们就不等他俩了。”

政委靠近吕师长说：“塔虎城军需基地全体官兵就地集体转业的决议，最好不要当着王克南和孙志山的面讲出来。我和参谋长怕王克南和孙志山接受不了。等散会后，师长最好亲自向他们说明一下，我和参谋长实在是无法开口。”

“王克南和孙志山是我带出来的兵，这事就由我向他们去说。”吕师长点点头。

政委站起身来，宣布：“现在开会。”

会议室的门突然打开，王克南和孙志山走进了会场。

“报告，塔虎城军需基地主任王克南奉命来到！”

“报告，塔虎城军需基地政委孙志山奉命来到！”

王克南和孙志山并排站在会议室门口，抬手一起向主席台敬礼。

吕师长站起身，挥手道：“来，来，克南，志山，你们俩到前排来坐。”原来前排空着的两个座位是留给王克南和孙志山的。

王克南搀扶着孙志山，二人昂首挺胸向前排座位走去。

会议室内排以上干部，都换发了草绿色的新军装，与王克南和孙志山身着发白的旧军装形成鲜明反差。

猪倌儿张庆山双眼含泪，喊道：“全体战友，起立，敬礼！”

所有排以上干部集体起立，同时向王克南和孙志山敬礼。

主席台上的吕师长、参谋长、政委也随即起立，向王克南和孙志山敬礼。

礼毕后，会场内又响起了久久不息的掌声。

吕师长表情严肃，看着王克南和孙志山一身发白、破旧的军装，欣慰、愧疚、崇敬、惋惜一起涌上心头。吕师长嘴唇微微颤动，似乎要说什么，但终究没有说出来。

细心的政委和参谋长交换了一下目光，然后大声宣布：“十七师排以上干部会议，现在开始开会！下面请吕师长讲话。”

吕师长调整好情绪，一气讲了一个多小时的国内外形势。随后参谋长又讲了四十分钟的战备训练计划。政委最后讲了半个小时与生产有关的话，要求各生产单位一定要做好秋粮入库的准备。

王克南和孙志山看着师长、政委、参谋长，他们觉得，一定还有什么重大决议没有宣布，而这多半与塔虎城军需基地有关。

王克南用胳膊肘轻轻碰了一下孙志山，孙志山附在王克南的耳旁小声说："克南，别急，估计散会后，吕师长会找咱俩谈话。"

"嗯。"王克南轻声道。

果然，会议一结束，吕师长就走过来说："克南，志山，你们俩到我办公室来一趟。"

王克南和孙志山对视了一下，二人没有出声，紧跟在吕师长身后走出了会议室。进到吕师长办公室，王克南和孙志山刚刚坐稳，吕师长就亲自为王克南和孙志山各沏了一杯好茶。之后，就坐在办公桌前，一支接一支地抽起烟来。

吕师长似乎有难言之隐。王克南和孙志山很快就看出来了，二人再次对视了一下。

王克南终于忍不住问道："师长，是不是要撤销塔虎城军需基地？"

吕师长点了一下头，继续抽烟，直至手中的香烟即将燃尽，吕师长才扔掉烟头，缓缓地说道："军区决定撤销塔虎城军需基地，另外……，基地全体官兵就地集体转业，成立塔虎城农场。"

听了吕师长的话，王克南和孙志山一下子都愣住了。其实，王克南和孙志山二人早就猜到了塔虎城军需基地的撤并和部分伤残军人的转业，可基地全体官兵就地全部集体转业成立塔虎城农场，是他俩万万没有想到的。

王克南瞪大眼睛问："什么？我们可是堂堂野战军指挥员啊？军区让我们脱去军装改种地？师长，我想不通！当年你派我去塔虎城剿匪，说好了，一年之内消灭土匪就让我归队，可这个承诺你一直也没有兑现。"

吕师长冷冷地问："王克南，你是不是觉得去塔虎城有些亏了？"

王克南心里本来就有火，他毫不客气地说："这个问题不用我来回答，我王克南亏不亏你知道！十七师的官兵们也都知道！我就不说我自己了，就说张学和赵虎吧，他俩和猪倌张庆山都是差不多的，张庆山现在都当了主力一连连长，可张学和赵虎呢？他们俩只不过是我任命的有其名无其实的巡逻队队长。"

听了王克南的一番话，吕师长脸色大变，他摘下军帽狠狠地摔在办公桌上，吼道：“王克南，你知道你今天这是什么行为吗？你这是拿别人说事，变相向党伸手！向组织要官！”

王克南腾地站起身，大声道：“师长，我跟你这么多年了，你应该知道我王克南是啥人。我做事光明磊落，从不隐瞒自己的观点。我今天只不过说了实话罢了！”

“王克南，你把自己说得像个人似的。说句良心话，当年我把你降职派到塔虎城，我心里也难受，可你知道不？这也是革命的需要，为了革命事业，总得有人要做出牺牲。因为我们是一名共产党员！”吕师长阴沉着的一张脸都能刮下一层霜来。

“这些大道理不用你说，我上过大学，这些大道理我比任何人都懂。我别的想法没有，就一句话，不想离开部队。我也不想当什么官，能让我留在部队当一名战士，我王克南心里就很知足！”王克南的脸色当即变得雪白雪白。

吕师长拍着桌子说：“王克南，你以为就你能打仗？十七师没有你王克南就不行了？当年你要不是遇上志山，不是志山手把手地教你打枪，恐怕现在你还是一位公子哥，一个富家子弟，是被革命的对象！”

王克南的脸唰的一下又涨红了，吕师长的话极大地伤害了王克南的自尊心，他走近吕师长的办公桌，拍着桌子说：“师长同志，请你不要拿我的出身说事。一个人可以选择阶级立场，却无法选择家庭出身。我父亲虽是一个有钱的商人，但他也是因为帮助抗日义勇军才被日本鬼子给杀害的。你今天说这样的话，是对我父亲的侮辱！是对我家庭的侮辱！”

“王克南，你……”吕师长气得说不出话来，浑身颤抖起来。

隔壁的政委和参谋长听见师长办公室传来激烈的争吵声，急忙走出办公室，站在走廊内听了起来。

吕师长敲着桌子说：“王克南啊王克南，你是不是在塔虎城待了两年，滋长了无政府主义思想？噢，啥事都依着你王克南就对了？”

“随便你说，反正我王克南是无所惧的。”王克南毫不示弱地反驳到。

孙志山想劝阻王克南，伸手偷偷拉了一下他的衣袖。

王克南使劲一甩衣袖，说：“大哥，你别拽我，今天你拽我也是这些话，不拽我也是这些话！”

王克南气呼呼地说完这些话，一屁股坐下，把头扭向一边，连看也不看吕师长一眼。

办公室内出现了尴尬的沉寂。

走廊内的政委和参谋长交换了一下目光。

“王克南和孙志山都是吕师长的爱将，咱俩就别掺和了。”政委小声说。二人又悄悄回了办公室。

吕师长拿过一支烟，叼在嘴上吸了几口，发现香烟根本没有点燃，就把香烟扔在办公桌上。香烟在办公桌上滚了几滚后掉在了地上，最终停在了孙志山的脚边。

孙志山弯腰捡起香烟，放到吕师长办公桌上，看看吕师长，又看看王克南，孙志山觉得是自己说话的时候了。

孙志山冲吕师长勉强一笑，说：“师长，撤销塔虎城军需基地，塔虎城军需基地官兵集体就地专业，成立塔虎城农场的命令能不能晚下达几天？”

吕师长看看孙志山没有说话，他不明白孙志山话里的意思。

孙志山解释道：“师长，我和克南想穿着军装和自己心爱的女人结婚。”

吕师长的态度缓和了些，说道：“什么？你们两个臭小子要结婚了？这么大的事，怎么不早和我说呢？志山，快说说，你们两个臭小子的对象都是谁？”

孙志山不好意思地笑道：“克南的对象就是他失散多年的未婚妻，我的那位就是烈士白玉柱的妻子。”

“好，好事儿。你们两个臭小子的婚事，也是咱十七师的大喜事儿！克南，志山，你们看看，我派你们去塔虎城去对了吧？”吕师长罕见地故意逗着王克南和孙志山说。

原本紧张的气氛立马轻松了许多。

吕师长站起身，戴好军帽走过来说：“走，你们两个臭小子跟我走，到家喝酒去！”

王克南虽站起身了，却低着头站在原地不肯走。

吕师长就笑眯眯地靠近王克南，说："咋地？王大将军，我还给你磕一个啊？"

王克南不出声，也不走。最后还是孙志山把王克南推出了办公室。

很是不理解的政委说："刚才还是电闪雷鸣，现在怎么又风平浪静了呢？"

参谋长摇头："搞不明白这三个人究竟是啥意思。"

吕师长的爱人尚杰还没有下班，不会做菜的吕师长只好开启了几盒罐头，又拿出几瓶陈年老酒。

"来，来，坐呀。今天酒桌上没有领导，咱们就是弟兄之间喝酒。"吕师长招呼道。

吕师长拿过酒瓶刚要往酒盅内倒酒，王克南却拿过饭碗，往饭桌上一墩，说："用碗！"

吕师长一愣，随后笑道："好，今天就听克南的，咱们就用碗喝酒。"

吕师长满完了酒，刚要说话，王克南一声不响地端起酒碗一饮而尽。

吕师长端起酒碗，招呼孙志山道："志山，克南都干了，咱俩也干了这碗酒。"

见王克南不动筷子，吕师长就叫道："克南，别光顾喝酒啊，来吃点儿菜。"

吕师长又亲自给王克南夹起了菜。

孙志山用脚在桌子底下轻轻碰了一下王克南的腿，王克南这才勉强地吃了一口吕师长给他夹过来的菜。但王克南的心里仍然不是滋味，他感觉自己喝的不是美酒，而是苦药水。

吕师长拿过酒瓶，又将三人的空碗倒满了酒。

王克南又带头喝干了酒。不胜酒力的吕师长无奈之下，只好和孙志山照做。连着喝了两碗，吕师长有些醉了，他一左一右拉着王克南和孙志山的手，动情地说："克南，志山，你们两个臭小子抗日战争时期就跟着我吕绍刚，出生入死打日本鬼子。也算你们俩命大，多次负伤都没有死。今天在家里，我就说一句实话，军区现在让你们两个脱掉军装去种地，我吕绍刚心里也不好受啊！可你们知道不？咱们不但是一名军人，更是一名共产党员啊！国家现在需要咱们去种地，咱们还能有啥说的呢？共产党员不就是要听党的话吗？”

吕师长的眼睛变得有些湿润了。

孙志山劝道：“师长，你别喝了，先下去休息吧！”

吕师长摆摆手，道：“志山，你别拦我。你们两个臭小子就要结婚了，我吕绍刚高兴。来，喝！”吕师长端起酒碗就喝，孙志山想拦没拦住。

吕师长的爱人尚杰给病人做完手术，很晚才回来。她推开家门，迎面就扑来一阵酒气。丈夫吕绍刚平日里滴酒不沾，今天怎么喝起酒来了？尚杰诧异地推开厨房的门，看见王克南和孙志山趴在饭桌上睡着了，吕绍刚则半躺在椅子上，敞着怀也睡着了。

“这酒咋喝成这样啊？”尚杰说着就出去叫警卫员。警卫员闻讯赶来，和尚杰一起把喝多的三个人一一扶进卧室。

一阵清脆而嘹亮的军号声，把睡梦中的王克南和孙志山唤醒。二人翻身起床迅速穿好衣服，这才发现这里并不是塔虎城军需基地，而是吕师长的家。王克南和孙志山坐在床边，你看我，我看你，二感觉心里一阵茫然。

“一二一，一二一。”窗外传来了猪倌的喊号声，还有战士们齐刷刷的脚步声。

猪倌带着他的连队正在出早操。猪倌的连队是一二六团一营一连，王克南和孙志山都在一连任过连长，因此对一连有很深的感情。

猪倌带着一连远去的身影，仿佛又把王克南和孙志山带入了过去的峥嵘岁月，那炮火纷飞的战争年代。

那些牺牲战友的容貌，在脑海里一个个鲜活起来。

王营长、老班长、张宏业、小刘……

不知过了多久，吕师长推门进屋，关心地问：“昨晚喝了那么多的酒，你们俩咋不多睡一会儿啊？忙着起来干什么？”

孙志山笑道：“睡不着啊！师长，你起这么早出去干啥了？”

吕师长笑道：“我起早去了一趟木材公司，找人给你们俩一人弄了一个椴木菜墩。你俩马上就要成家过小日子了，得有一个像样的菜墩啊。好了，看克南的样子，好像还没睡醒，你们俩接着休息吧！我出去帮尚杰准备早饭去。一个小时后，咱们准时吃饭，到时我来叫你们！”

吕师长走后，王克南仍然觉得心里不痛快。其实，孙志山又何尝不是呢？只不过他把这种不情愿埋在了心底。

塔虎城军需基地的官兵都是东北战场下来的伤残官兵，转业和复员是早晚的事。可王克南、张学、赵虎呢怎么能和他们一样对待呢？王克南想不明白，上级领导做事“一刀切”的方法，让他很困惑，甚至有些怨尤。

吃过早饭，吕师长的警卫员就和景延把菜墩还有一些碗盆之类的搬上了王克南他们的吉普车。吕师长风趣地说：“回去自己分吧！别打架，一人一套。明年再来，争取每人给我抱过来一个大胖小子。”

王克南和孙志山向吕师长立正，敬了一个最后军礼。王克南和孙志山的心情很是沉重，眼泪差点掉下来。

吕师长没有还礼。他的双眼湿润了，怕王克南和孙志山看见，就别过头去连连摆手，道：“走吧，走吧，快上车走吧！”

吉普车开出的一刹那，吕师长心潮起伏，他向前紧追几步，欲言又止。

王克南在倒车镜里看到了吕师长的举止和表情，不禁潸然泪下！

吉普车开到师部大门口时，眼前的一幕更加让王克南和孙志山感动。

猪倌带着他的连队整齐地立在道路两侧，全连集体向吉普车敬礼。

景延放慢车速，吉普车缓缓从列队的一连官兵中开过。车内的王克南和孙志山不敢回头，怕自己的魂会随这些军人而去。

回塔虎城的路上，王克南很少说话，他的心已压抑到了极点。脱去军装对王克南来说，就如同要了他的命一样。

孙志山见状，把烟袋递给王克南，说：“克南，抽两口吧，心里能好受点。”

王克南接过孙志山的烟袋，大口大口地吸着，不大一会儿，吉普车内就充满了烟雾，王克南剧烈地咳嗽起来。

孙志山捶了王克南后背两下，说：“克南，咱不急，慢点抽，别呛着。”他攥住王克南的手，缓慢地说道："克南，我给你讲一讲咱们十七师打三十五军的战斗吧。"

三十五军是王牌机械化部队，十七师打三十五军，一定是场恶战。这么长时间了，王克南还真没有听说过那场战斗。

"本来三十五军是去张家口救援被围的国民党其他部队的。可还没有赶到张家口，就听说被围的部队全部被歼灭了，也就只好按原路返回北平。一路四百多辆军车，那真是浩浩荡荡，威风凛凛。

"当时吕师长听说郭景云的三十五军来了，兴奋得眼睛都红了，因为吕师长早就看中了郭景云三十五军的装备。于是，吕师长命令部队拼死追赶三十五军。三十五军乘坐的是美式十轮大卡车，而咱们的十七师单凭两张脚片子，怎么追得上？更何况咱们十七师距离三十五军还有四百多里的路程。

"无奈之下，吕师长就直接给司令员去电，要求中央军委电令地方部队不惜一切代价拖住三十五军，拖住的时间越长越好。结果地方部队拼光了全部老本才拖住三十五军十二个小时。即便这样，三十五军逃跑仍然有足够的时间。但刚愎自用的三十五军太轻敌了，竟然公开叫嚣，别说东北野战军没来，就是来了能奈我何？结果郭景云犯了兵家大忌，当晚，在方圆不足四平方公里的新保安住下了。

"围歼三十五军的机会终于来了。我带着一二六团昼夜急行军，付出牺牲官兵三十五人的代价，终于第一个赶到了新保安。新保安南面的公路是通往北平的必经之路，我料定，战斗一旦打响，三十五军必定会向南逃窜拼死突围，我就派咱们老一连堵住了南逃北平的公路。

"那场战斗，是我当兵以来最为惨烈的一次。尤其是一连，几乎是全军覆没。三十五军为了在新保安南面撕开一条口子，十几次突围不成，就临时组建了战地敢死队，敢死队队员全部由连排长组成。仗打到晚上，一连已经两顿没吃饭了，我连续派出四个炊事员去给一连送饭，结果都牺牲在途中。我原本打算暂停送饭了，可炊事班班长老张哭着找我说，不能让同志们饿着肚子打仗，他要亲自去送。老张费了很大劲才来到一连阵地，可一连就剩下五个人了。不久，我又和一连阵地失去了通讯联系。这时，吕师长不断地问我一连阵地的情况，并下了死命令，就是拼光一连也要守住阵地！

“咱们老一连是好样的，在兵力严重不足的情况下，顽强地坚持到了第二天早晨援兵到来。战斗结束时，我亲自去接一连，可一连那里还有人啊？就剩下连文书、猪倌、炊事班长老张，猪倌和老张还是后去的。唉，一百多人说没就都没了，连扛枪的人都没有了，猪倌和老张他们把枪捆成捆，是用扁担挑下战场来的。

“我从当兵起，打过无数次的仗，见过无数的战友牺牲，都没有流泪。那天，我哭了，咱们整个一二六团都哭了。那场面真是感天动地啊！克南，咱俩都当过一连连长，全连打没了的滋味你也能体验到。唉，克南，想想吧，咱们活着的人和牺牲的战友们比，还有啥不能接受的呢？有些战友牺牲后，连个名字都没有留下。我的腿就是打扫战场时，不小心踩上地雷受的伤……”

王克南意识到了自己的错误，他深深地为自己的鲁莽行为而后悔。他对孙志山说道：“大哥，我错了。回到塔虎城我就给吕师长写一封检讨信。”

“这就对了！到底是文化人，认识错误也快！我孙志山这辈子算没白交你这个小老弟！”孙志山夸奖道。

王克南又说道：“大哥，以后咱哥俩就在塔虎城落户了，农场种地的事我不懂，你就多费心了。”

孙志山道：“克南，你放心吧！咱哥俩当兵打仗不含糊，到了地方上工作也绝不是孬种！照样干出一番事业来！”

王克南和孙志山回到塔虎城时，巴图巴根还在。看来这回巴图巴根是铁了心了要等王克南和孙志山完婚才离开！

巴图巴根看见王克南开门见山就问：“会开完了，是不是该办正事了？”

王克南爽快地回答：“一定。三天后，我和孙大哥就一起办婚事。你该满意了吧？”

巴图巴根高兴地说：“痛快，蒙古人就喜欢你这种办事风格！不过，你王克南的表态还是有些晚了。”

王克南和孙志山当晚召开了会议，这是塔虎城军需基地的官兵们最后一次穿着军装开会了。会上，王克南对塔虎城军需基地撤销、全体官兵就地集体转业的事只字未提。王克南说道，只要撤销塔虎城军需基地的命令一天不下来，塔虎城军需基地就一天要有部队的样子。必须要有积极向上的凝集力，才能保证战时不至于打败仗。最后，王克南特别强调各单位一定要做好秋粮入库的准备。对于日常的战备训练，明天还要继续，并且由他亲自抓。

次日，吃过早饭，孙志山手中拎着一个鼓鼓的帆布包来找王克南。

“克南，咱俩去一趟城西啊？”孙志山低声说。他的样子显得很神秘。

王克南不假思索地说：“行，我去叫景延。”

王克南转身刚要走，就被孙志山阻拦住了。

孙志山摇头：“不用了，就咱哥俩去。”

王克南指着孙志山手里的帆布包，问：“大哥，这是……”

孙志山一摆手，神秘地笑道：“到了地方，你就知道了！”

王克南亲自开着吉普车，和孙志山去了城西。

车一直开到了小树林中的墓地。王克南明白了，孙志山叫上他是来看烈士白玉柱、张宏业、小刘来的。

“应该！”王克南暗暗佩服起孙志山来，同时心里也在埋怨自己怎么就没有想到呢？

下车后，孙志山前后左右看了看，确定四周没人才打开帆布包。原来帆布包内装的是一些黄纸和少量的大红纸。

“别让人看见，塔虎城军需基地的两个领导在这里搞封建迷信。”孙志山仍然有点不放心地说。

王克南小声提示：“大哥，这里没人，就咱哥俩。”

孙志山解释道：“按我们老家的风俗，家里有人结婚，一定要给故去的亲人上坟，在坟头上压上大红纸，让故去的亲人也跟着沾沾喜气。来，克南，大哥腿脚不好，你给玉柱他们几个的坟头都压上大红纸。”

王克南按照孙志山的吩咐，在坟头压好大红纸。孙志山又把黄纸分成三份，让王克南一一拿到三座坟前点着。

红火白烟撩起王克南对往日的追思。白玉柱、张宏业、小刘的容貌再次浮现在王克南的眼前……

孙志山在白玉柱的坟前，一边用小木棍挑着燃烧的黄纸一边说："玉柱，你就放心吧！我孙志山这辈子，绝对不会亏待她娘俩的，你在那边要是寂寞了，就找宏业和小刘说说话。对了，还有一件事，我要告诉你一声，我和克南可能就要在塔虎城扎根了，咱们日后见面的机会就多了！"

忽然，从王克南和孙志山的身后传来了一阵低声的哭泣。王克南和孙志山回过头去，发现身后哭泣的人是其木格，其木格带着栓柱也来上坟了。

王克南亲切地叫道："大嫂，你和栓柱也来了？"

其木格擦去脸上的泪水，走近白玉柱的坟前，把手里的土篮放到地上。篮内装的是黄纸和一些祭品。

待其木格上完坟后，孙志山说："克南，栓柱他娘，你们先走吧！我在这待一会儿，陪一陪我表弟宏业。"

"好，大哥你在这里先待会儿，我把大嫂和栓柱送回去。一个小时后，我来这里接你。"王克南说着，就和栓柱娘俩离开了。

旷野沉寂。长空素云压顶。

孙志山独自坐在表弟张宏业的坟前，表情肃穆，双眼含悲，回想过去，感慨万千，生死相隔，恍如一梦。想起当初从老家带出来的二十个年轻人如今只剩下自己一个人了，孙志山不禁潸然泪下。纵横人生三十载，祸福相依，实难预料。亲人远离，真情犹在，相思无限。孙志山今生今世，无法再回故乡面对家乡父老了。一想起这些，孙志山竟然放声痛哭，这哭声传得很远，显得特别悲戚苍凉！

第九章　调新郎跨江参战

转眼两对新人的婚期到了。结婚典礼的礼堂设在塔虎城军需基地的大会议室。会议室头三天就被那可依她们布置得喜庆有余，一对大红双喜字贴在主席台正中间的墙壁上，会议室的棚顶布满了五颜六色的拉花。

一对新娘子，被战士们用花轿抬到了基地大院。早已等候多时的张学和赵虎点燃鞭炮。在喜庆的唢呐声中，王克南和孙志山用红绸子牵着各自的新娘缓缓进入了会议室。

婚礼主持人巴图巴根高声宣布："王克南与郭月梅，孙志山与其木格，两对新人结婚典礼现在开始！"

"好！"掌声一片。

掌声过后，巴图巴根又大声道："结婚典礼第一项……"

这时，一辆军用吉普车来到塔虎城军需基地的大门口，"吱嘎"一声，车还没完全停稳，从车上跳下一名年轻的军人，径直向会议室奔来。来者是十七师师部参谋高川。

高参谋来得这么急，一定是有什么重大军情。

会议室内，正在进行的结婚典礼仪式停了下来。

高参谋先向王克南和孙志山各敬了一个军礼，然后大声宣布："经中央军委批准，命我十七师入朝参战。现急调王克南同志任十七师一二六团团长兼政委。望王克南同志接到通知后，火速归队，不得有误！"

命令来得太突然了，所有人都很吃惊，大家不约而同把目光投向王克南和郭月梅。

王克南转过身去与月梅四目相视，面对自己的爱人，王克南表情肃穆无话可说。八年前，王克南在佳木斯老家和月梅没有拜完堂，就扔下月梅投身抗日战场了。历史不会重来，却有相似之处，今天在塔虎城同样的事情又再次发生了，而这次，王克南投身的将是抗美援朝的朝鲜战场。王克南深情地望着月梅，国家利益高于一切，为了国家，只能舍弃小家！

月梅走过来，平静地对王克南说："克南，你放心地走吧！我等你。等你打完仗后，再和我重新补办一场婚礼！"

王克南看着月梅欲言又止，此刻就是有千言万语，也难表达王克南对月梅的感激之情！王克南摘下军帽，弯腰向月梅深深地鞠了一躬。

戴好军帽后，王克南又向巴图巴根敬了一个军礼。

王克南的目光又转向那可依，向他曾经爱过的人敬了一个军礼。那可依没有还礼，她什么也没说，只是冲王克南微微一笑，看得出那笑容里有一些矜持的成分。那可依一双幽幽的大眼睛变得晶亮起来，也有了内容。这一切王克南自然明白，昔日的恋人，今日的战友，祝福在心中，此时无声胜有声！

王克南在这个世界上愧对两个女人，一个是两度都只拜了一半堂的爱人月梅，另一个是曾经爱过的那可依。王克南再次向那可依敬了一个标准的军礼。那可依嘴唇微微颤动，泪水在眼眶里打转，脸上却依然在笑。

王克南转向老大哥孙志山。当年是孙志山将王克南引领上革命的道路，参加革命整整八年，王克南一直与老大哥孙志山并肩作战，孙志山也见证了王克南在战火中的历练和成长。如今在塔虎城，就要和孙志山分手了，王克南的心里不是滋味。

孙志山抱了一下王克南，意味深长地说道："克南，到了朝鲜多打胜仗，常来信，我们大家和小梅都等着你凯旋！到那时，我们大家再热热闹闹地为你和小梅重新办一次婚礼！"

"是！"王克南向孙志山敬了一个军礼。

"王叔叔，替我杀几个美国鬼子！"栓柱手中拿着三枚步枪子弹向王克南说道。

王克南接过子弹，说：“好，栓柱这个愿望，王叔叔一定替你实现！希望你能好好学习，长大后能够接替王叔叔手中的枪。”

“是，塔虎城军需基地后备军人白栓柱明白！”栓柱向王克南敬了一个标准的军礼。

王克南又看看人群，大声说道：“报告孙政委，王克南已准备完毕，可以走了吗？”

孙志山表情肃穆，答道：“克南同志，可以走了！”

王克南和高参谋一起向会议室门口走去。走到门口时，王克南转过身来，又向众人敬了一个军礼。然后，王克南转身头也不回向大门外大步走去。

王克南刚要迈上吉普车，就见张学和赵虎全副武装地从人群当中向吉普车跑来。

“等一等，团长！”

“等一等，政委！”

“还有我们俩呢！”

……